关于温柔、梦想、永不放弃的事
和永不忘记的人

墨香铜臭

天官赐福

下

墨香铜臭 著

广东旅游出版社
中国·广州

「我愿永不安息。」
「为你战死是我至高无上的荣耀。」
「不会忘的。太子殿下，我永远是你最忠诚的信徒。」

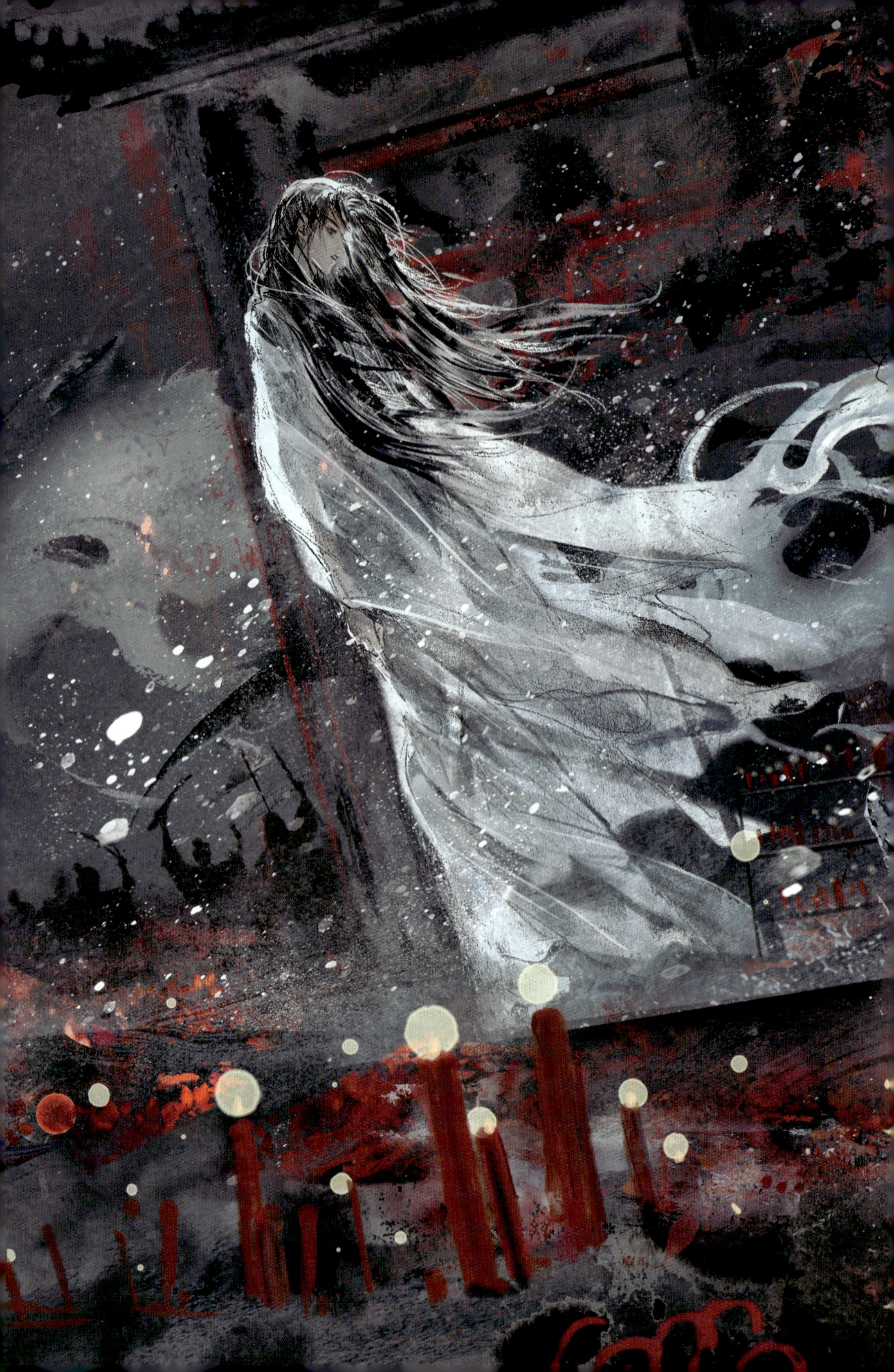

『亲眼看着最重要的人被践踏凌辱，自己却无能为力。你明白自己什么也不是，什么也做不了，这才是世界上最痛苦的事。』

「如果你的梦想，是拯救苍生，那我的梦想，便唯你一人。」

「天下无不散之筵席，但我永远不会离开你。」

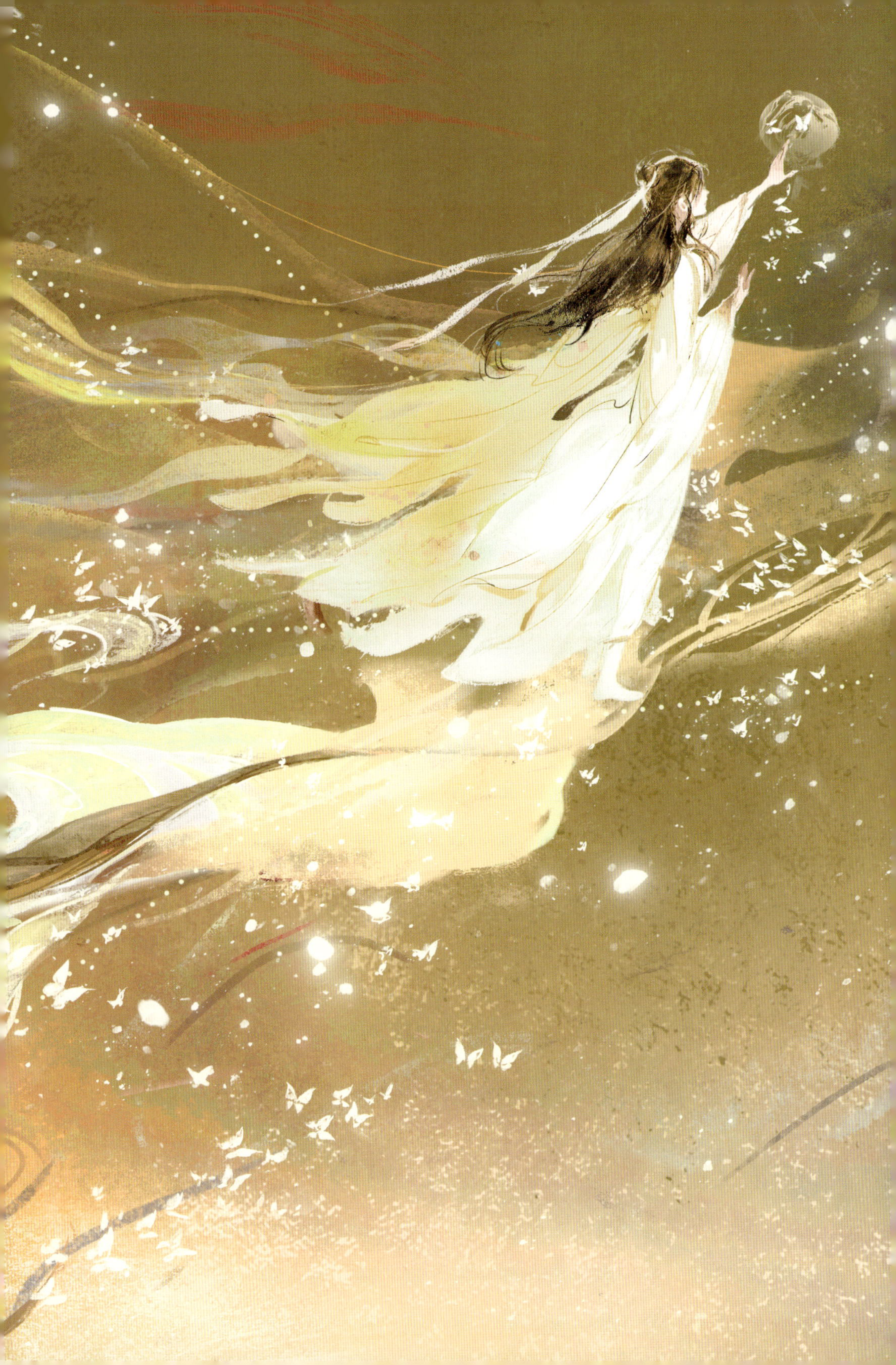

天官赐福，百无禁忌。

目录

第四卷 ❖ 白衣祸世

第一章 花灯夜一钱买孤魂 /002/

第二章 一文钱难倒英雄汉 /012/

第三章 三十三神官争福地 /027/

第四章 百剑穿心厉鬼成形 /048/

第五章 无名鬼供奉无名花 /068/

第六章 渊中人得一雨中笠 /087/

第五卷 ❖ 天官赐福

第一章 立天地神人破铜炉 /114/

第二章 明明如昨好风送我 /127/

第三章 叫天不应叫地不灵 /145/

第四章 不能尽善问心有憾 /157/

第五章 及时雨义送多情花 /172/

第六章 百年水深千年火热 /185/

第七章　路与我孰为定夺者 /206/

第八章　白衣祸世欲喜欲狂 /217/

第九章　玲珑骰一点动心惊 /242/

第十章　通天桥三傻还复昔 /256/

第十一章　笑吟吟渐渐淡红衣 /272/

第十二章　君怜花兮我怜君兮 /299/

第十三章　民间传说 /321/

番外

第一章　花灯谜，元宵夜 /324/

第二章　太子殿下的奇妙记忆漂流 /329/

第三章　鬼王的生辰 /358/

第四章　鬼王未梳妆 /379/

后记

连载版 /392/

新修版 /399/

第四卷

白衣祸世

第一章
花灯夜一钱买孤魂

谢怜是生生惊醒过来的。

他出了一身冷汗，猛地坐起来，一把捂住了脸。剧烈地喘息了好一阵，他才发现自己躺在一张草席上。

梦中的窒息感过分逼真，谢怜的手不由自主抚上了颈间。

咒枷。

君吾给他打上这道咒枷的时候，还是手下留了情。它虽然锁住了他的法力，但同时也锁住了他的肉体，使他不老不死。君吾对他说：如果你能再次飞升，前尘一笔勾销，我会给你取下它。

可是，这个东西戴在身上，就像是在一个犯人脸上黥字，真是刻骨的耻辱。

想到这里，谢怜抓起草席边的一条白绫。抬起手臂时，他忽然想起梦中脖子被慢慢绞紧的恐惧，犹豫了片刻，但最终还是用它遮住了咒枷。想想不够，干脆把整张脸都遮住了。简单整理了自己，这才走出这间破庙。

国主与皇后尚在后殿歇息。而风信和慕情早已在外等他出发。

谢怜道："走吧，去找活干。"

原先的谢怜，既为金枝玉叶，又是天人之体，不食人间烟火，自然不需为生计发愁。但如今，说他是太子，仙乐国已经没了，说他是神仙，早就被贬了，自然得操心一下日子怎么过。

修道之人老本行当然是抓鬼做法事了，但哪来那么多鬼每天给你抓，所以大多数时候，他们还是得找些零散活计，比如帮人卸卸货什么的。

可就算是这种零散活计也不一定抢得到。因为如今流离失所的贫民太多了。这些贫民看到有活，不需要付工钱，给个馒头就愿意干，一拥而上，哪里抢得过他们？就算能抢过，谢怜往往因为觉得别人比他们更需要这口馒头而选择退让。

果然，晃了半天，又是一无所获。慕情道："咱们就不能找个稳定体面些的活干吗？"

风信道："废话。能找到早找到了。体面的活不得看脸吗？就殿下这张脸谁不认得？"

万一给人认出来他是谁，要么他们自己脚快逃走，要么给人乱棍打走。比如镖师，谁会放心让来历不明、脸都不肯露的人做？他们又不能去做害人行凶的黑打手，选择就非常有限。

神是不可能会为吃不饱饭而烦恼的。但人是要吃饭的。谢怜从小就不用考虑这种事，这算是十几年来，真正困扰到他的问题。事到如今，也只能当这是一种历练了。如果神连饥饿的滋味都不知道，又如何能体会信徒饥饿的痛苦？

这时，不远处传来一阵敲锣打鼓之声，一大群人围着，三人也随着人流过去看了看，几个武人和丑角在人群中起劲吆喝，竟是在卖艺。慕情道："实在不行，去卖艺吧。"

谢怜还未答话，风信道："说什么傻话，殿下千金之躯，怎么能去干那种事？"

慕情道："砖都搬过了，卖艺有什么不一样吗？"

风信道："搬砖是靠自己的力气吃饭，但是卖艺是供人取乐，给人当笑话看，当然不一样！"说着，那蹦蹦跳跳的丑角摔了一跤，众人哈哈大笑，他又爬起来哈腰点头，在地上捡了几个零零星星的赏钱。

见状，谢怜心中一阵难受，用力摇了摇头，把"卖艺"这条路从脑海中划去。

最后，三人终于混在一群瘦骨嶙峋的贫民里，来到一处泥泞的空地。此处似乎是有人要修建新宅，因此要开始修整了。三人卖力干活，好不容易从白天奋斗到日落，浑身犹如在泥地里打过滚，总算大功告成。

身体上的疲惫其实不算什么，只是如此劳累，却仅仅是为了一点并不丰厚的工钱和口粮，心更为疲倦。他们好不容易得了空，躺在几块大石上休息，这时，另一群人吵吵嚷嚷地来了。几个汉子搬着一尊石像走来。

谢怜微微抬头，看了一眼便不看了。若在从前，毫无疑问，镇地首选神像一定是他的太子像，现在却不知是哪位了。多半是君吾？

这时，一人粗鲁地拍拍石像的脑袋，道："总算运来了。这孙子，还挺沉！"

"干什么弄这样一尊跪地像啊？怪难看的，弄个神武大帝来不行吗？"

跪地像？这也太奇怪了。哪位神官的神像会是跪地像？

又有人道："不是说拜了他就会倒霉吗？你们还敢拜啊？"

"这你们就不懂了吧。拜瘟神的确会倒霉，可这石像又不是拿来拜的，是拿来踩的。把瘟神踏在脚下，可不就能保佑自己好运常在？"

众人恍然大悟，都道："好寓意，妙寓意！"

听到这里，谢怜勉强起身，定定地望去。这一望，他整个脑子都空白了。

那具跪地石像，那张脸，居然就是他自己！

风信和慕情也觉察不对，上来一看，都说不出话了。风信当场就要炸，慕情一把拉住他，示意他看谢怜。

谢怜没出声，风信不确定他是不是另有考量，也不好轻举妄动，勉强忍着，眼睛里却是要喷出火来。有人道："这……是不是有点不妥啊？好歹是我们以前供奉过的神，是太子殿下……"

"嘿，仙乐都亡了还太子殿下呢。"

更有人道："此言差矣。我们踏瘟神，非但没有不妥，他反而要感谢我们才是。"

谢怜忽然道："哦？为什么要感谢你们？"

那人振振有词道："寺庙的门槛见过没？千人踩万人踏，但是，君不见多少富贵人家上赶着想买一条寺庙的门槛来给自己当替身？因为每踩那门槛一脚，那门槛就替他们赎了一分罪，还了一分债，积了一分阴德。这跪地像的意义也是一样的。我们每在他头上踩一脚，或者吐一口唾沫，不也是在给他太子殿下积攒功德？所以，他应该感谢我们才是……"

谢怜再也听不下去了。

那人说到"感谢"二字，他抬手便是一拳，扑了上去。

人群里登时炸开了锅："你干什么！""打人啦！"

风信早就想揍人了，也是大喝一声，加入战局。虽然他俩身手非凡人可比，但对方人多势众，加上后来慕情拉住他们警告打死凡人会罪上加罪，一场混战后，三人都被赶了出去。

004

沿着一条河满身狼狈地走了一阵，三人的步子慢了下来。慕情叹气道："辛苦一天，打了一架，前功尽弃。为什么就不能忍忍呢？"

风信憋屈死了，道："这时候了怎么忍？都被做成那种跪地像给人踩脸了！"

慕情道："就是因为这时候了，所以才更要忍！这是什么时候？食不果腹的时候！我们也不是第一次遇到这种事情了，今后一定还会遇到更多！如果不能学会习以为常，恐怕就不用活了。"

谢怜不语。风信反感地道："习以为常？对什么习以为常？对凡人踩他的脸习以为常？为什么要对这种事习以为常？"

谢怜本就烦躁，头痛欲裂，道："别吵了！"

那两人齐声闭嘴。

平息一阵，谢怜叹了口气，道："我们回去吧。"

风信道："好。"

二人并肩走了一段，忽然发现慕情没跟上来。谢怜回头，疑惑道："慕情？"

沉默一阵，慕情道："太子殿下，我想对您说一件事。"

谢怜道："什么事？"

风信不耐烦地道："你又怎么了？都说了不跟你吵了，你还想怎样？"

慕情道："我想离开。"

虽然他开口之前，谢怜已经隐隐有了不祥的预感，但等他真的开口说出这句话，谢怜还是屏住了呼吸。

风信怀疑自己听错了："什么？你说什么？离开？"

慕情一双如黑曜石般的眼睛定了定，神色冷静地道："请您允许我离开。"

谢怜觉得有点晕，靠在了一旁的墙上。慕情道："我觉得，眼下我们都陷入了困境之中，而对于该如何摆脱困境，我们想法不一样。再这样下去，我们只会在这烂泥潭里拖死彼此。所以我希望您能允许我暂时离开，去找一条生路。"

风信气极反笑，道："你哪来那么多话？懒得听。直接一句'我就是忘恩负义了怎么着'，我还敬佩你是条汉子。"

慕情似乎被他微微激怒了，道："随便你怎么说！别一副好像你很懂我的样子。但再怎么样，你都要认清一个事实，就是他已经不再是人间正道、世界中心了！太子殿下也迟早要明白的！"

"够了！"

谢怜一喝之下，二人双双止住。谢怜把手从额头上拿开，转向慕情，盯着他看了一阵，淡淡地道："你在我身边这么多年，应该也知道的，我从不勉强别人。"

慕情抿了抿嘴唇。

谢怜道："你走吧。"

慕情看他一眼，一语不发，向他鞠了一躬，当真转身走了。

眼睁睁看着他的背影消失在夜色中，风信不可置信地道："殿下，你就真这么放他走了？"

谢怜道："不然呢。我说了，我不喜欢勉强别人。"

风信道："不是？这小子！他搞什么啊他？他也就真走了？！我……了！"

谢怜在河边蹲了下来，道："不要吵了。他心已经不在这里，留下来还能干什么呢？逼他给我洗衣服吗？"

风信也不知该说什么了，一起蹲了下来，半晌，气道："这小子是可以共富贵、不可以共患难，一出事就跑了，你这么多年怎么对他的，他全忘了！"

谢怜摇摇头，道："我原也没想让他记着这种东西，叫他别记着的也是我。这个今后你也别提了。"

风信气得眼眶都红了："不是的！这种东西，你可以不让他记，但他不能真的忘！！"

谢怜看看他，他居然比自己气得还厉害，便揽住他的肩，道："别难过。我没事。"

风信道："殿下你放心，我肯定不会离开的！"

谢怜勉强笑了笑。

他想一个人安静片刻，好不容易才推走怎么都不放心的风信，谢怜又沿着河走了一段。

慕情的离开，真是让他大为震颤。

谢怜总是相信"永远"。比如，朋友就是永远的朋友，不会欺骗，不会背叛，不会分道扬镳。他从没想过，一个如此亲近的人会说离开就离开。

再来，就像故事里的英雄和美人，天作之合就该长相厮守。就算不能，那也一定是因为决绝惨烈的死别，而不该是因为"日子过得太糟糕"这种过分真实的苦恼。这会让他觉得一切都很可悲。

一脚踩空落地万丈,发现自己还在人间。这滋味可真不好。

胡乱走了一段,迎面忽然漂来许多璨璨的金星。谢怜这才回过神来,定睛一看,发现竟是一盏一盏的花灯,漂浮在水上,随着江流朝这边姗姗而来。还有几个小孩儿,笑嘻嘻地在河边耍闹。

谢怜想起了:"啊,今天是中元了。"

以往在皇极观,中元节都会举办盛大的法会,早早就开始期盼,是不可能忘记的。如今却是压根不记得了。他摇了摇头,继续前行。这时,前方路边传来一个声音:"小娃娃,买不买呀?"

这声音苍老至极,还带着森森鬼气。谢怜本能地觉察不对,抬头望去,只见方才那两个小孩抱着手里的灯,停在路边,又是好奇,又是怯怯地看着什么东西。

他们对面的黑暗里,坐着一个人。似乎是个黑袍老者,脏兮兮的与黑夜融为一体。他手里托着一盏花灯,对那两名小儿阴恻恻地道:"我这儿的灯,可跟你们怀里抱的普通花灯不同,这都是稀奇宝贝,点上许个愿,保管灵验。"

两小儿将信将疑:"真、真的吗?"

那老者道:"当然。你们看。"

他手里那灯,分明并未点燃,却忽然发出一阵不祥的红光。而地上摆着的十几盏灯也是,幽幽绿光时隐时现,诡异至极。

两小儿看得稀奇,谢怜却看得分明。那哪里是什么稀奇宝贝?分明是死人的磷光!

那花灯里定然封着小鬼的魂魄,才会自行发出那种不祥的诡光。而这老者一定是个半吊子的野道士,不知道在哪里捕了这样一批倒霉的孤魂野鬼,扎成了灯。那两小儿不明所以,拍手欢天喜地还想买。谢怜赶紧走了上去,道:"别买。他骗你们的。"

那老者瞪眼道:"你这小子,说的什么!"

谢怜直截了当地道:"那灯不是宝贝,是妖器,里面装了鬼,你们要是拿回去玩儿,一定会被鬼缠上。"

两小儿一听有鬼,哪里还敢停留,"哇"的一声,哭着跑了。那老者一蹦三尺高,气急败坏:"竟敢坏我买卖!"

谢怜却道:"你怎么能在这种地方胡乱买卖?别说这种无知小儿了,就是大人买了你这邪里邪气的花灯也要倒大霉,说不定就被冤魂缠上了,岂不要酿成大错?就算你非要卖这种东西,也应该到专门的地方去卖啊。"

那老者道:"你说得轻巧,哪有专门卖这些的地方!大家不都是路边随便找个地方摆摊吗!"说着抱了那一大堆扎得极丑的花灯,气咻咻地就要离开。谢怜忙道:"等等!"

那老者道:"怎么?干什么?你要买吗?"

谢怜道:"不是吧,你还真打算到别的地方继续卖啊?你这些灯里的鬼魂是哪儿来的?"

那老者道:"荒野的战场上抓的,到处都是。"

那岂非士兵们游荡的亡魂?

听到这里,谢怜可不能不管了,肃然道:"别卖了。今天是中元啊,万一闹出什么事来,不是好玩儿的。而且这些都是战士英魂,你怎能把他们当小玩意儿来卖?"

那老者道:"人死了就是一缕烟儿,管什么英魂不英魂?当然是我一把老骨头更重要,大家都是要讨生活的,不让我卖,我喝西北风去?你这么热心,你倒是花钱买啊!"

"你……"

最终,谢怜还是认输了,道:"好,我买。"

他把手伸进兜里,搜刮了所有角落,掏出几个小钱,道:"这些够吗?"

那老者看了一眼,道:"不够!才这么点,这怎么够?"

谢怜也不是很懂十几盏花灯要多少钱才算正常,他从前买东西从来不看多少钱,但万般无奈之下,竟无师自通学会了讨价还价:"你这些花灯又不怎么好看,还很晦气,便宜点算了吧。"

那老者道:"这个价钱你还叫我便宜?没见过比你更穷酸的了,太丢脸啦!"

谢怜被他说得脸上有点挂不住了,道:"我可是太子,这辈子还没人说过我穷酸呢?"话音刚落,他就微微后悔,不过,那老者压根没把他的话当真,笑道:"你是太子,那我就是皇帝老子啦!"

谢怜既有点庆幸,又有点尴尬,索性破罐子破摔,坦白地道:"卖不卖?我没钱啦。"

一番斤斤计较后，二人总算成交。谢怜用那点少得可怜的钱，买下了十几盏鬼花灯，抱到河边。那老者一溜烟跑了，谢怜则坐在河边，把花灯上缠绕的红线结子一一解开，将被符咒封印住的小鬼都放生了，顺便给它们做了一场简单的法事。

星星点点的幽幽鬼火从灯里飘出。这些魂魄都是刚死不久的新鬼，浑浑噩噩的，没有自己的意识，都还很虚弱，所以才会被那老者抓住。它们从狭窄的花灯里被放出来后，都簇拥着谢怜，亲近地打转，不时蹭蹭他。谢怜站起身来，轻声道："走吧，走吧。"

被他用手轻轻托了一把后，那些鬼魂越升越高，飘向天际，渐渐散去。这也就是所谓的，魂归天地了。

谢怜凝视着星夜，良久，忽然听到身后传来了一个小小的声音。

那个声音道："太子殿下……"

谢怜一怔，随即向声音传来之处望去，这才发现，居然还剩下了一团小小的鬼火，没有升天，也没有化作星火散去。

看来，这只小鬼比其他小鬼都要强，非但有自己的意识，还能说话。他走了过去，奇怪道："方才是你在叫我吗？你……认得我？"

那团小小的鬼火被他注意到了，似乎十分雀跃，一上一下地跳动，听声音，似乎也是个少年。它道："我当然认得您！"

谢怜想起他现在浑身都是泥巴，越发尴尬了，手握成拳抵在嘴前，真想不承认，说"你认错了"算了。须臾，他正色道："你为什么还留在这里？我方才不是度化过你们了吗？难道我哪里做漏了一步？"不然怎么会经过了那场法事，还剩下一个？

不知名的鬼魂飘浮在他面前，不近不远，答道："不。您什么也没有做错。只是我自己还不想离开罢了。"

谢怜想了想，道："你还有未了的心愿和执念吗？"

不知名的鬼魂道："是的。"

谢怜道："那么，说说吧，是什么？不是很难的事的话，我尽量帮你办到。"

不知名的鬼魂，背后是随夜长流的三千浮灯，它道："我有一个珍重之人还在这世上。"

沉默片刻，谢怜道："原来如此。是你的妻子吗？"

"不是的,殿下。"

"啊。"

不知名的鬼魂道:"其实,那个人可能都不太记得我。我们甚至没有说过几句话。"

谢怜心道:"话都没说过几句?既然如此,那为何会成为将你魂魄羁留于世的'珍重之人'?这是何等地国色天姿?"

沉吟片刻,他道:"所以,你的心愿是什么呢?"

不知名的鬼魂答:"我想保护他。"

通常,这种鬼魂的心愿会是"我想告诉她我喜欢她""我想和她温存一番",或者可怕一点的"我想她地下来陪我"。"保护",倒是真不多见,谢怜怔了怔,道:"可是,你已经不属于这个世界了啊。"

不知名的鬼魂道:"那又如何?"

谢怜道:"强留下来,你会不得安息的。"

不知名的鬼魂却是满不在乎,道:"我愿永不安息。"

这一缕孤魂,竟然固执得很。照说,如此偏执的鬼魂,十之八九危险至极,但不知为何,谢怜并没有在它身上感受到任何杀气,因此并不担心,又道:"如果你珍重之人知道你为了他而没法安息,恐怕会感到歉疚烦恼的吧。"

不知名的鬼魂迟疑了片刻,道:"那我不让他知道我为什么不走就好了。"

谢怜道:"见得多了,总会知道的。"

不知名的鬼魂道:"那也不让他发现我在保护他就好了。"

听到这里,谢怜的心也忍不住微微一动,心道:"这个人的'珍重',不是说说而已的。"

这些花灯里都是那老者从荒野的战场上捕获的游离鬼魂,眼前这个,也一定是个年轻的战士了。他缓缓地道:"这场战乱让你离开了那个人……抱歉了。我没有赢。"

不知名的鬼魂却道:"为你战死是我至高无上的荣耀。"

谢怜一下子愣住了。

"为太子战死乃是身为仙乐士兵至高无上的荣耀。"这句话是仙乐国的某位将军用来教导士兵的一句口号,以此来激发士兵们的士气,宣称就算是死,他们也会死得其所,死后将去往仙境。那当然是谎话。没想到,这名年轻的战士已经死去，魂魄流离在人间，却依然牢牢记着这句话。而且，答得珍重且郑重。

忽然之间，谢怜就眼眶发热，视线模糊了。他道："抱歉，忘了吧。"

不知名的鬼魂跃动的火焰更亮了，道："不会忘的。太子殿下，我永远是你最忠诚的信徒。"

谢怜强忍着哽咽道："我已经没有信徒了。信我不会有什么好事的，可能还会带来灾祸。连我的朋友都离开我了。"

不知名的鬼魂宣誓般地道："我不会的。"

谢怜道："你会的。"

鬼魂坚持道："信我，殿下。"

谢怜道："我不信。"

不相信别人，也不相信自己了。

第二章

一文钱难倒英雄汉

往日形影不离的三人组突然少了一人，另外两人都极不习惯。

比如，之前是慕情负责收好钱袋，现在他走了，谢怜只好自己收着。每次点着那一点点少得可怜的数目，他简直无法相信，这就是他劳动一天的报酬。

这日二人一回来，看到破庙里外满是浓烟。谢怜大惊："怎么回事！"

喊了一声，一个妇人就迎了出来，喜道："皇儿！"

正是皇后。她一身布衣略显憔悴，但美貌依旧，竟仍留有几分贵妇风仪。谢怜见她并无异样，这才放心，问道："母后，这烟……你们干什么了？"

皇后不好意思地道："也没怎么回事，我今天想自己做点饭……"

谢怜哭笑不得，道："做什么饭？这烟太惹人注意了，会把永安的士兵招来的，他们还在搜查我们下落，千万小心。"

皇后很听儿子的话，连连点头。谢怜和风信进屋去把烟灭了，皇后跟在他们身后，道："皇儿我炖了汤，你们一起来尝尝吧。"

谢怜心道："您炖个汤怎么会起那么大烟，活像打了一仗似的……"

风信自然连连推辞，皇后却坚持，他只得也小心翼翼地在桌边坐下来，略受宠若惊。现在的惊，是惊喜的惊，然而，等皇后端上那锅东西之后，就变成惊骇的惊了。

两人看到锅里东西，都是一脸惨不忍睹。趁皇后进后殿，谢怜低声道："这鸡……死得好惨。"

风信："殿下你看错了，里面根本没有鸡。"

谢怜："那里面漂浮的这个死鸡一样的东西是什么？"

两人研究了半天也猜不出锅里的这个到底是面粉？山药？还是抹布？最后，

谢怜道："算了吧，实在不行就……处理掉。"

风信硬着头皮道："那怎么行，皇后万金之躯，我……我……"

等皇后出来时，谢怜已经快把风信人中掐掉了才把他掐醒，两人一起装作意犹未尽的模样，道："饱了饱了。"

见状，皇后颇为高兴，道："你那另一个小侍卫任务完成回来的时候，我也给他炖一锅。"

谢怜笑容一凝。他并没告诉父母慕情离开的真正原因。皇后又道："对了，还有一件事。皇儿，你明天……能不能带点药回来？"

谢怜道："什么药？"

皇后愁容道："我也不知医理，要不你去药铺子里问问，咯血之症要用什么药？"

谢怜失色道："咯血？！"

他径自走进屋后，见国主窝在一床破被子里。这些天他忙于奔波，现在一瞧，国主一脸病容，面颊都几乎凹陷下去了，甚至整个屋子里都弥漫着一股雾霾一般的病气，令人难以呼吸。

逃难带病，尤胜雪上加霜。谢怜深吸一口气，道："我现在带他去医馆。"

皇后却道："不行。皇儿，城中四下皆是永安追兵。你还是先想办法弄些药回来吧。"

谢怜呆了半晌，掉头出去，开始在屋里翻箱倒柜。风信道："殿下，你找什么？"

谢怜不答，自己从箱底翻出了一样东西。那是一柄古意盎然的宝剑。

风信一看，道："你把红镜拿出来干什么？"

沉默片刻，谢怜握紧了剑，道："我，要当了它。"

风信大惊，立即道："使不得！"

谢怜重重关上箱子，道："那么多把剑都当了，不差这一把。"

一路上，为了凑足他们的车马费及通过危险关卡时必要的打点费，谢怜已经把能当的东西当掉了大半。因为不能去人多口杂的大当铺，有时还被发现了他们行踪的黑心商人要挟，都是忍痛折价出手的。风信道："不一样的！这把剑你不是很喜欢的吗？要不然你之前怎么没当还把它压在箱底？而且这是帝君送你的剑，当了说出去多不好！"

谢怜道："再喜欢也没有命重要，走吧。"

二人拿了剑，一路走到城里，都是一脸丧气。到了当铺前，谢怜停下脚步，看了看手里的红镜。风信看看他，道："要不然，别当了吧。咱们试试……想别的办法？"

谢怜摇了摇头，道："我实在想不到办法。而且也来不及了。"

如果他们去偷去抢去骗，没有凡人可以阻拦住他们，而且来钱快得多。但是，偏生是因为要遵守凡人的规则和善恶的准则，老老实实想办法挣钱，才会如此拮据困难。定了决心，谢怜道："当是要当的，当了就去买药吧。"话是这么说，但脚下还是没动，风信知道他是舍不得，这是他手上最后一把宝剑了，道："再看看吧。"

正在此时，那边街头传来一阵嘈杂，狼嚎鬼叫的，有人喊道："胆子大了！""抓起来！抓起来！"

两人皆是一惊，谢怜警惕地闪到一边，道："谁？！追兵？"

风信也很警惕，前去查看了下，放了心，回来了，道："没事！不是永安追兵，不关我们的事，是有人打架。去看看？"

谢怜这才松了口气，若是追兵，虽然不是说打不过，但又要换地方也很麻烦，道："去看看，别是什么恶霸。"二人一齐凑上前去，只见中间几个人正在扭打，围观的正在叫好。风信拍拍一旁一个正看得兴高采烈的路人，道："兄弟，怎么回事？"

那路人笑呵呵地道："你不知道吗？太精彩了！仆人打主人了！"

居然是这种事。谢怜无语，道："这是为何？又为何叫好？"

那路人道："当然要叫好！这个主人啊，真不是个东西！这个仆人从小跟着他，忠心耿耿。他呢！就知道剥削人家，不给多少工钱还使唤人家给他当牛做马，这仆人实在忍不了了，这不你们看你们看！正打着呢！"

果然，那打人的边打边骂，什么"老子忍你很久了！""你自己算算你给过我什么？！""家里都穷得揭不开锅了，还骑在老子头上作威作福！""从今天起，老子不再是你家的狗了！"云云，挨打的主人抱头嗷嗷大叫，众人拍手称快，听得谢怜心里不知为何汗毛倒竖，不由自主去瞟风信的脸。风信却完全没注意到他的异样，听旁人说了这家主人的种种劣迹，随口道："原来如此，那这

014

主人的确不像话,怨不得这仆人要反了。"

他说得无意,谢怜心中却是咯噔一声,握紧了手中红镜。

一番头痛,当掉了红镜,二人总算有了钱,当即去医馆买药回去。

晚上,风信在屋外煎药,拿着把破蒲扇狂扇,谢怜则又在屋内翻箱倒柜。翻了许久,终于从箱底翻出了一条金灿灿的腰带。

原先他有许多条金腰带,和那些宝剑的下场一样,都当掉了,只剩下这最后一条了。

恰好风信抬眼看他,道:"殿下,你拿着那腰带做什么?别是这个你也想当掉吧?"

谢怜却走了过去,把这条金腰带递给了他。

风信瞪大了眼睛,莫名道:"你把这个给我做什么?殿下,你刚才关箱子,没把脑子一起关进去吧?"

谢怜这才想起,在上天庭送金腰带还有一层特殊含义,登时脸就黑了:"你想多了。你把它当普通的金子收下就好!"说着就塞了过去。风信脖子上挂着那条金腰带,无语道:"不是。你总得告诉我,你为什么要突然塞一条金子给我吧。"

谢怜道:"你就当是补欠了你这么久的俸禄吧。"

风信纳闷道:"不是。你今天是怎么了突然?这时候了,你跟我提什么俸禄啊?给我你还不如当了给国主陛下多买几服药。不当也行,你自己留着,这可是神官才能有的东西。"

谢怜道:"药我有办法,这个你收下。"

他坚持要给,风信不明所以,莫名其妙又好笑,耸了耸肩,捡起地上那把破蒲扇继续扇火煎药,道:"那行,我先帮你收着。什么时候你又想要回它了再找我吧。"

谢怜摇头,道:"我不会要回来的。它是你的了。"

当了红镜,手头宽裕了些,他们总算是吃了几顿好的。鉴于皇后手艺惊人,谢怜婉言请母亲还是去照顾父亲,千万不要下厨了,由他自己动手料理材料。虽然他也没经验,但没吃过猪蹄也看过猪走路,做出来的东西还算能入口,这才救了众人的口腹之苦。

只是咯血之症原本就难以治愈，加上国主心气郁结，得大量药吊着才能不好不坏。谢怜手边没东西可当了，这日，在街头游荡许久，想了又想，最终还是对风信道："要不然……我们试试吧？"

风信看他，道："那就，试试？"

二人不是第一次犹豫着想"试试"了，只是之前都没下定决心。到了眼下，不用说得更明白，都懂。谢怜点了点头，以白绫覆面。风信道："等等，你先不用来，我一个人来就好了。"

说完，他深吸一口气，突然对着街上行人大吼起来："各位父老乡亲走过的路过的不要错过——"

街上行人被他吓了一跳，三三两两围了过来，七嘴八舌地道："吼那么大声干什么！""有什么本事耍一个看看？""我要看胸口碎大石！"

风信把背上的弓取下来，道："我绰号'神箭手'，百步穿杨，给大家来露上一手献个丑。各位要是看得开心，还请打赏几个！"

什么神箭手，什么露一手，这套话都是他们路上看别人卖艺的时候学来的。虽然他们嘴上老是说绝对不会去卖艺的，但不知不觉中，老早就在留心别人是怎么说的了。众人嚷道："废话少说！快动手！"

风信搭箭上弦，对准一座高屋上挂的一角彩旗，道："中！"

说着就一箭飞了出去。他箭法绝好，自然射中，围观人群哄然大笑，都道："行啊，有点本事！"笑着闹着，果真有几个丢了几个钱。

小钱在地上滴溜溜打滚，风信上前去捡，谢怜也默默蹲下来捡，但心中总觉得失落落的，很对不起他。

风信从前是太子侍从，别说是这样的寻常百姓了，就是普通的官员臣子见了他也要客客气气，甚至想办法巴结。之前搬石头运泥土，被小头目呼来喝去就很憋屈了，现在还要忍受人把自己当耍猴子看。那百步穿杨的本事，居然不是拿来上阵杀敌，而是供人取乐。

正在此时，一个尖锐的女声道："是谁大街上乱射箭？！"

众人齐齐指风信，道："是他！"

风信莫名，人群分开，几个妇人噔噔噔地走了过来，拿着一支箭，正是风信方才射出去的那支。几个妇人把他团团围住，道："死小子！是你射的吗？你好大的胆！光天化日的乱射凶器，吓跑我们的客人，你说说，你要怎么赔？！"

原来，方才风信那一箭射中了彩旗，去势不减，直落到人家院子里。风信本来就不喜欢跟女子打交道，这几个妇人更是浓妆艳抹、脂粉香扑面，令人窒息，恐怕来者不善，唬得他连连摆手，连连后退。谢怜连忙拦到他身前，道："抱歉，抱歉。他不是故意的，至于赔偿，我们会想办法……"

那几个人妇人火气甚大，推推搡搡："你是谁呀！你……"谁知，这一推一拉，覆住谢怜脸的白绫无意间滑了下来，那几个妇人一看到他的脸，双眼一亮，口气也突然嗲了几分，道："哎哟，好俊俏的小哥哥！"

谢怜："嗯？"

一名妇人一拍手，眉开眼笑道："好！你们是一伙儿的吧？就拿你来赔好了！"

谢怜："嗯？"

尚未反应过来，他就被那几个妇人拖着走了一段，拉到一座华丽的小楼前。抬头一看，上面都是打扮得花枝招展的女子，莺莺燕燕的，谢怜这才明白，他居然是被几个老鸨拖走了！

他登时起了一身鸡皮疙瘩，道："等等，我没钱，我真的没钱！"

几个老鸨嘎嘎笑道："你当然没钱了，就是带你来挣钱的嘛！"

谢怜："对不起，我是男人！"

老鸨嗔道："知道你是，我们又不瞎。有的是女客人喜欢你这样的男人！"

被团团围住的风信终于冲破人群，奔了过来，喝道："赶紧放开殿……放开他！"

两人狼狈不堪，拔腿就跑，又自知理亏不敢动手，被激怒的老鸨们叫来二三十个打手，追得他们满城乱窜。真是从没见过这种阵仗，总而言之，他们再也不敢靠近这一带了。

不过，二人确定了，卖艺是能挣钱的，换了个地方，便扎了架子开卖了。他们初来乍到，当地人都有新鲜感，加上人看起来都体面好看，头几天倒真的靠卖艺赚了点钱，能应付食费和药费。但好景不长，不到小半个月，就有人找上了他们。

这天，谢怜和风信收摊后，七八个彪形大汉找上了他们。谢怜道："劳驾，各位能让让吗？"

为首的大汉哼道："你们在我们的地盘上待了好几天，还敢叫我们让让？"

谢怜和风信都是莫名其妙。另一个汉子也道："抢了咱们这么多生意，不给个说法，说不过去吧？"

二人才弄明白怎么回事。原来，这些都是本地的其他卖艺人。

每一片地上的江湖人士，都是拉帮结派、各有地盘的。他们一来，把人家本来的客人都拉跑了，别人赚不到钱了，自然要找他们的晦气。他们又不是老江湖，哪里懂得其中的门道？

如果不是没办法，谢怜也不想跟他们抢这生意，但现在也只能道："没有什么抢不抢生意吧。大家想看什么自然就会去看什么，我们也没有逼着别人来看我们……的射艺啊。"

对方哪肯听他的，粗声粗气地道："还没抢？大家伙这几天都没收几个钱，全让你们两个把油水占光了！"

"轰！"众人都吓了一跳，回头望去，只见风信把拳头从一旁一面墙壁上拿下来，而那墙壁上出现了一个斗大的拳印，裂纹向四周爬开。

他冷冷地道："你们是不是想找麻烦？"

这群汉子本来的确是想来找麻烦的，想用拳头说话，不过风信这么一打，毫无疑问，拳头比他们的更硬，瞬间气焰下去了一大半，但又不甘心就这么算了。为首那汉子噎了片刻，改口道："这样，按照规矩来，咱们划下道来比比，赢了的留下，输了的麻溜儿自己收拾东西走人，再也不许在这一带出摊子！"

一听要比试，风信便乐了。当然乐。凡人怎么能跟他们比？

谢怜也松了口气，道："正合我意。你们打算怎么比？"

那汉子大声道："用咱们卖艺人的绝活！"

说话间，另外两个汉子抬来了几块长长方方的石板，那汉子拍拍石板，道："胸口碎大石！怎么样？敢来吗？"

看他神情十分得意，看来这真是他的绝活。谢怜也蹲下来摸了摸那石板，抬头道："我当然没问题，不过，你也没问题吗？"这石板可不是假的。那汉子哈哈道："就你这身板，还是担心你自己吧。"

风信蹲在他身边，道："殿下，还是我来？"谢怜摇了摇头，道："不了。这几天都辛苦你了，这次还是我来吧。"他总得也出点力气。

于是，谢怜和那汉子都躺在地上，胸口压了一块石板。风信接过一柄大锤，掂了掂，正要砸下，谢怜忽然道："慢着。"

旁人喜道："怎么，你要认输了？现在认输也没关系，放你走就是了！"

谢怜道："不是。我想再加一块石板。"

闻言，众人都惊了："你不是疯了？"

谢怜慢条斯理地道："不是诸位说的吗？这是一场比试，而如果我们双方都是一块石板，没有差别，怎么算得上比试？"

众卖艺人将信将疑，有的觉得他傻了，有的觉得他是在虚张声势，商量一阵，果真给他在胸口多压了一块石板。谁知，谢怜又让他们再加一块！

这下，所有人都认定他在犯傻，干脆地给他又加了一块。于是，谢怜胸口就厚厚地叠了三块石板，看起来甚为骇人。

在众目睽睽之下，风信抄起大锤，眼睛都不眨一下，猛地砸下，那三块石板就整整齐齐裂成了十多块！而阵阵叫好声中，谢怜毫发无伤地，气定神闲地从地上爬起，从容地拍去衣上灰尘，看得旁人目瞪口呆。为首那汉子脸上青青白白，谢怜心道："这下总该知难而退吧。"

他以为对方承认他赢了，从此就不会有人来找麻烦了，谁知，那汉子脸色变了又变，咬牙一阵忽然道："给我也加两块！不，给我加三块！"

众人都道："大哥，这可使不得，这人肯定会使妖法，你没必要陪他啊！""是啊，他肯定作假了！"

风信怒道："你们没本事，就说别人是作假使妖法？"

为首那汉子却大声道："石板和锤子都是我们的东西，有没有妖法我们还不清楚吗？这小子确实有点本事，不过，他能叠三块也没什么了不起的，我能叠四块！只要咱们赢了，他们就得走！"

风信道："不可能的，你放弃吧！别把命搞没了。"那汉子却坚持要比，让人把沉甸甸的四块石板压在他身上，道："你们看好了！"

谢怜看着有点不对，低声道："风信，要不要拦住？四块石板，凡人肯定撑不住的。"风信也低声道："先别动，不至于不要命，砸几下他应该就知道厉害了。"

谢怜微微皱眉，点点头，先静观其变。果然，执锤的小弟只战战兢兢砸了一下，那汉子的脸就变了。拿锤的立刻不敢动了，那汉子却骂道："用点力！没吃饭吗，你这样怎么砸得烂？"

那小弟不敢马虎，第二下用足了力，"砰"的一声巨响，那汉子的脸一阵犹豫片刻，他还是放弃了。

这少年衣衫褴褛，脚上草鞋都磨破了，露出脚趾，显然是家中贫穷。他这么高兴，一定是因为终于有了一袋米可以吃，说不定他家里的人已经饿了好多天了，说不定这袋米是他当了最后能当的东西换来的。万一被抢了，岂不绝望？

总之，最后，谢怜还是选择继续等待下一个。

如此，他蹲在这棵树上巴巴地等了好几个时辰，从天黑蹲到天明。其间，这条山路上通过了十几个行人，每次谢怜想要动手，都因为各种各样不适合下手的理由放过了他们。好几次他都在想，算了吧！还是回去吧！根本没有哪个强盗是像他这样打劫的，能有收获才有鬼。可是，一想到回去之后，药也没了食物也没了，还是不得不硬着头皮继续等。

大半天后，终于，山道上远远地走来了最后一个路人。

那是一个中年男人，衣着华丽，非富即贵，相貌凶恶且流里流气，使人见之反感，一看就不像什么好人。

不过，所谓人不可貌相，谢怜忍不住又想："万一这人只是长得凶神恶煞，实际上是个好人该怎么办？就算他有钱，难道他就活该被抢？"

正挣扎着克服不了自己心里那一关，腹中突如其来的一阵咕咕之声惊醒了他，谢怜心中叹了口气，咬牙道："罢了，管不了那么多了。就你了！"

打定主意，他便从树上一跃而下，道："站住！"

半路杀出个蒙面人，那男子一惊，警惕道："你是谁？想干什么？！"

谢怜硬着头皮，道："把……把……"

始终是心中有障碍，他卡了好几次才喊出了那句话："把你身上的钱交出来！"

那男子一蹦三尺高，道："来人啊！强盗啊！"喊完拔腿就跑。比起怕他逃了，谢怜其实更担心他大喊大叫招来了别人，毕竟做贼心虚，立即道："站住！别喊了！"

那男子哪里会听，逃着逃着钻进树林，"哎哟"一声惨叫。谢怜心想莫非树林有猛兽出没袭击了他？忙道："等等！当心！……"谁知，追进去一看，登时一愣，脸色陡转煞白！

树林里，居然已经站着几个人了，正齐齐望向这边的他。谢怜再定睛一看，发现不对，这些根本就不是人。

因为那中年人好像根本就没看见他们，仍是慌慌张张的，而且，其中有好几个谢怜都十分眼熟。

当然眼熟了。这好几个都是他以前在仙京看到过的，有上天庭的，也有下天庭的。全都是神官！

那男子方才惨叫是因为摔了一跤，手里抓着一大串护身符，叨叨地道："大仙大仙！快来救我！"而他喊着的"大仙"们也真的如他所愿，已经来了。

此时此刻，数双神官的眼睛都在紧紧盯着谢怜，盯得他动弹不得。见那打劫自己的蒙面人呆在原地，那男子赶紧爬起来，一溜烟跑了。谢怜也根本迈不开步子去追，他已经浑身僵硬，出了一身的冷汗，满心都是恐惧。

是的，恐惧。

他只盼着白绫覆面，这些昔日打过交道的小神官都认不出他。可偏偏事与愿违，一名神官一边打量着他，一边惊奇地道："这不是……太子殿下吗？"

另一名神官更震惊地道："啊，还真是呢！太子殿下怎么会在这里？怎么还这副打扮？"

"刚才那个人喊的是'救命''强盗'？有强盗在追他？强盗是……"

"是……"

他们很矜持仁慈地没有继续说下去，但光听到这几句都已经够了，谢怜差点当场晕了过去。他哑声道："我……"

他想说点什么，但又不知该说什么。那几名神官的脸色都十分微妙。半晌，一名神官拍了拍他的肩，道："没事，没事，太子殿下，我们懂的。"

谢怜被他拍了几把，险些站不稳，又道："我……"

那神官哈哈笑了几声，道："你也是太不容易了才会这样，理解。你放心，我们不会和别人说的。"

对方都这么说了，他就完全不知道该再讲些什么了。不想承认，又不能否认。半晌，他才道："谢谢。那，我……我回去了。"

他也不知自己究竟是怎么离开的，总之，清醒过来时，他已经又站在了空无一人的山路上，是被冬日冷冷的夜风吹醒的。

至此，谢怜才终于反应过来，刚才发生了一件多么可怕的事。

他，谢怜——强盗？！

为什么会变成这样？！

为什么会弄成现在这样一发不可收拾的局面？！为什么会这么不巧，什么都没做成，却刚好被撞个正着？！

他整个人从头到脚都在发烧，已经彻底混乱了：虽然那几个小神官说他们不会说出去，但他们真的不会说出去吗？现在的上天庭会不会已经传遍了今天这件事？

一想到有这种可能，谢怜就简直不能呼吸。他是绝对没办法忍受被打上这种污点的烙印，被整个上下天庭甚至整个人间戳戳点点的！

想到这里，谢怜又开始呼吸困难，他脑子里混沌一片，把脸埋进手里。此刻他甚至愿意用自己的命来交换时光倒转。正懊恼不已，他余光忽然扫到一个白色人影，登时一惊，喝道："谁？！"

他一抬头，那人影瞬间消失不见，而谢怜则是又出了一身的冷汗。

虽然没看到那人的脸，但他总觉得，那人的脸上，像是戴着一张面具！

可是，扫了一圈，没见到任何人的踪迹，谢怜忍不住怀疑方才只是自己心慌意乱下的错觉。无论是不是，他都不能在这里多留了。

他一定得找个地方把自己埋进去！于是他从山上冲了下去，迎着冽冽寒风漫无目的奔了十几里。

有人的地方他都不敢停留，因为他总觉得人都在盯着他看，审视他有多不堪，直到奔到一处坟地，一个人也没有了，他才终于停下了脚步。

到了这里，谢怜才发现，他的脸颊和手都要被冻僵了，身体也在微微打着哆嗦。他不由自主地抱住胳膊，吐了几口热气，目光一转，发现一座墓碑前供着两坛子酒。

看来这墓碑的主人生前是个爱酒之人，所以死后旁人扫墓也给他带了酒。

谢怜蹲了下来，心道："真好，死去之人依然被活着的人记得，并且尊敬。"他从没喝过酒，但听说这东西暖人，还能忘事，顿了顿，忽然拎起酒坛，打开就是一通猛灌。

这酒不是什么好酒，便宜大坛，呛烈得很，谢怜灌了几大口，呛得猛一阵咳嗽，但好像的确暖和了些。

于是，他干脆坐在了地上，抱起坛子来，大口大口地继续灌。

恍惚间，好像看到不知从哪儿飞出一团幽幽的小小鬼火，围绕着他打转，似乎很急。谢怜快冷死了，只顾自己喝，跟没看到一样。那团鬼火仿佛拼命想要靠近他，但因为是虚无之火，每次迎向他，都只能生生穿过，永远无法触碰到他。

　　一坛子下去，谢怜早就晕晕乎乎的了，看它飞来飞去的，实在可怜，又实在好笑，忍不住"扑哧"一声笑了出来，胳膊肘撑在酒坛边缘上，道："你在干什么？"

　　那团鬼火一下子凝在了半空中。

　　谢怜问道："难道……这是你的坟？我喝的是你的酒吗？"

　　虽然他已经有点儿喝糊涂了，但以为是坟墓的主人不满了，在赶自己走，还是老老实实放下酒坛，起身道："哦……好吧，对不起了，我这就走。"

　　谁知，他勉强爬起来，醉眼惺忪没走几步，突然脚下一空，"砰咚"一声——摔了个倒栽葱。

　　这坟地里竟有个大坑。大约是挖好了准备埋死人的，岂知死人还没埋进来，倒先让谢怜躺进来了。

　　谢怜的头磕了一下，磕得生疼，越发头昏脑涨。他晕了好一会儿才挣扎着坐起，举着手，茫然无措地看了一会儿，两手都是泥和血，不知摔破了哪里。

　　他试着爬出坑。但刚喝了一坛子酒，手脚发软，使不上力，爬了好几次都滑了下来。谢怜瘫回坑底，瞪了乌云蔽月的夜空好一会儿，十分生气：这坑又没多深，为什么就是爬不出来？

　　越想越生气，谢怜忍不住喃喃地骂了一声。

　　谢怜从没骂过人。这是他第一次从口里吐出这种字眼。奇妙的是，骂完之后，他胸口郁结的闷气竟是瞬间就消散了。于是，谢怜像尝到了甜头的小孩一般，奋力扒在坟坑边缘，扬起声音又骂了一声。

　　他拍着地面喊道："有没有人啊？有没有人来拉我一把啊？！"

　　当然没有人。只有一团幽幽的鬼火，飞舞不熄。

　　谢怜掉下来后，那团鬼火冲过来似乎想拉他，但永远不得触碰。谢怜根本没在意它，怒道："干脆来个人把我埋了算了！"

　　骂归骂，爬还是要爬。谢怜好容易才靠自己爬了上来，已经是一身狼藉，气喘吁吁地躺在地上。半晌，他才翻了个身，抱着自己蜷了起来。

　　谢怜小声道："好冷。"

　　他说得很小声，怕被人听到。那鬼火却听到了，飞过来贴着他的身体，火焰突然亮了许多，似乎在用力燃烧自己。

然而，鬼火是冷的。

就算它靠得再近，燃烧殆尽，也不会给活人带来一丝温暖。

恍惚中，谢怜似乎听到了一个微小的声音。

那个声音似近似远，亦梦亦真，绝望地道："神啊，请你等等我，等等我吧……求你再给我一点时间吧……让我……让我……"

谢怜心道："神？是在叫我吗？"

可是，就算向他祈求，也没有用了。

他什么都做不到。

第三章
三十三神官争福地

那夜后，谢怜回去时把风信吓了一大跳。

谢怜这辈子滴酒不沾，这天却一次带着血、泥尘、酒气一起回来了，风信追问半天他也不说，直接把自己关屋里了。

其实，不找个人说出来，谢怜也很难受。但他又不确定，说出来后风信会是什么反应。

他不敢赌。

而且，在追问中，风信无意说了一句："又不是杀人放火抢劫，你还有什么事儿不能对我说的吗？"

听到这句，谢怜登时一阵窒息。如果说他原本已经有一点动摇，那么这一刻他就彻底坚信了：不能告诉风信。

同时，他也下定决心：不能再这么下去了！

第二天，谢怜便背了简易的行囊，简单告别后，去寻找一处灵气充足的清幽之地，闭关修炼了。

此前他是放不下父母和风信，才一直无法独善其身、抽身静修，因为觉得如此多少有些像在逃避自己应受的磨难。但他忽然惊醒，他再怎么摸爬滚打、挣扎求存，这些都不是治本之策。

要想彻底摆脱眼下处境，唯一的办法，只有再次飞升！

他徒步行走了不知几十里，风餐露宿数日，终于寻到一处清修之地。一番勘察，此地风水甚佳，竟是一处难得的洞天福地。

倒霉至今，居然突然时来运转了，谢怜还不敢置信，反复确认，这才无疑。

这真是一处灵气充沛的宝地。若能在此潜心修行，必将事半功倍、突飞猛进！

连日来黯淡的心情一下子明朗了。顺着陡峭崎岖的山路攀行了三四个时辰，谢怜终于在日落之前，进入了这座灵山的深处。

在重重树林中穿行，感觉离灵气发源之地越来越近，谢怜的脚步也越来越轻快。谁知，正在此时，他身后忽然传来一阵脚步声。

如此僻静的山野之地，居然会有这么多脚步声，谢怜下意识回头望去。这一望，他嘴边的微笑就僵住了。

在他身后，竟是出现了许多人，三十几个，高矮胖瘦不一，相貌服饰各异，但无一例外，都是神官。少数是上天庭的末位神官，多数是下天庭的同神官。

其中，赫然还站着上次撞上他拦路打劫时的那几个小神官！

他们看到谢怜，神色微变，扯扯这个，捅捅那个，低声不知道说些什么。而看到他们，谢怜的手一下子微微发抖起来。

双方面面相觑。半响，那边才有神官咳了一声，道："这么巧，居然在这儿遇到了太子殿下。"

"是啊，太子殿下怎么也到这儿来了？"

谢怜微一点头，尽量镇定从容、不卑不亢地答道："我是来此修炼的。"

对面的神官笑道："更巧了，我们也是来修炼的。没想到撞到一处来了。呵呵。"

原来，这一处洞天福地，不光是被他发现了。这几十名神官，也都看中了。

谢怜也没别的话好说了，点头道："原来如此……是太巧了。那，我先走了，诸位也请自便吧。"

说着他就想赶紧找一个最安静的洞府藏起来。谁知，他刚转身，身后便有神官道："且慢。"

谢怜回头疑惑道："何事？"

那三十几名神官有的以眼神交流，有的低声说话。须臾，站出一人，微笑道："太子殿下以往占的洞天福地也不少了，这一个，不如就让给我们吧？"

谢怜愣了好一会儿，这才反应过来。

他们的意思，竟然是要让他一个人离开？

莫名其妙，欺人太甚！

一股气血当场便冲上了他的脑门。谢怜心想："是我先来的，我没有让你们离开，为何你们还反倒让我离开？"

但他也不好贸然发作。沉默一阵，抓着行囊缚带的手指慢慢握紧，谢怜生硬地开口道："诸位，这是何意？"

一名神官道："这个，刚才不是已经说了吗……太子殿下以往占过的洞天福地也不少了……"

谢怜打断他道："但是那跟这又有什么关系呢？我不是很明白，又不是我在这里修炼，诸位就不能在这里修炼了。共用灵地修炼，岂非很常见的事？大家各修各的，有何不妥？为何一定要让我离开？"

那名神官被他堵了回去，讪讪的不说话了。这时，只听有人嘀咕道："别装傻。本来就有三十几个人了，你在这里修炼，别人还能修炼什么……"

虽然那人很快就被其他人按下去了，但谢怜还是明白了。

原来如此！

一片福地的灵气，是有限的。修炼时，如果一个人占了八成，另一个人就只能占两成。能力越强，吸收的灵气就越多。

这些神官是在担心，如果他也在这里修炼，会把大半的灵气都占尽。而剩下的灵气再给他们三十几个人分，每个人就不剩几丝了！

想通了这一点，谢怜脑中那股血气冲得更猛了。

他握紧了拳，尽量心平气和地道："我要在这里修炼。"

对面见他不肯退让，稍稍提高声音道："太子殿下，我们是敬你才到现在还愿意叫你一声'太子殿下'。你眼下是凡人之身，何必非要跟我们抢灵地呢？"

谢怜道："既然我是凡人之身，你们还怕什么？如果我不走，难道你们还要把我强行赶走？"

当然不行。凡人无过，神官不可擅用强力。众神官还真拿他没办法。然而，谢怜忘记了一件事。

正当他与这三十几名神官对峙时，忽然一个声音道："太子殿下被贬下凡了，不但会打劫凡人，骨头也是越发硬了，哈哈哈！"

一听这句，谢怜登时如坠冰窟！

他猛地抬头，只见说话的是一个不起眼的下级神官。可是，并不是那天他撞上的神官中的任何一个！

果然，他们早就说出去了。方才根本不是谢怜的错觉，他们的确都是在用那种微妙的眼光看着他。所有人都知道了！

刹那间，谢怜仿佛突然被抽掉了浑身的骨头，僵硬地转过头，哑声道："你们说过，不会告诉别人的。"

也许是他情绪激荡之下的目光太刺人了，被他盯着的那几名小神官连忙摆手，道："我们没有告诉外人呀！"

谢怜一字一句地道："那他们，又是如何得知？"

在场三十几个神官听到了那句话后，根本没几个脸露惊讶之色。既然这么多神官都知道了，那上天庭又有多少神官知道了？

被他质问，那几名神官卡了一下，又辩解道："他们又不是外人嘛，这里的都是相熟的朋友，大家之间都没有什么秘密，告诉他们不算告诉别人，除此以外我们不会说出去的……"不等他说完，谢怜便厉声道："谎话连篇！"

被他如此厉声打断，那几名小神官也有些脸上挂不住，缩回人群里。这时，忽然一名神官大声道："太子殿下你自己做的好事，我们为什么要为你保密？真是好笑！"

谢怜仿佛突然被迎面泼了一盆水夹冰。又听有人道："平日不做亏心事，夜半不怕鬼敲门。你不洁身自好，又如何能怪旁人不信守诺言？如果有人替你瞒着这种不义之事，那才是失职无德！"

谢怜道："不是！我……"

他想说我也是被逼无奈，可他心里也清楚，无论什么原因都不重要。重要的是，他的确打劫了！

这是一个污点，仿佛一块耻辱烙印烙在他脸上，使他在这些神官面前变得无限渺小，连为自己辩解都不敢大声。见他气势下去了，一名武神站了出来，道："太子殿下，你现在该明白，为什么我们不希望你也在这里修炼了吧？"

谢怜低下头，握紧了拳。

那名武神接着道："我们不是一路的，道不同不相为谋，你还是自行离开吧。"

看他振振有词说着"道不同不相为谋"的模样，谢怜却忽然清醒了。

这么多借口，说来说去，归根结底，不还是想要他让出这片灵地吗！

他双手拳头骨节咔咔作响，喉头压抑一阵，沉声道："不、可、能。我要在这里修炼。"

此刻，愤怒已经压倒了他的羞耻之心。

反正已经到了这一步，干脆破罐子破摔，豁出去了。谢怜听到有人低声道："这又是何必？""我真是从没见过这么厚脸皮的……"

然而，任他们怎么说，谢怜都一动不动。

他冷冷抬头，又重复了一次："我要在这里修炼。有本事就来赶我，反正就算想，你们也没那个本事！"

此句一出，对面十几名神官登时色变，齐齐抽出了兵刃！

这是自然。对于武神而言，方才那句可是个大大的挑衅。被团团包围，谢怜却分毫不惧。他无刀无剑，只足下一挑，挑起一根树枝。一名武神官肃然道："如果你立刻道歉，我们可以当作你方才没有冒犯我们。"

另一名却道："跟他扯这么多做什么，打！"

武神们的兵刃迎了过来。谢怜也抄着树枝攻了上去，道："欺人太甚！"

他们却是高兴得太早了。本以为谢怜既无法力也无兵刃，肯定好对付得很，谁知完全不是那回事。谢怜手里拿的虽然只是一根树枝，那树枝却给他使得咄咄逼人、凌厉无双。双方对上没多久，他一连挑飞了五六把剑，反观己方，甚至连给这树枝的劲风刮到也不敢，连连后退。

以神官之尊，居然打不过一个凡人，这可太丢脸了！

这时，一名观战的神官突然远远惨叫一声："什么东西？！"

这一喊，其他神官也惊了："怎么回事？！"

那神官似乎痛得厉害，捂脸弯腰道："刚才有一团鬼火打中了我眼睛……是不是他搞的鬼？"

谢怜看到这正是方才指着他鼻子说他好笑的那名神官，气极："什么鬼火？你们要抢灵地直说就是了，用不着再污蔑我！"

他怒气勃发，出手更狠，一圈武神的刀枪剑戟被他手里一根说粗不粗、说细不细的普通树枝噼里啪啦打掉了一地。突然，一人喊道："抓住了！你们看！"

谢怜身形微定，只见对面神官乱成一团，有人手里抓着什么东西，高高举起，道："真的有鬼火，他在搞鬼！抓到证据了！"

谢怜定睛一看，那果然是一团幽幽燃烧的小小鬼火。他怒道："我根本不知道怎么回事，你们凭什么逮着一团鬼火就说我搞鬼？鬼火又不是什么稀罕的东西，它身上写了我的名字？！"

惨叫的那名神官捂着眼睛道："普通的鬼火怎么会往我眼睛上扑？不是你指

使的怎么会这样?"

谢怜道:"这算什么证据?那我还说它只是这山上的游魂,是被你们惊扰了才撞上来的呢!"

最先动手的那名武神一把夺过了那鬼火,道:"管它是谁指使的,这种害人的东西,打散了就是!"说着手上一用力,竟要把那鬼火捏得魂飞魄散。见状,谢怜脱口道:"放开它!"

终归是不忍那游魂就这么被他们这场闹剧波及,他抢上前去与那武神缠斗起来。因意在夺魂,出手便收敛了些,二人正僵持着,后方几个神官却忽然喊道:"你来了?快来!来看看,这都是什么事儿!"

听起来像是有谁赶到了。众神官回过头去,都道:"你可算来了!""等你好久了,快来帮忙!"

闻言,谢怜先是一惊,心道:"莫非是来了什么厉害的神官?"再转念一想:"管他来的是谁,如果也要来和我为难,再打上一场又如何!我谁都不怕!!"

他现在满腹怒气,已经准备好了要大战一场。谁知,待到人群分开之后,那姗姗来迟之人走上前来,谢怜却完完全全地愣住了。

万万没想到,来人,竟是慕情!

慕情也显然没料到,会在这种情形下遇到谢怜,两人一打照面,皆是满面愕然。谢怜睁大了眼,把正在与他打斗的武神们都忘到了一边,道:"你怎么会在这里?你不是……"

说了几个字,他注意到了一件事,登时明白,闭上了嘴。

慕情现在穿的,是下天庭的侍神服。

原先,风信和慕情作为谢怜的副手活动时,二人的能力就颇得赞赏,惹人注目。后来谢怜被贬,不少神官都惋惜风信和慕情也和他一起被贬下去了,还有暗暗来牵过线问他们要不要转到别的神官殿里去侍奉的。如果有神官出于欣赏,把慕情再提回下天庭去为己所用,也不是不可能的事。

一定就是这样了。而且,他现在应该混得不错,不然也不会和这群神官一起,成群结队地出来找洞天福地修炼。

谢怜还是凡人之身,慕情却已经回到下天庭了,此情此景,莫名讽刺。

那边,慕情好容易才定了神,疑道:"这是怎么回事?"

众神官纷纷抢着给他讲前因后果。谢怜远远站着,身体僵硬无比。

他注意到，他们并没有特地对慕情讲他打劫之事。这说明什么？

说明慕情也早就听说过这件事了。慕情也知道他去打劫了！

一滴又一滴的冷汗从谢怜头上滚滚落下，他不由自主地后退了两步。方才与他对峙的那名武神气喘吁吁地喊道："他想一人抢占灵地，赶我们走，慕情快来帮忙！"

帮什么忙？

让慕情帮忙来一起打他吗？

谢怜气得头皮发麻，震惊不已。他好容易才反应过来，怒道："你们，你们真是颠倒黑白，无耻至极！根本不是这样的！明明是我先来的，要赶人走的也是你们不是我！"

慕情就在旁边看着，谢怜心里着急生气，又是一树枝打了出去，那武神有些招架不住，节节败退，又喊道："慕情！你还愣着干什么！"

别的神官也跟着喊，慕情却始终没出手。谢怜听他们连连催促慕情跟他们一起围攻自己，心中狂怒："慕情才不会跟你们一样，他是我朋友，他才不会帮你们！"

怒着怒着，他手下一用力，又打飞了一排兵刃。其余神官见他越战越勇，势头不对，忙道："慕情！你就这么看着他乱来？！"

慕情脸上神情变幻莫测，上前一步，手指微抽，站在他身旁的神官催道："别不动啊，帮忙啊！"

偏生在这时，又有人阴阳怪气地道："慕情不想动，也可以理解，毕竟人家以前是太子殿下的贴身侍从，就算太子殿下又打劫又抢灵地，也要顾念一下主仆旧情嘛。人家不去帮太子殿下的忙已经很给面子了，怎么还能指望他帮咱们的忙呢？"

这话听似在为他开脱，实则阴险至极，慕情额头颈间瞬间爬上了几丝青筋。

气氛微妙起来，谢怜觉察不对，道："慕情？"

他只叫了个名字，下一刻，手上便陡然一轻，传来了什么东西被削断的声音。

谢怜一愣，低头看看，被削断的，是他唯一的"兵刃"，那根树枝；再抬头，对面的慕情手里，已经化出了一把长刀。

此时此刻，那刀锋正指向谢怜。

而手持长刀之人面无表情地道："……请你离开。"

谢怜手里握着半截树枝，看着慕情，良久，才道："我不是真的想打劫。我也没有抢占灵地。"

慕情似是不愿看他，目光侧向一边，低声重复道："太子殿下，请你……离开。"

谢怜看着他，迟疑片刻，道："你知道我没有说谎吧？"

问这一句的时候，他有些期盼，又有些害怕。有个声音告诉他，不要问了，转身走吧！但他还是忍不住问出来了。

慕情还没回答，谢怜的身体突然向前一倾，整个人重重扑倒在了地上。

地是山路的泥地，坑坑洼洼，满是落石和碎叶。谢怜扑在地面上，迟钝地眨了眨眼。

不知道哪个神官，趁他失神在背后推了他一把，让他在这么多双眼睛前面，摔得这样难看。

实在是太难看了。四面八方都是高低不一、铺天盖地的人声，谢怜都听在耳里，一双眼睛睁得极大，看着眼前黑乎乎的地面，又很慢很慢地抬头，看着站在他前面不远处的慕情。

慕情就站在那些神官中间，没看他，侧首望向一边，和其他所有人一样，也没有要伸手拉他起来的意思。

于是，谢怜明白了，没有人会拉他一把。

趴了好半晌，他慢慢从地上爬起来了。

众神官以为他还要发难，警惕万分，谢怜却没再对任何人动手，而是低头在地上找了一阵，找到皇后给他收拾的小包裹，默默捡起，重新背在背上，转了个身，一步一步朝山下走去。

走着走着，他的步子越来越快。没过一会儿，谢怜便狂奔起来。

他憋着一口气，一路狂奔下山，一刻不歇。不知奔了多远，突然没留神脚下，又摔了一跤，那口气才带着一股血腥味吐了出来。

心慌意乱之中，他没想到要爬起来，只是坐在地上喘气。待到气息渐渐平缓，谢怜也没想到要站起来，反而就这么坐着发起了呆。

忽然，一只手伸了过来。

谢怜略显迟缓地眨了一下眼，顺着这只手，缓缓抬头望去，居然又是慕情。

他站在谢怜身前，脸色微青，伸着一手，半晌，口气生硬地道："你没事吧？"

谢怜呆呆看着他，没说话。

也许是被他这种令人毛骨悚然的目光看得不自在了，慕情避开了他的眼神。

但他的手还是伸着，道："起来吧。"

可是，这手已经伸得迟了。

谢怜没有接他的手，也没有起来，还是直勾勾盯着他。

二人僵持许久，慕情的脸色也越来越变幻莫测，似是担忧，似是难过，似是羞耻，谢怜却突然从地上抓了一把烂泥，"啪"的一声扔到了慕情身上。

慕情没想到他会干这种事，简直不知该说是粗鲁还是幼稚，胸口一下子炸开了一团脏兮兮的烂泥，脸也溅上了几点，错愕不已。少顷，强压下什么情绪，低声道："我也是没有办法！"

他的确是没有办法。现在他和那些神官应该交情不错，如果就这么看着同僚被谢怜暴打，他却不出手阻止，或者被人以为是站在谢怜这边的，他恐怕就不好过了。

谢怜仿佛不会说话了一般，只会抓着地上烂泥不断砸他。慕情挡了几下挡不住，道："太子殿下你疯了？！"

滚！滚！滚！

谢怜脑子里只有这一个字，然而他连这一个字也说不出来，只能疯狂地抓起手边能抓住的一切东西砸过去。他也不在乎砸的是谁。终于，慕情知道他现在根本不愿和自己交流，被砸走了。谢怜喘了几口气，瘫坐回去，又发起呆来。

他就这么一直坐到了天黑。

天黑之后，四周不知从哪里飘来许多磷火，幽幽飞舞。谢怜仿佛没看见一般，半点也提不起劲。

然而，那些磷火仿佛不甘心没被他注意到一般，越来越多地聚集在他身边。谢怜依旧不理。

直到磷火之中，出现了一个人影。

那人的来临，总是伴随着巨大的不祥预感。谢怜觉察到了什么，缓缓抬头。

十步之外，一个白衣人影站在无数飘浮的磷火之中，脸上半张面具正在森然微笑。

他和和气气地道:"你好啊,太子殿下。"

黑夜中,谢怜双眼的瞳孔瞬间收缩成极小的两点,颤声道:"是你?!"

白无相!

谢怜毛骨悚然,一跃而起,反手要去拔剑却拔了个空,这才记起他所有的佩剑早就都被当掉了。连他之前充作兵器的那根树枝也被削断了。也就是说,现在的他身无法力、手无寸铁,却对上了这个东西!

几年前仙乐国覆灭后,白无相就从世上消失了。谢怜只盼着他永远不再出现才好,谁知今天这个东西会突然出现在他面前!

那白衣人影缓缓向他走近,谢怜感到一阵胆寒,先是后退了两步,随即反应过来:不能后退!逃跑也没有用!

他厉声道:"你想干什么?!"

白无相不答,继续负手走近。谢怜的手脚连同从唇里呼出的白气都在颤抖。

他逼着自己回忆方才那三十多个神官或揶揄或冷漠或大笑的面孔,还有慕情转过去的侧脸,忽然之间,他忘记了恐惧,喊出了声,一掌劈了上去!

然而,这一掌还没劈到,一阵剧痛先到。对方竟是预料到了谢怜的招数,抢先一步闪到他身后,在他膝弯上踹了一脚!

太快了!

谢怜双膝已经"扑通"一声重重跪倒在地,脑子里才冒出这个恐怖的念头。这东西的动作,居然比他思考的速度还要快!

下一刻,谢怜便感觉到了一件更恐怖的事——一只冰冷手掌的五指大开,覆在了他的天灵盖上!

他大叫起来,而那只手微微用力,把他的头颅连着整个身体一起提了起来。谢怜毫不怀疑,以这东西的劲力,这五根手指只要一收拢,就可以直接碾碎他的颅骨,让他的脑袋顷刻间变成一团血肉模糊的骨夹肉。他也毫不怀疑,白无相抓住他后的下一步,就打算这么做!

谢怜凌乱地抽着气,以为必死无疑,用力闭上了眼。谁知,身后那东西却根本没有继续用力的意思,反而收敛杀气,轻叹了一声。

这声轻叹后好一阵,对方都没有继续动作。一片死寂中,谢怜又一点一点,睁开了双眼。

漫天的鬼火正在狂喜乱舞,每一团火焰都是一个正在看热闹、嘎嘎大笑的亡灵，然而，众多的鬼火似乎都被什么震慑了，不敢靠近他们两个，只有一团火焰格外明亮的鬼火悬在他们上方，正在用自己的火焰一下一下，猛烈地撞向谢怜身后之人。不知在做什么，但怎么看，都犹如蚍蜉撼树。

蓦地，谢怜身体一僵。

白无相，居然抱住了他。

谢怜歪歪斜斜地跪坐在地上，被一双冰冷而有力的手，抱在一个毫无生气的怀里。

白无相也不知何时坐了下来，喃喃道："可怜，可怜。太子殿下，看看，你被弄成什么样子了。"

他一边喃喃低语着，一边抚摸着谢怜的头，动作轻柔而怜悯，仿佛在抚摸一条受伤的小狗，或是自己生了重病即将死去的孩子。

月光下，悲喜面的半张笑脸隐没在黑暗里，只有半张哭泣的脸，仿佛是在真心实意地为谢怜伤心落泪。

谢怜僵硬地缩着不动，身后的白衣人抬起手指，擦掉了他脸上脏兮兮的泥巴。

在他的动作之中，谢怜居然感觉到了一种诡异的慈爱。像是在最好的朋友、最熟悉的亲人怀里，被冻得直打哆嗦的身体也奇迹般地回了一点儿暖。

没想到，在这般境地里，给了他这种慈爱和温暖的，居然是一个如此诡异的东西。

谢怜喉咙里发出阵阵压抑的呜咽，抖得越发厉害。那团鬼火飞到他心口，似乎想焐热他，却又不确信自己是否能帮他驱散寒冷，不敢贴近。

白无相帮他擦干净了身上的烂泥，道："到我这边来吧。"

谢怜颤声道："我……我……"

一句未完，他一咬牙，突然一掌探出，袭向白无相的面具！

突袭得手，那面具被他一掌打得高高飞起，而谢怜已翻身跃到数丈之外，道："离我远点！你这个……怪物！"

那张惨白的悲喜面坠地，满天的鬼火仿佛被吓呆了，突然失序，狂舞不休，无声尖叫。白无相则捂着脸，低低地笑了起来。那笑容听得谢怜汗毛倒竖，道："你笑什么？"

白无相轻哼一声，道："你会到我这边来的。"

他语气笃定，谢怜不懂他什么意思，不可置信道："你有病吧！你一定是有毛病！你这个……这个……"

他不会骂人，越是愤怒越容易词穷，不然他要用世界上最恶毒最能泄愤的字眼来诅咒这个东西。白无相哈哈一笑，道："你会来的。在这个世上，除了我，谁也不会真正懂你，谁也不会永远和你站在一起。"

谢怜心中胆寒，却仍驳道："滚！少自以为是，少胡说八道，你说没人就没人吗？"

一团鬼火飞到他身侧，上下点动，仿佛在点头赞同他一般。但四面八方都是这种邪乎的东西，谢怜并没有注意到这独一个。

那边，白无相温声道："哦？有人吗？以前是有人，你猜今后还会有吗？"

谢怜道："你什么意思？你在暗示什么？"

白无相不答，冷冷笑着转过了身，似乎就要飘然离去了。

他轻声道："我会在这里等着你的，太子殿下。"

谢怜当然不能就这么让他走了，道："等等！你别走！你对他们做了什么？你动了我父皇母后和风信？！"

他追上去伸手去抓那白衣人影，谁知，对方轻飘飘一甩袖子，反手抓住了一团鬼火。

他并没有特地攻击谢怜，谢怜却觉一股恐怖的大力袭来，整个人高高飞起，撞在一棵树上。一声巨响，那棵两人合抱的大树生生就被他的身形撞得折倒了！

若是在从前，这样的树谢怜就是撞折十棵也不会皱一下眉，但眼下他是凡人之身，这么一撞，浑身骨头都要散架一般，重重落地，晕了过去。

闭眼前最后一刻，他似乎看到那白衣人影伸出一手，掌中托着一团熊熊燃烧的鬼火烈焰，笑道："鬼魂，告诉我，你叫什么名字？这可太有意思了……"

醒来后，什么都不见了。

谢怜胸腔口腔都满是血腥之气，晕头转向了好一阵，突然一骨碌爬起。

他想起昏迷之前都发生了什么，一刻也不敢耽搁，狂奔几十里，终于在背起行囊离开后的二十多天的一个深夜里，回到了国主等人的藏身之处。

谢怜一路心焦如焚，惶恐万分，生怕白无相已经对亲人朋友下了毒手。

回到那座小破屋便一把推开门，气都来不及喘一口，失声道："父皇！母后！风信！"

还好。屋里，并没有出现他想象中的那种凄惨情形，甚至连东西都没有乱，还是他离开前的样子。

谢怜带着一身的伤狂奔数十里，嗓子干得要冒烟，稍稍放下了心，继续往里走去，道："风信！你们在……"

他一推开门，嗓子便卡住了。风信就在屋里，看到谢怜回来，奇道："殿下！你怎么回来了？"

然而，谢怜却并没看他，而是紧盯着他的对面。风信的对面站着一个黑衣人。

是慕情。

慕情回头看到他，抿了抿嘴唇。风信绕过他迎上来，道："你不是去修炼了吗？怎么样了？我还以为你要去好几个月，这么早回来，是有什么大进展？"

谢怜盯着慕情，道："父皇母后呢？"

风信道："已经躺下休息了。你衣服怎么脏成这样？脸上伤怎么回事？你跟谁打了一场？"

谢怜不答，听到父母安然无恙，这才彻底放心，对慕情道："你怎么在这里？"

慕情没说话，风信代他答道："他来送东西的。"

谢怜道："什么东西？"

慕情微微举了一下手，指向一旁。他指的是几个干净的袋子，应该是装的米粮。

见谢怜沉默，慕情低声道："听说你们缺药，回头我想办法弄些来。"

风信道："行，那我说声多谢，现在正缺这些。神官不能私自给凡人送东西的，你自己也小心点。"他又凑到谢怜身边，低声道："我也挺吃惊的，他居然回来帮忙了……"谢怜却忽然道："不需要。"

慕情的脸灰了一下。风信奇怪道："什么不需要？"

谢怜一字一句地道："我不需要你帮忙。我也不需要你的东西。请你离开。"

听到"请你离开"四个字，慕情闭上了眼。

风信也觉察出不对劲来，道："到底怎么了？"

在桌边老实吃了。反正现在的他吃什么也尝不出什么味道来。

这时,风信忽然起身,谢怜惊醒,道:"你干什么?"

风信拿了弓,道:"到时辰了,出去卖艺了。"

谢怜站起身来,道:"我也去。"

风信道:"算了,你还是再休息几天吧。"

虽然风信没有再追问,谢怜也浑身难受,总觉得被风信知道这种事后,二人之间有什么东西再也回不去了,风信的每一句话每一个眼神似乎都别有含义,值得深究。谢怜摇了摇头,叹了口气,道:"我实话跟你说吧,休息根本没用。"

这个风信多少也料到了,低头不知该说什么。谢怜又道:"既然如此,与其枯坐在屋子里,不如也出去卖艺,至少还能挣点钱,不至于像个……"

不至于像个废人。

不知为何,最后这两个字,他没能说出来。大概是因为心里真的觉得自己已经是个废人了,所以才不敢轻易吐露这二字了。

谢怜转过身去照镜子,道:"稍等,我整理一下就……"

他本来是想去理一把乱糟糟的头发,谁知,却在镜子里看到了一幅恐怖至极的画面。

镜子里的他,果然异常憔悴,脸上交错着乌青的伤痕,看起来失魂落魄,狼狈至极。但这根本不是重点。重点是在他身后屋子的角落,站着一个白衣人影。那人的脸上,戴着一张哭笑面具!

谢怜当场大叫起来,风信冷不防被他吓了一跳,道:"怎么了?!怎么了!"

谢怜脸色苍白地指镜子又指身后,道:"他!是他!"

那个白色人影一步一步朝他缓缓走近,并发出怪异的冷笑声。谢怜几乎魂飞魄散,跳上床神志混乱地就想把自己埋进被子里。可风信顺着他的手看去,好一会儿,却是一脸茫然地转过头,道:"你怎么了?"

谢怜紧紧抓着他:"你没看见吗?!他在这里,他就在这里!"

风信疑惑道:"什么东西?我没看到?"

谢怜如坠冰窟。

为什么?怎么会这样?为什么风信会这么说?难道他看不到那个人就在这里?

可是,他再看一次,那人影却消失了。

谢怜从交叠的胳膊里探出脸，还在惊魂未定，只听风信叹了口气，道："殿下，你……是不是太累了？还是被那臭小子气到了？听我的，最近你别出去了，还是多休息吧。"

谢怜好容易回过神来，见风信背了弓提了凳子就要出门去，忙道："等等！我……"

风信一面推门，一面回头："还有什么？"

话到嘴边，却又生生咽下。因为他脑海中突然冒出了一个诡异的念头：如果告诉风信，白无相又出现了，他会怎么做？

风信对白无相的阴影也不浅，他会怎么做？会不会也萌生退意，像慕情那样离开？

在他胡思乱想的当儿，风信已经出门去了。谢怜被关门声惊醒，只好缩回床上，闷上被子，打算再睡一觉。但怎么都睡不着，于是自己找了新衣服，打算烧水洗个澡。

一番折腾，总算是泡在了浴桶里。他把自己整个人沉进水底，憋到窒息，几欲昏厥才浮出来，狠狠洗了几把脸。

把全身上下都刷过一遍之后，谢怜伸出手去拿衣服，心不在焉地抖开衣服正要穿，忽然发现有什么不对劲。

这根本不是他的衣服，而是白无相那件惨白的大袖丧服！

谢怜只觉他泡着的热水瞬间变成了一锅冰池，毛骨悚然，失声道："谁！谁干的？！"

他跳出来，撞倒了浴桶，一声巨响，整个屋子登时水漫金山，惊得隔壁屋里的国主皇后都被吓到了。皇后扶着国主进来一看，谢怜在地上，吓得她扑上来抱着他道："皇儿，你是怎么了啊！"

谢怜湿淋淋地散着发，抬起头来，反手一把抱住她道："娘，鬼，有鬼，有鬼缠着我啊！他一直跟着我！"

他这模样，看上去就跟疯了没两样，皇后再也受不了了，抱着儿子心疼得哭了出来。国主也看着谢怜发呆，四十几岁的人，如今看来已逾花甲之年。冬日的寒气冻得谢怜一个激灵，指道："衣服。快看那衣服！……"

然而，他再去看那衣服，哪里是什么白丧服？不还是他的白道袍吗？

谢怜忽然一阵愤怒，一拳捶在木桶上，咆哮道："你到底想怎样？你在玩儿我吗？！"

皇后强忍泪水，抱着他道："皇儿别生气，你先把衣服穿上，穿上吧，别着凉了……"

这一日，风信回来得也很晚，脸上倦容，也比以往更深。

谢怜已等他许久，迫不及待地道："风信，我有很重要的事情对你说。"

虽然白无相太诡异厉害，即便是告诉风信提前示警估计也没什么用，但他思来想去，还是认为这件事不应该瞒着风信。岂料，风信没有立刻问他是什么事，而是道："刚好，我也有点事想跟你说。"

谢怜心想肯定白无相这件事比较重要，要紧的事还是放到后面再说，坐到桌边，问道："你先说吧，什么事？"

风信迟疑了一下，道："还是殿下先说吧。"

谢怜也无心推辞了，低声道："风信，你千万小心，白无相回来了。"

风信勃然色变："白无相回来了？为什么这么说？你看到了？"

谢怜道："对！我看到了。"

风信脸色发白，道："可……可不对啊，为什么会被你看到？为什么被你看到了你还安然无恙？"

谢怜把脸埋进手里，道："……我也不知道！但他不但没杀我，而且还……"

还像个慈爱的长辈一样搂着他摸他的头，还对他说"到我这边来吧"。

听他讲完这几日的诡遇，风信脸上的震惊渐渐退去，被迷惑代替，道："他到底想干什么？"

谢怜道："反正一定不怀好意，而且他好像一直跟着我，总之……你小心些！帮我提醒父皇母后也小心些，但别吓着他们。"

风信道："好。这几天我不出去了，那小子送来的东西……应该能撑一段时间。"

说来实在难堪。慕情走的时候，还是把他带来的东西都留下了。虽然当时谢怜情绪失控，砸他说不需要他的东西和帮助，但是冷静下来，还是灰溜溜地把东西都捡了回来。谢怜叹了口气，点点头，又道："对了，你要跟我说的是什么？"

提到这个，风信又迟疑了。顿了顿，他开口，竟是难得地吞吞吐吐起来，一边抓着头发，一边道："其实也……殿下，你那里，还有钱吗？或者有什么能典当的东西？"

谢怜没想到他居然会问这个在这种时候堪称傻瓜的问题，愕然道："啊？你问这个干什么？"

风信硬着头皮道："没什么……只是如果有，能不能，先借我点？"

谢怜苦笑道："你觉得还会有吗？"

风信也叹了口气，道："我想也是。"

谢怜想了想，道："但我之前不是送了金腰带给你？"

风信喃喃道："那个不够的，远远不够……"

谢怜吃了一惊，道："风信，你到底干了什么？怎么会一条金腰带都不够？你是在外面打了什么人要赔钱吗？跟我说说？"

风信回过神来，忙道："不是！你别放心上，我就问问！"

再三追问，风信都保证没事，谢怜不放心地道："要是有什么事，你千万告诉我，咱们可以一起想办法。"

风信道："你别管我了，干想也想不出办法的。殿下你还是先解决你这边的事吧！"

他一提这个，谢怜的心又沉了下去。

如他所料，接下来的数日，那个东西始终阴魂不散地纠缠着他。

谢怜总是能在许多出其不意的地方看到那张悲喜面，或是一个若有若无的白色人影。有时是在深夜的床头，有时是在水中的倒影，有时是在霍然打开的门口，有时，甚至就在风信的背后。

白无相似乎以恐吓他为乐，而且，故意只让他一个人看见。每当谢怜受不了地大叫起来指向他，其他人一冲过去或是一回头，他就消失了。这样的日子，谢怜过得一惊一乍，心里恨不得把这东西抓住大卸八块，可他根本连对方的影子都踩不着，难免日夜颠倒，身心俱疲。

一日，他半夜惊醒，感到难以抑制的口渴，想起一整天都没好好喝水，爬起来准备出去喝点水，却听外面隐隐透进来人声和微弱的烛光。谢怜一惊，立即躲在门后，心口怦怦狂跳："是谁？如果是父皇母后和风信，何必这么鬼鬼祟祟？"

谁知，这鬼鬼祟祟的，真的是他父皇母后和风信。风信的声音压得极低："殿下休息了吧？"

国主道："睡下了。好不容易才睡着，你们明天不要太早叫他，让他多睡一会儿。"

谢怜心中一酸，紧接着，又听皇后道："唉……这样下去，皇儿什么时候才会好啊？"

谢怜正觉得这话有哪里不对，这时，风信低声道："他也是最近实在太累了才会这样。发生太多事了。劳烦二位陛下也盯紧一些，如果殿下有什么不对劲的地方，千万马上告诉我。但是不要被他觉察到了，还有，不要说些刺激到他的话……"

谢怜躲在门后听着，脑子里一片空白，阵阵血液直往上冲。

什么意思？这是什么意思？

他心中咆哮："我没疯！我没撒谎！我说的是真的！"

谢怜一抬手，砰地撞开了门，屋里三人齐齐一惊，风信站起身来："殿下？"

谢怜劈头盖脸地道："你不相信我？"

风信一怔，道："我当然相信你！你……"谢怜打断他："那你刚才那些话是什么意思？是说我看到的那些都是我自己的妄想？"

国主和皇后想要插话，谢怜立即道："别说话，你们不明白！"

风信道："我相信你殿下，但你最近，真的太累了！"

谢怜看着他，没有说话，心里有什么地方却在飕飕地灌着冷风。

他相信，大体上，风信还是相信他的。至少有八分。

不是全盘相信。毕竟，谢怜最近这日子过的，实在是太有病了。换任何一个外人来看，都铁定会判断这是个疯子，有什么资格让人全盘信任？

但是不应该是这样的，以前的风信，是会毫无保留地相信他的。就算只有两分怀疑，也让人无法忍受！

谢怜心中满是愤怒和怨气，不知是对谁的，对白无相，对风信，对所有人，对自己。他一语不发，掉头出门，风信追上去道："殿下，你去哪里？"

谢怜推开他，强作冷静道："你不要管，不要跟上来，回去。"

风信道："你要去哪儿？我跟你一起去。"

谢怜打定主意，突然狂奔，风信脚速不如他快，不一会儿就被他远远甩开，只能在后面喊，国主和皇后也出来一起喊他，谢怜却充耳不闻，越奔越快。

他一定得主动出击了！

如果白无相要杀谢怜，或风信，或他的父母，没有一个不是易如反掌，但白无相偏偏不杀，却要把他当成玩具一样玩！

谢怜一面飞奔，一面对着黑夜吼道："滚出来！"

他相信白无相一定会跟着他出来的。然而，一通词汇贫乏的咒天骂地后，却没有如往常一般从料想不到的阴暗的角落里飘来几丝冷笑。狂奔数里，谢怜终于耗干了体力，深深弯下腰去，双手撑住膝盖，胸口喉管弥漫上一股铁锈味。

良久，他猛地起身，继续朝前走去，道："你要跟我耗下去是吗？行，我们就耗！"

第四章

百剑穿心厉鬼成形

  他一个人在荒山野岭、深山老林中不知行走了多久，雾气渐渐浓郁起来。

  四面黑漆漆的老树们张牙舞爪，全都向前方倾斜，压抑至极，仿佛在邀请他踏入一片不归的禁地。谢怜心知前方不善，但避无可避。而且，一定要作个了断的，迟早要来的，于是，他沉着脸继续前行。走着走着，前方白雾中，竟隐隐浮现出一排闪闪发光的事物，像是一面发光的墙。

  谢怜从没见过这种东西，微微皱眉，定住脚步。而那面"墙壁"，居然在向着他这边缓缓逼近！

  谢怜心生警惕，折了一根树枝，握在手里严阵以待。待到那堵"墙壁"逼到他身前不足两丈，他才愕然发现，那并不是墙，而是无数的幽冥鬼火。因为太多了，远远看去，就像是一面火光之壁，或是一张大网。

  那些鬼火虽然诡异，但并无杀意，只是沉默地飘浮在谢怜面前，不让他继续前进。谢怜试着绕过它们，这些鬼火却立刻变换方向，拦到谢怜身前。同时，他听见许多个声音道——

  "别过去。"

  "不要过去。"

  "前面有不好的东西。"

  "回去吧，不要再继续走下去了！"

  这些声音木然而密集，如潮水一般，听得人背后发寒。谢怜被它们包围在中间，注意到，这些鬼火里，有一团火焰格外明亮，也格外沉默。

  虽然鬼火这种东西根本没有眼睛，但望向那团鬼火时，他却仿佛能感觉到一道灼热的视线，迎了过来。

看来，这一只鬼是这些鬼火里最强的。其他的鬼火，全都是在跟随着它而已。

谢怜冷冷地道："让开。"

那鬼火一动不动。谢怜道："你们为什么要拦着我？"

那鬼火不答。而其他的小鬼火依然在重复着"不要过去"。谢怜根本不想和这些东西多作纠缠，挥手一掌，打散了它们。

并非打得魂飞魄散，这一掌只是驱散了结成阻拦之阵的鬼火们，仿佛驱散了一群萤火虫或小金鱼。

谢怜快速通过，踩得地上枯枝败叶轻声作响，然而回头一看，鬼火们也迅速跟了上来，看样子要再次结阵。谢怜警告道："别跟着我。"

最明亮炙热的那团鬼火飞在最前，充耳不闻，谢怜举手作欲打状，发狠道："再跟着我，当心我把你们打得魂飞魄散！"

如此恐吓，许多鬼火都害怕了，扑闪扑闪，畏畏缩缩向后退去。而为首那鬼火在空中凝滞了一下，依旧跟在他身后五步不到之处，让谢怜觉得，它仿佛在说"魂飞魄散也无所谓"，又或者是，它知道，谢怜不会真的打它的。

谢怜忽然没来由地愤怒。从前他一句话，哪个小鬼还敢再作纠缠？早就夹着尾巴四散无踪。如今，不但是个人都敢随意践踏他，连这小小一团鬼火都不听他的话，不把他当回事，气得他眼眶发红，喃喃道："连你这种小鬼也这样……全都这样……没一个不这样！"

为这种小事被气成这样，有点好笑，但谢怜此刻当真是满腔愤懑。岂料，他喃喃说出这句话之后，那团鬼火却仿佛明白了他现在又生气，又伤心，定在空中，不再前进，带着几百团小鬼火，慢慢向后退去。不一会儿，便尽数消失在夜色之中了。

谢怜吐出一口气，转身继续前行。

七八百步之后，前方迷雾中隐隐现出了几角飞檐，似是一座深山古观。谢怜走到近前，定睛一看，双目微微睁大。

这居然……是一座太子庙。

自然，是破败潦倒的太子庙。它早就遭受过暴徒的洗劫了，匾额落在地上，摔成两半。谢怜在庙门口停顿片刻，抬脚跨过那块残破的匾额，进入庙里。殿中神像也早已不翼而飞，不知是被砸了还是被烧了，抑或被沉海了，神台上空荡荡的，只剩一个焦黑的底座。两侧的"身在无间，心在桃源"被划了二十七八刀，仿佛一个好好的美人被人用刀子划花了脸，阴森狰狞。

谢怜沉住气，到殿中就地坐下，等待着白无相的出现。一炷香后，庙外的迷雾中，果然现出了一个身影。

但是，这身影身形不对，并不如白无相悠然自得；脚步声也不对，较为急促，并不如白无相那般悄然无息。所以，来人绝对不是白无相，也不是任何他认识的人，那么，会是谁呢？

谢怜警惕万分，待到那人"嗒嗒嗒"地冲到太子庙前，他才看清对方模样。不过，很遗憾，来人跟他的一切猜测都不符——怎么看都完全就是个过路人，看不出端倪。

但谢怜仍然没有放松警惕，谁知会不会是白无相的伪装？

荒山野岭，破败道观，忽遇一人，谢怜警惕对方，对方也警惕着谢怜。半晌，他才试探着问道："这位……道长？你知道这是什么地方不？"

谢怜微微皱眉，抬头道："你不知道这是什么地方？那你是怎么来的？"

那人道："我迷路了！转了老半天都转不出去。"

谢怜心知，他这绝对不是迷路了，如果这人不是白无相伪装的话，那就多半是被什么东西拐进来了。

他道："别转了，你走不出去的。"

"啥？你说啥？"

谢怜却不再回答了，继续打坐。如果是白无相拐来的，那着急也是没用的，他不放人就别想走，不如静静等着看他到底想做什么。

那人也跑累了，坐在一旁歇脚，二人相安无事。过了没一会儿，迷雾中又现出了一个人的身影，行到庙前，也是一个纳闷儿的路人，看到庙里有人，连忙迎上来道："两位老兄！问一句，这是什么地方？"

那两个路人攀谈起来，谢怜生出了一个预感。

这还没完。还会有人来的。

果然，不到一个时辰，这座太子庙就陆陆续续来了几十个人。男女老少皆有，或独身一人，或三三两两，或拖家带口，大多数是迷路的，但迷路的方式千奇百怪，有的甚至在大街上走着都能迷到这里来，十分不可思议。在里面，谢怜还看到了之前非要跟自己比胸口碎大石的那个卖艺人，他脸色不大好，看来上次的比试着实让他受伤不轻，两人打了个照面，没说话，点点头。

显而易见，这些全都是普通人，而且，都是白无相故意带到这深山老林的！

谢怜心中警铃越来越响，却是不动声色，从袖中掏出一个冷馒头用力啃了一口，用力咀嚼，再用力咽下。他要尽可能保存体力，应付待会儿可能到来的大战。

两个时辰后，这座太子庙里里外外就被"迷路"而至的人群挤爆了，谢怜暗暗点过，约有百人。没有一人走得出这片森林。

人一多，场面就闹哄哄起来，众人七嘴八舌："你也是莫名其妙来的？这真是太邪乎了！"

有人提议道："要不我们再找找吧？"

立即有人赞成："走走走，我就不信了，这么多人还没一个走得出去！"

坐在角落里的谢怜却冷不防抬头道："你们怎么走也没用的。出不去的。"

众人望他："为什么？"

谢怜冷冷地道："因为你们都是被一个怪物引到这里来的。你们都是他的玩具，他会这么便宜放你们走吗？"

众人有觉得他危言耸听的，有觉得他神神道道的，有觉得他不可小觑的。一人站起身道："你是什么人？凭什么这么说？"

"他好像是最早来的一个人。我来的时候他就在这儿坐着了。"

"怪怪的……"

"是啊，还蒙着脸。"

"你有什么凭证没有？"

谢怜淡声道："没有凭证。你们信也好不信也罢，那怪物把你们引来肯定不会是要请你们吃饭的，小心些不需要我多说吧。"

话音刚落，还没人回应，远处传来一阵急速狂奔的脚步声。众人精神立即为之一振，道："又有人来了！"

当即便有人想迎出去看看，可都刚迈出庙门就赶紧又溜了回来。因为，伴随着奔跑声传来的，还有一阵阵欲疯欲狂的大叫声！

这叫声简直不像是人能发出来的，众人脸色大变，一齐往庙里退，道："我的天，这是什么人？可别是什么野兽吧？！"

而迷雾中的人影越奔越近，谢怜眯眼道："不，那的确是个人！"

世上，只有我才配教导你。你看，我教你的，你学得很好。"

谢怜怒道："你教我什么了？你鬼扯什么？完全听不懂！"

白无相哼笑道："我教你的第一件事，就是，世上有很多事，你是无能为力的。"

闻言，谢怜脑海中闪过了许多杂乱无章的声音和画面。最终，他咬牙一"剑"刺出，白无相轻松闪过，道："第二件事——"

他一把抓住谢怜，拽得谢怜一个趔趄，险些摔了一跤，感觉一只手在他头顶摸了一下，道："你想拯救苍生吗？苍生根本不需要被你拯救。他们不配。"

谢怜的动作又滞了一下，拍开那只手反手又是一刺。"啪"的一声，却是白无相折断了他手里的树枝，闪到他身后，冰冷的两指，已经放在他脑后致命一点上！

谢怜被他抵住了后脑，感觉随时会被他穿脑而过，僵住身形。身后传来一个声音："如果你不到我这里来，你是永远赢不了我的，永远只会被我打败。"

谢怜喘了几口气，沉声道："尽管来！"

顿了顿，他一字一句地道："赢不了，只是现在。你可以打败我无数次，但你杀不死我。而只要你杀不死我，终有一天，我一定会打败你！"

那鬼火听到了他的话，烧得更凶了，像是要把整个夜空都照亮一般。白无相在他身后沉默片刻，问道："我杀不死你？"

谢怜屏息不语。

事实上，他也不知道，君吾给他保的不死之身，到底能坚强到什么程度。万一白无相一怒之下，真的挖穿了他的脑子呢？他还会再活着吗？

这时，白无相淡声道："我的确杀不死你。我也不会杀你。但是，你现在别太有自信。之后，不要为这个后悔才好。"

后悔？为什么后悔？

谢怜还没想明白，一记手刀猛地砍在他脖颈上，眼前登时陷入一片漆黑。

黑暗中，前方遥远处似乎有光和热传来。谢怜逐光而去，一点一点苏醒。

微微睁开眼，首先映入眼帘的，是上方的一团鬼火。看来，昏迷中感受到的光和热，就是它。

见他醒来，那鬼火一下子贴了过来，又仿佛觉得距离人太近了不好，微微退开了些。谢怜总觉得这团鬼火似乎格外不一般，没记错的话，刚才路上结阵阻拦自己的就是它。他想伸手探一探，岂料，手完全伸不出去。

谢怜愕然，霎时清醒。低头望去，这才发现，伸不出手的原因，是他的手脚都被缚住了。

他居然被紧紧地绑在神台上，身下就是那个残破的底座。许多人挤在神台下，正圆睁着一双又一双的眼睛，注视着他。

为什么要这样看着他？

谢怜蒙蒙然，听有人低声道："好像啊……"

"不是好像……是一模一样！"

"真的是他吗？"

有人直接问出来了："你是……那个，太子？"

谢怜下意识脱口道："我不是……"

然而，话音未落他便发现，原先他用来遮挡真面目的白绫，不知何时被解下了。此刻将他五花大绑的，就是那道白绫。他的脸，已经在众人面前一览无余了。

谢怜的心吊到了嗓子眼，硬着头皮对上那些视线。

不知是不是他心理作怪，他觉得所有人看他的目光都变得诡异起来。不过，还好，或许是因为眼下情形危急，这些目光中，并没有他所想象的厌恶或是愤怒。而他之所以会这么认为，是因为下一刻，殿外便突然爆发了一阵非人的号叫！

谢怜勉力扭头，发现号叫的竟是那些被他点倒的人面疫患者。他们不知何时又爬了起来，而且多出了几倍，围在太子殿外，手牵着手拦成了一个圈，绕着太子殿边转边喊，仿佛某种恐怖的仪式，又仿佛纯粹的群魔乱舞。殿内众人吓得俱是一缩，还有幼童哭了出来，被父母抱在怀里捂住眼睛耳朵。每张脸上都满是恐惧："怎么办？怎么办啊？"

"这些人会不会冲进来啊……"

"就算不冲进来，他们离得这么近我们会不会得病啊……万一得了那种病该怎么办？！"

谢怜用力挣扎，却根本没法挣松一丝，看来这白绫已经被动过手脚了，估计是被注入了法力。他挣得额上青筋凸起，吼道："白无相！"

无人应答，但一只冰冷的手拍了拍他的头顶。谢怜一愣，汗毛倒竖，扭头望去,头皮瞬间麻了大半边。

难怪下面这些人看过来时的目光都那般诡异了,不光因为他的脸暴露了,还因为,白无相就坐在他身后的黑暗之中!

在一个如此诡异的白衣人面前,众人大气都不敢出,更不敢轻举妄动,造成的后果就是白无相视他们如无物,在众目睽睽之下扶起了谢怜。

谢怜从躺卧变成了坐,坐在他的神台上,仿佛一尊被缚的活生生的神像,他只能转动眼珠和头颅,除此以外,几乎什么都做不了。

虽然这情形诡异至极,但终归还是外面号叫的人面疫患者们更可怕。底下众人的目光很快重新回到外面。有人喃喃道:"我听说过的,我听说过的,住在一片区域的人都能相互传染,这种病传染得很快的!这么近,我们肯定、肯定!"

想到他们很可能就要患上那种恐怖至极的瘟疫,殿内一片凄惶绝望。一人道:"要不然,我们找几个人冲出去,打死这几个怪人,其他人赶紧逃跑?"

可是,且不说这样冲出去的人能不能打死这么多怪人,只要冲上去扭打,势必会患上人面疫,这就是牺牲自己、拯救大家。摆明了去送死的事儿,谁会愿意去呢?没人愿意。

谢怜倒是想,但他眼下受制于白无相,而且他一招点倒七八个还行,这好几十个,难免有漏网之鱼,总会有人面疫患者趁间隙冲到太子庙里来。至于,直接杀掉白无相?不用想了,痴心妄想。

但是,现在必须有一个人能平复众人的情绪,谢怜定定神,道:"大家先别乱了阵脚!没这么快,我们还有时间想办法。"

可是,仅仅保证"没这么快",是无法安抚人心的。

打破了这种绝望的,居然是白无相。冷不防,他道:"人面疫,是可以隔绝和治愈的。"

此言一出,众人齐刷刷猛地抬头,道:"可以治愈?什么办法?!"

谢怜一颗心陡然悬起。白无相则悠悠地道:"问太子殿下吧。太子殿下知道那个办法。"

于是,百双眼睛又齐刷刷望向谢怜。那些目光刺得他往后一缩,被白无相挡住,推了回去。几人满怀希望地道:"殿下,你真的知道吗?"

谢怜还没回答,就听有人兴奋地道:"我听人说过,他是知道的!"

也有人疑："知道的话那为什么皇城还……了？知道了难道他不告诉别人？"

"太子殿下，快告诉我们吧？啊？"

谢怜连忙一口否认："我不知道！"

白无相却道："你撒谎。"

谢怜怒极欲驳，却怕白无相再多说些什么。他有预感，不管他承不承认，白无相都一定会说出来的。挣扎许久，他无奈道："办法……是没有的。是没有用的！"

愕然过后，人群又开始骚动："没有用是什么意思？你不说我们怎么知道有没有用？"

冷汗从他额头上流下，谢怜心道："我真的不能说……"

不能说！

一旦说出去，那就全完了，全乱了！

有人忍不了了，站起来道："都到这个生死关头了，有什么不能说的？不说大家一起在这里等死吗？"

白无相温声道："我来告诉你们吧。"

谢怜怒道："住口！"

他的呵斥自然是半点威慑力也没有的，白无相充耳不闻，道："你们知道，皇城内外，什么人患人面疫最少吗？"

众人战战兢兢看着他，虽然不敢靠近，却不得已要追问："什、什么人？"

白无相道："士兵。"

完了。

白无相继续道："为什么是士兵？因为，大多数士兵，都做了一件事。而这件事，是寻常百姓没有做的，所以他们才患上了人面疫。"

众人眼睛睁得越来越大，连口水也不敢咽一下，道："那件事，是……"

谢怜一头向他撞去，无非是徒劳的努力罢了。白无相哈哈笑着把他一掌拍了回去，道："是什么呢？"

他幽幽地道："杀人啊。"

完了！

他果然说出来了。谢怜瘫在神台上，一颗心如坠冰窟。半晌，几人才震惊道："杀人？杀人才能不得病？杀人就能治好？"

"骗人的吧！"

令人绝望的是，不！不是骗人的！

这是千真万确的。谢怜亲自确认过，手上沾过血腥、有过人命的人，是不会患人面疫的！

众人无论如何也没料到免疫条件居然是这个，全都惊呆了，纷纷道："这说得通吗？"

"我从前就觉得奇怪了，好像……真的没怎么听说军队里有人面疫泛滥！恐怕是真的吧！"

"是真的！"

"可是这意思难道是我们为了不得病，得先去杀人？！"

"杀谁？"

问出这个问题的人立刻被围攻了："什么'杀谁'？难不成你还真想杀人啊！"

那人一下子不敢说话了。但这百双眼睛里，比起方才纯粹的恐惧和无措，又多了一些其他的东西，极其微妙，极其诡异。

这就是谢怜最不希望看到的情形。一旦人面疫的免疫之法暴露于世，就会有不可避免的另一件事发生。

自相残杀！

这就是当初谢怜发觉了免疫的方法，却始终不敢告诉旁人的缘故。只要杀人就可以免受人面疫之灾，也许大多数人都会克制自己，但总会有亡命之徒铤而走险。而一旦有人为了免疫犯下第一桩血案，很快就会有第二起、第三起……

效仿者将越来越多，最后必将天下大乱。如此，还不如从一开始就瞒得严严实实、没有任何人知道！

谢怜苦笑道："你们现在知道，为什么我说这个办法没用了吧。"

众人不语。谢怜叹了口气，强打精神，温了口气，道："无论如何你们先别慌，不要轻举妄动，否则就中了这个东西的圈套了。"

底下有一对模样瞧着斯文体面的夫妇，那妇人抱着孩子呜咽道："怎么会这样？为什么会这样？为什么偏偏是我们啊？我们明明什么都没有做啊！"

附近一人烦躁道："哭哭哭，哭什么哭，就知道哭！这里谁不是什么都没有做！就你一个人倒霉吗？"

那妇人的丈夫怒道："怎么，你还不让人哭了啊？"

"光是哭得人心烦有什么用？给我闭嘴！"

居然为这种小事争吵起来，只能说大家的情绪都在崩溃边缘，一触即发了，谢怜道："都不要吵！冷静！冷静才能想到办法！"

越让冷静，众人反倒越激动："冷什么静？这种情况怎么冷静？你倒是冷静，你想想办法啊？有什么办法！"

谢怜被问得哑口无言。有什么办法？

没有！

他拼命想，拼命想，想得脑袋要炸裂了也想不到任何可以解决眼下这个局面的办法！

忽然，他感觉脸颊一紧，一只手捏住了他的脸，扳了过去，正面对向神台下的众人。谢怜睁大了眼，不知这是什么意思。一个冷冰冰的声音在他身后响起："杀谁？你们看到这张脸，还不知道该杀谁吗？"

此言一出，不光是神台上下，就连悬在空中的那团鬼火也凝住了。

白无相温声道："你们忘记了吗？他是神啊。也就是说——"

话音未落，谢怜忽觉胸口一凉。

僵了片刻，他低头一看，只见一道漆黑的剑锋，从他小腹里穿刺了出来。

那剑剑身修长，通体深沉如黑玉，剑心一条银线纤长，剑锋如寒夜流光，绝对是一把稀世宝剑，以往谢怜一定会想方设法收集来爱不释手的那种。

谢怜盯了它好一阵，那剑锋才慢慢抽了回去，重新消失在他小腹中。白无相接着道："他是，不死之身。"

众人还没反应过来，白无相便挥手掷出了那把剑。"铛"的一声，剑锋入地，斜斜插在地上，在无数双眼睛前，静静散发着一层沉沉的寒气。

一阵血腥之气冲上喉管，那团鬼火冲到他身前，似乎想堵住他的伤口。谢怜被那股血气呛了一下，咬牙道："你……你！"

他眼前微微发花，而那鬼火突然发狂，冲向白无相，却被一把抓住，锁在掌中，道："看好。"

说着，他的另一只手更用力地扳过谢怜的脸，道："你什么？你不是号称要拯救苍生吗？"

谢怜道："可是！可是我、我……"

可是他没想过要在这种情形下、用这种办法来拯救啊？！

神台下有人已经被这血淋淋的一幕吓哭了，有的却还大着胆子在看："他……他真的不会死吗？！"

"真的……你们看，血都没流多少……还活着，活得好好的！"

谢怜猛地一阵剧烈咳嗽。又听人道："是说就算杀他，他也不会死？！"

"太好了！"

说好那人又被骂了："好什么？有什么好的？"

被骂那人嗫嚅道："既然他被杀也不会死……那不就有解决办法了嘛。"

"但是要捅人一剑，这也太……"

"可是他是神啊！就算他被捅了也不会死啊！我们只是普通人，要是得了人面疫，那就必死无疑了！"

底下争执着，白无相道："苍生就在这里等待着你的拯救。请。"

谢怜两眼中喷出怒火，道："拯救苍生最彻底的唯一办法，就是灭了你这个怪物！"

白无相冷笑两声，道："怎么了？太子，你不是很有自信地说你不会死吗？现在怎么反倒害怕了？反正你也不会死，牺牲一下自己，解了他人的苦难，何乐不为呢？"

谢怜啐道："你打的就是这个主意吗？你以为世上所有人都像你这么阴暗？"

的确，底下很多人脸上不是终于得救的欣喜若狂，而是犹豫，模模糊糊分了几派，意见无法统一。而且，谁都没有上去动那把黑剑。仿佛看懂了他在想什么，白无相笑出了声，摇了摇头，叹道："傻孩子，傻孩子。"

谢怜扭过头，不让他拍自己的头，吼道："滚！"

白无相道："你以为，那是因为他们都不想动手吗？错了，他们不是不想动手，只是都不想做第一个动手的人罢了。"

"啊啊啊！"

神台下突然一声惊叫，那对斯文夫妇里的妇人哭道："孩子，我的孩子！"

她怀里的小儿大哭不止，胖墩墩的胳膊上隐隐浮现出了几个凹凸不平的黑影。四周人登时空出了一大片，道："坏了，小孩子感染了！"

那对夫妇神情凄怆，二人对望一眼，一下子站起来，走到神台前，拔起地上那柄黑剑，让那孩子握在手里，一咬牙，刺向了谢怜。

那黑剑当真锋利无比，谢怜刚觉腹部又是一阵剧痛，那对夫妇已经把剑从他腹中拔出,"哐当"一声丢在地上,道:"对不起……我们孩子还小,实在是……没有办法。对不起,对不起对不起……"

他们一面道歉,一面脸色苍白地向着谢怜磕了好几个头,抱着孩子回到人群里。谢怜喉腔血意更浓,正要呕出,忽然,听到一旁白无相发出"咻咻"的笑声。

他咬牙咽下了那口血,道:"笑什么,你以为你看到了你想看的?这都是你逼的!"

白无相掌中托着的那团鬼火烧得更凶了。他则慢条斯理地道:"人要被逼,才会显露出真正的面目。"

百人之中,已经有一个人不用再害怕人面疫了。那小儿胳膊上的黑印渐渐散去,围观的都咽了一口唾液,没说话。

过了好一阵,一片死寂里,又有个年轻人站了出来。

他硬着头皮走近神台,先是作了好几个揖,弱声道:"对不住了,我不想的,我真的不想的,但是我实在是没办法,我刚成亲不久,我老娘和娘子都还在家里等我……"

说着说着,他再也说不下去了,闭着眼拔起那黑剑,猛地刺向谢怜。

然而,因为他闭着眼,这一剑刺歪了,只刺到谢怜的侧腹,他睁开眼才发现这个位置并不致命,于是慌里慌张拔出剑来,哆嗦着手,又刺了一剑!

谢怜一直咬牙不作声,被连刺两剑也只闷哼了一声,唇边涌出一口鲜血。

他的确不会死。但是,不等于他受伤不会痛。

每一寸血肉被利器搅动的声音,每一根骨头被擦过的感觉,都令他痛不欲生,几欲癫狂。这一点,和普通人是一样的。

第二个人刺完也下去了,这回没磕头,脸上混杂着愧疚和劫后余生的喜悦,很难说哪边更多一点。他下去之后,人群再次回归一片死寂。

良久,又有几个人犹犹豫豫地想站起来,不知这次又要用什么理由,还未起身,却忽听一人道:"真是看不下去了。"

众人循声望去,谢怜也脸色苍白地抬起头。说话的,居然是那个卖艺大汉。

他道:"那个怪物叫你们怎么干你们就怎么干?我看他就是胡说八道。就算不是胡说八道,他不会死,你们这就不是杀人了?"

旁边几人道:"大哥,你也不看看这是什么时候了,大家都要死了好吗!"

那卖艺人道："我不也在这里？我不也照样要死了？我动手了吗？"

几人被他堵得一噎，半响，有人道："看你的样子，家里没老人孩子吧？一人吃饱全家不饿，这里很多人都是拖家带口的，哪能跟你比？"

那卖艺人指着最早上去的那对夫妇，道："我是没老婆儿子，我要是有，我就死了也不会让我儿子看着我干这种事，更别说手把手教我儿子干这种事了。我看你们儿子今后长大了成了个坏坯子就全是被你们这当爹妈的害的。这么迫不得已怎么不让你儿子捅你一剑？"

那妇人掩面痛哭，道："别咒我儿子！要咒咒我好了！"那丈夫则怒道："你说的是人话吗？你想让我儿子弑父弑母？！罔顾人伦！"

那卖艺人大概不懂"罔顾人伦"是什么意思，道："杀谁不是杀？你让你儿子杀你还有骨气些嘞。再说你们干什么不去杀那个戴面具的怪模怪样的玩意儿？"

闻言，白无相哈哈一笑。众人又惧又怒，惧是对这个怪物，怒是对这卖艺人，纷纷压低了声音道："你……你闭嘴！"

万一惹恼了这怪物该怎么办？

那卖艺人道："哦，你们不敢杀最坏的那个大恶人，所以你们就捅别人啊？"

大概是不忿被这种糙汉嘲笑，有人忍不住道："这位兄台滔滔不绝地说了这么久，我还以为有什么高见呢？我再观他面相，一脸死相，毫无血色，估计是没几天好活了才能这么大言不惭指责别人吧。这么义正词严，你怎么不牺牲一下自己来给大家伙儿解围？"

那卖艺人道："我不想牺牲自己啊，但是大家都不想牺牲自己，哪个想？你想吗？你想吗？但是我起码不捅别人。"

有人道："他不一样啊。"

"有啥不一样？"

"他是神啊！要拯救苍生，是他自己说的。而且、而且他不会死啊！"

那卖艺人还要说话，谢怜再也忍不住了，轻咳一声，道："兄、兄台！这位兄台！"

刚挨了几剑，他一开口，声音比平时弱上几分。那卖艺人转过头来，谢怜感激道："谢谢你！但是……算了。"

再说下去，可能有人就要打他了。谢怜想起这人受了如此之重的内伤都是因为之前和自己比试的关系，心下歉疚，又说了一声："谢谢你！上次你胸口碎大石的伤好了吗？"

那大汉大声道："啊？你说什么！我有什么伤？胸口碎大石可是我的拿手绝活儿！"

见这人在如此境地下还坚持不肯掉面子，简直就像一边吐血一边说"我完全没问题"，谢怜情不自禁想笑。这时，忽然有人指着那卖艺人大叫起来："发作了！发作了！"

谢怜一惊，那卖艺人也一惊，顺着旁人指引一摸脸，果然在脸上摸到了一片凹凸不平的东西！

四周人登时拉出几尺远，谢怜张了张口，想让那卖艺人过来。但要过来如何呢？过来也给他致命一剑吗？

他有些说不出口。

正当他犹豫，那卖艺人又摸了几把脸，向庙外走去。见状，谢怜脱口道："你要去哪里？回来吧！不救治会发作的！"

那卖艺人却跑了起来，大声道："不回来！我说不干这事就不干这事……"不一会儿，他便跑得没影了。那些围住太子庙的怪人大概是知晓他已经是同类，并未阻拦。谢怜喊了好几声，终于看不见他的身影了。台下众人都道："完蛋了，他跑了！"

"这傻瓜！跑到哪里都会发作的，已经迟了！他已经被传染了！"

"他……该不会是想下山去杀人吧？"

不过，那大汉之前的几句话倒是噎住了殿内众人，好一阵，都再没一个人上去提起那黑剑刺谢怜了。情况就这么僵持住了。

谢怜心中不知是喜是忧是惧，更重要的是，他完全不知道下一步该怎么做，正努力厘清思绪，忽然一人站了起来，道："我说句话行吗？"

那是个中年男子。谢怜抬眼望去，发现这人很有些眼熟，但他一时想不起来到底在哪里见过。正在思索，便听那男子道："实不相瞒，他之前打劫过我！"

原来是那个人！

众人愕然："打劫？"

"他不是太子吗？他不是神吗？打劫？"

那人道："千真万确。"

"所以呢？你到底想说什么？"

那人道："没什么，就是想提醒大家，他打劫过！"说完，他就缩了回去。

这句话后，整个殿内都沉默了。那一句话，仿佛在他们心里埋下了一颗黑色的种子。

打劫啊……

突然，底下又传来一声惨叫，一人道："我的腿、我的腿，好像……有点儿奇怪！"

又来了？！

谁知，不止一人，几乎是在同时，另一个人也大叫起来："我也是！我的背！你们快帮我看看我的背！"

谁都不敢靠近这两个人，这两人只好一个自己拉起裤管，一个自己脱了上衣，待众人看清他们的躯体之后，齐齐爆发了惊恐万状的大叫。

这两人身上的人面，居然已经完全成形了！

"怎么会长得这么快？！"

"你们忘了吗？我们待在这里的时间已经不短了！"

"但是他们自己怎么没发觉？！"

"又不是在显眼的地方，而且只是有点痒而已，我怎么知道会这样！"

"完了，完了。我们该不会也已经长了吧？"

"快！大家快检查！快检查自己的身体！"

太子殿内混乱不堪，一检查，尖叫声此起彼伏。果然！已经有不少人身上早就浮现出了人面，只是他们自己没有觉察而已。等他们觉察的时候，那些人面已经五官俱全了！

太子殿外的怪人们仿佛感应到了什么，手牵着手舞得更狂。而殿内一股惶惶欲绝的氛围迅速散播开来，谢怜的心怦怦狂跳不止，几乎要从胸腔跳出嗓子眼。

他记得人面疫的发作没有这么快的，为什么会这么快？

白无相，当然是白无相！

他猛地望向那冷眼旁观的始作俑者，还未开口，忽然一人弹起，喘了几口粗气，赤红着眼道："你……你是神，你是太子，你居然打劫？"

谢怜微蒙，不知道他为什么要在这个节骨眼上说这件事，道："我……"

那人打断他道："我们那样供奉你，你干了什么？打劫！你带来了什么？瘟疫！"

他带来的瘟疫？

谢怜愕然道："我？不是我？！我只是……"

然而，到了这一刻，众人的忍耐，已经到了极限。

近百人红着一双又一双的眼睛，团团围了上来，靠得最近的那人拔起了斜插在地面上的黑剑。谢怜一下子屏住了呼吸。

那人手握着黑剑，哆哆嗦嗦地道："你……你要弥补的吧？你要赎罪的吧？"

那黑剑的寒光流转，谢怜的恐惧在此刻达到了顶峰。

这么多人，如果每个人都用这把剑捅他一下，到最后，他会变成什么样？

不只是想到可能会被捅得千疮百孔，捅成一摊肉酱，他更恐惧别的东西。他隐约感觉到，如果让他们这么做了，他心里可能就有什么东西，再也回不去了。

想到这里，谢怜忍不住脱口道："救……"

然而，这一声"救命"还没喊出口，那冷冰冰的黑剑便再一次刺入了他的体内。谢怜霎时瞪大了眼。

那锋利无比的黑剑刺入又拔出，紧接着就换了一个人，下一剑几乎无间隙地刺入。谢怜锁在喉咙里的声息终于封不住了，长声惨叫起来。

那惨叫实在太过凄厉，听得围在他四面八方的人们都胆寒不已。有人闭上眼，别过脸道："不要让他叫了。咱们动作快点，速战速决吧！"

谢怜感觉有人堵住了他的口，按住了他的手足，还在交代："按住别让他滚下来。还有别刺偏了，没刺到致命之处不算数的！"

"一个一个排队来，不要抢！我让你们不要抢，我先来的！"

"哪里是致命的位置？我怎么知道刺了算不算数？"

"总之，照着心脏、喉咙、腹部这些地方捅吧！"

"不确定有没有刺到致命之处就再刺一次！"

"不行！你多刺了别人要在哪里下手？"

一开始的犹疑、不忍，越到后来，越是荡然无存，越到后来，他们的动作就越是顺畅流利。漆黑的剑锋不断刺入又拔出，谢怜一双眼睛睁到极致，泪水滚滚落下，心底有个声音在无声地嘶吼。

救命啊。

救命啊，救命啊，救命啊。

救命啊，救命啊，救命、救命、救命救命救命救命救命救命啊！

疼，疼，疼，疼……疼、疼、疼、疼、疼、疼疼疼疼疼疼疼疼疼疼疼疼疼疼疼疼疼疼疼疼疼疼疼疼！

为什么死不了啊。为什么不能死啊！

他想用最惨烈的声音号啕，但喉咙嘶嚎着一个字也号不出，大概是已经被割断了。他痛到要发疯，好像把几辈子所有的痛都在这里受完了，今后永远也不会再感觉到任何疼痛了。他什么都看不到了，全世界都是黑色的，只有一团火光在不远处疯狂燃烧，越来越亮，越来越强。然而，它在白无相手中，挣脱不得牢笼。

他听不到自己的惨叫声，却听到了另一个撕心裂肺的惨叫声，似乎就是从那团火光里传来的。虽然不是他发出的，但那惨叫中的痛苦居然和他全然一致，仿佛就是他发出来的一样。

但是，他已经再也无法忍受到这一步还能清醒着的自己了。谢怜喉中低低咕噜一声，意识彻底破碎。与此同时，太子殿中爆出了一拨汹涌的烈焰灼浪——

"啊啊啊！"

无数个高低不一的人声同时尖叫起来。业火过境，烈焰焚烧，没有一个人能逃脱。鬼火灼浪，瞬间将太子殿内神台下的百名活人烧成了百具焦黑的尸骨！

而待到火光渐敛，缓缓收拢，原先的那团小小鬼火已经消失了，取而代之的，是渐渐成形的一个少年身影。

那少年跪在神台前焦黑的地面上，深深弯下了腰，双手抱头，正在痛苦万分地长声惨叫。

他根本不敢看躺在神台上的那个人现在是什么样子的了。因为，绝对，已经不成人形了。

太子殿中，尸骸满地。白无相大笑着转身，来到殿外。怒火焚烧的范围远远不止一座太子殿，殿外那些狂舞的怪人也被烧成了干尸和渣滓。他恍若未见，踩着这些黑炭一般的干尸走了过去。

这整个森林，不，应该说，是这整座山都在为之震颤和哀嚎！

无数黑影向着夜空的上方飘去，那些都是被吓得不得不逃离栖息之地的亡灵，被狂风吹得流离四散。太子殿的上空一盘庞大无比的黑云滚滚，正在缓缓旋转，仿佛一只巨大的魔眼。

那是邪物出世，厉鬼成形的天象！

第五章
无名鬼供奉无名花

谢怜不知道他是醒着还是睡着。

如果说是醒着,他对外界的一切都没有反应,也没有记忆。如果说是睡着,但他却一直睁着一双眼睛。

等他清醒过来的时候,白无相已经将那把黑剑佩在了他腰上,像个奖励孩子的长辈一样,道:"这是我送给你的礼物。"

说着,他拍了拍剑柄,意味深长又温和地道:"它,绝对比你从前收集的那些和君吾送给你的那些要更锋利。"

谢怜任他帮自己佩上了剑,没说话,也没有反抗。因为任何反抗都是无用的。

他就这样,换上了一身新衣服,佩了一把新宝剑,拖着一副仿佛新生般的身体,向漆黑的太子殿外走去。白无相又在他身后道:"等等。"

谢怜顿住了脚步。白无相无声无息来到他身边,把一条白绫放到他手里,道:"你忘了这个。"

那是之前他用来遮脸,后来又被缚住的那条白绫。

谢怜一个人,摇摇晃晃地下了山去。

已经是白日,太阳也出来了,但阳光照在他身上,谢怜一点也不觉得暖。

下山途中,他看到一条小溪,叮咚叮咚,甚为清澈活泼。走到溪边,溪水里倒映出他的模样,谢怜盯着那张苍白的脸看。

脸是光滑白皙,一丝伤痕也没有,脖子也是,那么,胸口、腹部等所有地方一定也是。但他看了一会儿,就不能再看下去了,埋头掬起几抔溪水,洗了把脸,又喝了几口。喝着喝着,忽然发现上游似乎有什么东西。

他缓缓抬起头，只见不远处的上游岸边，一块大石旁，倒着一具尸体，看衣着，正是那卖艺的汉子。

这人没有下山，而是死在了路上，大石上有一摊格外明显的血迹，看样子是疼痛或恐惧之下撞石而死的。尸体已经烂了，一半泡在水里，散发出阵阵恶臭，一动不动，但那半烂的脸上生出了几个小小的畸形的人面，还在蠕蠕地翕动着。

谢怜趴在溪边，撕心裂肺地呕了半个时辰，呕得见了血。

下山之后，他走了许久，在大街上漫无目地游荡。突然，一只手拍上他的肩，把他抓进了巷子里。谢怜一回头，还没看见对方的脸，就先看到了一个迎面而来的拳头："你这些天都跑到哪里去了！"

拳头后是风信怒气冲冲的脸，谢怜看到的时候，已经被这一拳打得扑通一声倒了地。

风信也没料到他居然这么容易就被打倒了，看看自己的拳头，再看看地上的谢怜，愣了好一会儿，还没去扶，谢怜已经自己爬了起来。风信脸色变了变，还是没缓和下来，又道："你好大的火气，说了一声就跑出去，两个月不见踪影！可你知不知道陛下他们担心成什么样了？！"

谢怜抹去脸上被他打得飙飞的鼻血，道："对不起。"

见他脸上的血越抹越脏，风信重重叹了一声，道："殿下！对不起就算了，咱们说这话真的没意思，但是你……你到底怎么了？你这么久到底干什么去了？到底有什么事，不能和我说吗？"

他注意到谢怜腰上配的那把黑剑，又道："你这剑是哪儿来的？"

谢怜是想说的。但是，想到离开之前与风信起的争执，当时风信脸上迟疑的神色，还有那些他连想都不想再去想的经历，只是又说了一声："对不起。"

二人回到原先的藏身之处，皇后一见谢怜就抱着他哭了出来。国主看上去又老了不少，原先是在满头黑发里找白发，现在是在满头花白里找黑丝。大概是怕他一激动又跑个十天半月不见踪影，三个人言辞举止之间，对他都小心翼翼的。

"风信。"

简单到简陋的一餐过后，谢怜把腰上那把黑剑解了下来，递了过去，道：

"这把剑给你，拿去当掉吧。"

风信觉察到他拿剑的手在颤抖，却没猜到是为什么颤抖，道："为什么要我当掉？"

谢怜道："之前你不是要钱吗？"

闻言，风信脸上忽然有伤痛之色一闪而过，随即，摇了摇头，道："现在不用了。"

谢怜不再说话，把那黑剑丢在一旁不去管，倒头睡了。

这次回来，谢怜仿佛什么都没发生一样，希望能尽快回到原来的状态，争取一切如常。很快，他就和风信一起出门摆摊卖艺了。

原本风信还不大放心，道："算了，你还是多休息两天吧。"

谢怜道："我休息够了。之前那些卖艺人不是老来找麻烦吗，我去，两个人也好应付。"

风信却道："那些卖艺的早就不来了。"

并不是因为原先那卖艺汉子死了，没人带领了，而是因为，风信已经在这里驻扎很久了。初来乍到，大家还觉得新鲜，但时间一长，人们也差不多过了那个新鲜劲，看他和看本地其他卖艺人没什么区别。和以往相比，风信失去了竞争力。构不成威胁之后，其他卖艺人也就不来找他的麻烦了。反正大家赚的钱都差不多。

所以，任风信射艺再如何精绝，前来观看和打赏的人也比原来少了大半。大半天后，风信满头是汗地坐到一旁，谢怜道："换我上吧。"

风信道："不了吧？"

谢怜却径自上了。一看换了个人，行人又都来了兴趣，道："这位小哥有什么拿手绝活儿？"

谢怜不答，捡了根树枝，自顾自开始使一套剑法。虽然拿的是树枝，但人漂亮，剑法也使得太过漂亮，因此也有些人赏脸叫好。风信在一旁看着，看了一会儿就转过头去。

谢怜却毫无羞耻之心，也毫无心理负担，继续认真使剑。这时，忽听人群中一人喊道："不好看不好看！难看死了！谁要看你拿着根树枝瞎戳？"

风信一下子站起来，喝道："嘴巴给我放干净点！"

谢怜动作微凝，望了过去。只见人群中一个汉子一边吃瓜一边吐籽，显然是个看热闹的。他对风信叫道："老子是来看卖艺的！想怎么说就怎么说，你个讨赏的还敢管我们打赏？换真剑！换真剑上来大爷再考虑要不要赏你几个子儿！"

他一喊，其他人也跟着喊。风信大怒，正要出手，只见白影一闪，谢怜已经出现在那人身边，一把抓住他，高高抛起。

他一出手，力量奇大，那闲汉被他抛得飞起几丈，瓜皮落地，惊得众人都张大了嘴。而那人"砰"的一声，重重落地，七窍流血，大声惨叫，然而谢怜还没停手，上去再次抓住他，平淡地道："真剑没有，真要命想不想看？"

围观众人吓得四下奔逃，道："来人啊！救命啊！杀人啦！"

风信更是大惊："殿下！"

谢怜充耳不闻，准备把那闲汉再抛个几丈任他落地。风信上去一把按住他，连掩饰他的身份都忘了，吼道："殿下！你醒醒！这人要给你打死了！！"

谢怜双瞳中黑火狂烧，一掌拍开他的手，把那人一把按进了地里。那闲汉两腿一伸，再也不动了，风信扑上来正要探他气息，却听大街尽头有人尖着嗓子道："就是他们！在那里！"

坏了！永安兵来了！

风信拔腿就跑，却见谢怜还站在原地，盯着那些永安士兵，似乎想要上去打一架的样子，又折回来拉了一把，道："你还站着干什么，快跑！"

二人一路东躲西藏才逃了过去，回到藏身小屋。一进门，当着皇后的面，风信就喊开了："你怎么会做这样的事？！"

原先的风信，自然是万万不敢在二位陛下面前如此放肆的，但这么久消磨下来，很多事情早已改变了。谢怜对皇后道："回屋去。"

皇后道："皇儿，这究竟……"谢怜道："回屋去！"

皇后想问不敢问，回屋了。谢怜又转向风信："我做什么了？"

风信怒道："你要把那个人打死了！"

谢怜反驳道："他又没死。而且打死又怎样？"

风信愕然道："你说什么？什么叫打死又怎样？"

谢怜道："谁让这个贱民找死？找死我就成全他，有什么错吗？"

仿佛被他的用词惊呆了，好一会儿，风信才道："他……是犯事儿，可也不至于杀了他啊！打他一掌算了，就这一句就该死了？"

谢怜打断他道："是的。他敢这么说，他就要付出代价。"

风信不可思议道："你怎么会说这样的话？"

谢怜道："什么话？"

风信喃喃道："你以前不会用'贱民'这个词的。你……从没说过这个词。"

谢怜道："你到底是什么意思？我又不是神仙，我不能愤怒，不能憎恨吗？"

风信噎住了，半晌，勉强挤出几个字："我不是这个意思。"

谢怜不想再听，也不和他说了，自己进屋去，重重摔上了门。

刚关上门，他便大喊一声，把自己撞上了床。

自欺欺人！他根本是在自欺欺人！

无论如何，根本不可能当作什么都没发生过，也不可能再回到原来那样了！

晚间，有人敲门，谢怜以为是风信，不应。半晌，才听皇后的声音道："皇儿，是母后。让母后进来看看你，好吗？"

谢怜本想躺着不动，但躺了半晌，还是起来开了门，疲倦地道："干什么？"

皇后端着一个盘子，站在门口，道："皇儿没吃东西吧？"

谢怜看着她，忍了许久，才把已经涌上喉头的一句"没吃东西也不想吃你做的东西"忍了下去，侧开身子让母亲进来。皇后把盘子放到桌上，道："你看。"

谢怜一看，气得简直想笑，道："这是什么？"

皇后献宝一样地道："你看，这个，是'比翼连枝丸'，这个，是'花好月圆羹'……"

叫比翼连枝的长得像一尸两命，叫花好月圆的根本凹凸不平，谢怜不得不打断她道："怎么这些东西还给取了名字？"

皇后顿了一阵，笑道："就当图个吉利吧。来吃吃看？母后花了好久给你做的。"说着递上筷子。谢怜却没笑，也没动筷子。

皇后笑着坐了一阵，笑容渐渐缓下来，道："皇儿啊。"

谢怜道："什么？"

皇后道："你怎么又跟风信吵架啦？"

谢怜根本不想解释，也没力气解释，道："你们在屋里待着就行了，不要管这些。"

皇后迟疑片刻，道："母后知道可能不该说，但是，你不在这儿的这些天，都是风信这孩子一直在照看着……"

谢怜道："母后，你到底想说什么？"

皇后忙道："皇儿，你不要生气，我不是指责你。真的不是，我知道你也很辛苦。我只是说，风信这孩子一直跟我们，跟着你，也不容易。我感觉得出来，他不是不想走的，但是他留到了今天，全是因为惦记着你们的情分……"

听到这里，谢怜霍然起身，道："谁又容易了？我很容易吗？！"

见他夺门而出，皇后慌了，起身追出，道："皇儿，你去哪里啊？我不说了，母后不说了！你回来！"

谢怜厉声道："我知道！大家都不容易，你放心！我这就去让大家都容易一些！！"

皇后跟不上他，不一会儿就被甩开了。直到晚间，谢怜才拎着几个袋子回来，一打开门，所有人都没睡，都在等他，脸色都很差。谢怜反手关上门，道："怎么了？"

国主好像已经数落过皇后了，她眼眶还是红的，见谢怜回来，长舒一口气，强颜欢笑道："皇儿，你回来了！我今后再也不会多问了，你不要突然掉头就走，有什么事母后一定听你的……"

所有人都怕了。怕他掉头一走，又是两个多月不见人影。谢怜却道："你们想多了，我没要走。你们进去休息就是了。"

待到国主皇后都进屋去了，沉默片刻，风信道："就算我问你你去哪儿了，你也是不会回答的，是吧？"

谢怜没说话，把那几个袋子丢到地上，发出清脆的声响。风信道："这是什么？"

谢怜打开袋子倒过来，从里面抖落了一大堆金器银器，几乎映亮了整个屋子。风信一下子站起来，道："你……你这是哪儿来的？！"

谢怜头也不抬，坐在地上一边清点，一边道："用不着这样。到城里大户人家走了一趟而已。放心，没人发现。"

风信双目圆睁："你！"

他想起国主皇后还在隔壁，压低了声音，道："你偷东西？！"

谢怜道："你用不着这样看着我。大家都不容易，有了这些就容易多了。"

风信道:"那你也不能偷东西吧?!我们可以卖艺的!"

谢怜道:"卖艺一天累得要死要活能挣几个钱?"

风信倒退两步,好容易站住,确定了这话不是自己听错了,道:"你,怎么变成现在这个样子了?"

谢怜抬起头,反问道:"什么样子?"

风信怒道:"我不想说你!你自己看看你现在是什么样子!打劫的事情我已经不问你了,你怎么还变本加厉了?!"

谢怜冷笑一声,道:"果然。"

风信道:"什么果然?"

谢怜站起身来,道:"你果然一直都记着打劫的事。想问我,又不好意思问,是吗?你心里想象过千百次怎么回事了吧。不用想了,我告诉你。"

他一步一步,逼到风信面前,道:"是真的。我打劫了。"

风信被逼得倒退一步,道:"你……"

他又前进一步,低声怒道:"我们过得这么苦,为的是什么?!如果这种事你愿意做,我们早就做了,何苦要挨到今天?你这样算是什么?!前功尽弃!你还是从前的太子殿下吗?!"

谢怜道:"是啊,为什么要苦苦挨到今天?"

风信一怔。谢怜又道:"从前的我是什么样的?骂不还口吗?打不还手吗?自不量力吗?拯救苍生吗?这是什么?这不是个蠢货吗?你觉得那样一个蠢货好吗?你觉得我必须是那样的我吗?一旦不是,你就很受打击是吗?"

风信惊道:"你疯了吗?你为什么要这样说?"

谢怜道:"你错了。我没疯,我只是突然清醒了。然后发现从前的我才是疯了。"

谢怜道:"你走吧。"

风信还没反应过来:"什么?"

谢怜道:"我说,我不需要你了,你走吧。"

说完,他就摔门了。

两个时辰后,屋外才传来窸窸窣窣的动静,和低低的说话声。

似乎是风信和他的父皇母后在道别。风信声音极低,皇后语带哽咽,国主说得不多,咳嗽居多。不一会儿,门开,门关,风信的声音消失,脚步声远去。

风信走了。

谢怜关在屋中，木然无表情，半晌，闭上了眼。

终于走了。

自从慕情离开之后，谢怜就一直恐惧着这件事：有一天，风信也会离开的。因为太恐惧了，今天，谢怜已经无法再忍受被这种恐惧折磨。

与其慢慢耗下去，像慢刀子磨一般慢慢把那些恩义情谊都一点点消磨得精光，最后两看相厌，彼此仇恨，不如早一点，就在此刻爆炸！

风信走之前，他害怕。而风信走了之后，他就一点也不害怕了。

可是，虽然他不害怕了，却更痛苦了。

原本，谢怜还在心底抱着万分之一的期待，期待即便是他承认做了不该做的事，即便是他变成现在这样糟到极点的样子，风信也还是会留下。毕竟，自从他十四岁那年挑中风信作为自己的贴身侍从后，他们两个几乎一直如影随形。是主从，更是好友。除了他这个太子以外，风信也没有任何需要关心的对象。最多就捎带国主和皇后。

可是，风信真的走了。

谢怜早就猜到了这个结果，也完全能理解这样的结果，但他还是暂时有些受不了。

这时，寂静的屋外传来皇后的声音。

她道："皇儿，对不起啊。"

谢怜从床上爬起，开了门，出去，疲倦地道："不关你们的事。"

皇后和国主都坐在破旧的桌边。皇后道："是父皇母后拖累了你，要你为了我们去做不好的事，还让你和风信吵架。"

谢怜勉强笑道："有什么不好的，话本传奇里不到处都是劫富济贫的故事吗？风信走了就走了，挺好的，他走了反倒轻松些。两边都轻松。你们先把病医好再说别的吧，明天可以买最好的药了。"

国主却瞪着他，道："我不用这些钱。"

皇后暗暗拽住他。谢怜道："你想怎么样？"

国主又咳了几声，道："你……去把风信追回来。我不要这些钱。"

皇后虽然拽着他，但也道："是啊，你去追风信吧。他是你最忠心的侍从，又是你的好朋友……"

谢怜道："没有忠心的侍从了。有钱拿着用就是了，别的不要多问。这些事你们不懂。"

沉默许久，最后，皇后道："对不起啊，皇儿。你一个人挣扎得很苦，但我们都只是凡人，没办法帮你一点儿忙。"

谢怜没力气再多说，随口安慰敷衍几句，送他们回屋去了。为了让自己清醒，谢怜胡乱洗了个澡，倒头就睡，睡到第二天起来，迷迷糊糊心道："风信怎么没叫我？"

好一会儿，他才想起来，风信已经走了。

谢怜翻身坐起，发了一阵呆，又想起一事。

就算风信走了，但他父皇母后呢？怎么他父皇母后也没进来？

往常这个时候，早就能听到国主的咳嗽声了，这声音就没断过，今天却是极为安静。

不知为何，谢怜感到一阵不安，他穿上衣服下床，抓了两把抓了个空，发现自己覆面的白绫没了。他现在不遮脸就感觉没法见人，推开隔壁屋门，道："母后，你看到我的……"

一推门，他一对瞳孔瞬间缩成了两个极小的点。

他的白绫找到了。

那条白绫，悬在高梁之上，还吊着两个一动不动的身影，早就僵了。

是他的父皇母后。

谢怜怀疑自己还在梦中，晃了晃，勉强扶住墙，还晃来晃去，没扶住，顺着墙滑了下来。

他坐在地上，双手遮脸，突如其来的一阵呼吸困难，哭了笑，笑了哭，道："我，我，我，我……"

也不知对谁语无伦次了一阵，他又道："不是，没有。我，等等，我，不行，我……"

最终，一个完整的词都讲不出来，他转身大叫一声，猛地把头往墙上撞了十几下。

他早该想到的。他的父母都是那种根本见不得亲人受苦的性子，尤其还是为他们受苦。两个人都是养尊处优的贵族，这一路来居然能坚持到现在，已经是个奇迹了。

谢怜把头在墙上撞了几百下后，喃喃道："风信，我父皇母后没了。"

没人在听。

这时，他才想到，要把父母的尸体放下来。放下来后，谢怜仿佛就没了事做，在屋里走来走去，看到桌上还有几盘冷掉的难看的菜，是他昨晚不吃让皇后拿走的。现在，他六神无主地拿起来，全部吃了下去，一根菜也没敢剩，生怕少吃了一粒米。吃完后又开始呕吐。

突然，谢怜抓了那条白绫扔到梁上，把自己的脖子套了进去。

阵阵窒息袭来，然而，他始终清醒着。就算两眼充血，颈骨咔咔作响，他也始终清醒着。而且，不知怎么回事，吊着吊着，那白绫竟是自动松开了。谢怜重重摔在地上，头昏眼花中，发现那条白绫居然无风自动，仿佛一条毒蛇，缓缓盘了起来。

这东西，竟是生出了自己的灵魂！

被注入了法力，染上过谢怜的血，还吊死了两个皇族——如果谢怜会死，那就是三个。如此一条白绫，带了如此之深的怨气和邪气，不成精怪，反倒奇怪。

刚刚来到世上的这只小精怪全然不懂自己是在怎样令人绝望的情形下出生的，快乐地向给了自己灵魂的人游去，似乎期待着一个亲昵的举动，谢怜眼里却根本没有它。他抱头咆哮道："谁！谁来杀了我！"

他只盼着有谁能立刻来要了他的命，帮他解脱了这无穷无尽的痛苦和折磨！

正在此时，远处传来一阵震天响的敲锣打鼓之声。谢怜喘着粗气，双目血红，心道："谁？是什么？"

某种力量驱使他跟跟跄跄起了身，出去查看。走了许久，他终于发现，那是永安新立，皇城迁都，新宫落成的庆祝之声。

普天同庆！仙乐国的旧民，现在都在为永安而欢呼了。大街上，每个人脸上的笑容都如此灿烂，如此熟悉。谢怜想起来了，上元祭天游的时候，仙乐皇城的人们也是这样欢呼的。

谢怜又跟跟跄跄走了回去，瘫坐在地上。

为什么要在他亲人尸体躺在他脚边的时候，让他看到"敌人"们的欢声笑语？

谢怜把脸埋在手里，哭哭笑笑，呜呜呜，哈哈哈。

半晌，他嘻嘻地道："没这么容易。"

一个声音在他脑子里一闪而过：人面疫，是怨恨……制造人面疫的方法，是……

他眼里闪过凶狠的光，忽然放轻了声音，道："你们休想好过。"

他脸上神情似哭似笑，似喜似悲，顺着墙慢慢站起来，道："永安，永安？休想。永远也休想！我，诅咒你们！我诅咒你们！！我要你们全部死光，死绝！！！哈哈，哈哈，哈哈哈！！！"

笑着笑着，谢怜如一阵狂风般冲了出去，路过那面镜子的时候，突然一顿，猛地回头！

镜中的他，已经完全变了一副模样。

他身上穿的，不是那件洗到磨损的白道袍，而是一件雪白的大袖丧服。他的脸也不再是他的脸，而是一张半哭半笑的悲喜面！

如果是之前的谢怜，看到此刻镜中的自己，一定会吓得大叫起来，但是，现在的他却一点儿也不害怕了。他视若无睹，狂笑不止，跌跌撞撞，撞开了门，奔了出去。

旧国的仙乐皇城，如今已是一片破败不堪的废墟。

废墟附近，还是有侥幸未死的居民和无路可走的流民。虽说自从人面疫暴发，皇城覆灭后，这座昔日的华丽皇都就时常阴风阵阵，令人胆寒，但今天，似乎格外令人胆寒。几个衣衫褴褛的乞丐一溜烟跑了，边跑边望天。人们都觉得，好像要发生什么非常不好的事了，还是不要逗留了。

皇城破败的城门前，便是战场。平时就没什么人敢去，现在，只有一个老道士在东跑跑、西跳跳，捕捉那些迷茫的游魂，捉到了就塞进自己袋子里，准备扎成花灯。捉着捉着，他忽然发现，不知何时，战场的尽头，出现了一个奇怪的白衣人影。

当真奇怪，当真诡异。一身丧服，白袍大袖，一段白绫挽在袖上，随风飘曳，若有生命。脸上则戴着一张惨白的面具，半边脸哭，半边脸笑。

那老道士一阵恶寒，在他反应过来为什么要跑之前，双腿已经带他跑出了战场。他内心还残留着惊魂未定之感，驻足回看。

那白衣人一语不发，在战场上漫步。凄风猎猎，脚下每一步都踏着战死者的尸骨。

无数亡魂在这片土地上挣扎哀鸣，以至于连空气都是怨念的黑色。

那白衣人冷冷地道："叫。给我叫得响一点。"

亡灵们呜呜哀叫。那白衣人又迈开几步，道："当初你们誓死保卫的人们早就忘记了你们，现在他们已经成了新国的国民，为夺走你们生命的人欢呼。恨吗？"

亡灵们的哀叫中，混入了尖叫。尖叫中，又混入了嘶鸣和咆哮。

那白衣人厉声道："叫！光是叫有什么用。给我起来！"

整个战场的上空，回荡起无数个充满怨念和痛苦的声音。

"恨啊……"

"好恨啊……"

"杀……我想杀了他们啊！"

那白衣人向它们张开了怀抱，伸出双手，轻声道："到我这边来。"

他狂笑般地道："我承诺，永安之人，永不得安！"

震天狂响的尖叫、惨叫、咆哮中，仙乐士兵们的亡魂和皇城人面疫患者们的死灵相互应和，在铺天盖地的黑雾中，幻化成形！

那在远处观望的老道士将这一幕尽收眼底，胆战不已："这是……这是……"

一瞬间，他脑子里只冒出了四个字。

白衣祸世！

这时，那白衣人听到身后传来一个少年人的声音："殿下……"

他回过头。不知何时，他身后站着一个黑衣少年，正对他俯首下来，单膝跪地。

之所以说是"少年"，是从声音和身形判定的。

他一身利落的武者打扮，身形颀长，却又仿佛新竹拔节，不失少年人的青涩之感。黑衣如墨，发亦如墨，束起。腰悬一刀，修长。他缓缓抬首，脸上也罩着一张雪白的面具，面具上，是一张弯弯的笑脸。

黑气在嘶鸣中幻化毒龙，被白衣人一丝不漏地收进袖里乾坤，仿佛把江流纳入玉净小瓶之中。而那少年在翻天狂搅的黑风之中岿然不动，那白衣人道："你叫的是谁？"

黑衣少年依然单膝跪地，仿若臣服，又仿佛宣誓，答道："我在叫您，太子殿下。"

那白衣人冷冷地道:"我不是太子殿下。"

那黑衣少年却道:"您是。您的声音和身形,我不会忘记的。"

那白衣人的声音中染上了几丝怒意:"我说了,我不是。"

这名白衣人,自然就是谢怜。

他的脸藏在面具之后,没有人能认出他是谁,他也不想被认出。然而,这在战场上游荡的黑衣武者却是直接叫出了他的身份。

突然,谢怜大袖上挽着的那道白绫如毒蛇一般窜出,扑向那黑衣少年。虽是一条看上去轻轻软软的白绫,攻击起来却甚为凶猛,且邪气横生,眼看着那黑衣少年就要被它套中,他却一抬手,牢牢抓住了那白绫。

那白绫一端缠在谢怜手腕上,一端缠在这黑衣少年手腕上,缓缓收紧。它不是不想挣脱,但那黑衣少年始终牢牢抓着它,仿佛死死捏住了一条毒蛇的七寸,手上不断散发出丝丝寒气。

毫无疑问,这是一名亡魂。

而且,是一个力量极强的亡魂!

觉察到从白绫另一端传递过来的不可小觑的力量后,谢怜道:"你叫什么名字?"

静默片刻,那黑衣少年道:"我没有名字。您可以用任何您想用的方式称呼我。"

谢怜也懒得多问,道:"没有名字,即是无名。"

他又道:"你是死在这战场上的兵士亡魂?"

无名道:"是的。"

谢怜这才收了手,那白绫一下子窜回他身上,远远对着那黑衣少年耀武扬威地摇头摆尾起来,仿佛在吐着剧毒的芯子。

既是战死的亡魂,难怪能响应他了。这黑衣武者定然也对"永安"充满怨恨,反过来说,也就是可以为他所用。因为他们的目的是一致的。

于是,谢怜道:"你是我召来的,那么,追随我。"

他对那黑衣武者伸出了手:"我会让你得到你想要的。"

那黑衣少年的脸也藏在面具后,看不清他此刻什么神情。双方皆是如此。

但静默一阵后,他还是毫不犹豫地握住了谢怜递给他的手,深深俯首下去,将冰冷的额心贴在谢怜手背上。

他沉声道："誓死追随殿下。"

谢怜却抽回了手，双手插在袖中，转身冷淡地道："你已经死了！走吧。"

那黑衣武者站起身来，谢怜一回头，这才发现，这少年竟是比他想象得要大，十六七岁，在这个年纪里个子算是极高的了，竟是比他还高一点儿。

谢怜走在前面，无名的黑衣武者果然随在他之后，道："殿下，您想去哪里？"

谢怜目光落在远方，道："永安皇宫。"

永安皇宫，坐落在西方的另一座大城之中。这座城池原本也是一座颇为繁华的城镇，只是一直被东边的仙乐皇城压着一头。而仙乐皇城沦为一座疫城之后，新的国君把新的皇都选在了这里，要不了多久，它便能压过旧皇城，风光无限了。

谢怜深夜而至。月光下，他像一只白猫一样无声无息地在新皇城密密麻麻的屋脊之上横飞纵跃，那黑衣武者则如一只黑色灵狐，一直紧随在他身后。不多时，两道身影落在一座大门之前。

谢怜觉察不对，这门上竟是能隐隐感觉到不好的气息，顿住脚步。正要伸手探察，那黑衣武者却一步上前，拦在他身前，伸出一掌，低声道："破！"

从那门缝里漏出一道火光，似乎有什么东西被烧毁了。随后，那黑衣武者才伸手推开了门，道："殿下。"

谢怜迈入门中，往地上看去。果然不出所料，地上散落着一些焦黑的残渣。谢怜嗅到了香草和符纸的味道，看了那黑衣武者一眼。

这只鬼果然厉害。

这些被焚毁的残痕，显然是有人在门里设了防护之法，而且防护之力不弱，寻常的小鬼若是想强撞开门或是穿门而过，少不得要被烧个肝胆俱焚，这黑衣武者却只在一瞬之间便将这阵毁得彻底。

不知是不是新落成的缘故，这座永安皇宫并不如何华丽，相反还有些寒碜，比起仙乐皇宫差得太远了。这倒是不奇怪。奇怪的是，一路上，几乎障碍不断，各种辟邪防御之物设成的阵法和陷阱不断。不过，每当谢怜觉察出前方有什么拦路的东西，那黑衣武者便抢先一步破除障碍，给他清扫了道路，所以，还是畅通无阻。

半个时辰后，永安皇宫高高的大殿上方，两道修长的身影立于屋脊之上，俯瞰下方。

两人都戴着一张面具。那白衣人大袖飘飘，挽着一道白绫，随风乱舞。那黑衣人则干练利落，腰悬长刀，护持在那白衣人身侧，和他凝望着同一个方向。月光下的这个画面诡谲妖异，却又无端和谐。

新任的永安国国主便在这座大殿里了。谢怜冷笑道："在皇宫里设这么多道阻拦邪祟的关卡，看来，他真的很怕被什么东西找上啊？"

无名道："殿下，我去开道。"

谢怜却道："不用，我亲自来。"

说完，他便一跃而下，仿佛一朵白花被风吹下枝头，无声无息地落在了宫殿之前。

正当他要推开殿门之时，殿里飘出来一阵婴儿的啼哭之声。

郎英又没有妃子，儿子也早就死了，他殿里哪来的婴儿？

谢怜并不在意这个。别说是有个婴儿，哪怕是里面藏了千军万马他也无所畏惧，提起一脚踹开殿门！

奇怪的是，大殿之内只有一个人，并没有第二个人，更没有什么婴儿。一看清来人，那人一抬头，道："你来了？我正在找你。"

殿内之人，正是郎英。

他虽然已贵为国主，却并无华服在身，木然地坐在一张宝座上。谢怜还奇怪了一瞬郎英怎么这个反应，随即才明了，他此刻戴着面具穿着丧服，郎英是把他认成白无相了。

这座宫殿里也设有阵法，谢怜迈入之时，明显感觉到有什么东西在阻拦。但他脚下稍稍用力，踩在了殿内地面上，空气中便传来踏碎了什么的声音。

殿外的寒冬和夜色涌了进来，灌得谢怜狂风满袖。他阴恻恻地道："你找我干什么？"

听到他的声音，郎英神色微变，道："是你？"

谢怜缓缓向他走近，雪白的靴子一步一步踩在冰冷冷的石地上。他道："是我。"

郎英一介莽夫，带兵灭了仙乐，帝王之气加身，一般的邪祟近不了他的身。但此时此刻，谢怜带来的，是成千上万的战死亡魂！

他就不信，数目如此之庞大、怨念如此之强烈的怨灵，还拿郎英没有办法吗？果然，怨灵们在躁动，迫不及待地要挣脱出来寄生到敌人新鲜的血肉之躯上。那躁动之声任何人都不可能听不到，但郎英也并未大惊失色，道："你是来杀我的？"

谢怜不答，下一刻，便闪到郎英身前，抓住他的头发，按到了地里。

悲喜面下，谢怜嘴角不自觉地上扬。抛弃了一切的他，终于可以打败郎英了！

谢怜心脏怦怦狂跳，正要进行下一步动作，却勃然色变："什么声音？"

咿咿，呜呜，他又听到了那阵细小的婴儿啼哭，可是，这大殿之内，分明根本没有婴儿！

再一次确认，不对。那哭声是从他手下的郎英嘴里传出来的！

更准确地说，是郎英的身上。谢怜一把扯开他的衣服，双眼陡然大睁，霍地起身："这是什么？！"

郎英慢慢翻身坐起，道："不要怕。"

这一句不是对谢怜说的，而是对他身上的东西说的。

郎英的胸口上，赫然生着两张脸，每一张都和真人一般大小，凸出个硕大的肿瘤。大的那张面目秀美，依稀看得出是个女人模样，小的那张则皱巴巴的，像个婴儿，而那一阵有一阵无的啼哭之声，就是从这"婴儿"的嘴里发出的。

人面疫！

谢怜愕然道："你怎么会有人面疫？！"

郎英却道："这不是人面疫。"

谢怜道："这哪里不是人面疫？这不是人面疫是什么？"

郎英道："这是我老婆和儿子。不是你说的那种东西。"

他一边低声说话，一边抬手轻轻抚摸着自己身上的这两张人脸，真的就是一个丈夫和父亲在抚摸自己的妻子和孩子的模样。但那两张脸不是连眼睛都睁不开，就是只会张着嘴呀呀哭泣，空有人形，不成人样。

须臾，郎英抬头道："白无相在哪里？他说了这样我老婆就会回来的，但都这么久了，她怎么还是不会说话？到底怎么回事？快叫他来找我！"

闻言，谢怜明白了，道："你，让白无相，把你妻子和儿子的怨灵，养到了你身上？"

原来如此，一路上皇宫里那些阵法，根本不是为了防住外来的东西，而是为了防止藏在里面的东西逃走！已经成为国主的郎英，却在用自己的血肉偷偷喂养这两只怨灵！

谢怜还想来找郎英算账，谁知根本不需要他动手，郎英已经给自己种上了人面疫。那两只疫面长在他身上的时间肯定不短了，连细小的手脚都一并长出，累赘地垂了下来，畸形又可怖。而且，它们已经吸干了宿主的养分，郎英两排肋骨异常突出，小腹也瘪了下去，肤色蜡黄，身形憔悴，看上去仿佛根本没几天好活，和原先战场上那个神勇凶猛的武者根本不是一个人。

看来，虽然他打了胜仗，成了国主，过得也不怎么样。谢怜一点也不觉得痛快，一把抓住郎英，怒道："开什么玩笑？！"

他还没要仇人的命呢，仇人自己就快死了！这算什么？这怎么办？！

这一抓，从郎英身上掉下什么东西，莹莹红光，一弹一弹，滚得远了。郎英抓住谢怜的手，似乎连做这个动作都觉得困难，喘气道："珠子……那颗珠子。"

谢怜转头一看，地上滚动的，居然是那颗他给了郎英的红珊瑚珠。郎英道："我一直想跟你说，谢谢你的珠子。"

听到这一句，谢怜一愣，没想到郎英会突然说这句话，心里像是有什么东西翻起，又被他强按了下去，道："你！……"

郎英低声道："你早点给我就好了。可惜……"

话音未落，谢怜手下抓着的躯体一沉，郎英就这么睁着眼睛倒下了。

谢怜还没反应过来，无名道："殿下，他死了。"

谢怜道："死了？"

低头看看，郎英的瞳孔已经开始涣散了，他真的死了。

谢怜喃喃道："他怎么就这么死了？"

他还什么都没对郎英做，他怎么就死了？

而且，说起来他还死得挺圆满挺高兴的。他完成了对仙乐的复仇，身上带着他的至亲，准备去黄泉之下相会了。他在世上受够了煎熬，死去反而是一种解脱，一死了之。反倒是谢怜，现在连报复的对象也没有了！

满腔的憋屈和愤懑，最终化作一种感觉——可恨，可恨！实在是太可恨了！

郎英倒下不动了，他胸口那两个人面却仿佛知道宿主已经死了，忽然齐齐哭了起来，呜呜咿咿，刺耳至极，比手指甲在金器铁器上擦刮的声音还令人难以忍受。谢怜已经要气疯了，他拔出那把黑剑，正想一剑下去让它们闭嘴，那黑衣武者却"铮"的一声拔了刀。刀光闪过，郎英的尸体霎时被斩成了几块、十几块、几百块……血肉横飞。谢怜还没动手就被他抢先一步，冷声道："谁让你这么干的？"

无名道："不必脏了殿下的手。"

正在此时，门外响起一阵急促的脚步声，外面喧哗起来："有人闯宫！""卫兵！卫兵！"

谢怜目光移动，那黑衣武者微微俯首，示意交给他解决，闪身出去。一瞬之间，外面的喧哗便尽数被掐断了。迈出殿去，大片侍卫倒地不起，而那黑衣武者站在中间，纤细的长刀滴着血，竟是一刀解决。而远处又起了新的喧哗，来了一批新侍卫，喊着："保护国主！"

谢怜漠然转身，不理。果然，不到片刻，那些人声又仿佛被一刀收割了一般，尽数湮没。随即，那黑衣武者无声无息地跟了上来。

谢怜微微侧首，道："皇宫，烧了。"

无名颔首道："是。"

熊熊烈火燃起，两个漆黑颀长的剪影立在烈火之前，地上的影子不断扭曲、变形、拉长。

闹了这么大一场，永安皇宫中的宫人们早被尽数惊醒，或救火或逃跑时的叫骂、哭喊飘了满天，和仙乐皇宫被烧时的情形一模一样。

那黑衣武者道："殿下，接下来你想做什么？"

那白衣人寒声道："去永安旧城。"

仙乐灭国之前，谢怜去过无数次永安。那时他是为了降雨救人，总是身心俱疲、步伐沉重。这一次，他是为了完全相反的目的来的，却是一身轻松。

熬过了旱灾，又得到新任国主的大力扶持，永安早已恢复生机，大街小巷行人都是兴高采烈的，和几年前的惨淡光景天差地别。只有一个地方惨淡依旧，那就是仙乐太子殿。

破败的太子殿没有人会来，谢怜便把栖息地点选在了这里。此刻，他正在殿中打坐。

这些怨灵本该很快就找到宿主，也就是诅咒对象的，但因为郎英已经死了，它们现在还在苦苦挣扎，不依不饶地向谢怜哭诉尖叫，被谢怜闭着眼随手挥开。

他被吵得恨不得双手捂耳，道："闭嘴！会让你们解脱的，给我安静！"怨灵们毕竟还是怕他，不敢再叫。这时，一个声音道："殿下。"

谢怜睁开双眼，只见那黑衣武者在他面前，单膝跪地。

第六章

渊中人得一雨中笠

他的情绪还沉浸在那些怨灵的尖叫里，一时回不过神，面具下的脸上都是冷汗，道："不要用那两个字称呼我！"

每次听到有人这么叫他，就像是在提醒他什么，使他分外烦躁。无名却道："殿下永远是殿下。"

谢怜望了过去。当然，看不到这黑衣武者的脸，只能看到一张眉眼弯弯的笑面。

看到这张笑脸面具，他突然就很火大。你笑什么？谢怜冷声道："不要以为你真的有多强，再这么叫我信不信我马上让你魂飞魄散？"

那黑衣少年俯首不语。谢怜冷静下来，道："在永安这一带找一个最好的地点，我要布下法阵。"

无名道："是。"

谢怜闭上眼，顿了顿，又睁开眼，望那黑衣武者，皱眉道："你怎么还没走？"

黑衣武者道："地点定了，那么时间呢？"

"时间？"

"亡魂们已经迫不及待了，必须帮它们找到诅咒的对象，不可拖延太久。"

的确不能拖延太久。沉默片刻，谢怜道："三日之后。"

无名又道："为何是三日之后？"

不知为何，谢怜一跟他对话就有些心浮气躁，道："三天后是月圆之夜，届时发动人面疫势必威力大增。你问太多了。快走就是了。"

无名颔首，无声无息地退下。谢怜再次闭上双眼，捂住额头，希望能缓解这阵头痛。正在此时，他听到了几声从背后传来的冷冷嘲笑。

一听到这熟悉的冷笑声,谢怜浑身血液都要冻结了。他一把抓起剑,几乎是连滚带爬地转身,果然,在他身后,站着一个戴着悲喜面、身穿大袖丧服的雪白人影。

白无相!

谢怜一剑刺去。若不揭开面具,这两人几乎从头到脚都一模一样,一番缠斗,两个白衣人来回交锋,外人根本分辨不出来谁是谁。白无相一边轻松躲避着谢怜的剑锋,一边叹道:"我就知道,这副模样,果然很适合你。"

谢怜骂道:"你知道个鬼!"

一连串粗俗露骨的字眼从他嘴里吐出来的时候,他既不习惯,又大感痛快。白无相却仿佛又看穿了他的想法,温声道:"没关系的。从现在开始,不会再有什么东西束缚你了,也不会有人对你抱有多余的期待。你大可以做一切你想做的事。这样不好吗?"

谢怜心中油然而生一种奇怪的感觉。这怪物找他是来干什么的?

示好。

是的。虽然听起来似乎可笑,但谢怜的直觉告诉他,这个东西就是来向他示好的。这个东西在安慰他。

他一定非常非常高兴,仿佛看到这样的谢怜就令他格外愉悦,不由自主地便柔和亲切起来。这种亲切居然让谢怜一瞬间有点想感激涕零,但紧接着,更多的,还是恶心。

谢怜寒声道:"你别高兴得太早,待我灭了永安,准备好我来找你算账!"

白无相摊手道:"欢迎至极。什么时候你真的能强到杀了我,你就可以出师了。不过——"

他面具之下的笑容似乎收敛了,道:"你,真的会灭了永安吗?"

谢怜道:"什么意思?"

白无相道:"你明明可以现在就动手,为什么还要特地选在三天后?难道事到临头,又犹豫了不成?莫非你到了国破家亡的这一步,竟然连复仇的魄力也没有?我是不是又要看到一场太子殿下的失败了?"

"失败"二字,极其刺耳。谢怜举剑劈去,却被一脚踹到,踩翻在地。

白无相不知如何夺到他手中黑剑的,方才那温柔可亲的语气陡转轻蔑,道:"知道现在的你像什么吗?"

谢怜抓住胸前靴子，可无论怎么用力，都被牢牢踩住，不得翻身。白无相微微俯下身，道："你就像个小孩子在赌气。你根本没有下定决心。"

谢怜怒道："谁说我没有下定决心？！"

白无相道："那你现在在干什么？你的诅咒呢？你的死光、死绝呢？你的父皇母后、你的士兵、你的国民摊上你这么个神，真是可怜！他们生前你保护不了他们，他们死后你连为他们复仇都做不到！你这个废物！"

他脚下一用力，谢怜的悲喜面下登时溢出几丝鲜血，是从谢怜喉中涌出的。

白无相垂手握剑，黑玉般的剑尖抵在谢怜喉间，划过那道咒枷，唤醒了谢怜某些回忆。

他道："要我帮你温习一下百剑穿心的滋味吗？"

过分的恐惧让谢怜屏住了呼吸，一动也不敢动。而吓住他之后，白无相重新变得可亲起来。

他挪开了靴子，把地上吓得僵住的谢怜扶着坐起，扳着他的脸让他望向一个方向："看看，看看。这就是你现在的样子。"

他让谢怜看的，是破败神台上破败的神像。

那太子像手里的花与剑早就不翼而飞，被烈火焚烧过，被斧头菜刀劈砍过，被举起来摔在地上过，半身焦黑，残缺不全，惨不忍睹。的确是和谢怜残存的记忆片段中的自己十分相似。

白无相道："你变成这个样子都是拜谁所赐？你以为是我吗？"

谢怜的脑子仿佛被他强行反复洗刷，又反复灌入新的东西，越来越迷惑，越来越怀疑。他连愤怒也忘了，迷惑地道："你到底是谁？你到底想干什么？你为什么要这样缠着我？"

白无相道："我说了，我是来教导你的。我教你的第三件事，就是，如果不能救苍生，那就灭苍生。把苍生踩在脚下，他们才会对你拜服！"

他说完这句，谢怜的头忽然疼得像要炸开了一样，抱头大叫起来。

是那些怨灵！

无数怨灵在他脑子里尖叫哭号，谢怜头痛得恨不得在地上打滚。白无相却在一旁笑了起来，道："它们已经快等不下去了。三天后，如果你不能发动人面疫，不能给他们诅咒的对象，他们诅咒的对象就会变成你。你知道，那时候，你会变成什么样吗？"

那把冰冷的黑剑又被塞进了他手里，一个声音在他耳边道："你没有回头的机会了！"

待到那阵头痛慢慢退去，谢怜放开手睁开眼，破破烂烂的太子殿中，还是只有他一个人，另一个和他一模一样的白衣人早就消失了。

不知已经过去了多久，夜色早已降临，太子殿内昏暗无光。谢怜心中一动，意识到一件事。

三日之期，已经过去一天了。

这时，一片漆黑的太子殿中，似乎有一抹白色一闪而过。

鬼使神差，谢怜转过了头，看清那一抹白色是什么之后，面具之下的瞳孔收缩起来。

他一把夺了那东西，道："这……花是怎么回事？"

那是一束清新柔弱的小白花，被放在了残缺不全的焦黑神像左手上，显得格外洁白如雪，也格外凄凉。看上去，仿佛是这尊神像为了保护这一束小花，才落得这满身的伤痕一般。

谢怜也不知为什么他看到这一幕会如此怒不可遏，喝道："鬼魂，出来！"

不多时，那佩刀的黑衣武者果然出现了。他还没说话，谢怜便道："这花是怎么回事？你放的？"

无名微微俯首，目光在谢怜手中被攥得仿佛要窒息的花朵上凝了片刻，最后，低声道："不是我。"

谢怜道："那这东西是谁放的？！"

无名道："为何殿下看到这花如此烦躁？"

谢怜脸色愈沉，将那朵花扔在地上，道："这种恶作剧，令人厌恶！"

无名却道："为什么殿下会觉得是恶作剧？也许在这里，真的还有殿下的信徒在供奉着您。"

听到这一句，谢怜看向他道："你在嘲笑我吗？"

无名道："不是。"

谢怜道："那你就不要说这种鬼话！怎么可能还会有那种东西？"

顿了顿，无名道："未必没有。"

谢怜忍无可忍地掐住了他的喉咙。

他道："你说够了没有？这么喜欢挑战我的耐心？很有趣吗？"

无名被他锁住要害，却全无反抗之举，反而在极力克制自己的手，让它不要顺从身体反应去放到谢怜的手上。地上那朵花就在两人脚下，刺痛了谢怜的眼，于是谢怜狠狠把它踩烂了。他冷笑道："你这鬼魂，给我听好！我把你从战场上召回，是因为我现在需要一把好刀。你只要听我的命令，该杀人的时候杀人就行了，少跟我说这些废话。不然我要你干吗呢？你继续去死着不好吗？"

无名看看那花，又看着他，许久，才艰难地道："是。"

谢怜这才放开他。无名低低咳了几声，道："殿下。"

让他不要这么叫了，他还这么叫！

谢怜也不知是该无语还是怎么样了。到这一步，他气都生不起来了，反而觉得有点好笑。

他只能尽力恶狠狠瞪了这鬼魂一眼，心中自暴自弃地道："这鬼是个痴的！爱怎么叫就怎么叫吧，反正大家马上都完蛋了。"

谢怜很烦，道："你还有什么鬼话？"

无名道："我什么都会为你做的。请让我追随在您身边。"

听了这话，谢怜心中莫名一动。

从前，他听过无数句表达忠心与爱意的赞颂之词，但现在他已经好久都没听到了。可他马上想起，他方才威胁这鬼魂了，大概因为这个，无名才会试图向他表示"我很有用"。想到这里，谢怜内心复一潭死水，冷淡地道："别说得这么好听。无论你做什么，你都是为自己。放心吧，暂时你还有用。"

他出了太子庙。冷风一吹，渐渐恢复平静。身后，无名也跟了出来。谢怜道："这一带有什么异常吗？"

无名道："没有。"

谢怜道："确定没有？要发动人面疫，天时地象都不能有一丝差池。"

无名道："确实没有。"

谢怜无话可说了，抬头望天。

无名道："殿下，你想到该如何发动怨灵之疫了吗？"

谢怜道："我正在想。"

他低头看了看腰间悬着的那把黑剑。成千上万的怨灵就被他封在这把黑剑中，但也只能封住一时。

这时，无名道："殿下，我有一个不情之请。"

"说。"

无名道："希望殿下可以将这把剑交给我，让我来发动人面疫。"

谢怜回头，道："为什么？"

那黑衣武者面具后的双眼注视着他，道："我最重要的人，在这场战争里受了很重的伤，生不如死。我眼睁睁地看着他备受煎熬，痛苦挣扎。"

谢怜道："所以呢？"

"所以，我希望由我来做这执剑之人，为他复仇。"

他的理由合情合理，谢怜却并不十分信任。他微微眯眼，道："我觉得，你有些奇怪。"

他转过身，绕着无名走了一圈，道："我觉得，你并不像一个怨恨缠身的复仇者。你向我这么要求，真的是为了发动人面疫吗？"

话是这么说，可如果不是为了发动人面疫，又能是为了什么呢？

无名的黑衣武者向他微微俯首，道："殿下，我比任何人都希望这些人死。而且，我希望他们一定要死在我的手上。如果你不相信我，我现在就可以去证明给你看。"

谢怜道："你想怎么证明？"

黑衣武者把手放在佩刀上，缓缓退下。当他退到第三步时，谢怜忽然反应过来他想干什么了。

黑衣武者是要去杀人，证明给他看自己有复仇之心！

谢怜立即道："站住！"

无名果然站住。审视他片刻，谢怜断然道："不。我要自己发动人面疫。"

那黑衣武者低着头，还戴着面具，不知他是何反应。谢怜也并不关心别人的反应，他转过身，轻声道："不过……在那之前，我还有一件事情要做。"

说着，谢怜提起那把寒玉一般的黑剑，凝望着手中锋芒，眼里闪过异样的光。那黑衣武者觉察出不对，道："殿下，你想做什么？"

他根本来不及阻止，下一刻，谢怜便倒转了剑锋，将那把黑剑刺进自己腹中！

第二日，永安街头。

最近的天都不大好，阴里阴气的，时而狂风大作，时而邪雨绵绵。

说起来，最近哪里都不太平，听说新建的皇宫也起火了，国主重病不起，病到连人都不能见，一团糟，满是不祥之兆，弄得人们心里直犯嘀咕。只有幼童们什么都不懂，无忧无虑，还在追逐打闹。

一阵阴风扫过，眯了人眼。紧接着，街头岔路口上突然传来"砰"的一声巨响，一个人影从天而降！

街上众人都被那突如其来的巨响惊呆了，纷纷朝街头那边望去。只见地上被砸出了一个人形坑，坑里平平瘫着一个人，披头散发，一身白衣，满身血污。

霎时，整条街上所有人都往这边聚来了："我的老天，这什么人？他是从哪儿掉下来的？从天上吗？"

"摔死了？！"

"好、好像没啊，好像还在动！"

"这还能不摔死？！等等，他胸前那个是什么？是剑？"

待到近了，人们才逐渐看清了这个人的模样。虽然披头散发，却是个俊美少年，只是两眼直勾勾地望天，不似活人。但说他不是活人，他还在呼吸，胸口连着腹部上一把刺入五脏六腑的黑剑一起微弱地起伏着。

这时，有人又惊道："等等，这不是……那个，那个太子殿下吗！"

这么一说，其他人也认出来了："还真是。是原来的太子，仙乐的太子！我以前远远见到过的！"

"不是说那个太子失踪了吗？"

"我听说是飞升了。"

"怎么会这样……那剑怎么回事，是真的捅穿了？吓人……"

"别看了，都让让，让让行不行？我要赶路啊！"

这个街头是一个岔路口，通向两条不同的路，此时被人群堵住，后来的车马过不去，都下车来看，乱哄哄的。

围绕着他的众人千姿百态，千奇百怪。一个胖胖的厨子模样的人道："我说，这样放着不行吧？是不是得救他啊？"

"怎么救？"

"把这个剑拔出来？"

那厨子看上去还颇为大胆，正要上去试试，立刻被旁人七手八脚拦住，道：

"别别别，千万别！"

厨子不解："为什么？"

旁人便告诉了他为什么："使不得呀！你没听说过吗？仙乐不是打了败仗？为什么打败仗？因为出了那个什么人面疫。为什么有人面疫？因为有个瘟神，就是……"

"瘟神？！真的啊？！"

此言一出，谁都不敢贸然手欠了，那个硕大的人形坑四周登时空出了一大片。毕竟，谁也不知道，这位前朝的太子殿下到底怎么回事。他是不是瘟神？沾了他的身是不是会患上传说中可怕的人面疫？或是会不会变得倒霉透顶？而且，看上去，就算不拔这把剑，一时半会儿他也不会死的样子，既然从不知道多高的地方摔下来、摔得那么一声巨响都没死，那就绝非常人了。

须臾，有人怯怯地道："我们还是报官吧……"

"不是说这位太子殿下飞仙了吗？报官顶什么用啊？"

"那怎么办啊？"

七嘴八舌，七嘴八舌，最后，什么结果也商量不出来，只是叫了人去报，剩下的，他们也没办法了。

躺着吗？那就躺着呗。各自散了吧。

于是，谢怜就这么睡在那个人形坑里，看着四周攒动的人头渐渐稀少，渐渐消失。被堵住的车马绕过他径自走了，原先在大街上打闹的幼童们都被父母拉回了屋，身旁远处还时不时有人经过。他始终面无表情，一语不发。

有个卖水的小贩于心不忍，悄声问一起看摊的老婆，道："这样丢着不管真的没事儿吗？要不，给他一杯水吧？"

那小贩妻子犹豫片刻，望望四周，小声道："别了吧。要真是瘟神，靠太近会发生什么，谁都不知道啊。"

那小贩也犹犹豫豫，望望四周，一群和他一样摆摊的小贩也都盯着他，神色紧张，仿佛只要他上去了就跟他画线离他远远的一样。最终，那小贩还是不敢独个儿出头，放弃了这个打算。

谢怜就这么从薄雾弥漫的清晨，躺到了烈日高悬的正午，又从日落，躺到了深夜。

其间，看到他的人很多，靠近他的人却很少，更没有一个人，帮他把腹中那把黑剑拔出来。

深夜，街上空无一人，谢怜还躺在地上，直面天幕，黑沉沉的夜里，星点烁烁，正不知在想什么，忽听一阵笑声从上方传来："哈哈哈……你在干什么？"

坑里的谢怜微微一动，却并没有起身。

他已经没有原先反应那么激烈了。而没得到他惊怒交加的"欢迎"，那声音的主人主动走了过来，站在谢怜头前，弯下腰。他道："你在等什么？"

一张半哭半笑的面具倒了过来，刚好遮住了谢怜整个视线。一人一面相对，近在咫尺，谢怜冷冷地道："滚开，你挡住我看天了。"

被叫滚开，白无相却没有分毫不悦，笑着直起腰，仿佛一个包容任性孩子的长辈，越发亲切了，道："天有什么好看的？"

谢怜道："比你好看。"

白无相道："何必这么大火气？这一剑可不是我捅你的，这一次也不是我把你丢在这里的，这一切全都是你自己做的。无论你有没有得到你想要的结果，都不能怪我吧。"

谢怜沉默不语。

白无相又道："今天你在这里浪费了一天，是想证明什么？还是想说服自己什么？"

谢怜道："滚。"

白无相笑得怜悯，道："傻孩子，你以为会有人来帮你拔剑吗？"

谢怜顶了回去："我知道没人会来。滚。"

白无相悠悠反问道："那你为什么要把自己戳个窟窿这样放着呢？跟谁赌气吗？现在可没有人会心疼你。"

谢怜继续顶回去："我乐意。滚。"

白无相道："若有人来帮你，你待如何？没人来帮你，你又待如何？"

谢怜骂了起来："你废话怎么这么多？我要吐了！关你什么事，滚滚滚，快滚去死！"

他言语越来越粗俗无礼，口气也越来越暴躁，但说来说去都只会骂这几个字，白无相仿佛被他逗得哈哈笑出了声，叹道："傻孩子。"

他转过身，道："罢了。反正只剩最后一天了，让你再傻乎乎地挣扎一下也无妨。反正是不会有人过来给你一杯水，或是帮你把这把黑剑拔下来的。记住——"

白无相再一次提醒他："明天太阳下山之后，如果你还没有发动人面疫，诅咒就会降临到你身上了。"

谢怜静静听着，一动不动。

第三日，谢怜还是躺在分岔路口的那个人形深坑中，连姿势都没有变。

今天的人群和昨天的人群并没什么两样，都是远远绕过他，各行其路。虽然天降怪人的事儿已经报了上去，但对方一听说很有可能是瘟神，而且也没犯什么事，只是死人一样躺着，便不想去，敷衍道："过几天再去看看。"这意思差不多就是说不管了。谁知道过几天会变成什么样?

几个幼童好奇地跑过来，蹲在坑边看坑里这个人，捡了根树枝，偷偷戳戳捅捅，谢怜像条死鱼一样毫无反应。他们新奇不已，还想冲他丢点什么试试，被几个父母发现，骂了一顿，关回了家。

昨天那个卖水的小贩也一直在往这边瞅。谢怜一天一夜滴水未进，嘴唇上起了一层干枯的死皮，那小贩看他可怜，舀了一碗水似乎就想送过去，被他老婆手肘一捅，碗翻了，只得作罢。

不知是不是天也要来凑一脚热闹，过了中午，空中淅淅沥沥飘起了小雨。

街上小贩赶紧收了摊子，行人们也喊着赶快回家，奔走纷纷。过了一阵，那雨越下越大，谢怜的脸庞被雨水一阵冲刷，更显苍白，浑身都湿透了。

悄无声息地，一个白衣人影出现在了谢怜身前。

街上其他人似乎并没有注意到这个怪异的人影。白无相居高临下地俯视着他，道："马上就要日落了。"

谢怜沉默不语。

白无相道："你并不是瘟神，但他们一定要说你是；当初你逆天而行为永安降雨，如今他们却连一杯水都吝于给你；百剑穿心，迫于无奈倒也罢了，但现在他们连帮你把一把剑拔出来这么简单的事都不愿意去做。"

他怜悯地道："我告诉过你的，不会有人帮你。"

谢怜心中有个声音在歇斯底里地大叫："承认吧。他说的是对的。没有，没有，没有！真的没有，一个人也没有！"

仿佛听到了他心中这嘶吼，白无相似乎微笑了一下，伸出手，握住了那把黑剑的剑柄，道："但是，没关系。他们不帮你，我会帮你。"

说完，他微微用力，一抬手，便将那把黑剑从谢怜腹中拔了出来，"铛"的一声，扔在谢怜身侧。

随即，那一抹雨中的白衣身影便轻声笑着，仿佛功成身退，接下来就交给谢怜一个人一般，消失了。

拔出那把黑剑之后，谢怜的伤口便暴露无遗了，被雨水恣意击打冲刷着，早已麻木的痛觉再次扩散开来。这是他此刻还能清晰感觉到的唯一的东西。

踢踢踏踏，一阵狂奔踏水之声传来，似乎又有行人匆匆冒雨赶来。不过，谢怜已经不像先前那样还会暗暗关心了。

他缓缓坐起，谁知，刚起来就听"啊"的一声惨叫，一人在他身边重重摔了一跤。

那人背了一大筐东西，戴了个遮雨的斗笠。大概是因为雨太大了，他没看清路上有个坑，坑里有个人，临到近前谢怜突然坐起才发觉，加上这人跑得极快刹得极猛，这一跤也摔得极重，一个跟头趴在谢怜躺着的人形坑边，当场便破口大骂起来。

斗笠飞了，背上的筐子也翻了，白花花的米撒了一地。那人坐在地上懊恼得大叫，一巴掌拍下去，地上湿淋淋的泥巴和米粒溅了谢怜一脸。他暴怒不已，一蹦三尺高，指着谢怜鼻子道："什么玩意儿？！老子辛辛苦苦累得要死要活赚了点钱买了点米就这么全没了，我是倒了几辈子的血霉！赔钱！！别装死，赔钱！！！"

谢怜眼里根本没有他，也不打算理会。那人却不依不饶，一把抓起谢怜胸前衣领道："你是不是想死啊我问你？"

谢怜冷冷地道："是。"

那人啐道："那你要死也不滚一边安安静静一个人去死，在大路中央挡别人路，死也不死得安分点，缺德！"

谢怜任他拎着自己的衣领狂摇，面无表情，无比麻木。

骂吧，骂吧。无所谓了，随便骂吧。

反正过不了多久就要全部消失了。

马上就要日落了。

那人抓着木然无反应的谢怜非要他赔钱，不赔把他骂了个狗血淋头还不解气，推推搡搡半天才捡起地上自己的斗笠戴了，骂骂咧咧地往前走了。谢怜被他"咚"的一下扔回坑里，渐渐地，听到了比雨声更大的嘈杂之声。

那是成千上万被封在黑剑之中的亡灵的尖叫。

随着落日一点一点西沉，它们在谢怜脑海中发疯了一般地狂号，为即将到来的自由和复仇欢呼。

谢怜举起一手，捂住了脸。

正当他颤着伸出另一只手，要去抓住地上那把黑剑时，忽然，他发现了一件奇怪的事。

雨好像停了。

不对。

不是雨停了，是有个东西，罩在了他头上，帮他挡去了大雨！

谢怜猛地睁眼抬头，只见面前蹲着一个人，把自己头上那只斗笠扣在了他头上。

居然是刚才对他破口大骂的那个人！

他瞪对方，对方也瞪他，道："你这样看着我干什么？怎么，骂你两句还真要死要活了？"

说着，那人吐了口唾沫，道："好好一个少年人一脸哭相，晦气不晦气啊？"

那人方才凶相毕露，此刻似乎回想起来有些心虚，嘀咕几句，又为自己辩解道："行了，行了，刚才算我的不是。但我骂你也是你该骂，谁让你犯病？再说了，谁还没被骂过？"

谢怜双目圆睁，说不出话来。

那人又不耐烦地道："好好好，算我倒霉，米也不要你赔了。你还躺在这里干什么？多大的人了又不是个小孩，等你爹妈来拉你不成？起来起来起来。"

他一边催促，一边连拉带拽，把谢怜拉了起来，用力在他背后拍了两巴掌，道："站起来，赶紧回家去吧！"

谢怜就这样被拉出了这个人形坑，被那两巴掌拍得差点扑到地上，一愣一愣的。等他回过神来时，那人早已经走了。

只剩那只草编的斗笠还在他头上，提醒着他，方才他被人拉出来了，不是幻觉。

不知过了多久，白无相又出现在了他身后。

这一次，他没笑了，语气也没那么悠然自得了，反倒像是隐隐有些不快和不安，道："你在干什么？"

雨还哗哗地下着，而谢怜头上戴了一顶别人给的斗笠，虽然身上早就湿透了，但好歹头脸已经淋不到了。

可是，他的脸颊依然湿透了。

见谢怜没有答他的话，白无相又沉声道："就要日落了，拿起你的剑，否则，你知道会发生什么。"

谢怜头也没回，轻声道："我去你的。"

白无相语气带上了一丝寒意，道："你说什么？"

谢怜转向他，平静地道："你没听清吗？那我就再说一次。"

突然，他猛地飞起一脚，雷霆一踹、踹得白无相向后飞出数丈！

一脚落地，谢怜一手捂伤口，一手指白无相飞出的方向，用他最大的声音，竭尽全力地骂道："我去你的！你以为你是谁，敢这样跟我说话？！我可是太子殿下！"

在他脸上，两行泪水已经夺眶而出。

一个人。只要一个人。

真的，只要一个人，就够了！

白无相被他一脚踹飞，在空中翻了两圈，稳稳落地，喝道："你疯了？！"

他愤怒了！

这么久以来，谢怜还是第一次在这个东西身上看到如此强烈的情绪波动，这令他大为快意，一把抓起地上的黑剑攻了上去，道："我没疯，我只是回来了！"

方才那一脚是猝不及防才中，接下来就没那么容易了。白无相闪边寒声道："你忘了吗？你失去了什么，你的国民如何对待你，你的信徒如何背叛你！就为一个人，一个小小路人！就把这些全部忘记了？！"

谢怜道："我没忘！但是——"

他一剑挥出，中气十足地怒喝道："关你什么事！"

白无相一把抓住剑锋，握得极紧，鲜血流淌下来，骨节也发出咔咔声响。

他有些失控，又有些不可思议地喃喃道："你！到了这一步，居然还能反悔，还能回头！"

谢怜也在用力把剑锋往下压，咬牙切齿地道："你，把我恶心到了，所以，我绝对不要变成跟你一样恶心的东西！"

白无相似乎稍稍冷静了些，又恢复了那种一切尽在他掌握之中的语气，道："你这只是垂死挣扎！忘了我和你说的话吗？战场亡灵，已经被你召回了，现在已经晚了。它们，势不可当！"

大雨滂沱中，谢怜手上那把黑剑发出尖锐的嗡鸣，鸣得他双耳和脑中都一片刺痛。白无相道："你打算怎么办？值得吗？为这些人，承受万世诅咒？"

从方才踹他的那一脚开始，谢怜一直处于一种浑身血液沸腾、头脑发热的状态，挥剑言语，皆从本心，并没有去想接下来要怎么办。听他这么问也不知如何回答，道："你看不到我打算怎么办了。在那之前，我先办掉你！"

白无相冷哼一声，道："不自量力！"

话音刚落，谢怜只觉身体一轻，整个人便飞了起来。

他立即稳定心神寻找重心，可这重心还没找着，上方白影一闪，又是一阵猛力袭来。谢怜仿佛变成了一颗铁球，被人重重掷了下去，一声巨响，深深砸进了地里。

如果说原本谢怜心中还抱着"爆发一下也能赢"的三分侥幸，这一击下来，他就彻底清醒了。

赢不了！

太强了，这个东西对他而言，是压倒性的强！

谢怜从未在对上任何敌人时生出过这种"压倒性"的念头，只有在对上君吾的几次，才偶尔闪过一瞬。但君吾是强不假，却是一种克制有度、收放自如的强，与白无相截然不同。这个东西的强悍之中，带着一股凶恶的凌厉和满含怨气的杀意。

所以，只要一招，谢怜就明白了，他是绝对打不赢白无相的。恐怕只有君吾，才和这个东西是一个等级的对手。

可是，现在的他的声音，根本无法传达到君吾那里！

猛地一脚，白无相的靴子踩中谢怜胸口，森然道："从一开始，就是你的不自量力、痴心妄想，才导致了这一切！"

谢怜被他踩得五脏六腑缩成一团，剧痛难当，却是忍着一口鲜血，道："不。不是我！"

白无相道："嗯？"

谢怜伸手死死抓住他的靴子，眼前是前所未有的清明，双目炯炯，道："是你，带来了人面疫。是你，导致了这一切！"

白无相哼了一声："或许吧。如果你一定要这么想的话。"

随即，他微笑道："但你要清楚，如果不是你不自量力，妄图逆天而行，我就不会出现在这世上。我是顺应天命而生的。"

谢怜眼中的火焰不但没被大雨淋湿，反而烧得越来越旺。他道："你少自以为是了！我不需要你教我，我自己会学。如果你代表的就是天命，那么，天命这种东西，就应该被摧毁！"

天边闷雷滚滚，狂风大作。白无相的声音又低沉了下去。

他轻声道："我如此悉心地教导你，你却冥顽不灵。太子，我失去耐心了。"

谢怜又咳了几声，白无相道："不过也没差别，反正你早就已经把它们唤醒了，只差最后一步而已。这最后一步，就让我来帮你一把好了。"

谢怜警惕道："你想怎样？"

白无相弯下腰，抓住谢怜的手，将那把黑剑强行塞进他手里，握住，举剑向天！

天空劈下一道苍雷闪电，注入那黑剑的剑心，又反射了回去。密密的乌云开始搅动，整个永安的上空出现了一片黑色的云海，无数人面、人手、人足在里面翻腾着，仿佛地狱挪到了天上。

与此同时，日落了。

谢怜躺在地上，眼中倒映出滚滚的黑云和电闪雷鸣的天空，白无相扔下了他，那黑剑也"铛"地掉在地上。

云上传来仿如千军万马的尖叫嘶吼，这阵仗可说是毁天灭地。大街小巷里，许多人都被惊了出来，打着伞一脸茫然，纷纷道："怎么了？""吵什么吵？""我的天？！天上那是什么？！那是不是人脸？！""天下大乱，天下大乱之兆啊！"

谢怜一身一脸的污泥，从地上踉跄爬起，喝道："不要过来，跑！都快跑！！"

人面疫，要再一次暴发了！

谢怜在这边奋力挥手，白无相在一旁轻声微笑。谢怜猛地回头，怒目而视。白无相双手插袖，气定神闲地道："何必这么生气？反正你已经不能回头了，不如好好体会一下复仇的甘美吧。尽情欣赏，这是你的杰作。"

谢怜道："你以为我没有办法了吗？"

白无相道："如果你还有办法，请！"

谢怜深吸一口气，一把抓起地上那把黑剑，走到街边人群之前。

众人都认出了这是在街上躺了两天的那个鬼不鬼、神不神、人不人的前朝太子，纷纷小心翼翼地后退。谢怜喝道："都站住！"

不知为何，他眼下虽然满身泥污，却自有一股奇怪的气势，众人果真站住了。谢怜道："看到天上那些东西了吗？"

众人莫名点头，谢怜道："那些，是引发人面疫的怨灵，马上人面疫就要再次暴发了！"

那黑色的云海着实骇人，并不需要更多解释，众人便相信了这话，大骇道："人、人面疫？！""怎么会又来了？""难不成真是……"

有人六神无主，有人转身就跑，但绝大多数，都惴惴不安地停留在原地，等待他说更多。谢怜却没再说，而是手中持剑，向前一举。

他一举起这把寒光闪闪的凶器，吓得众人登时齐刷刷后退几尺，谢怜却又喝道："拿着！"

众人怯怯道："什么？"

雨中，谢怜举着剑，沉声道："只要你们用这把剑刺过我，就不会染上人面疫。"

白无相的笑容似乎断了一下。

须臾，他还算冷静地道："太子，你疯了？"

众人也蒙道："他疯了吗？"

"拿剑刺他？说真的？他想干什么？"

人群窸窸窣窣，白无相爆发出大笑，道："你是失了神志还是没尝够百剑穿心的滋味？不对，这一次，恐怕是要万剑穿心了。睁大眼睛好好看看天！"

他突然不笑了，指天道："怨灵，覆盖了整个永安！也就是说，你想'拯救苍生'，就得让整个永安每个人都来捅你一剑，一天之内你就会变成一摊肉泥！这种愚蠢的做法和你当初逆天求雨有什么不同？你以为你救得完吗？"

谢怜背对着他，道："一天不行，那就一个月，一个月不行，就两个月，三个月！救不了一万个，就救一千个，救不了一千个，就救一百个，十个，哪怕是一个！！"

白无相怒道："你为什么？！"

谢怜双手举剑，大声吼道："不为什么！因为我想！！就算告诉了你……"

他微微回头，轻蔑地道："——你这种废物也是不会懂的。"

他语中眼中的轻蔑鄙夷太过露骨，也太过刻骨，白无相似乎不由自主语调微扬，道："你叫我什么？"

谢怜不再理他，平静地转向众人，道："刺一剑就没事了，我不会死，这两天你们都看到了。但是一个人只准一次，而且不许乱来，都听我的，谁乱来我就先打爆谁的头。相信我，我一只手可以打爆你们一百个。"

白无相不可置信道："你把自己弄到国破家亡，居然叫我废物？"

众人哪里敢接谢怜手中的剑，但不敢接，也不敢跑。白无相被他冷置，愈加沉怒，冷声道："好。那我就亲眼看看一意孤行的你会把自己弄成什么样子吧。但无论下场如何，都是你自找的，可别到最后又崩溃地哭出来，说你后悔了再来找我。"

推推搡搡半晌，天上那黑云越压越沉，仿佛就要塌下来了，无数人面的尖叫声也犹在耳边，终于有个父亲吓得受不了了，拖着一个小孩儿过来接了剑，道："我、我先带我家小宝试试了啊……"

旁人都还在犹豫中，见状惊道："你真要试啊？！"

那父亲其实也犹豫，硬着头皮道："这……这，他好像真的不会死的啊！对不住，真的对不住！我小宝……"说着，就用手遮住怀里那小孩儿的双眼，让他拿住了那黑剑。白无相并不干预，只在一旁冷冷笑着，谢怜微微握拳，等待着下一刻袭来的疼痛，心中对自己说："没事的，已经疼太多次了，很快就习惯了。"

谁知，正在那黑剑就要刺入他小腹时，当啷一声，被人打落了。

谢怜没等来意料之中的剧痛，却等来了一声响亮的"不行！"

他猛地侧首望去。打落那黑剑的，居然是那卖水的小贩！

那小贩混在人群里，似乎实在是看不下去了，站出来道："我说这真不太好吧？你们看他肚子这块，这血淋淋的，是不是真的不会死人啊？就算不会死人，也会流血吧？"

那父亲愁眉苦脸道："这……这……"

那卖水小贩的妻子又在人群里偷偷拽他，那小贩却回头低声喝道："别拽了有什么事回去再说！"又转回来道："况且是不是真的刺他一剑就不会得病也不知道，还是别瞎刺吧？"

那父亲指天道："可是，马上……"

这时，他怀里的小儿哭了起来，那小贩立刻指道："你看你看，你叫你儿子拿剑捅人，你儿子都被吓哭了！"

果然，那小儿一边哇哇哭着，一边把手里黑剑丢在地上，大概也不懂他父亲想干什么，但就是觉得害怕。至此，那父亲的心思完全被打消了，抱了儿子钻回人群里去了。有几人早已跃跃欲试，但见第一个人受挫，后面的自然也不好出来了，于是在人群里喊道："没听他怎么说的吗？人面疫马上就又要来了！他是瘟神啊，这都带到头顶上来了！"

那小贩却道："但是如果他是瘟神，也不会自愿干这种事吧？"

他一直说话，惹得有些人不耐烦了："你也知道他是自愿的了，那还有什么问题？你是不是想大家一起死啊？"

"你卖你的水就是了，平时缺斤少两的这个时候出什么头……"

那小贩老婆一直偷偷拽他，听到这句却立刻炸了，涨红了脸骂道："谁缺斤少两？！滚出来再说一次？！"

对方立刻缩了。那小贩也脸红了一下，随即梗着脖子道："我说啊！他自愿不自愿是他的事，我们干不干这事是我们的事吧？这怎么说都是拿剑捅人吧？要是这两天我给了他一杯水还是怎么，我可能现在还想拿这剑试试，但是……我没给啊！谁给了？这个脸……我反正拉不下来！"

他这么一说，众人都沉默了。因为他说到了点子上，这两天，真的一个人也没来帮过谢怜一把，这卖水小贩好歹还有过送水的这个心思，只是没送成，而其他人有的根本连看都没敢多看！

有人嚷道："那现在到底该怎么办？不让的你们倒是给个办法啊！"

眼看着人群又要骚动起来，还有人拼命往前挤，这时，有一个声音暴喝道："谁吵？谁再吵吵，老子一刀！"

再一看，竟是谢怜第一天摔下来时那第一个想上来拔剑的胖厨子。他像是被什么气到了，道："这位老弟说得对！昨天要不是好几个人非要拦我不让我上去，我还差点把那剑拔了呢！怎么现在我都没动，那几个拦我的反倒叫得最凶？我呸，你们也配？这么厚颜无耻的也不多见！"

这厨子块头大，声音洪亮，正在气头上还抄着一把菜刀，似乎刚从厨房里出来，先前嚷得最大声的那几个立刻不敢再叫了。有不知这两天情况的人打听清楚了怎么回事儿，惊道："不是吧？你们就没一个人上去？"

"是啊，就这么让他在那儿躺了两天？扶一下的都没有？"

被说的人有的脸上挂不住了，道："别说得好像你在你就会上去帮忙似的，净放马后炮。别忘了待会儿那些鬼东西下来了，你们也一个都跑不了！"

"嘿我还就告诉你了，我要是在场，我肯定会上去帮他拔剑！"

"事后动动嘴皮子当然不累了……"

"等会儿！你们都在争些啥，现在又不是拔剑没拔剑的问题！"

争着争着，两拨人闹哄哄的就要吵起来，雨也渐渐小了。然而，那黑云压顶更浓，压得底下大几百人喘不过气。突然，人群爆发出一阵惊叫，数只手指天道："来了！"

谢怜也猛地抬起头。只见那些翻滚在黑云中的人面忽然暴动起来，拖着长长的"尾巴"，如黑色流星一般急速坠落！

人面疫来了！

众人大骇，手忙脚乱，有的撒开腿跑，有的躲进屋里，也有几个去抓那黑剑。可是，那被打落在地的黑剑不知何时居然消失了，抓了个空。

谢怜方才被众人反应惊到，现在才觉察了这件事，也道："剑呢？！谁拿走了？！"

没人有空回答，所有人都四散狂奔起来。但他们哪有怨灵们坠落的速度快？很快，四面八方都传来了活人的惨叫声和怨灵的尖叫声！

那些怨灵追上活人之后如同一道滚滚的黑色浓烟，纠缠不休，无孔不入，慢慢融入他们身体。谢怜奋力驱赶，然而怨灵终归是太多，他一个人根本驱赶不完。眼看着无数人在他面前被追得鬼哭狼嚎，那对卖水的小贩夫妻和那胖厨子也被黑烟缠得满地打滚儿，而白无相就在不远处，冷笑不止，袖手旁观。

谢怜又怒又急，把心一横，索性对着怨灵最密集处吼道："喂——"

他毕竟是唤醒这些怨灵的主使者，如此大喊，那些东西自然而然地便注意到了他。谢怜向他们张开双手，道："到我这边来！"

已经缠上活人的怨灵犹犹豫豫，不知要不要过去，而还在空中的怨灵们则立即改变方向，冲谢怜袭去。

成功了！

谢怜的心跳得快要停止。他也不知道会发生什么，他也不知道自己会变成什么样。但是，他凭着脑中一股突如其来的热血就冲了，他只觉得，就算是为了在那卑劣的怪物面前争一口气，即使被打得鼻青脸肿，他也绝不能退缩；就算是再来千百倍的亡灵，他也将所向披靡！

你想看到我自哀自怨、自暴自弃吗？

我偏不！

永远不！

铺天盖地的黑潮包围了谢怜，一只怨灵哭号着穿过他的身体，刹那间，谢怜的心仿佛被冻结了一般，浑身一个哆嗦。紧接着，便是第二只、第三只……

这些东西如同刀风剑气一般猛地穿过谢怜的躯体，每一次都带走他几分余温，谢怜面色越来越苍白，却始终坚持着没有退步。

这才几百只，他才坚持了没一会儿，接下来会有更多。这满天黑云，全都是！

谢怜闭上了眼，准备好了以一己之力，承担所有怨灵的怒火。谁知，下一只怨灵却迟迟没有到来。疑惑之下，他睁开眼，忽然发现，包围他的那铺天盖地的黑潮消失了。

因为，它们都化作了滚滚黑流，被另一个方向吸去了！

惊愕中，谢怜转头望去。只见长街尽头立着一名黑衣武者，而他手里，正握着那把黑色的长剑。

无名？

谢怜事先早就对无名交代过，让无名先走开，等待他发动人面疫，为何无名会在此时出现在此地？？

谢怜也不清楚这是什么情况，更不知道那黑衣武者是来干什么的，愣了一会儿，立即冲他奔去，边奔边喊道："等等！你在干什么？笨蛋！别乱碰！把剑给我！"

那黑衣武者似乎听到了他的声音，微微抬头。谢怜看不到他真正的脸，只看到了一张画出来的笑面。但是，他有一种奇怪的感觉。

他觉得那黑衣武者面具之下的脸，似乎真的微笑了。

然而，这感觉转瞬即逝。庞大的黑色洪流和尖叫之潮混成一卷风暴，汇聚向那边，瞬间将那黑衣武者吞没。

那一刻，谢怜听到了一个撕心裂肺的惨叫声。

他好像在哪里听过这个声音。他一定在哪里听过这个声音！

痛。痛得感同身受，痛得生不如死，痛得身心俱裂，痛得他双膝重重落地，一齐抱头惨叫道："啊啊啊！"

那阵从心里爆发的剧痛来得突然，去得也突然，不知过了多久，四周安静下来，谢怜抱头的双手颓然垂下。

他微微失神地抬头扫视，四面八方横七竖八躺了一地的人，大多数昏迷不醒，之前缠着他们的怨灵都尽数消失了。

这个场景令他迷茫不已。人面疫怎么了？怨灵怎么了？他自己怎么了？

那黑色的洪流也早已烟消云散。而那黑衣的无名鬼原先站立之处，只剩下一把黑剑掉在地上，剑锋之旁，还落着一朵小小的白花。

谢怜踉跄着爬起来，走上前去，拿起了花与剑。

他摸摸脸，看看胳膊，并没觉得自己身上有什么不一样的地方，不像是承受了什么厉害的诅咒。正在迷茫之中，身后忽然传来一个声音，轻轻道："啊。"

谢怜回头，白无相双手插袖，站在他身后，宽大的袖摆随风飘飞。

谢怜还没反应过来到底怎么了，但心中隐隐有一点不好的预感。

白无相看他一眼，轻笑起来。那不好的预感愈加浓厚，谢怜皱眉道："你笑什么？"

白无相反问道："你还不知道发生了什么吗？"

谢怜道："什么？"

白无相道："你知道，那个鬼魂是什么人吗？"

谢怜道："战、战场亡灵？"

白无相道："是的。但同时，他也是这世上，你最后一个信徒。现在，没了。"

信徒？

他在这世界上，居然还会有信徒？

好半晌，谢怜才终于能说出几个字了。

他艰难地道："什么，叫，'没了'？"

白无相悠悠地道："魂飞魄散了。"

谢怜有点不能接受地道："怎么就魂飞魄散了？！"

白无相道："因为他代替你被诅咒，你召回来的亡灵，把他吃得渣都不剩了。"

被他召回来的亡灵？

代替他被诅咒？！"

白无相又道："啊，对了，你不是第一次见到他。"

谢怜愣愣看他。白无相饶有兴趣地道："这个鬼魂似乎一直跟着你。原先我只是看它怨念颇深，便把它抓起来问了一下。谁知道，结果有趣得很。中元节，花灯夜，鬼火魂。还记得吗？"

谢怜喃喃道："中元节？花灯夜？鬼火魂？"

白无相慢条斯理地提示道："这个鬼魂，生前，是你麾下的士兵，死后，是追随你的亡灵。因你战死，因你百剑穿心化为厉鬼，又因你发动人面疫魂消魄死。"

谢怜好像又模模糊糊记起来一些什么。可是，他连这个信徒的脸都没有看到，甚至连他的名字都不知道，又能真的记起来什么、记起来多少呢？

"也许在这里，真的还有殿下的信徒在供奉着您呢……"

是的。有的。

而且，是唯一的信徒！

白无相似乎又说了很多别的，但谢怜听得恍惚，都没入耳，直到最后他道："你这样的神，已经够可悲可笑了。做你的信徒，更是可悲可笑到了极点。"

前面他嘲讽谢怜，谢怜都没有任何反应，但听这东西自以为是地评价他的信徒可悲、可笑，谢怜却仿佛突然被一剑捅醒，燃起一阵无可抑制的暴怒。

他冲了上去，却被一招擒下，白无相冷声道："你这样是赢不了我的，要我说几次你才会认清事实？"

谢怜也根本没想要赢他，赢不了也无所谓，他只想暴打这个东西，怒道："你懂什么！你凭什么嘲笑他？！"

那是这个世上他唯一的信徒了啊！

白无相道："一个追随失败者的信徒，我凭什么不能嘲笑？你愚蠢，你的信徒更加愚蠢。听着！如果你想打败我，就必须遵从我的教诲。否则，你永远也别想赢过我！"

谢怜想冲他竭尽全力地"呸"上一声，却连呼吸都困难。白无相另一手翻手一展，掌中出现了一张悲喜面，道："现在，重新开始吧！"

他正把这张面具往谢怜脸上按，岂料，便在此时，轰隆，轰隆。

天边电闪雷鸣，云层中射出奇异的光芒。白无相警觉地止住了动作，道：

"这是什么？天劫？"

顿了顿，他否定道："不对！"

不对。

是天劫。但，不只是天劫！

一个男子的声音沉沉响彻整个上空，道："他赢不了你，我如何？"

谢怜猛地抬头。

不知何时，前方长街尽头出现了一个身披白甲、瑞气腾腾的青年武神，周身笼罩着一层微白的灵光，手扶在剑上，一步一步踏来，在灰暗世界中杀出一条明路。

他情不自禁睁大了眼。

君吾！

即使几百年后，谢怜想起这一场对战，依然觉得，这是他所见过最惊心动魄的一场大战。

雨过天晴后，谢怜坐在焦黑的土地上微微喘气。

君吾收剑入鞘，走了过来，道："仙乐，欢迎归位。"

他神色疲倦，面上犹带血痕，那是白无相留下的。此外，君吾身上也负了大大小小几十处伤，不可谓不重，只是，白无相更重，重到被打得神消形散，只剩下地上一张破碎的悲喜面了。

听他说"归位"，谢怜一怔，摸了摸脖子，这才发现，那道咒枷已经消失了。

君吾笑了一下，道："我果然没有看错。你回来花的时间，比我想象的要更短。"

谢怜渐渐回过神来，也笑了一下，却是苦笑。

平复气息后，他道："帝君，我想求你一事。"

君吾道："可以。"

谢怜道："您都不问我是什么事吗？"

君吾道："反正你回仙京也是要讨礼的，这件事就当是你的归位赠礼吧。"

谢怜扯扯嘴角，站起身来，直视君吾，郑重地道："那我，便请您再次将我贬下凡间。"

闻言，君吾收敛了笑容，道："这是为何？"

谢怜坦白地道："我做了错事。第二次人面疫是我发动的。虽然后果看起来并没有太严重。"

因为，只是消失了一个无名的鬼魂而已。而这世上，可能根本不会有人在意这样一个无名的鬼魂，所以看起来，后果并不怎么严重。

君吾缓缓地道："知道什么是错的，那么，你就已经是对的了。"

谢怜却摇了摇头，道："只是知道，是不够的。做了错事就应当受到惩罚，可是，我犯的错，代替我受惩罚的却是……"

他抬起头，道："所以，作为惩戒，我请求帝君，再赐我一道咒枷，不，两道。一道封住我的法力，一道散尽我的气运。"

君吾微微皱眉，道："散尽气运？那你岂不是会倒霉透顶，当真成了瘟神？"

以前，谢怜的确会很在意自己被说成瘟神，十分抗拒，觉得受了莫大侮辱，但现在他对此已经无所谓了，道："瘟神就瘟神吧。我知道自己不是就行。"

他散去自己的运道后，它们自然会分流到其他过于不幸的人身上。也算是聊作补偿了。

君吾提醒道："会很丢脸的。"

谢怜有点烦恼、有些怅然地道："丢脸就丢脸吧。老实说，感觉……好像快习惯了。"

虽然并不想习惯这种事，但，习惯了好像就真的百毒不侵了。

君吾仔细凝视他，良久，道："仙乐长大了。"

这话应该是谢怜的长辈说的。可惜，他的父皇母后却没有机会说出这一句了。

谢怜道："还不算太晚吧？"

须臾，君吾道："既然是你选的路，那么，好。不过，要我贬你下凡，总得有个理由。"

总不能随随便便就儿戏一样地贬了一个神官下去，那把上天庭当什么了？

这个谢怜倒是有主意，他道："帝君，我们，好像从没倾尽全力地比试过一次？"

君吾登时明白了他的意思，笑着道："仙乐，我可是有伤在身的。"

谢怜道："我也是有伤在身，正好扯平。"

君吾点头道："既然如此，那我就不手下留情了。"

谢怜微微一笑，眼中闪起了跃跃欲试的光，道："我也不会的。"

太子殿下，又被贬了。

在轰轰烈烈的第二次天劫后，仙乐太子谢怜气势汹汹、拳打脚踢杀回上天庭，只飞升了不到一炷香，又被神武大帝打了下去。所有神官都搞不懂，这人到底想干什么？

不过，谢怜也搞不懂其他神官到底想干什么。

至于这么好奇吗？天天看，天天看，装成凡人看，化成动物看，这都偷窥他几天了！一个大男人搬砖糊泥有这么好看吗？

正纳闷儿着，后面工头叫了起来："新来的，你，就是你，说你呢！老实干活别偷懒！"

谢怜赶紧坐起来，响亮地应道："哦！"

应着就抓起一把破蒲扇狂扇风，在他面前，数块砖石搭着一座小灶台，灶台上正在咕噜咕噜地煮着一大锅饭。

这里是他搬土运泥的工地。不过，砖已经搬完了，就在不远处，两座崭新的神殿已经落成，现在，他的任务是煮饭。煮着煮着，正万分卖力，两辆马车拉来了两尊高大的神像。谢怜一边心不在焉地往锅里瞎丢东西，一边百忙之中抽空看了一眼。

两尊神像分别被抬进了两座神殿。左边那间殿里欢呼道："玄真将军好！玄真将军宅心仁厚！"

谢怜无语了。

赞美慕情用"宅心仁厚"这个词，这批信徒认真的？

右边那间殿里也不甘示弱地嚷道："俱阳将军好！俱阳将军神勇无敌！"

谢怜点了点头。这点他倒是没什么异议。不过，对上女人的时候就不一定了。

两边信徒都铆着劲儿对吼，都想盖过对方，吼得谢怜耳朵生疼，他叹了口气，揉揉眉心，心道："何必呢？"

这么讨厌对方，不要把庙建在对方对面不就行了？

答案是——当然不行！因为，这里可是本城人气最旺、风水最好的地盘，这两位神官的信徒当然不会因为要避开对方就放弃这么块肥美地，当然要抢对方的香火，使劲儿恶心对方了。

不一会儿，后面两边的信徒已经从对骂发展到了对打。这边谢怜感觉火候

111

差不多了,锅铲敲敲锅盖,朗声喊道:"诸位,不要打了!来吃饭吧!"

斗得正酣,谁理他。谢怜摇了摇头,揭开锅盖,香飘十里。这下好,众人登时不打了,纷纷号道:"这什么味儿?!"

"谁在煮屎?!"

"还是锅巴味儿的屎?!"

谢怜辩解道:"什么!这是皇家绝密珍藏菜式……"

工头捂着鼻子过来一看,脸色发绿,跳起来道:"什么绝密珍藏,哪门子的皇家!就你?滚滚滚!不要恶心人了!"

谢怜妥协了,道:"好吧,滚也行,不过劳烦先把我的工钱……"

工头怒道:"你还敢提工钱!你说说啊!你!自从你来了!我有多少损失!啊?下雨那雷哪儿都不劈,就往你身上劈!房子着火三次!还塌了三次!你简直是个瘟神啊!还敢找我要工钱!快滚!你再来一次我打你一次!"

谢怜道:"话不能这么说,你都说了是冲我来的,每次别人不都没事,我看你是想赖账?……"话音未落,工头和一众工友再也受不了那锅里飘出的味道了,风卷残云般地跑了个没影。谢怜道:"等等?!"

回头望望,原先打架的两帮人也早就被熏走了。谢怜无言以对,自言自语道:"不吃还叫我煮这么大一锅,有钱就可以随便浪费吗?"

摇了摇头,他想了想,盛了两大碗饭,一大碗放进俱阳殿里供上,一大碗放进玄真殿里供上,终于觉得物尽其用,双手合十拍了一掌,心满意足了。

到外面收拾了东西,认真卷起地上草席,和剑绑在一起背了起来,缠在他手腕上的白绫悄悄摩挲了两下,谢怜拍了拍它,扶了扶头上的斗笠,道:"好吧,不给钱就不给钱。我去卖艺。"

怎么说,他也还有一门绝活——胸口碎大石啊!

走出一段路,谢怜忽然发现路边有一朵小小的红花,甚为可爱,蹲下来,轻轻触了触它的花瓣,心情甚好,对它道:"希望日后再见。"

待他走出很远,那朵小小的红花还在迎风摇曳。

第五卷

天官赐福

第一章

立天地神人破铜炉

谢怜躺在冰冷的地上,脸上覆盖着那张半哭半笑的悲喜面,白无相在一旁,似乎在欣赏他这副和自己如出一辙的模样。

那悲喜面用一股诡异的力量紧紧贴合着谢怜的脸,他怎么也拉不下来。白无相道:"戴着吧。别挣扎了。你想出去吗?只要你按我说的去做,你就可以很快冲破铜炉了。"

谢怜只当他不存在。

白无相总是在他那里讨没趣,却总也不肯放弃,叹道:"我们本来可以成为最强的师徒和最好的朋友,为什么你一定要如此叛逆?"

谢怜反感地道:"你少用一副历经沧桑看透人心的口吻来教导我,我真的一点也不想有你这种老师和朋友。"

白无相冷笑道:"我知道,在你心目中,能教导你的人,是君吾,对吗?"

忽然,谢怜道:"太子殿下?"

一刹那,谢怜感觉,那个东西是想应的。但是,他忍住了。

于是,谢怜又试探着问了一句:"你,就是乌庸太子吧?"

话一出口,他便感觉铜炉内闷热的空气瞬间凝固了。

从谢怜掉进来的那一刻起,他就在思考这个问题了。

他之所以能听懂食尸鼠口吐的人言,一定是因为君吾或白无相把某段记忆和情感植给了他。不可能是君吾,他出世时间远晚于乌庸灭国,那就一定是白无相。他一定是乌庸国人!

花城为什么会被铜炉拒绝在外?不会因为他是"绝"。谢怜向他确认过,已经成"绝"的鬼王也是可以再次进入铜炉的,便如已经飞升的神官可以再历天劫一般。但他还是被铜炉排斥了。谢怜能想到的最直接的原因，就是这座铜炉，听从白无相的指使！

那么，白无相有可能会是什么身份？乌庸国中法力最强、最有可能活到现在的存在，不就是那些壁画上的主角？

半晌，黑暗中一片死寂，谢怜肯定地重复了一遍："你就是乌庸太子。"

终于，白无相不再沉默了。

他猛地擒向谢怜，掌风凌厉无比，这一次，轮到谢怜闪避了。他一跃而起，边闪边道："太子殿下，你为什么从不用真面目示人？"

白无相沉声道："太子殿下，我警告你不要这么叫我。"

谢怜道："你可以叫我太子殿下，为什么我不可以这么叫你？你不回答，我就自己猜了。不愿意让别人看到真面目的原因，无非就两个。要么，你是我认识的某个人，或者我不认识你，但我只要看到你真正的脸，很容易就能查出你是谁；要么，就是你真正的模样，丑恶至极，丑恶到你自己也受不了！比如……"

"咔咔"两声，一阵剧痛从手臂袭来，白无相狠狠拧住了他，道："太子啊太子，是不是我对你亲切一点，你就觉得对我不需要有畏惧之心了？"

这声音寒气四溢，谢怜却忽然睁大了眼，道："什么人？！"

白无相却是头也不回，道："对付我你还想用这种对付小孩子的把戏吗？"

谢怜诧异，道："你……没发现？"

白无相冷声道："没有任何东西，我要发现什么？"

他没发现，谢怜可发现了。

方才，芳心的剑刃反射了地上的火光，那火光在二人上方的石壁一闪而过。就在这一瞬间，谢怜看到了一张脸。

谢怜敢保证自己绝对没有看错，他看到的绝对是一张人脸，一张巨大的人脸！

白无相的修为只比谢怜高不比谢怜低，他怎么可能没发现？

除非……那是比白无相更可怕的东西！

他看到那张脸的时间太短，但视觉有残留在记忆中，那张脸五官俱全，并且……还有些面熟。谢怜微觉毛骨悚然，道："铜炉里有别的东西！"

白无相却道："铜炉里，除了你我，只有石头和岩浆。"

谢怜正待再说，却忽然心道："等等……石头？脸？眼熟？"

灵光一闪，他恍然大悟，明白了他看到的是什么东西。

原来如此！

一经明白，谢怜双手立刻在背后飞速结印。白无相发现了他的异动，道："没用的，你就算……"

谁知，话音未落，二人背后上方便传来一阵轧轧巨响。与此同时，落石泥土如暴雨一般打落！

白无相觉察有什么东西向他袭来，飞速急闪。他闪得确实够快，不会再有人动作能比他更快了，本该完美避过的，只可惜，袭向他的东西，太庞大了。

那是一只巨手，五指成拳，重重砸了下来——正正砸中了白无相！

这只手，是一只岩石巨手。

它实在是太大了，光是一个拳头，就能媲美一间大屋，地上的火光只能照亮这一部分，手腕以上的部分则全部浸在黑暗之中。

轧轧石声中，它对着谢怜翻过手来，掌心向上。虽然巨型，却是手指修长，指节纤细，可掐花，亦可扶剑。谢怜夺了剑，一骨碌从地上爬起，跃上掌心。那只手刚要托着他起来，谢怜忽然想起忘了东西，忙道："等等！"又跳下去抓了斗笠，再跳上来。随后，巨手上升，离火光越来越远，谢怜也感觉越升越高，双手再次结印，道："冲出去！"

一声令下，他感觉到轻微的下坠感，仿佛是托着他的巨人微微屈了双膝，在做准备。下一刻，他又感觉整个身体猛地一沉，那巨人冲天而起，向着铜炉封闭的火山口撞去！

轰隆！轰隆！轰隆！

伴随着剧烈的震动，谢怜听到了极为明显的"咔咔"的裂声。

那是岩石支撑不住凶猛的撞击、即将破碎的声音！

随即，上方泻下一丝白光。

冲出来了！

铜炉封顶被破开，大量刺眼的白光如瀑倾泻，狂风席卷而入，呜呜呼啸。

谢怜站在巨人的掌心上，一手按住头上斗笠，一手遮挡迎面袭来的暴风雪。闷热的空气一扫而光，深吸一口冰冷清新的空气，他大声道："三郎——"

回音尚在，他就一下子被一双手拉住了。谢怜先是一僵，一低头，看到了一段赤红衣袖和银护腕，这才放松。一个沉沉的声音在他上方道："我要疯了！"

闻言，谢怜连忙转身，安慰道："别疯，别疯，我已经出来啦！"

是花城。花城黑发凌乱，眼中还有些失神，谢怜怎么也摘不下的悲喜面，他一把就摘下扔掉了。谢怜怕他被风雪冻坏了，连忙碰碰他的脸。毕竟，谢怜在这铜炉里面待了多久，花城必然就在这火山口上守了多久。

好好的一块儿进去了，其中一个却突然被扔了出来，根本不知道里面到底怎么样了，可不是要疯了？

花城沉声道："我怎么都进不了铜炉，我居然还要让你一个人闯出来！我真是……"

谢怜忙道："三郎没事，真的没事！而且，我也不是自己闯出来的啊！"

花城终于稍稍冷静下来，道："什么？哥哥，你怎么出来的？"

谢怜却道："是你帮我闯出来的。你看。"

说着，他向上指去，花城也顺着他指的方向望去。

只见风雪之中，一尊由山石凿刻而成的巨型人像满面飞霜，隐隐间，仿佛顶天立地。此刻，二人就站在这巨石像的掌心之上。

那石像面容轮廓柔美，长眉秀目，唇线姣好，嘴角微扬，似笑非笑。说多情而不轻佻，道无情却不冷漠，是个慈悲且俊美的面相。

——正是谢怜的脸！

谢怜仰望着它的面庞，轻声道："这就是你说的，你雕得最好的一尊神像吧？"

花城也仰望着它，良久，目光落回身旁谢怜身上，道："嗯。"

这尊巨大的岩石神像，必然是花城被困于铜炉之中、千锤百炼、万分痛苦时，在里面雕刻下的。

数百年来，它都一直藏在铜炉深处的黑暗之处，一部分还被青藤覆盖。铜炉就是它天然而险恶的石窟，它是这最壮观石窟里唯一的神明。

它和铜炉是一体的，材质也是一样的。否则，如果只是普通岩石凿成的神像，根本无法冲破铜炉，只会粉身碎骨；而如果不是谢怜本人，又或者，如果他们跳下去之前，花城没有给谢怜一拨足够强的法力，也无法召动这尊神像。

谢怜转向花城，道："所以，我闯出来了。是你和我一起闯出来的！"

正在此时，二人忽然同时感觉到一阵颤动，双双微敛笑容。谢怜有点紧张地道："怎么了？是这神像在震动？？"

毕竟那铜炉封顶也是万斤巨石，如果这座巨石人像真的因为冲破它而散了

117

架,那他可就要懊悔万分了,毕竟,这是花城为他雕刻的最好的神像。花城则道:"不要紧,它没事。是整座山在震动。"

果然,下方积雪如洪流一般塌落,有的地方已经露出了山体。看来,有什么东西又要从铜炉里冲出来了。

花城拦到谢怜身前。谢怜道:"是白无相。"

他当然不会认为刚才一拳下去就能捶死白无相。不一会儿,二人便感觉一阵灼热的空气扑面而来。

那灼热的气息是从深不见底的火山口里喷出的,还有一股硫黄的气味。谢怜道:"我们先离开。"

花城牢牢抓住了他的手腕,道:"跟我来!"

他带着谢怜,几步跃上那巨石神像头顶的小金冠,如同一个小小露台。狂风迎面呼啸,二人黑发白衣红袖翻飞,远望画面竟是美不胜收。那神像听谢怜召令,顺着滚滚雪流一滑就是数里,周身雪浪飞驰,虽是万斤之躯,却也很好地保持了平衡。他们才滑到铜炉的半山腰,一声轰然巨响,铜炉之巅,一道毁天灭地的漆黑烟柱喷薄而出!

瞬息之间,整个天空就被一片黑云浓烟覆盖。遮天蔽日的黑云之中,无数人脸、人手、人足翻滚纠结,恐怖万状。这画面,谢怜在几百年前就见过一次,如今,终于又见了一次!

花城凝神道:"是乌庸国众的亡灵。"

突然,谢怜道:"三郎!"

他指向上方的铜炉之巅。黑色的烟柱之后,有什么东西也跟着喷涌而出了。

赤金的,流动的,熊熊燃烧的。

岩浆!

那赤金的岩浆和滚滚的黑烟混在一起,铺天盖地,向铜炉下方滚滚流去。谢怜喝道:"跑!"

那巨石神像听他喝令,大步迈开,几乎是飞下铜炉。落定山脚,地动山摇!

那岩浆和黑烟几乎是紧追着他们下来。落地之后谢怜也不敢多留,正欲开走,那巨石神像却不听他驱使,单膝跪地!

跪地之后,它上身还慢慢向前倾去,似乎体力不支。谢怜的心一下子吊到了嗓子眼:要倒了!

操纵如此之庞大的一尊神像所要消耗的法力是极为可怕的，花城先前借给谢怜的那一拨法力已经烧得精光。而那火流黑烟，也要追上来了！

正在此时，花城却一把将他拉了过去，额头贴了上去。

谢怜睁大了眼，一股清凉畅快瞬间流过四肢百骸，整个人似乎都"活了过来"。须臾花城便抬起了头，道："哥哥，再试试站起来！"

谢怜登时醒神，手印再出，就在那巨石神像即将脸朝下倒地的前一刻，它伸出双手，撑住了地面。

下一步，重新站起！

这一次，它跑得比之前更快了，动作也更灵活了。花城却道："哥哥，再跑快些。"

谢怜不确定地道："它撑得住吗？万一法力不够怎么办？"

花城却在他耳边笃定地道："不会的，你只管跑！永远不要害怕，我就在这里！"

花城就站在他身后，只要有这么一个人，就仿佛整个世界都站在他身后。

忽然之间，谢怜信心百倍，深深吸一口气，道："好。"

他释放了全部的力量，祭出最强劲的法印，喝道："——跑吧！"

轰！轰！轰！

那巨石神像一路狂奔，一步数里，沟壑它一步跨过，丘陵它一步飞跃，果然远远把那黑云和岩浆甩在身后。每踏出一步，都像是一块天外陨石落地，激开一阵强劲的波动！

无数零散分布在铜炉山的妖魔鬼怪都看到了天上黑云，但并不是很在意。反正那黑云里不就是怨灵？它们见得多了，有的自己就是怨灵，有什么值得害怕的。可当它们看到那尊巨大的武神像噔噔噔狂奔而过时，全都大惊失色：那是什么东西？！

登时一片鬼哭狼嚎："好大的人啊啊啊！"

这么大的人像它们可从来没见过。真是太可怕了！

这时，一只银蝶飞到谢怜耳边，传出风信的声音："殿下，我们已经回来了，和裴将军还有引玉他们会合了。你在哪里？方才铜炉传来很强的一阵异动！"

巨神像奔到一片茂密的森林边。恰好谢怜看到风信慕情等人也从森林里走出，他道："我已经来了！"

风信仿佛给他吓了一跳："你怎么突然这么大声？"

谢怜道："不好意思，我现在法力太多了，我控制一下。"

慕情的声音也传来了，他好像怀疑自己听错了："什么？你说你法力太多了？你？"

众人在森林边东张西望似乎在找人。但他们望错了方向，压根没往上看，风信对着银蝶道："殿下你在哪里？"

谢怜双手拢在嘴边，直接冲下面喊道："我已经来了！看上面，在你们头顶！"

一群人这才发现，他们都笼罩在一片巨大的阴影里，一齐缓缓抬头。

于是，他们同时看到了一个巨大无比的"谢怜"，正蹲在森林边歪头看他们。脸上，还带着十分"谢怜"的微笑。

花城懒得看下方一眼，抱着手臂站在一边，神色懒懒。谢怜则冲他们招手，道："看到了吗？这里！"

然而，因为这个巨型"谢怜"带来的视觉冲击力太大了，第一眼看到它时，真的很难注意到别的东西。慕情整个视线已经彻底被这张脸占据了，喃喃道："我怕不是疯了吧……"

风信两只眼也全都是这张脸，喃喃道："什么东西？"

他们过于震撼，导致谢怜喊了好几声才注意到神像本尊在哪里。谢怜闻到空气中强烈的硫黄味，回头一看，黑烟和飞灰正急速蔓延，道："快上来，我带你们走！"

众人纷纷顺着神像的手往上爬，各自找了位置。裴茗、引玉吃了一惊之后倒也还好了，风信和慕情已经站在这神像肩上了还不可置信："这谁干的？谁刻的？怎么会有这种东西？听都没听说过！"

说真的，真是从来没人见过这么大、还雕得如此栩栩如生的神像。此前天下最大的一尊神像是君吾的，但也才到这巨神像的一半！

花城挑眉，似乎很克制了才没有嘻嘻而笑，只微微昂首道："你们没见过的东西那可太多了。"

几乎所有人都不约而同锁定了答案：就是这个人干的！

慕情道："你怎么让它动起来的？这得要多少法力？你不是完全没法力吗？"

谢怜看了花城一眼，道："呃这个嘛……"

裴茗道："没有可以借嘛是不是。多简单的事。"

"哈哈哈是啊……"

一路上的妖魔鬼怪见远处岩浆倒灌、烈火狂喷，也发觉大事不好，纷纷往那巨石神像上爬，道："等等我们！"

花城则道："滚。"一群银蝶飞出，寒光闪闪，鬼哭狼嚎。可忽然，他抓紧了谢怜的手腕。谢怜的心随之一紧，忙道："怎么？是我消耗得太过分了？"

花城一手捂着右眼，道："不是。哥哥，你不用担心法力。是铜炉山的界破了。"

破了？谢怜道："不好！"

众人抬头望天。那些东西，要飞出去了！

黑云里挣扎的全是怨灵，它们渴求新鲜的活人肉体来附身，渴望成为人面疫。铜炉山内没有活人，不是妖魔鬼怪就是它们无法侵入的神官，它们自然想飞出去。成千上万张扭曲的人面拖着长长的黑烟尾巴，畸形的蛇虫一般在天空中盘旋。若真让这些怨灵飞出去了，岂不是要暴发第三次人面疫？

巨石神像举手便是一掌，掌风惊天动地，是可让百年老树连根拔起的飓风，果然击散了一片怨灵。但终归那东西遮天蔽日，单以掌力无法彻底击溃。谢怜忍不住道："要是有一把剑就好了！"

花城道："哥哥，要剑也不是没有办法。就是要看下面几位你的仙僚乐意不乐意了。"

谢怜："你是说，让裴将军他们合力，以身化剑？"

花城："不错。铜炉山内神官法力受限，但这里有好几个武神，如果有四人化出法身，合力出击，应该也威力不弱。"

裴茗首个响应，道："裴某觉得这主意可行。但这里不是只有三个吗？"

花城道："不对，是四个。"

只听下方一阵号叫，一群黑压压的野猪精拖着漫天飞尘奔来，为首那头野猪精身上骑着一个少年，好开心的模样。人家都是往外逃命，只有他居然逼着身下新坐骑往这儿赶。众人连忙大叫："奇英，别跑！"

引玉一看到他就头痛，毫无疑问他宁可听戚容尖叫三天三夜也不想和权一真多说一句，赶紧戴上面具。谁知权一真眼尖，早看见他了，大叫道："师兄？！"

引玉马上道："城主我先走了。"

花城道:"不至于这么害怕吧。"

引玉道:"不。他真的很恐怖!"

权一真在那胜他身躯五倍的可怜野猪精上一点就奔了过来,又叫:"师兄!"

引玉说要走但不知花城待会儿有没有指示下达还是不敢走,见他猛冲过来简直吓得脸色铁青。好在中途裴茗一把就抓走了他,这才解救了引玉。裴茗道:"来来来,干活了干活了。干完活再叙旧!"

权一真被他一抓莫名其妙,似乎本想打裴茗一拳,但一抬头,便看到谢怜双手合十冲他诚恳地道:"奇英,这是很要紧的关头,辛苦你了。"

虽然他完全搞不清楚状况,但挠了挠头,还是加入了。于是,神像掌心上,四人以裴茗、风信、权一真、慕情的顺序排了阵列。花城手肘撑在玉冠台的边缘上,看了一眼,道:"最后两个人的顺序是不是反了?"

照理说,的确应该是权一真在最后更合理。因为权一真不太稳定,如果处在剑阵中间,说不定挥得狠了就中途折剑了。谢怜却道:"没反。风信和慕情这两个人是绝对不能排在一起的,因为挥着挥着说不定就开始互殴了,所以中间一定得隔着其他人。"

闻言,花城挑了挑眉,那神情似乎在说请他们把对方殴死最好。再向下望去,四人身上发出一阵灵光,连为一体,最后,化成了一把灵光之剑!

巨神像将它向上一抛,伸手,一把握住!

利剑在手,谢怜登时如虎添翼,气势大盛,把那剑舞成片片狂花如风卷残云,剑刃扫过之处,斩得万鬼如漫天烟花连片炸开,煞是好看。底下众妖魔鬼怪都看呆了,等到那巨神像的靴子踩过来时才想起来要四散逃窜。斩得正酣,忽然那巨石神像脚下一个趔趄,谢怜赶紧以剑撑地,勉强稳住它。组成剑阵的几个武神都道:"太子殿下怎么了?"

谢怜道:"没怎么!只是……"

只是法力又烧光了!

他猛地转头,花城就站在他身后咫尺之处,似乎正要向他伸出手。于是,谢怜豁出去了。

他踮起脚尖便把额头贴了上去。

风信:"……"

慕情:"……"

权一真："嗯？"

裴茗："呵呵。"

反正都这样了，谢怜心想干脆一次多借点，于是彻底自暴自弃。方才的疲倦一扫而光，浑身又充满了灵力。风信震惊道："这是在干什么？你们在干什么？殿下？"

谢怜不小心呛了一下，这才分开，看都不敢往下看，向天喊道："借、借法力！只是在借法力！很正当的！"

慕情也震惊道："你找绝境鬼王借这么多法力？！你有没想过他会要你怎么还？！"

"是啊！鬼市利息是出名地高啊！"

谢怜也不知道自己在说什么了，胡乱道："哈哈哈！被你们看穿了！哈哈哈……"

见他如此，花城也哈哈一笑，柔声道："别紧张，哥哥，不要听他们瞎说。既是你借的，还不还有什么所谓呢？哪怕是还，我也不会让哥哥难办的。"

"是、是吗……"

花城扶住他双肩，道："放手去战。没问题的，它们全都不是你的对手。这世上没有任何东西能阻挡住你的脚步！"

说来也奇怪，这么一下之后，谢怜忽然就正常了。

那巨神像将灵光之剑从地上拔起，狂劈乱砍，气势大盛。权一真突然佩服："借法力，真好！突然变强。"

"好个鬼，你懂个……"慕情忍不住道，随即想想跟权一真解释向绝境鬼王借法力有多危险他也不会懂的，又硬生生改口了，"行吧，挺好就挺好。"

裴茗哈哈道："是啊！变强就行了嘛，这不挺好！"

风信："你们没问题吧？"

那些怨灵见这巨神像厉害，纷纷掉头逃窜，在空中甩着尾巴游向远处，仿佛巨大的人面蝌蚪。谢怜道："追！"

谁知，追了没几步，那巨石神像忽然毫无征兆地一歪，向一旁倒去。

法力充足，谢怜也状态极好，没理由如此。他往下一看，这才发现神像的一条腿上居然多了个大洞，岩石簌簌破碎。一个白衣人影飘飘从它身上落下，随即消失。当真神出鬼没，无觅踪迹。

是白无相。他居然徒手打坏了这神像的一条腿。

巨石神像轰然倒下，灵光巨剑剑阵中四人赶紧拆伙，化回本身各自落地。谢怜试着召令它起身，那巨石神像趴在地上，慢慢挣扎却起不来，模样颇有些狼狈可怜。

权一真道："又没法力吗？还要再借吗？"

裴茗道："不。这次不是法力的问题。奇英你别再记着这茬儿了，忘光吧。"

谢怜道："恐怕是伤得有些严重了……不宜再动。"

虽然石头没有痛觉，但强行让它起身继续出击，只怕被打伤的腿会整个儿掉下来，跑不了多久。而且这毕竟是花城最用心的一尊杰作，也是谢怜最喜欢的一尊神像，难免痛心。

见敌人倒下，空中怨灵狂喜乱舞，四散飞去，难道就要眼睁睁看着它们这样流窜出去？

正在此时，密密麻麻的黑云中，透出了一缕白光，似乎云层上方有什么东西亮了起来。

紧接着，无数道耀目的白光穿刺了下来，刺破乌云，刺破怨灵！

这强烈到几要闪瞎人眼的白色灵光，众位神官一点儿也不陌生。整个仙京几乎终日都被这样的灵光充斥着、照拂着。

君吾来了！

那强劲的灵光照到怨灵们身上，大片大片烟消云散，一名白甲武神持剑破云而出。果真是君吾！

众人大感安心，纷纷大叫"帝君您可算来了"。而君吾踏着光风，悠悠落地，道："诸位都没事吧？"

谢怜上前一步，道："帝君，是白无相！他回来了。"

君吾微一点头，道："我猜他也会阴魂不散。先把那些怨灵处置了，再去找他。"

众人抬头望天，空中黑云翻翻滚滚，正在被君吾带下来的强光净化。他道："万幸，这一次鬼王出世被你成功拦下来了。"

正在此时，空中盘旋的怨灵们忽然尖叫着化为一道龙卷风，向一处袭去。竟是地下那座乌庸神殿。

原本这些东西在强光照射下无处可避，迟早要烟消云散。但它们涌入地下神殿后，就像被吸得精光了一般消失得干干净净。众人不知有何异变，皆是愕然。

谢怜心道不好，道："白无相在那里开了缩地千里，把这些怨灵都送走了！"

君吾一挥手，直接掀翻了那神殿的顶。可里面除了一个血迹斑斑的大阵，什么都没有了。谢怜道："他把那些怨灵送到哪里去了？！"

若在以往，这时候就该灵文上了。不出半炷香灵文殿就会报上地点，然而现在临时顶替的不知道是哪几位文神，在这节骨眼上居然找不着人，气得风信骂道："平时吹自己吹得天花乱坠争着露脸，现在该露脸了都哪儿去了？以后再也不骂灵文殿效率低下了！"

这时，花城的声音传了过来："在皇城。"

众人转向他，恰好花城将两根手指从太阳穴上挪了下来，道："他把那些东西送到了七八个不同的方位。最多的是皇城，那边邪气突然暴涨。"

仙京的文神不顶用，居然还要靠鬼界头子来帮他们确定流窜邪物的方位，在场有几位神官不免微觉丢脸。

谢怜蹙眉道："人面疫在人口众多之处最易传播，皇城这种地方他当然不会放过，以前就是……"

君吾也对替补上来的文神们头痛无语，转向花城："阁下可还能探查出其他城池的详细方位？"

花城道："正在查。要不了多久。引玉，你接上。"

引玉忙道："是。"

他当初是被君吾贬下去的。虽然君吾只是公事公办，但他见了君吾也还是不免紧张，和鬼市那边的下属通灵后才谨慎地报出具体方位。君吾听了，马上开始安排任务，风信慕情去南边，权一真去西边等。他还不忘叮嘱权一真不要乱来，权一真却疑惑道："去西边干什么？现在到底在干什么？"

也不能怪他不明白发生了什么。估计他这一路上都莫名其妙：为什么这么多妖魔鬼怪在打架？为什么突然见到了引玉？为什么还要变成一把剑？简直没有一刻搞清楚状况。见状，所有人都看着引玉。

引玉黑着脸叹了口气，道："我带他去吧。路上再说好了。"估计其他人也没那个耐心告诉他到底怎么回事。权一真道："行啊！"

谢怜自然是选了任务最为艰巨的皇城。而君吾则留下来，对付那三座山怪，以及很可能还在附近的白无相。

那尊巨神像还乖乖趴在地上，像一座小山。谢怜举手摸了摸它的脸颊，转向花城:"三郎,它怎么办呢?"

花城道:"哥哥莫要担心,暂时让它在这里休息吧。只要有铜炉的原石,我一定会修好它,让它再站起来的。"

说完,花城骰子一丢,开了缩地千里,带着谢怜一起走了。

第二章

明明如昨好风送我

皇城已是深夜，大街之上静谧无声，家家户户紧闭屋门。

他们走在一条大街上，天边乌云蔽月，隐隐能看到一丝一缕黑烟一样的东西飘浮在冷月之前，仿佛在清水之中晕开的墨色。

那些就是被白无相从乌庸神殿传过来的怨灵。它们还没有进来，是因为皇宫内的天子之气和皇城里各路仙神的宫观庙宇交相辉映，形成了威严的气场。天然的一层结界，会将这种大量的邪物阻挡在气场之外，所以，它们只能游荡在高天之上。

几乎每座城都有类似的气场，因为哪个地方都会出几个了不得的人物、了不起的神官，这就是所谓的人杰地灵。但是这层气场也不可能一直挡住。

花城道："只要加固这层界就行了。"

可是，问题是要怎么加固呢？符咒？法宝？这可是覆盖了整个皇城上空的怨灵，没什么符咒法宝能顶住。

走来走去，谢怜道："三郎，我有个办法也许可以，但我需要人。"

花城道："多少？"

谢怜道："很多。越多越好，至少五百人。"

花城道："死的活的？"

他听得认真，不是开玩笑的，谢怜道："活人。鬼是不行的。我需要借活人的阳气和锐气，来击退那些怨灵。"

花城道："既然如此，即是说，还得是自愿的。"

谢怜道："是。必须是自愿的，而且有反击、保卫之意气。如果心存怯意或者中气不足，可能会被乘虚而入。"

花城微微颔首，道："正如战场上杀在最前面的士兵，一定都是最想赢的、有所信仰的。如果被逼无奈或是一心逃跑，毫无士气，就绝不可能赢，势必丢盔弃甲，一败涂地。"

谢怜道："就是这个道理。三郎能找到吗？"

思忖片刻，花城缓缓地道："哥哥，如果你要死的，多少我都能给你找到。要活的非自愿的也容易。但要自愿的，不一定容易。"

顿了顿，他接着道："人间的确不少人拜鬼王，但我清楚，一来是他们对我有所畏惧，二来是对我有所求，所以怕我服我。我可以威逼利诱，但这种方法，恐怕无法找到哥哥你需要的那种人。抱歉。"

他担心花城真的内疚，连忙握住他的手腕道："你道什么歉呀？我们一起想办法找就是了。"

花城低头看两人的手，道："不过，哥哥，有个好消息。前方五十步转角处，就有一批活人。"

谢怜也感觉到了，奔上前去一看，恰好对面也有一群人要转角，被他突然冒出骇得大叫："鬼啊！"

谢怜定睛一看，认出来人，喜道："诸位，不是鬼，是我啊！"

那群人僧僧道道俗俗各个七七八八，十分眼熟，为首那华衣道人，不就是天眼开？后面那一大串，不就是之前一路对他们二人纠缠不休的那群法师？

谢怜身后，花城负手悠悠踱上来。他现在可不是小儿形态，漫不经心，森然一笑，吓得天眼开等人登时倒退三尺："还说不是鬼！是鬼就是鬼！还是个鬼王！！"

花城敛了假笑，不耐烦地啧了一声。谢怜现在正到处找人，连忙举手："诸位，来得正好，有件事……"

岂料，他一举手，对面的反应比他想象的要夸张几倍，齐齐趴地，戒备万分，都道："当心暗器！"

谢怜好一会儿才想起来所谓的"暗器"是什么，无语片刻，道："你们不用害怕，我身上没带暗器。"冰清玉洁丸也不是那么容易制成的，光是刀工都要精雕细琢耗上大半天了。他又道："而且上次你们把我们逼成那样了，我们也没拿你们怎么样，现在就更不需要了。"

众人都从地上爬起来了，纷纷拍拍灰尘整整衣服，但依然保持距离，也没放下禅杖宝剑等法器。天眼开道："我说这位道长，多日不见，你身上的鬼气更严重了，我看你还是早日回头是岸比较好啊。话说为什么会这么重啊？不是唬你，我都要看不清你的脸了。"

谢怜听得简直想脸红，不敢看花城，打断道："这个之后再说！诸位，我夜观天象，看到了一些不好的东西，你们看到了没有？"

天眼开道："当然看到了！夜观天象是我们每天必做的功课。我还道是什么妖魔鬼怪在搞鬼，难道又是花城……主？"

谢怜道："自然不是，否则就不会提醒你们了。我们也是为那些东西来的，正在想办法加固皇城这层气场。"

天眼开疑道："你们？鬼王会有这么好心？"

花城莞尔，道："倒不是好心，而是如果我想在皇城做点什么的话，这层气场根本拦不住我。"

众法师神情变幻莫测。谢怜道："天上那些东西我对付过，十分棘手，如果让它们破开皇城的保护场进来了，势必大乱，所以现在正在找人帮忙设阵抵御，需要五百人。"

天眼开咂舌："五百人？！你这是个什么阵，要这么多人！我从没听过？"

谢怜都没好意思说五百人是最低要求，事实上他一开始的设想是八百人。一众法师也七嘴八舌道："只听说过妖精吃人一口吃五百个的，没听说过设阵要这么多人的。我都没见过记载。有危险吗？"

慎重考虑后，谢怜如实道："说不准。可能有，可能没有。只有七八成把握。因为，我也从没试过这个阵法。"

前人记载也是不可能找到的，因为，这个阵法不是谢怜从书上看来或是从谁那里学来的，而是这八百多年来，他一边走一边不停地想，想着万一有一天人面疫又将暴发该怎么办，难道只能坐以待毙？这样想出来的。那时候他只是防患于未然，没想到真有要试验的一天。

那边一群人商量半天，最后，天眼开转过身谨慎地道："我们凑不出那么多人。而且……"

而且，他们并不信任谢怜和花城。

这也是无可奈何的事，毕竟他们根本不知道人面疫是什么东西，有多厉害，而且以往花城和他们结怨，把他们当虫子戏耍。谢怜原本觉得这些人都是法师，应该有自己的宗门和弟子，说不定杂杂拉拉加起来能凑个三四百人，剩下的再想办法，但看来是希望落空了。

花城道："哥哥不用跟他们废话了。走吧。"

谢怜点点头，也不气馁，和他一起走了。然而天眼开等人却并未离去，而是鬼鬼祟祟跟在他们身后，还自以为藏得很好。谢怜十分无语，但想到这群法师大概也是怕他们为祸皇城才跟着，也是好心，又觉好笑，不管了。这时，花城提议道："不若去贫民聚集处，那里不乏亡命之徒和胆大包天之人，或许会有所收获。"

于是，二人转而行向皇城的阴暗之处。行到一间被拆得破破烂烂的庙前，瞟了一眼，庙里乱七八糟睡了一地人，一直睡到庙外。这似乎是一群流浪汉，或说是乞丐。天寒地冻的，几乎个个衣衫褴褛，男女老少皆有，也不避嫌。有的占了张破草席，有的抱着稻草取暖，有的就干脆睡在地上。醒着的不是被身上烂疮痛得唉唉苦叫就是在"毕毕剥剥"地抠自己身上的虱子，还有个人拖着一条瘸腿在庙里走来走去，似乎在给病人送水碗，没进去就一股汗味儿和怪骚飘出，令人窒息。

最繁华的地带和最肮脏破落的贫民窟居然只有一街之隔，两相对比，令人唏嘘，但谢怜此刻没空唏嘘，他一脚迈进门槛，道："各位能帮个忙吗？"

还没人答话，就先有人叫骂起来："帮个鬼！我还想人帮我呢！让不让人睡了，滚滚滚！"

谢怜也不气恼，道："是很要紧的事，若各位愿意施以援手，定当……定当造福苍生！"

他本来想说定当重谢，谢自然是会谢，但如果一开始就是为"重谢"去的，可谓心思不纯了，这样很难找到符合条件的人。庙内众丐骂得更凶了："造福苍生关我什么事！"有人则道："有没有报酬？"

谢怜回头一看，花城眼中闪着不悦的光，似乎想来点狠的了，忙拉住他，低声道："先别。三郎你说的，威逼利诱就不行了。我好好说，这里七八十个人，总能找到几个能用的。"

花城眼中那诡光这才敛去。这时，一个微沙的声音道："喂喂喂！大家听我说！听我说！别吵了！让他先说说是什么事吧！"

谢怜闻言回头，只见说话的是那个瘸腿乞丐，也是衣衫褴褛蓬头垢面，瘦瘦薄薄的，看不清什么模样，不过听声音似乎还挺年轻。他向庙内众人摆手招呼，不过奇怪的是只摆了一只手，所以姿势有些别扭。众丐似乎都还挺听他的，骂骂咧咧的声音弱了。谢怜道："多谢！"也不废话，反手就是一记掌心焰，蹿得老高，吓得众丐一阵惊嚷鬼叫，没醒的都醒了，道："这什么妖术？！"

谢怜正色道："不是妖术，是仙术，证明我所言非虚而已。实不相瞒，是这样的，现在有一大批妖魔鬼怪围住了皇城，马上要进攻了。现在需要五百个人自愿加入法阵，守护皇城。有谁愿意来？我不隐瞒，可能会遇到危险，但绝不勉强，只求自愿！"

破庙内，一阵沉默。众乞丐面面相觑，但就是没有一个人站出来，说我自愿。半响，一人道："守护皇城？算了吧。"

谢怜转头望去，那人一头倒下，自言自语道："皇城都不守护我，嘿，我还守护皇城？爱怎么样怎么样，关我什么事！"

他口气漠然里带着愤愤。谢怜不是不能理解，但是，这就不好办了。显然，这庙里挤的都是跟这人差不多境况的穷苦人，跟他想法也差不多。又没说有报酬，平时在皇城里过得也没见得有多好，这个时候干什么要去帮忙？大冬天的窝在庙里都冷死了，谁还想出去？

谢怜试着做最后的努力，道："如果那些东西侵入了皇城，会有一种很可怕的瘟疫暴发，最后所有人都会被波及的。"

一个躺在地上的老乞丐道："什么瘟疫能比我身上这个陈年老疮更吓人啊？"

"真要是有瘟疫，那大不了走呗。又不是非要待在这里，也不是啥好地方，去哪里不是一样啊。"

"那就让皇城那些风光体面的大老爷、大小姐去嘛。总会有人去的，为什么非要我们去？"

"这个……"谢怜也没法言明。那些风光体面的大老爷、大小姐，也会这么想：我不上，自然有别人会上。而且，因为他们在皇城有家业有根基，面对危险，舍不得的东西更多，这种念头就会更强烈。并非说这么想就是错的、坏的，只是，如果人人都这么想，事情就做不下去了。

等了一阵，没人出来，谢怜果断道："好吧。打扰了。"

他转身退出破庙，花城道："哥哥不必担心，我这边也有人在行动。消息散出去总能找够。"

131

谢怜点头。只是他担心时间不够，抓人凑数又会适得其反，望望天，那缕缕黑云仍是遮天蔽日，捉摸不透。

正在此时，身后突然一个声音响了起来："等等！等等等等！——我去！"

闻言，谢怜一怔，猛地回头。只见那瘸腿乞丐拖着一条腿，跳出了庙门，道："你们要找的人是只要活的就行了还是怎么？手脚坏了没问题吧？"

原来，这人动作看着别扭，是因为他不光瘸了一条腿，还断了一只手臂，虚软无力地垂着。

见终于有个人主动出来，谢怜的心一热，立即道："完全没问题！"

那人也挺爽快的，道："那就好！捎上我呗！"

庙内众乞丐大惊："你干啥？没听他说吗，可能有危险的！"

"是啊！而且还不给钱，说了半天都没提到报酬！"

"别蹚这浑水啦，老风快回来！"

从方才起，谢怜就一直觉得，这人哪里十分熟悉。但因为这副模样和他记忆中的那个人差别太大了，而且声音也微沙，不太一样，所以就没认出来。而听到旁人脱口喊出那个"风"字的一刻，他终于猛然醒悟。

谢怜紧紧盯着他，不可置信地道："风师大人？"

那乞人哈哈一笑，伸出一手拨开脸上黑发，道："被你认出来啦，太子殿下！"

脏污的黑发下，一双极亮极亮的眸子，明明如昔。

谢怜震惊到说不出话了。

师青玄则嚓嚓抓着头发道："哎呀哈哈哈，我本来还想一直伪装成另外一个人，暗中观察你们的，没想到太子殿下你眼光很敏锐嘛！没办法，一定是因为我的风姿依旧，令人见之难忘才会这样吧！哈哈哈……"

谢怜双手扶上他肩膀，沉声道："风师大人。"

师青玄不哈哈哈了，但还是咔嚓咔嚓抓着头发，仿佛觉得头发里满是虱子很痒，道："太子殿下，我不是风师啦。"

谢怜道："好。青玄。"

顿了顿，他才道："你……怎么变成这样子的？"

师青玄道："呃这个就，一言难尽啦。总之就是这样那样，这里那里，之后就变成这样了。"

这时，庙内众人都道："怎么？老风！你认识这俩？"

师青玄转过身，一把揽过谢怜的肩，大力拍着道："认识的！这是我以前的好朋友哇！"

"什么！是你朋友？老风不早说！"

"老风你这个德行，居然认识这种一看就细皮嫩肉、蜜里惯出来的小白脸？！又吹牛皮了吧你！"

见众人大惊小怪，本该好笑，但谢怜只觉心中不是滋味。要知道，他们三个人里，只有当初的风师才是个货真价实"细皮嫩肉、蜜里惯出来的小白脸"。师青玄怒道："怎么说的？我可没有吹牛皮！"

"得了吧，你以前病没好的时候整天瞎说，以为我们都忘了吗！"

师青玄哇啦哇啦意义不明地喊了一通，道："我现在要去帮朋友的忙了，走了走了！还有没有人来？"

这回，众人相互看看，半晌，道："行吧，是老风的朋友的话，那就不一样了。"

"跟老风一起去吧，免得他缺胳膊少腿的，给人打死了。"

师青玄道："喂！"

还有人不死心地问道："是不是真的没报酬啊？就算不给钱，给几个鸡腿啃啃也行啊？"

谢怜和师青玄简单讲了几句，双方都了解了下情况，师青玄想了想，道："这事儿不能威逼利诱我懂了，不过给点吃的行吧？大家也都，好久没吃顿好的了。"

只要不是抱着利欲熏心之态便无妨，谢怜道："应该可以。不过，你这么说。"低声几句，师青玄道："我也是这么想的。"

师青玄转身大声道："办完这件事，回头请大家吃鸡腿喝汤，来不来都人人有份！注意了，不是只有去了才有份，只要自愿！"

这个说法可就妙了。"人人有份"，来不来都有的吃，那么，还选择来的，就很可贵了。师青玄吆喝道："还有没有人来！越多越好！来来来！告诉他们，没钱的啊，就是来帮我的忙，顺便拯救苍生包围皇城什么的，随便啦，只要自愿！完事再请大家伙一起吃顿好的！"

或许是因为有了人带动，转眼之间，庙内忽然从冷冷清清变成热火朝天，群丐又分头去通知更多他们认识的流浪汉。谢怜、花城、师青玄三人站在破庙门前，谢怜抬头，看见上方本应有牌匾之处却是空空如也，忍不住想起当初博古镇的那座破落风水庙，以及庙中头颅不翼而飞的水师像和缺胳膊少腿的风师像，终归是无法按捺，转向师青玄，不确定地道："青玄？"

师青玄把手从他肩上拿下来，道："什么事？太子殿下不好意思啊，我手上有点脏，你衣服，哈哈。"

果然，他的手臂在谢怜的白道袍肩上留下了脏兮兮的灰印，看上去他想帮谢怜拍掉，但马上反应过来只会越拍越脏，又收了手，尴尬地揉了揉鼻梁。谢怜哪会在意这些，他现在只担心一件事，道："你的命格……"

师青玄一愣，道："我的命格怎么了？"

谢怜道："难道，黑水还是换了？"

师青玄这才恍然大悟，忙道："不不不，没有没有。你误会了，他什么都没干。"

谢怜本也觉得黑水不至于最后还是把师青玄的命格也给换掉了，道："那你的手足是？"

师青玄又抓起了头发，讪讪地道："这个也不是他。这个怎么说呢……有不小心，也有倒霉透顶。其实都是我自己弄的。"

他既不细说，谢怜也不追问了。只是，冥冥之中，师青玄的现状，还是应了当初贺玄在风水庙里预言般的泄愤之举，不知是何玄秘。

谢怜道："当日我法力忽然被抽走，没能帮上你的忙，真是抱歉。"

师青玄摆手道："本来也不关你的事。要不是太子殿下你先跟我说了怎么回事，大概到最后我还是蒙着的。"

谢怜道："那日后来，到底发生什么了？"

原来，贺玄手断师无渡头颅之后，师青玄就呆滞了，贺玄跟他说什么也听不懂，只模模糊糊记得贺玄把他带出了黑水岛。后来，就把他丢到皇城里来了。也不知道为什么会是皇城，不过师青玄以前总是吵着要去皇城喝酒吃茶开宴席，对这里还算熟悉，稀里糊涂了一阵，彻底清醒后，干脆就隐姓埋名，驻扎在这里了。

因为他已经法力全无，没有任何身份标识，而且整日混迹于以往从不会踏足的腌臜旮旯，上天庭自然查不到他的踪迹。

师青玄道："总之，不关他的事。后来我也再没见过他了。"

没见了也挺好。这事实在难办，这么个人，到底是杀还是不杀呢？而且水师临死前最后关头还狠狠恶心了贺玄一把，谢怜着实为师青玄捏了一把冷汗。恰在此时，众丐带着人回来了，杂杂拉拉，嚷嚷道："老风老风！我们给你拉来这么多人，怎么样？"

师青玄竖起大拇指，道："干得好！人人吃鸡腿！"

"这么多人，吃得起不？"

师青玄一挥手，那一刻，谢怜简直错觉他就要挥出十万功德了，只听他道："这算什么！别说这么多人，再多十倍也吃得起！"

好容易回过神来，粗略一点，竟然不知怎么凑到了二百多人，这可超乎谢怜的想象了，他喜道："风师大……青玄，真是帮大忙了！"

师青玄得意扬扬道："那是当然，我在哪里可都是一呼百应的，今后说不定还能组建一个帮派啥的捞个帮主当当，哈哈哈……"

他身后的群丐都道："老风又犯病了。"

"可不是，又吹上了！"

师青玄道："什么，我真的不是吹！"

几个乞丐非要拆他的台，对谢怜道："这位朋友，你不知道吧，老风刚来的时候可犯浑了，整天神神道道跟人吹牛皮说自己是神仙。"

师青玄脸上微显尴尬之色，立刻呔道："没空听你们废话，留着嘴啃鸡腿吧！"

谢怜听在耳中，笑容微敛，心却仿佛一张揪成一团又缓缓舒展平铺开来的宣纸。

风师大人变了，又没有变。

太好了。

师青玄道："太子殿下，接下来怎么办？人我找到了，交给你们了。"

虽然人数不够，但也是暂时的，先把阵围起来再想办法。谢怜道："好，接下来再找一处可以容纳这么多人的空地。"

方才在他们交谈的过程中，花城始终没有插话，不知在想什么，这时才道："好办。哥哥随我来就是。"

谢怜点头，师青玄一边一拐一瘸地跳着，一边回头卖力招呼道："大家跟过来，别跟丢了啊！"

谢怜本来下意识想去扶他，但见众人无一人去扶，他也不比别人走得慢，心下明白。一群乱七八糟的乞丐闹哄哄地挤出了贫民窟，拥到大街上，没走几步，忽听一声暴喝："站住！干什么的？你们这么多人，深更半夜的聚众想闹事？！"

众乞大惊大警："糟了！是巡逻兵！"

谢怜却头都没回，因为花城也没回头，道："不用在意。"话音未落，那士兵便倒下了。

众乞惊奇不已，七嘴八舌，师青玄道："安静！别把更多兵都引来了！"于是众人又相互嘘声。花城顿住脚步，道："哥哥，就这条街吧。"

谢怜道："这条？的确从位置上来说是最合适的，不过会不会太引人注目了？"

这条大街十分宽阔，平平一条铺向前方，正是皇城的主干道，当然引人注目！众人都道："是啊，万一给人发现赶走就糟了！"

花城却道："没关系，他们发现了也赶不走的。"

谢怜点点头，道："诸位，我必须言明，接下来我们要对付的，是非常凶险的东西。务必确保每一个人都是自愿，没有二心，有没有人害怕想要退出的？"

无人。谢怜道："好，那么现在请大家一个接一个拉住旁边人的手，围成一个大圈。"

有人疑惑道："这是什么阵法？怎么听起来像是小娃娃手拉手？"

师青玄喷道："废话那么多，照做就是了。"

"嘿老风，你这话就不对了，要知道，谁也没你废话多呀！"

叽里呱啦，众人依言，两百多个人手拉着手，在皇城宽阔坦荡的主干道上围成了一个极大极大的人圈。师青玄道："这样拉着那些东西就冲不进皇城了？"

谢怜道："不是。它们迟早会冲下来的。"

师青玄纳闷道："那你这个阵法是做什么用的？"

谢怜道："是陷阱。这个阵法在此，那些东西冲下来就不会四下流窜，而是会全都被吸引到这个圈子里，落入陷阱。"

师青玄道："那落入陷阱之后呢？"

谢怜和花城已经站在了人阵的中央，道："就交给我们了，我们会在阵中，慢慢解决它们，一只不漏，需要的只是时间而已。当务之急是不能让它们扩散。至于为什么我说会有危险，因为我们现在的人数不够五百，很难说圈不圈得住、里面的东西会不会冲出来。"

有人咽了咽口水，问道："冲、冲出来会怎样？"

谢怜道："那就很糟糕，会被怨灵附体，第一批染上瘟疫。"

"如果，我是说如果，有人撒手跑了，又会怎么样？"

谢怜道："那也很糟糕，圈子就破了，也许会被怨灵附体。"

"那不都是一样要被怨灵附体嘛！"

比较聪明的人听懂了，道："不一样，前者是'一定'，后者是'也许'。就是说撒手逃跑还有生还的机会。"

谢怜道："正是如此。还有人现在要走吗？阵法启动就绝不能退出了，现在还有机会离开。也希望大家不要指责离开的人，毕竟的确是很危险的事。"

这些是一定要告诉他们的，否则选不出真正有勇气决心的人。须臾，果然陆陆续续出来了几十人，低着头匆匆离开了，圈子又缩小了一点。谢怜松了口气，道："太好了。"

师青玄道："好什么！人又少了。"

谢怜笑道："比我想象的好多了，已经很多人了。"他原先还在郑重考虑如果走掉了一半该怎么办，居然只走了几十个，简直喜出望外。正在此时，忽然一个声音远远地道："慢着，你们知道他们是什么身份吗？不可轻信，当心为人所害！"

谢怜回头一看，居然是天眼开等人。师青玄立刻嚷道："那你们又是什么人？不帮忙就一边儿去，别添乱，我保证他们绝对不会害人。"

众法师当然不把一个蓬头垢面的乞丐放在眼里，道："你又是什么人？你的话能值几个钱？"

师青玄听到别人这么问他就气不打一处来，指着自己鼻子道："啥？你在我面前谈钱？我看你们是不知道天高地厚，你们说不定还跪过本、喀喀……"说到这里他咳嗽两声，缩了回去。众法师只道他吹不下去自己退了，也不管了，劝道："你们根本都不知道他们想做什么，当心为几口饭把命给丢了！"

谢怜正要解释众丐主要是讲义气帮忙，并非为了那几口饭，花城却悠悠地道："不啊，他们不是为几口饭，而是为拯救苍生。"

谢怜微觉奇怪，花城怎么会这么说？却听对面嚷道："什么拯救苍生，瞎起什么哄？你们保住你们自己的命就不错了。"

"是啊，乞丐就别凑这个热闹了，赶紧回去吧少添乱。"

花城慢条斯理地道："哦？意思是，乞丐就不能拯救苍生了？是不行，还是不配？"

此言一出，众丐骚动起来，神情颇为不满。天眼开气道："我们可没这么说。"

师青玄马上又钻出来指他道："哎哎哎，我看可不像，你们刚才那话不就这个意思？你语气还很嫌弃，是吧大家！"

"是啊！啥意思啊？我们是哪儿不行不配了？"

"大家来不来都有吃的，真以为我们是冲吃的来的吗？少看不起人了！"

谢怜转向一旁，花城冲他挑了挑眉，仿佛在说"轻而易举"，心道："原来如此。"虽然剩下来的人不少，但也不是特别坚定，恰好天眼开等人无意中表现了对他们的轻视之态，"你们这种邋遢乞丐瞎凑什么热闹"，被花城揪住放大，反而激起了众丐的逆反之心：你们觉得我们不行吗？那我们就偏要证明给你们看，我们也是可以的！

如此，士气再次大涨。两边互相叫嚷着，谢怜对天眼开等人道："你们要实在不放心，就在这里看着吧，如果我们做了什么害人之事，你们立刻阻止也无妨。"

花城在一旁微笑着补充道："不过，还是最好不要碍事哦。"

众法师跟了谢怜和花城一路，眼下实在憋不住，终于鼓起勇气跳出来了，结果没多久又被花城瘆死人的假笑给吓了回去。花城转过头来，道："哥哥，看天。"

谢怜和他一齐抬头。圆月前那些黑影更清晰了，像是靠近了些许。他们寻人的时间里，黑夜不知过去了多久，那些东西，就快下来了！

谢怜心头一紧："来不及找更多人了！"

他立即道："大家站好，手拉紧！"

师青玄早就站得笔直，道："太子殿……小谢啊，我们就这么点人，会不会一下子就破了？"

谢怜道："放心，我会随时打补丁的。"

师青玄道："呃呃呃，这个这个，那我们的性命可就交到你们手上了，包括我的也是啊，太子殿……小谢你努力啊，千万努力！我现在可是人！"

"好的老风，我一定努力。"

每一个人的手心都沁出了汗，每一个人都紧绷着脸。在所有人都把手牢牢握紧的下一刻，寂夜的上空，突然响起了凄厉的哭号，并且越来越近、越来越快！

下来了！

看准时机，谢怜道："各位，用力呼吸！"

众人不明所以，但也照做，冬夜里一大群人使劲儿呼吸，呵出了一圈热乎乎的白气，热气混着阳气，十分具有迷惑性。再加上花城的障眼法，那些原本要四散开来的怨灵看不清楚，感觉某一处人气极重且不断波动十分活跃，兴奋地冲了过去，汇聚成一道冲天的黑柱！

刹那，谢怜几乎眼前都被黑色覆盖，他道："进笼了。千万不要松手！"

与此同时，花城身后，散出了千万银蝶！

幽幽银光浮现，谢怜眼前的黑雾瞬间被驱散，见到花城对他伸出一手，道："哥哥，到我这边来。"

谢怜立即握住了他的手。花城微一用力便把他拉了过去。即便那些怨灵在铜炉里关了两千年，已经被关昏了头，却也不敢靠近，以他们为圆心的一丈之内都无一缕黑气。兴冲冲落入人圈的怨灵们这时才发现不对劲，撕咬了半天，怎么一个活人都没咬到，却咬到了同类？而且，还有两个沾不得身的人，那些银蝶于它们而言，更如刀锋箭雨，振翅扑飞，杀得它们的尖叫声直冲云霄！

怨灵们终于觉察自己落入了陷阱。它们就是关在笼子里被火烧火燎的恶兽，而这两百人，就是那铁栏！

怨灵们怒不可遏，冲乞丐们凶相毕露地尖叫。有几人被它们扭曲的脸孔吓得倒退几步，很快被旁边的人拉住："别乱动！"

谢怜也道："别动！阵没破他们就伤不到你们！"

闻言，众人稍稍安心。还有乞人冲着对他尖叫的怨灵狂吐唾沫，大概是听过鬼怕脏东西的说法。谢怜哭笑不得，道："这个也不用了！它们不怕的。"

这时，他忽然觉察人阵的某处岌岌可危，抬头望去，只见一个瘦小的乞丐两眼发直，像是紧张到要抽搐了。许多怨灵也觉察到了这人气势衰弱，向他蜂拥而去。谢怜上去就是一缕，抽得那处怨灵们号叫着被打散，而他迅速让那人退出，令原先他左右的两人接上。

就在这时，他心头闪现一丝怪异的感觉，好像刚才余光扫过了什么重要的东西，却没注意。

他忍不住回头去看。但在这时，新的漏洞又出现了！

来不及赶过去了，谢怜道："三郎！"

花城却没有动，道："哥哥，别担心。"

谢怜不相信他是没觉察到，也不相信他会置之不理，可那处空子，就要被怨灵们钻出去了！

便在这千钧一发之际，一张黄符飞来！

却是那群在一旁窥伺了半天的法师冲了过来，嚷道："说了让你们不要凑热闹，既然已经凑了，那就好好顶到底，中途顶不住了这不是添麻烦吗！"

花城对谢怜道："你看，我说了，别担心。"

他永远从容不迫，谢怜道："嗯！"

天眼开等法师终归还是按捺不住，自己冲上来了。这群人不愧是练家子，一个个动作都利索得很，纷纷抓住两人拉住的手，分开了自己接上。新来的大几十人一下子融入了圈子，扩大了人阵。天眼开道："各位道友！快快快，在皇城有宗门弟子的赶快叫他们来！！"

"走走走！"

"我把我徒弟也喊来！"

不一会儿，街头就浩浩荡荡地又来了一百多人。

这一百多人可不得了，全都是僧人、道人、术士！个个全副武装，三步当作一步，英姿飒爽，看得谢怜心中大声叫好，众丐目瞪口呆。新来的一拨人见到大街上这诡气冲天的壮观情景都先是一愣，随即赶紧加入。他们融入后，圈子又扩大了不少，皇城大街几乎要塞不下了。而且这些新来的胆气强盛不说，每人身上都带了几件乱七八糟的法器，无疑又增强了阵法！

至此，谢怜心中已有了九分把握，镇定地道："大家不要怕，我们人越来越多了，只要牢牢守住阵地，灭掉它们只是时间问题！"

众人也都看出来形势变得有利了，登时信心百倍，大声应道："灭了它们！"

那边，天眼开道："我们这边来了一百六十八个人！你们有多少人？能坚持多久？"

这边的乞丐头子师青玄也是数了好几遍人头的，大声道："我们还在阵里的，有一百四十八个人！"

谢怜道："那加起来也有三百一十六个人了，只要再找……"花城却道：

"不对。"

谢怜回头道:"什么不对?"

花城收回目光,凝视他道:"数目不对。现在,这里有三百一十七个人。"

虽然花城只扫了一眼,但谢怜相信,他是不会数错的。

他说得小声,除了谢怜以外没人听到,谢怜飞速扫视一圈。

这里所有人都是手牵着手的,到底是在什么时候,多出了一个人?

谢怜道:"老风,你确定没数漏?"

师青玄保证道:"没有!你不是说人数很重要吗,所以我一直反复数,中途走了的也减掉了,就是一百四十八个。怎么了?有什么不对?"

眼下暂时不便明言,否则只会引起无用的恐慌,也不能让在场众人相互指认哪个人他们不认识,毕竟人太多了,他们本来也不全都认识。于是,谢怜道:"没有,确认罢了。"

术士们那边就更不可能数错了,都是各家把自己拉来的人数报过后天眼开加起来算的。各人还能不清楚自己门下派来了多少人?

这人似乎暂时不想暴露。因为他已经混进了这个圈子,只要他一人突然撒手,出现漏洞,人阵势必全军覆没。但到现在圈子还稳着,说明他一直好好地在扮演着"铁栏"。但,依然是个危险。

这时,谢怜又想起之前填补漏洞时心头闪过的那一丝怪异,猛地朝那个方向看去。

原来如此,难怪他方才觉得哪里不对。

因为他匆匆一眼扫过时,余光扫到了一个很熟悉的人啊!

谢怜闪步上前,一把抓住那人两只手,同时将他左右两人的手接在一起,把这人从这一环上摘了出来!

天眼开等人骚动不止:"怎么回事?!"

花城不客气地道:"没你们的事。"话音未落,已闪身来到谢怜身边,提防那人突然发难。谢怜牢牢制住那人,将他扭转过来。二面相照的一刹那,谢怜睁大了眼睛。

这是一个无论如何他都想不到会在此出现的人。

谢怜道:"你是……国师?!"

绝对不会有错,眼前这个人,就是他当年的师父,仙乐末代国师梅念卿!

三人在三百多人围成的人圈之中对峙，空气似乎都凝滞了。而梅念卿一反应过来，便做出了一件令人意想不到的事。

趁谢怜愣住，他突然扑了上来，双手掐向谢怜的喉咙！

花城就在旁边站着，怎可能让他得逞？他根本不用出手，梅念卿的身体便向后飞了出去，跌在数丈之外。异变突生，众人都大吃一惊。花城道："哥哥！你没事吧？"

谢怜道："没事！"事实上，看上去国师更有事一点。梅念卿摔得吐了口血，而若邪应声飞出，唰唰唰几下就将他五花大绑、捆倒在地。两人还没过去，天上白光乍现，几道光幕倾泻而下。一名白甲武者从天而降！

谢怜奔上去道："帝君！你怎么亲自来了？"

君吾道："铜炉山那边暂时稳住了，没看到白无相，来你这边看看情况如何。"

谢怜看看四周，一片闪瞎人眼的光幕围住了他们，隔开了外面三百多人。他又看看地上，梅念卿一跃而起，见到君吾，面色又惊又怒，但很识时务地敢怒不敢言。君吾也居高临下地看他，道："仙乐国师，好久不见了。"

谢怜也抓着梅念卿，道："你到底是什么人？你怎么会在这里？你为什么还会活着？！"

梅念卿脸色阴沉地看向君吾，一语不发。君吾道："此处不便多说，仙乐，回上天庭再审吧。"

谢怜的确有许多话要好好问问他，也只有谢怜审他能审到点上。但沉吟片刻，他道："我现在走不开。这些怨灵尚未被完全净化，恐怕还需几日光景。"

一旁花城却道："这里交给我。你上去便是。"

谢怜转头看他，花城早料到了他在想什么，道："别的就不用说了，哥哥若真想谢我，早点回来找我便是。我就在这里等你。"

君吾看着他们两个，道："这样可行吗？"

谢怜展颜一笑，道："嗯！可行。"

这时，光幕忽然人影闪动，从外面冲进来一人，一拐一瘸，喊道："太子殿下！太子殿下你在里面干啥呢？还好吗？"

是师青玄。原来君吾下来时随手拉了一片光幕不让人家看见，弄得外面的人都不知道发生了什么，吓个半死，师青玄自告奋勇冲进来看到底怎么回事。若是其他人定会被拦住，但他以前做过神官，那光幕认识他，居然就让他进来了。一进来他就呆了："帝帝帝、帝君？你怎么亲自下来了？！"

君吾对他微微一笑，道："风师大人，别来无恙。"

师青玄讪讪的，有些怪难为情的。毕竟师无渡给他改命的事情被捅出来后必然会闹得漫天风雨，这时候再见过往上司，难免惭愧心虚。但君吾对他还是很客气的，给足了面子。师青玄讪讪完了，看着梅念卿疑惑道："这又是哪位啊？"

梅念卿看了他一眼，忽然道："你是师青玄是吗？"

师青玄一愣，道："你谁？你怎么知道我的名字？"最重要的是，怎么看到这副德行的他还认得出来？

梅念卿哼道："你这个名字取得也不好。"

师青玄莫名其妙："什么？"

梅念卿却没再说别的，自觉跟上了君吾，看着倒是挺老实的，大概是知道当着君吾的面逃跑是痴心妄想。

君吾道："仙乐，我先押他上去。你待会儿再来？"

谢怜道："是。"

君吾对他点头。待那二人先去了，谢怜转向花城，还没说话，花城便道："哥哥不必担心，接下来只要守着这个圈子，让他们别出乱子就行了，不费什么事。"

师青玄也道："你要先上去吗？去吧去吧，我也会看着的，放心吧！"

谢怜点点头，道："辛苦你们了。"

若在以往，花城多半会回答"无事"之类的话，谁知这一次，他却抱起了手臂，叹道："唉，是挺辛苦的。"

谢怜总觉得他在暗示什么。师青玄却浑然不觉，兴高采烈地道："是啊，回头你记得犒劳一下我们就好。我建议就在皇城最好的酒楼开宴席如何？哈哈哈……"

他还是念念不忘要在皇城最好的酒楼开宴，谢怜心道："风师大人别说了，他根本不是你想的那个意思……"

花城摇了摇头，随手把玩了两下那一缕细细的小辫子下坠着的红珊瑚珠，挑着眉，听似轻描淡写地道："要是哥哥在身边倒还好了。想到哥哥又要上天，留我一个人在下面，嗯，我感觉更辛苦了。"

师青玄终于觉得有点奇怪了，但还是没想通，笑容满面地道："血雨探花你怎么讲话这么有趣，我听着还以为你在说太子殿下要回上天庭你寂寞了呢哈哈哈……"

师青玄尬笑了半天，谢怜实在忍不住了，轻咳一声，道："风师大人啊，你、你先出去一下好吗？"

师青玄："为什么？"

谢怜没法解释，道："你……先出去就是了。我们就是道个别而已。"

师青玄这才纳闷儿着出去了。光幕之内只有他们二人，再无第三人了，谢怜又转过身。花城还挑着一边眉看着他，似乎在等着他说什么，或做什么。

于是，谢怜硬着头皮，僵硬地摆了个姿势，正准备认认真真、好好地跟他道个别，好死不死，师青玄的声音忽然传来："我怎么想都觉得奇怪，你们道个别也不用让我走啊？我就是……太子殿下？小谢？这么快就走了？"

谢怜连滚带爬落荒而逃。

第三章

叫天不应叫地不灵

滚到了仙京大街上，谢怜想起自己的窘态，想起方才花城最后的笑，还是觉得很丢脸，捂着脸一路跟跟跄跄。街上匆匆来去的小神官们虽然都不敢上来问他，但都免不了奇怪地看着他，谢怜赶紧放下手道："诸位仙僚好啊，哈哈哈……"

小神官们看他的眼神更怪了。

不知是不是铜炉开山闹得太大，整个仙京气氛都肃肃不安。神武殿里早早就满了。虽然铜炉的怨灵传到了天南地北七八处，但绝大部分都被送到了人口最密集的皇城，谢怜和花城挑了大梁，选了最够呛的才折腾到现在，其他人也就对付了几百只，早解决了。而谢怜一进殿，抬脸就和一人打了个照面，竟是许久不见的郎千秋。

这是太苍皇陵一别后，他第一回撞上郎千秋。郎千秋看到他还是面色沉沉。谢怜也不知道该不该打招呼，四下胡乱看，发现原来引玉也在，大约是来互通情报的。说来，从前引玉为神时很少来神武殿，因为在武神里排名不算靠前，来了也站不到前列，如今"自甘堕落"到了鬼市，却大大方方站在最前面，也是哭笑不得。

君吾道："带仙乐国师。"

风信和慕情都愕然道："带谁？"

二人双双望向大殿门口。被一众武神官带过来的，岂不正是他们二人都十分熟悉的仙乐国师，梅念卿？

风信道："国师？真是国师？"慕情也惊疑不定。无怪，即便谢怜，当时都难以置信。

梅念卿走上来，与谢怜擦肩而过。君吾坐在大殿上方，道："仙乐，在开始审问之前，你先说说看有什么大家不知道的吧。"

谢怜微微欠首，道："是。"

于是，他将入铜炉山、探乌庸国、连环壁画等拣重要的讲了。众人越听眼睛睁得越大，更别提风信和慕情了。听毕，君吾沉吟道："我竟从未听过乌庸国这个名字。"

众神官也纷纷附和道："我也没听过……"

"毕竟是两千年前的古国了。"

梅念卿一语不发。而谢怜道："国师，你，就是那壁画上，乌庸国的四位护法天神之一吧？"

当他见到第一幅壁画时，就觉得有个人很是面熟，但当时想不起来。因为梅念卿的脸已经在他记忆中封尘太久了。

可当梅念卿的脸出现在他眼前，他一下子就对上了。壁画上那张让他暗暗觉得似曾相识的脸，就是混在四个护法里的梅念卿的脸！

梅念卿道："是。"

谢怜道："白无相，就是乌庸太子？"

梅念卿道："是。"

果然！

谢怜道："那些壁画是谁留下的？"

梅念卿："……"

谢怜："白无相为何要灭仙乐？"

梅念卿："……"

谢怜："白无相在哪里？"

梅念卿："……"

谢怜："你为何想杀我？"

梅念卿终于说话了。他道："太子殿下，我没有想杀你。"

谢怜道："那你为何在下面要取我咽喉？"

梅念卿道："我掐你脖子你会死吗？你旁边那个会让我得手吗？"

的确不会。但那不代表梅念卿不带杀心，因为当时他的反应完全是下意识的。梅念卿大概也知道说服不了他,不再辩解。

沉默片刻,谢怜道:"白无相和我……有什么关系?"

梅念卿神色怪异地看他。谢怜袖下的手握紧了拳,道:"国师,你说吧。"

他一直很奇怪。为什么那乌庸太子的命运轨迹和他的如此相似?

梅念卿看着他,半晌,道:"太子殿下,你问的这些,现在我不能回答你。"

顿了顿,他道:"不过,有一点,我可以立刻回答你。"

梅念卿一字一句地道:"白无相,现在,就在这座神武殿里。他就在我的面前!"

谁在他面前?

谢怜!

谢怜当即倒退几步,似乎想避开这个位置。最近旁的风信则道:"国师你睁大眼睛看清楚,在你面前的是谁,是太子殿下!"

不过,也有其他的声音。远处有神官捂住了嘴,小声道:"难道、难道太子殿下是白无相的……分身?"

"我听过!有的分身,并不知道自己是别人的分身!"

"什么?太子殿下就是白衣祸世?"

四面八方都是这样的声音,谢怜整个人都有些乱了:他是白无相的分身?

难道是他自己,灭了仙乐;是他自己,折磨了自己八百年?时至今日,所有的事,都要怪他自己?

殿上哗然,谁都不知道该说什么、信什么了。而君吾站了起来,道:"仙乐,镇静!"

谢怜道:"我……我……"

正一片茫然,忽然,他心中响起了一个声音:三郎。三郎!

想到花城,谢怜心神瞬间清明,站稳了脚跟。而君吾已经下了宝座来到他身边,道:"仙乐!你先冷静……"

谢怜正要抬头从容答话,谁知,梅念卿突然伸手,拔出风信腰间佩剑,刺向君吾!

众神官齐齐惊呼。然而,君吾和谢怜都是武神,而且是数一数二的武神,怎会把这种程度的偷袭放在眼里?那剑尖还未沾上君吾的身,谢怜已经如闪电般探出两指,将那雪亮的剑锋夹在眼前!

神武殿上还敢行凶，简直找死。风信立即制住他道："国师你这么做也没用的！"

梅念卿却一边徒劳挣扎，一边对谢怜吼道："看！快看！！"

引玉奔上来道："太子殿下！你没事吧？怎么了？"

慕情也拦在谢怜前面，道："看什么？他什么意思？"

一片混乱中，良久，谢怜都一动不动。

不是因为别的，而是因为，他在那雪白的剑锋里，看到了一样东西。

一张脸。

一张青年沉稳俊逸的脸。

而在这张脸上，还生着另外三张脸！

那三张稍小的脸挤在这人的脸上，把他原本俊美的容貌毁得阴森可怖，连五官都微微扭曲起来。半张脸仿佛在哭，半张脸仿佛在笑。

这张脸谢怜应该是熟悉的。但此刻在如镜的剑锋中看来，却是如此陌生骇人，骇得谢怜出了一身冷汗，这才忽然想起，风信带在身上的这把剑，是红镜，邪毒现形之镜。妖魔入镜，无所遁形。

从这一角，红镜映出来的，不是他的脸，而是站在他身后的那人的脸。并且，脸上有一双阴沉的眼睛，正紧紧注视着他。

谢怜的瞳孔缓缓收缩起来。他的动作仿佛慢了好几拍，微微张口，还没出声，忽然手腕一僵。

一只有力的手抓住了他的手腕，君吾在他身后微笑道："仙乐，你在看什么？"

谢怜已经几百年都没有生出过这种毛骨悚然的感觉了。

梅念卿说白无相就在他面前，他第一反应就是自己，可是他忘了，站在梅念卿面前的，除了他自己，还有他身后的君吾！

只是他从来没有往这个人身上想过，所以此刻猛地惊觉，才陡然汗毛倒竖。谢怜挣了一下，但那只手的力量极大，牢牢抓住他，纹丝不动。他情不自禁道："你……你的脸……"

君吾的声音听起来还不以为意，仿佛才注意到一个不大不小的错漏，道："啊，一时疏忽，又让它们跑出来了。"

谢怜手腕又是一阵剧痛，终于握不住剑柄，松了手。长剑跌落，在大殿里发出哐当一声清响。然而，已经迟了。

附近已经有许多神官，和他一样，看到了红镜中映出的那张恐怖面容！

大殿一片死寂。几乎所有的神官都惊呆了，包括站得最近、看得极清楚的风信，梅念卿趁机从他手底下挣出，抓起地上的红镜，双手举起竖在君吾身前，道："都快看清楚！现在站在这里的这个人，看他的脸！！"

几个武神最先反应过来，裴茗拔剑相向，喝道："你是谁？！"

站在远处的神官们还不明所以，纷纷道："裴将军怎么拿剑对着帝君？"

梅念卿则死死盯着君吾，一字一句道："他，就是白无相！"

慕情大愕："他怎么会是白无相？白无相冒充帝君？！那真正的帝君在哪儿？"

谢怜也在想是不是被调包了，可又是从什么时候开始调包的呢？为何他一点儿端倪也没发现？神武大帝可不是一贯低调、神龙见首不见尾的地师，无论如何，也不可能被冒充了、整个仙京却无一人觉察！

梅念卿正待开口，君吾却举起另一手，叹道："你又让我失望了。"

他回头扫了一眼。下一刻，裴茗、郎千秋、风信、慕情、权一真，几乎整个神武殿里的武神，尽数围了上去。

然而，一炷香后，君吾的一只手还抓着谢怜的手腕，方才围上去的所有武神，却全都倒下了。

而大殿之上，横七竖八倒着一地武神，统统失去了战力，只有君吾和谢怜是站着的。慕情吐出一口血，冲僵立不语的谢怜怒道："你跑啊！愣着干什么？！等死吗？！"

他却不知，谢怜哪里是不想动，他是根本动不了！

君吾仅仅是一只手抓着他，就让他觉得，哪怕自己稍稍弯曲一下手指，都会被对方觉察并立即掐断，更别提要反击！不轻举妄动，才是最好的选择！

这就是三界第一武神！

最外层的神官们惶惶散开一圈，终于明白要逃，面色苍白地往神武殿外冲去，可冲到门口，华丽的十二重门扇早已自动闭合。百位神官，要么跑不出去，要么站不起来，当真天下大乱！

梅念卿被一股无形的力量往前一拉，君吾抓住了他的衣领，微笑道："你以为，临时变卦在这么多人面前说出来，我就会没办法了？你以为他们知道了，联合起来就能威胁到我了？没想到吧，我一只手就可以让他们全灭。"

看来，君吾先带梅念卿上来，并不单纯是为了让谢怜和花城道别。他一定趁机威胁了梅念卿，所以才放心让谢怜在神武殿上审问他。但谁知最后关头梅念卿却反悔了。他两手抓住君吾的袖子，对谢怜喝道："太子殿下快走！他疯了！"

可君吾手一紧，他便说不出话了。君吾掐着他的喉咙叹道："你这是把他们往火坑里推。原本不关他们的事，但现在，这里所有人，都别想活着走出这个仙京了。"

十万火急，谢怜对花城发起了通灵术。

可他心中一连默念数声那通灵口令，那边却是一片死寂。

君吾道："不用试了。我不允许，你就别想得到回应。"

仙京本就是以君吾的法力为基的，这里是他的地盘，他最大，当然他想怎么样就怎么样。现在，整座仙京已经彻底和其他地方隔绝了。这就是千真万确的"叫天不应，叫地不灵"！

忽然，神武殿殿门大开，众神官精神一振，狂喜欲冲，却在看清殿门口后一愣。只见大殿之外，站着一个高挑的黑衣男子，气势森森，神色不善，拦住了众人去路。正是锦衣仙在身的灵文！

众神官正不知所措，却见灵文迈入殿中，对君吾单膝跪下，毕恭毕敬地道："帝君。"

君吾道："起来做事吧。你知道该怎么处理。"

灵文微笑道："当然明白。"

慕情勉力站起，见状惊疑："灵文不是还潜逃在铜炉山？"

君吾道："不错。不过，我觉得灵文非常有用，比绝大多数神官都有用，是难得之才。毕竟只是犯了一点微不足道的小错误，所以，我抓住她后晓之以理，她也很明白事理，我便又把她招了回来。"

那说实话，比起白衣祸世，灵文干的所有事加起来真都是"微不足道的小错误"了。这时，一团白影一闪，又一个东西窜了进来，傍在君吾脚边，亲昵地蹭着他的靴子。正是那胎灵。在它后面，一列面无表情的青铜卫兵拥了进来。

灵文负手道："把所有神官押回各自殿中好生看管。"

看他气定神闲、如鱼得水的样子，裴茗神色复杂，道："灵文，你可真是没良心。"

灵文拍拍他的肩，道："我没良心这一点，你岂非认识我的第一天就知道？怎么样，要不要一起？随时欢迎。"裴茗哈哈干笑，哪有话说。

谢怜则再次得到了特殊待遇，由君吾亲自把他送往仙乐宫。君吾道："走吧。"

谢怜回头看了一眼梅念卿。他有太多问题想问了，但君吾不会给他这个机会的。

迈出神武殿，仙京边天色阴沉，云谲波诡，瞬息万变，与以往的光明灿烂截然不同。只有神武殿下的青铜卫兵们行动如常，押送着各个神官回他们各自殿中，而每日都行色匆匆的小侍神们全都东倒西歪在地上昏迷不醒。仙京街头，一片萧索不安。

二人沿着仙京大街慢慢向仙乐宫行去。谢怜飞速思考脱身之法，但一力降十会，他所能想到的所有计策，在君吾绝对的武力面前都毫无用处。何况君吾并不是只有武力，他还总是能一眼看穿谢怜心里在想什么。

进了仙乐宫，谢怜依旧没想出什么办法，心道罢了，只要他长时间不和花城通灵，花城一定会觉察端倪。谁知，关上门后，君吾忽然道："你在想血雨探花吗？"

君吾一句，就让谢怜的心怦怦狂跳起来。

他和谢怜说话的语气还是和从前如出一辙，温和，稳重，可靠，没有任何改变。但越是这样，就越让人不舒服。见他不答，君吾微笑道："不必害怕，我知道，你一定在想他。如果很想，那你就和他通个灵，说说话吧。"

果然，对谢怜的心思，他根本了如指掌！

君吾微笑不变，道："仙乐，你知道该怎么说，让他不要太担心就是。你那位血雨探花也一定很高兴你去找他通灵的。"

说着，他把手放在了谢怜肩上。谢怜感到一阵微妙的波动，心知君吾一定动用了什么法术，可以探听到他的通灵内容。

顿了顿，他硬着头皮，默念了花城的通灵口令。

听到那口令，君吾仿佛觉得很有趣，还笑了笑，谢怜却没心情窘迫了。几乎是瞬息之间，花城的声音便在谢怜耳边响了起来。他叹道："哥哥，哥哥。过了这么久，你总算想起三郎我来了。"

谢怜与君吾目光交接着。他道："三郎，我才离开了不到一个时辰呀。"

花城却道："可是在我看来，重点只有'离开'，不在'一个时辰'。便是一瞬，也是离开。哥哥，我很难过。"

眼下情形分明如此凶险，谢怜却还是生出了几分货真价实的不好意思。

君吾可就在他身旁听着呢！

君吾道："很可惜，他要等的不止一个时辰。继续。告诉他，在怨灵处置完之前，他是见不到你的。不要拐弯抹角暗示他什么，我全听得到。"

怨灵处置完，那就是七天七夜。须臾，谢怜道："一个时辰你都等不了，万一这次我要花的时间很长，那该怎么办呢。"

花城道："君吾又给你塞了一大堆任务吗？"

谢怜道："是啊。"

花城道："就知道。我帮你吧。"

谢怜道："不用了，你已经帮我很多了。帝君这边……我之前欠他不少人情，这次还完了，也好一身轻松。"

花城道："什么？哥哥，你欠他什么人情？根本没有。与其考虑他，还不如考虑考虑我。哥哥还欠了我那么多法力没有还，难道就忘了吗？"

债主发问，谢怜感觉自己凭空就矮了一截，道："没有……"

花城道："那哥哥有想过，要怎么还我吗？"

谢怜简直能想象出来，他问这话时是如何挑起眉、如何牵起嘴角的了，哪里说得出什么，只能老老实实地道："也没有……"

花城叹道："你看，哥哥，你都从没想过要怎么还，岂不是想要赖账？我真的很难过。"

谢怜一边接他的招，一边做贼心虚地不断瞅君吾，胡乱"嗯嗯"几声，终于彻底投降，道："我没有要赖账……这样好了，等事情了了，你说要怎样还，我就怎样还，这总行了吧？"

一步一步诱导至此，得到了想要的答案，花城终于心满意足，暂时放过了他，道："所以呢？难得哥哥找我通灵，到底是为了什么？"

君吾盯着谢怜。

他让谢怜和花城通灵，为的就是稳住花城，谢怜自然知道他想听到什么回答，缓缓地道："其实也没什么，只是怕上来久了你担心。"

花城道："咦，方才不是哥哥自己说的吗？你才离开不到一个时辰，又怎么会怕我担心？"

谢怜简直给他绕晕了。忽然，花城道："我懂了。"

谢怜道："你懂什么了？"

那边似乎轻笑了一声。须臾，花城慢条斯理地道："哥哥，你这是想回来了。"

在君吾的审视之下，谢怜的脸都要僵了。可半晌，他还是低声道："嗯。"

听他承认了，花城的声音也沉下来了。他道："真想现在就上去把你从那地方带走。"

谢怜的心微微一热的同时，也是高高悬起。

如果花城真的要到仙京来，那该如何收场？君吾会怎么对付他？

谢怜压抑着情绪，笑道："那还是算了。上天庭现在可乱得很呢，你来了他们怕是都要吓一跳。再等等吧。"

花城懒洋洋地道："知道了哥哥，我不会上去吓他们的。我讨厌你们仙京那儿瞎眼的光，我在这儿等着你回来就是了。"

于是他趁机向谢怜索要奖励他"乖巧"的酬劳，转眼谢怜感觉自己又莫名其妙许掉了不少重要东西。两人再随随便便说了几句，反反复复地道了别，这才结束通灵。

谢怜轻出一口气，君吾道："看来，仙乐在下面过得很是精彩啊。"

他拍拍谢怜的肩，转身正要走出仙乐宫，谢怜在他身后叫道："帝君！"

君吾顿住。谢怜道："你到底是谁？我到底该叫你帝君，还是该叫你白无相？"

白无相是他毕生的阴霾。可君吾，却是他最佩服和向往的三界第一武神。

这两个怎么能是同一个人？他整个人都要被颠覆了！

君吾却没有答他，径自出去了。

仙乐宫虽然已变为一座囚笼，但也是一座华丽的囚笼，殿后还设有白玉浴池。这么多天来谢怜摸爬滚打身心俱疲，反正也不知下一步该怎么走，不如先沐浴让自己清醒一下。

除掉衣物，浸入温热的水中，谢怜趴在白玉池边，心不在焉地叠着自己的衣服。忽然衣服里滚出两个小小的东西，他定睛一看，是两枚玲珑可爱的骰子。

谢怜把那两枚骰子拿起来抓在手心里，想起花城对他说的话："如果你想见到我，不管你丢出几点，你都能见到我。"

可是，就算现在他丢出了满堂红的两个"六"，他也没法见到花城的。因为仙京已经与世隔绝了，任何人都上不来。

虽然明知如此，谢怜还是骨碌碌丢了好几把，手气依旧糟糕，果然是两个一点，也果然没有任何动静。

他叹了口气，放开骰子，正要把脸和身体一起埋进水里，忽然，听到了一个声音："哥哥。"

他霍然起身，哗啦啦带出了一片水花："三郎？"

难不成，还真把花城召来了？

然而，环顾四周，并无人影。可是，方才那声又绝对不是他因过于期盼而生出的幻觉。谢怜正心脏怦怦狂跳，又听一个声音道："太子殿下！"

谢怜这才发现，那声音，居然是从他嘴里发出来的！

那就是他自己的声音，只是在热气氤氲的空旷白玉池边和哗啦啦的水声中听得不真切罢了。谢怜怔了一会儿，当即明了——移魂大法！

谢怜又惊又喜，道："风师大人？！"

从他嘴里又吐出了另一人激动不已的声音："没错，就是我了！哈哈哈，想不到吧！本风师，不，我又有法力了！"

前面说过，移魂大法并不常用，又极烧法力，所以常规的屏蔽法场都不会想到要阻隔这种法术。对付白话真仙时，师青玄是和谢怜对彼此使用过移魂大法的。后来师青玄法力尽失，他对谢怜施法的门道就被单方面阻隔了，没想到这里又派上了用场。谢怜道："青玄，移魂大法很烧法力的，你哪儿来的？"话音刚落他就反应过来了，还能是哪儿来的法力？

果然，师青玄道："说来话长！呃，也不长。你那位血雨探花给了我几个白花花的糖球吃，神奇至极！我吃了以后就突然神功大涨！虽然只是暂时的，但传个话不成问题。就是味道真心怪，呸呸呸！"

谢怜忍不住想起了裴茗吃过的鬼味糖球，想来花城手里的应该是高端的法力糖球。他道："刚才那声'哥哥'是谁叫的？"

师青玄道："我呀！"

谢怜哭笑不得，道："你干什么这么叫？我还以为……"

师青玄道："知道，你还以为是血雨探花来找你了是吧？"

谢怜轻咳一声，师青玄道："就是他让我这么叫你的。他说这么叫你就知道是他来了，让你安心一下。"

那倒的确，方才听到那声"哥哥"时，他虽惊，却更安心。谢怜道："他就在你旁边吗？你们现在如何？"

师青玄道："在！我们还在皇城这边清除怨灵。就是刚才你和血雨探花通完灵，他前一刻还笑嘻嘻地不知道在跟你说什么，一放下手消息一断脸就突然沉得吓死个人，然后就叫我来试试能不能移到你那边去。哦对了太子殿下，他让我传话说'殿下，先把衣服穿上'。催我好几遍了，干什么这么讲究？在上天庭又不会着凉。"

谢怜以迅雷不及掩耳之势抓了衣服飞披上身，道："他他他，他，看得到？"

师青玄道："对啊。我老是转述也挺麻烦的，所以我直接把这边看到的听到的都即时传给他了，你干什么说什么他都知道的。"

风师大人啊，你也太爽朗了！

早知道就不沐浴了，他以为还得再想想才能出现转机的！

师青玄道："没事的太子殿下，反正大家都是男人，而且我也没看多少……"

他真的太爽朗了。谢怜一巴掌拍上额头，闭着眼睛飞速把衣服穿好，抓了骰子走出后殿，赶紧转移了话题："他怎么发现不对的？"

顿了顿，师青玄道："血雨探花说，你一找他他就发现了。喏，花城主要我跟你说'哥哥那么害臊，不是出了大事怎么可能主动叫我的口令？'"

果然是这个原因。师青玄似乎在对花城说话："好好好，我不说废话了，我说正事。太子殿下，你们那边现在到底什么情况？帝君不在吗？"

谢怜道："就是因为他在，所以才会变成这样！"

听完重点，师青玄已经惊呆了："我的天，我的天，我的天！太子殿下，你真不是在说梦话？！帝君啊，那可是帝君啊？！"

谢怜道："是帝君还是白无相我已经没法确定了。三郎有何看法？"

师青玄道："血雨探花倒是没怎么惊讶，只是说'不奇怪。早看他不顺眼了'。"

谢怜哑然失笑，道："你不是看谁都不顺眼吗？"

这句是对花城说的。师青玄道："他说'除你以外，是的'。我说花城主，你这可就不对了，我还在这儿呢！我你也不顺眼吗？我到底是哪儿有毛病？"

谢怜道："好了好了，都是开玩笑的。总之现在，武神都被他打趴下了，所有神官都被关在各自殿中,整个仙京与世隔绝,没法上天了。"

师青玄道:"血雨探花说,也不是没办法,太子殿下你等等,他很快就来……"

谢怜喝道:"谁?!"

这一声"谁"不是对花城和师青玄说的,是因为从他身后传来了异动。

有人来了!

第四章
不能尽善问心有憾

若邪已蓄势待发，却在谢怜看清对方后偃旗息鼓。谢怜道："引玉？"

地上不知何时多了一个大坑，引玉半个身子从坑里探出，手握一柄锋利的铲子，抹了把汗，道："太子殿下，是我。幸好没挖错地方，快走吧！"

他居然忘了，引玉手里可还有一柄神器——地师宝铲呢！这东西居然没被搜去，看来有时候，太没存在感也是一件好事。谢怜正要上去拉他出来，身体却不由自主倒退了一步。引玉奇怪道："太子殿下？怎么了？"

谢怜也奇怪，他为什么会倒退一步？随即，他便想起来了，倒退的不是他，而是移到了他身体里的师青玄。

那把地师铲可谓十分眼熟，很难不联想到以往使用它的人，谢怜没来由地心悸，想来是师青玄下意识的反应。好在这反应也不过激，很快他就把身体主动权交还给谢怜。谢怜赶紧过去跳下那个坑，和引玉一起落入了仙京之下。

两人在黑洞洞的地道里爬了一段路，谢怜忽然想起一事，道："引玉啊，这地师宝铲，挖得穿锁住仙京的界吗？"

引玉道："挖不穿……吧？"

"啊？"师青玄道，"那挖来挖去也还是在仙京，岂不是没用吗？"

引玉挠了挠头，道："也不是什么用都没有。现在各位武神的殿外都被设了削弱法力的阵，那阵也会延缓他们伤势的恢复速度。我认为，如果继续待在他们殿里，怕是几年也恢复不了战力。不如用地师铲在底下某处挖出一个密室，把各位武神都送到那里，等恢复得差不多了，再试试能不能闯出去。"

师青玄道："等等！花城主说，你叫那群废……那群武神藏着自己养伤就好，别想试着从君吾手底下闯出去，找死。"

引玉惊讶地道:"太子殿下,你怎么能和城主通灵?"

谢怜道:"不不不,刚才跟你说话的不是我。"

师青玄道:"是我,是我啊引玉!"

但说来说去也是一张嘴,引玉糊涂了:"你不就是你吗太子殿下?"

师青玄道:"嘿,是我,我风师!不对,现在应该称我为前风师。我用了移魂大法。唉,传话真是累死了。"

引玉忙道:"哦哦哦,辛苦了辛苦了。原来如此!"更加卖力挖地。二人匍匐前进好一阵后,引玉选了一处挖出一个大空间,道:"这里应该差不多了!太子殿下你们先藏在这里,我去接下一位神官。"

来时的地洞渐渐合拢,谢怜道:"我和你一起去吧。"

引玉道:"不必了太子殿下,实不相瞒,这地师铲开的洞越大越耗法力,我一人行动会更快,我去去就回。"

师青玄反复使用移魂大法、频繁消耗大量法力的疲倦之意也感染到了谢怜,他感觉头和身体都有些沉重,勉强点点头,于是,引玉便自己继续向前挖去。谢怜则在原地坐下,合上了眼。

不知过了多久,他突然惊醒,道:"引玉?"

四周黑洞洞的一片死寂。很明显,引玉还没回来。师青玄一开口,也证实了这一点:"太子殿下你醒啦,很累吧?引玉还没回来呢。"

谢怜恢复了一点精神,道:"他离开多久了,怎么还没回来?"

师青玄道:"快半个时辰了,该不会迷路了吧?"

谢怜感觉不对劲,道:"我去找他。"

说着,他便朝引玉离开的那条洞道爬去。因为引玉还要从这条地道回来,所以地师铲挖开它后,这条地道并没有自动合拢。师青玄跟上来道:"血雨探花说'哥哥,你最好别去'。"

谢怜道:"有些不妙,是吗?"

师青玄道:"是啊,我听花城主口气还挺严肃的。"

谢怜正待开口,背脊忽然蹿上一股寒意。他一怔,猛地回头!

师青玄也感觉到了那股寒意,道:"我的天,刚才怎么回事?背上忽然一阵哆嗦!"

背后就是黑漆漆、空荡荡的洞道,没有任何东西。谢怜却盯了良久,才道:

"没事。"

师青玄当即闭嘴，屏住呼吸。因为，谢怜说完那句"没事"之后，又以口型无声无息地说了五个字："别出声，有人！"

这条地道中，有其他人。刚才就在谢怜身后，但他一回头，那个人就消失了。不会是引玉，他不会给人如此强烈的恶寒感。谢怜对危险的直觉绝不会出错，不能打草惊蛇，只能佯装无事。而师青玄最恨这种情形，起了一手臂的鸡皮疙瘩。谢怜无声地道："三郎有说什么吗？"

师青玄道："你那位三郎，看起来脸色好吓人……他说，'哥哥，若到万不得已，先用移魂大法移入风师体内'。"

可是，他眼下法力不够，根本无法施展移魂大法。这时，爬着爬着谢怜又停了下来，微微愕然。

师青玄也情不自禁道："怎么会这样？"

呈现在他"们"面前的，居然是一条岔路口。有两条洞道！

师青玄道："这……难道引玉挖了一条路，发现挖错了，又挖了另外一条？"

谢怜心道："引玉肯定熟悉仙京的路线，怎么可能挖错？"

但他也没说出来，只道："青玄，帮我问问三郎，选哪一条吧。左边还是右边？"

须臾，师青玄道："血雨探花说……这个建议给不了，'哪一条都不要选'。"

谢怜哭笑不得。虽说他也觉得估计两条路都有不好的东西在等着，但总不能一直在原地不动，思忖片刻，道："那青玄你来选一条吧。"

师青玄："啊？我吗？"

谢怜道："嗯。如果你选，还有五成可能选到较好的那条道；而如果让我来选……"师青玄立即道："好吧，我懂了。"纠结片刻，把头转向左边。

谢怜点点头，爬了进去。

越是深入，这洞道越是狭窄，简直逼得人喘不过气，弯弯曲曲地爬了好一阵后，这才豁然开朗，来到一处较大空间。

还好，一路上虽然提心吊胆，却并未遇到什么危险。谢怜打量四周片刻，道："这是哪里？"

师青玄疑惑道："不知道，看不清啊。不过怎么感觉，好像有点眼熟……啊？！"

不光是他发现了，谢怜也发现了。

果然眼熟！这里不就是方才谢怜躺着休息了一阵、等着引玉回来的那个地下密室吗？！

千真万确。另外一边还有一条洞道，就是引玉离开时用地师铲打开的那条，谢怜也是从这条洞道爬出去找他的！

师青玄毛骨悚然道："我们怎么又回来了？刚才这里有……有我们爬回来的这条地道吗？！"

当然没有！刚才他们离开时，这个地下密室仅仅有一条地道通出去。而他们爬回来的这条地道，是不知什么时候凭空多出来的。他们遇到的那个岔路口，左边那条路绕了一大圈，又通了回来！

这肯定不是引玉开的，他不会费这么大力悄悄干这种没意义的事。恐怕，他也遇上了十分诡异的事情。谢怜心道果然刚才应该跟着一起去的，二话不说，又从他们出去的那条地道爬了出去，快速爬到那个岔路口，这一次，选了右边的地洞。爬着爬着，师青玄道："看来这一次我的运气也没好到哪里去，选错路了。应该一开始就选右边的！"

谢怜却道："不，我想你的运气还是很好的。"

师青玄道："啊？怎么说？"

谢怜尽量委婉地道："怎么说呢……因为，右边这条路，可能比左边那条更恐怖……"

二人都听到了，从他们身后，传来什么东西"嚓嚓""嚓嚓"飞速爬行逼近的声音。

谢怜解下若邪就往后一甩，道："若邪先帮忙拦一下！"随即奋力向前狂爬，几乎一蹬一丈，师青玄紧张得快失了智，道："哈哈哈刺激刺激！刺激刺激刺激！"

谢怜道："更刺激的还没来呢！来！请看——"

师青玄："又是什么？！"

两人面前，再次出现了一个岔路口！

谢怜喝道："选！"

师青玄胡乱道："右！"

谢怜果断往右，接下来一路上，居然不断地出现岔路口，师青玄道："左！右！左！右！"已经不知道自己在喊什么了，在这种危急万分、瞬息万变的情形下，更是根本来不及撤出谢怜的身体回那边问花城该怎么办，因为很可能下一个岔路口一转，情况就完全不一样了。身后那东西被若邪阻挡一阵，却仍在不断逼近。而两边洞道也越来越狭窄、越来越逼仄，最终，已经到了根本挪不动手臂的地步！

谢怜的肩已经被卡住了，道："爬不下去了！"

师青玄道："那怎么办？！难道还往后退吗？！"那个追在后面的东西，已经快追上来了！

谢怜道："不要怕！大丈夫能屈能伸不进则退，退就退！来！"说着就退了两步，头皮却忽然一凉。

谢怜的心也跟着凉了半截，周身一麻，这便失去了知觉。

不知过了多久，他才悠悠转醒。

醒后，谢怜才发现他坐在一张椅子上，整个身体都被若邪扎扎实实绑住了。

谢怜挣了两下，莫名道："若邪，你搞什么？"

若邪也很委屈，耷拉着蹭了蹭他。谢怜再仔细一看，若邪居然被打了个紧紧的死结。

难怪若邪没法反抗，它最害怕被打成死结了。以前不懂事的时候喜欢瞎绕着自己玩儿，玩着玩着就把自己打出一堆乱七八糟的死结，每次都是谢怜无奈地帮它解开，后来它学乖了聪明了，就再也没把自己系死过。

谢怜无奈，环顾四周，这里应该是哪座神殿的内殿。还没看仔细，一只手便放到了他肩上，头顶一人温声道："仙乐啊，你真是太顽皮了。"

听到这个声音，谢怜的头皮蓦地一阵发麻。而背后那人拍拍他的肩，转了出来，果然是君吾。

他的手还放在谢怜肩上，道："你上来这大半年，仙京是这里坏了那里坏，砸了这里砸那里，你说你，我不给你兜着，你怕是现在还在还债吧。"

这种温和、仁慈、仿佛长辈看着疼爱的晚辈瞎胡闹的语气令谢怜毛骨悚然，又忽觉脚边一阵冰凉，低头一看，一团白色的东西抱住了他的靴子，正用一种极其邪恶的眼神盯着他看。

正是那胎灵。

谢怜无语一阵，道："你真是恶趣味至极。"

方才那阵地洞追逐让他想起了当初那段几乎被白无相吓破胆的日子，也让他切实感受到了君吾和白无相的确是同一个人。谢怜别开肩膀反感地道："你要抓我直接抓就是了，何必非要弄得这么恐怖诡异？吓别人很有趣吗？"

君吾却看起来十分愉悦，微笑道："仙乐却比当初要勇敢多了。"

谢怜道："引玉呢？"

君吾手放在椅子背上，帮他整个人转了个方向，道："不着急，你会看到的。而且，不光有他。"

谢怜转了个圈，面对着一面镜子，可那镜子里映出的却不是他，而是面色苍白的引玉。

而在他脚边还躺着一人，头破血流，昏迷不醒，只能从那满头鬃毛辫认出来，是权一真。

谢怜立刻警惕地道："你想干什么？"

镜子里映出的是墙壁另一面的情形。那边，引玉狂推权一真，道："醒醒，醒醒！"

权一真好容易才醒了过来，迷迷糊糊地道："呵兄，刚才嘿打我？李吗？"

可怜他已经被打得口齿不清了。引玉道："我打得过你吗……"

权一真抓了抓头发，这才想起来："哦，四帝君打的我。"

像是突然想到什么，他又兴奋起来："他把李的铲子抢走了。要我帮李抢回来吗？"

引玉："你打得过他吗……"

谢怜总算看出来了，这里是奇英殿。看来，引玉是来找权一真时被君吾逮住的。

趁君吾又绕到他身后去了，谢怜低下头，以口型无声地道："风师大人，你还在吗？"

谁知，没等到师青玄，却等到了君吾。君吾在他身后道："当然不在。"

谢怜："……"

君吾道："我忽然想起，仙京的锁界似乎有个漏洞，所以我刚刚把移魂大法也禁了。"

谢怜："……"

君吾道："这移魂大法还是当年我教给你的，仙乐活学活用，我真的十分欣慰。"

说完，他就离开了。不一会儿，那镜子里便出现了君吾的身影。引玉如临大敌，而权一真跳起来跃跃欲试，君吾却随手一掌就把他拍回地上，地都给拍裂了，权一真头一歪又不省人事了。引玉倒退了一步，君吾却道："你要这么想，就算你戒备也是没有任何用的，何不放轻松呢？"

这倒是实话。引玉不知该说什么，只好习惯性地尴尬笑笑，又连忙收住。君吾倒是很悠闲自然，道："引玉啊，从前我好像从来没和你这么聊过，是吗？"

引玉拘谨地道："好像是这样的。"

他过去虽是镇守西方的武神，但香火势力不大，故品级地位也不高。虽不至于在上天庭的神官里垫底，但大概也是中等偏下，恐怕从前君吾从他殿门口路过他都会紧张。现在自然更是紧张，他又道："不过上天庭本来很多神官都没跟我聊过，也不认识我。"

君吾却道："那可未必。很多人都认识你。就算不一定见过你，但也知道你。"

引玉怔了怔，道："是吗？"

君吾道："因为，很多人都知道你师弟。而提到你师弟，你往往会和他一起被提出来。作为陪衬的那个。"

这话可十分刺人了。虽然只是丝毫不带感情色彩的陈述，但正因叙述者本人不带偏见，只是描述事实，所以才更刺人。权一真还晕晕乎乎没回过神，引玉则低下了头。

谢怜隐隐猜到君吾想干什么了，怒上心头，可又挣不动，无奈之下只能踢了椅子腿。

良久，引玉鼓起勇气，道："那都是过去的事儿了。帝君，您这样是想做什么？您已经是神武大帝了，上天入地，三界第一武神，没有人可以比肩你的位置，为什么还要……您到底想要什么？"

君吾当然没有回答他，忽然道："引玉，你想回上天庭吗？"

"什么？！"

君吾道："你并不喜欢在下面做鬼界之卒吧。"

引玉道："这不是喜欢不喜欢的问题。"

谢怜心叫糟糕："不能这么答。他马上就能拿住破绽了！"

果然，君吾微微一笑，道："你知道吗，你这么回答，意思就等于在说'是的，我不喜欢，但我避而不谈'。"

引玉："……"

君吾道："你出身名门大派，从小耳濡目染，以得道飞升为毕生之求，从不走邪魔外道。这种追求是很难改变的。流落鬼界只是迫不得已。你当然没法说你很满意现在在鬼界的位置。因为这根本就不是你想要的。"

引玉提高声音道："那又如何？城主于我有恩，救了我性命。"

君吾道："我知道。还帮你超度了死于被贬途中的鉴石的怨魂，是吗？"

引玉道："不错，所以不管我满不满意现在的位置，都……"

君吾道："那就是不满意。然而你受缚于恩又走投无路，故勉强自己。"

谢怜心中捏了一把汗。

他已经预料到君吾打算怎么进攻了，而引玉的每一个神情、每一个动作，从头到脚，浑身都是破绽！

君吾道："那么，反过来，我再问你一个问题，你于权一真有恩吗？"

引玉："……"

君吾道："凭什么旁人于你有恩，你就要把自己放在一个并不合意的位置上效忠报答，而你于权一真有恩，他却让你沦落到这个地步？

"引玉，总是习惯委屈自己成全他人，可不是什么好习惯。要知道，没有人会感谢你。"

他步步紧逼，每一步都踩在引玉最痛的点上！

君吾接着道："你一生都渴望飞升正途。你渴望着在上天庭博一个好位置，位列神武殿。就算后来权一真让你那般难堪，沦为他的陪衬、诸天仙神的笑柄，你还是在仙京挣扎隐忍，难道不就是为了能留在这里？

"但是权一真把所有事弄得一团糟，然后轻而易举地夺走了本该属于你的一切。

"凭什么？你没他付出得多吗？不，你远比他刻苦努力。而且很多地方他未必比得上你。为何如今权一真在上天庭孤立无援？因为他头脑简单，懵懂无知，横冲直撞，不能服众。而你，比他心智成熟，比他懂人情世故，比他肯吃苦耐劳。如果你有他的天赋、他的法力，你的成就会远超于他。"

引玉有些沉不住气了，道："您说这些是什么意思我不明白，'如果'都是没有意义的，他的法力就是他的……"

突然，他大叫一声，举起自己的手，惊恐道："什么？！这是什么？！"

他一只手上突然爆出了炫白的灵光，刺眼到无法直视。君吾却无动于衷，道："不必害怕，一点法力而已。"

引玉这才稍稍冷静，不可置信地道："谁的法力？……我的？我没有这么……"他没有这么强劲的法力。

君吾道："现在还不是你的。但是会不会变成你的，就看你的了。"

引玉道："不是我的那是谁的？！难道……"

他猛地想起一人，望向一旁，恰好此时，生命力无比顽强的权一真也再次醒来了，一脸蒙然，看来又糊涂了。君吾道："不错，这是权一真的法力。"

权一真："啊？"

引玉道："他的法力为什么会在我这里？法力怎么还能嫁接？！这怎么可能做到？！"

君吾道："连命格都能嫁接，法力又有何不可？很多事没你想的那么困难，对我来说，就是几句话、动几笔的工夫罢了。"

引玉哆嗦道："这……这……"

他甩了甩手，仿佛想甩掉什么烫手山芋，那强盛的法力却欢快地在他手上跳跃，指哪打哪，霎时，奇英殿的一排墙壁都被他炸开了花，神像倒栽下去，屋顶都几乎要塌下来。引玉更惊，不敢再乱甩，君吾微笑道："别紧张，慢慢来，它们不会跑的。"

引玉用另一手握住那只手，一脸惊魂未定，两手都在颤抖。君吾道："引玉，我再问你一次，你想回来吗？"

引玉双眼布满血丝，望向他。君吾道："如果你想回来，我不但可以帮你除掉咒枷，还可以把权一真的法力，全数嫁接到你身上。"

权一真似乎从没想过还有这种邪法，整个人已经惊呆了。谢怜愕然道："疯了？！"

君吾缓缓地道："从此以后，只知奇英不知引玉的人，再也不会出现。谁还敢记不住你的名字吗？永远不会了。"

引玉倒退几步，混乱地道："我……我……我……"

谢怜神经绷得连自己还被若邪绑在椅子上都不记得了，屏住呼吸，身体前倾。

至少有一点，君吾说得没错。他也看得出来，引玉心底，的确是更向往天界的。而且，引玉真的对权一真没有半点怨怼之意吗？

这种怨可大可小，而引玉本身便不是性格坚定之人，他很容易被旁人影响。

165

谢怜也无法确定他到底会怎么做，只能默默祈祷：引玉……小心啊！

"我……我……"

引玉好一阵魂不守舍，半晌，终于抬起脸，目光也渐渐冷沉了下来。

他盯着被揍成一堆破烂物的权一真，低声道："帝君，你，真的……能把他所有法力都，换给我吗？"

谢怜抓紧了若邪，权一真则张大了嘴："师兄？"

君吾道："不如现在就换给你，你自己试试，便知我能不能。"

引玉还不放心，又问道："那……他还能夺回来吗？毕竟是他自己的法力，如果他想抢回去……"

君吾道："除非你自己愿意还给他，或者你死了，否则是不可能夺回的。"

引玉迟疑道："那如果把法力嫁接给我，权一真……会死吗？还是会怎么样……"

不管怎么说，他大概还是不太想让权一真死在他手下的。君吾道："不会怎么样，只是过程会比较痛苦罢了，可这世上谁没受过痛苦呢。想怎么处置他，要死要生，全看你。"

引玉又道："别的神官会不会看出来？万一传出去……"

君吾微笑道："都是些一只手就可以碾死的蚂蚁罢了，全杀了，换一批新的神官上来，你再改头换面换个名字造个出身，谁又会知道什么呢。"

他说这句话时神色轻描淡写，仿佛在说茶水凉了就倒了换杯新的一般轻车熟路。

最后，引玉道："在新的上天庭，我、我会是什么身份？"

君吾道："灵文为我的左手，你便是右手。"

终于，引玉一咬牙，道："好！请帝君记住今日对我的承诺。那么，现在……"

他没说下去，只是视线转向了权一真。君吾道："如你所愿。"

话音刚落，权一真突然面容扭曲起来，大叫一声，七窍流血，抱头打滚，而引玉的身上则发出一阵突兀的灵光。他整个脸庞都被映得透亮，举起一手，打向上方，奇英殿，轰然倒塌！

站在废墟之中，引玉低头看着自己的双手，慢慢握紧拳头。君吾的神情仿佛在看一个小儿试他新买的玩偶，道："感觉如何？"

半晌，引玉才道："我从来没拥有过这么强大的力量。"

他望向一旁在地上狂叫的权一真，神色复杂，道："我师父以前说过一句话。他说，权一真是天生要飞升的人，是天给的本事。这就是天给的神力吗？"

君吾道："从此以后，是你的了。"

引玉缓缓点了点头。

下一刻，他提起一掌就劈向君吾！

这一掌用了权一真十成十的法力，威力骇人，镜中爆出一团白光。随即，引玉右手迅速在空中画了个大光圈，把那圈子从空气中摘下一丢，套中了君吾。君吾看到脚下光圈，微微皱眉，又看到引玉去拉地上的权一真，不动声色地道："引玉，临阵反悔，你就没有什么话要对我解释吗？"

引玉背对他背起权一真。君吾道："这么做当然可歌可泣，情操高尚。不过，这真的是你的本心吗？你勉强了自己这么多年，现在还要继续勉强下去？

"你当真一点都不恨你现在救的那个人？就算不恨，难道也不讨厌？"

引玉终于忍不住了。

他拳头咔咔作响，猛地转身，道："我是恨！我是讨厌！！但是，那又怎样？！"

权一真激动不已，一边说话一边从鼻子嘴巴里往外狂喷鲜血，道："师兄……"

引玉喝道："闭嘴！"

他又转向君吾，道："您……您……你！你为什么，一定要提醒我这一点？说得好像你们都很了解我似的！是，我是讨厌他！但是，那又怎么样？他给我添了这么多麻烦，我难道都不能讨厌他？！"

谢怜的心沉到谷底又高高抛起，哭笑不得，险些栽倒。这是什么歪理啊？

引玉又道："但我也就只想讨厌讨厌罢了，不等于我就一定要害他。什么叫'本该属于我的东西'？天赋以外，没有什么东西天生就是该属于谁的。别人的东西，我不要！"

谢怜眼前一亮，喊道："说得好！"

引玉道："我是想回上天庭，我是想位列十甲！但如果不是我自己修来的，那就根本没有意义！我倒霉，我认了！如果我没他厉害，那我起码能承认我的确没他厉害！"

他大喝道："承认我就是不如他，也没那么难！"

傲气！

这一刻，谢怜终于又在引玉身上，看到了他少年时的那种光彩和傲气！

"哇"的一声，权一真在他背上哭了，鲜血混着眼泪鼻涕一起滚滚而下，引玉给他喷得也满脸是血，崩溃道："别喷了！"

权一真呜呜嗷嗷地道："师兄，对不起！"

引玉忍无可忍地道："你也不用跟我说对不起了，反正你再怎么道歉也还是不懂的。我真的受够你了！"

君吾叹了口气，揉揉太阳穴，道："精彩。我想，你和仙乐一定很谈得来。"

引玉道："你把太子殿下……"

咔。

君吾转过身，犹如漠视脚下一块花纹不合心意的地砖，从容不迫地迈出了那个看似强劲的光圈。而谢怜在这边，不自觉地微微发抖。

怎么了？

怎么了？！

谢怜被绑在椅子上，心脏狂跳，几乎要跳出胸腔。引玉怎么了？！

他只是不说话了，脸色也变得很奇怪。而君吾道："在你这么选择之前，为什么就不能想想，为什么我不先给你取下咒枷呢？"

咒枷？

引玉手上，的确是有个咒枷的！谢怜看到引玉抬起手腕，只见从那咒枷上爬出了蛛网般的纹路，而引玉整条手臂的血都在往它的方向涌。

这咒枷，居然在吸他的血！

谢怜猛地向前一扑，连人带椅扑倒在地，这下连镜子也看不到了，只听到一阵拳脚相加的砰砰声。他在地上疯狂挣扎，却看见一双白靴出现在他眼前。

君吾回来了。他手里拿着一只吸满了血、变成深红色的"咒枷"，蹲下来，摸了摸谢怜的头顶，道："和你的小朋友去道个别吧。"

若邪的死结终于松开了。谢怜爬起来就冲他脸上打了一拳，当然没打中，还差点又摔倒，但他本来也没指望打中，只是泄愤，狂奔到隔壁殿内。

只见引玉干巴巴地躺在地上，又白又薄，像个纸片人，脸颊也干瘪下去许多，身上的灵光都消失了，灵光重新回到又鼻青脸肿了几倍、已经完全认不出本来面目的权一真身上。看来，那些法力已经物归原主了。

谢怜扑过去。引玉瞪着一双比平时突兀多了的眼睛，哑声道："太子殿下……"

权一真趴在地上号啕大哭道："对不起师兄，我只会打架，但是我打不过他！"

他口鼻的鲜血又喷到引玉脸上和眼睛里，光是看着都难受极了，引玉额上忽然青筋暴起，回光返照般地喝道："让你别喷了！唉！算了……你气死我算了……"

他又有气无力了下去。这个情形，谢怜也不知道，他是想唉声叹气还是想潸然泪下，或者其实有些忍俊不禁。

忽然之间，引玉干涩的眼眶内充满了泪水。

他小声道："我知道的。"

他道："一真是个奇人，我是个庸人。最高也只能走到那一步了。我知道的。"

谢怜心中蔓延上一阵无力的痛楚。

引玉道："虽然我知道，但还是不甘心。其实，我和鉴石想的是一样的。我比他更不甘心。我不是没有过怨念，没有怨念是不可能的。我后来都不敢想，那时候我为什么明知一真穿着锦衣仙，还说让他去死。到底是被气得失去了理智，还是真的想让他去死？"

谢怜抱着他道："没事了没事了。这些都是小事了，真的。引玉啊，你再在这世上活个几百年的，你就知道这些真的都没什么了。气得失智也好，真想让人去死也好，谁没这么想过呢？我还想过屠尽天下负我人呢，是真的，不瞒你说，我还差一点就做了，你看我不也很厚脸皮地活到现在。你这点程度根本不算什么。"

引玉道："可是……最后我……果然还是觉得……不甘心。"

他哽咽道："既然已经注定了我不能成为惊才绝艳之人，那至少，我……想成为善良无瑕之人。但是我还是做不到，真的……太不甘心了。说实话，就算到了这一刻，一想到我是因为一真这个傻小子死的，我还是咽不下这口气。我连无怨无悔、满心释然地死去都做不到，这算什么呀。"

谢怜柔声道："你已经很努力了。而且你做得很好了。比大多数人都好了。"

引玉终于勉强笑了笑，道："比大多数人好吗？"

笑完，他叹了口气，最后遗憾的声音随魂逝去，喃喃道："可是，我想做的，是神啊……"

谢怜深深低下了头，心中道："可是，引玉，这世上，其实根本没有神啊……"

忽然，他脑中灵光一闪，放下引玉，道："咒枷。他拿走了咒枷！"

君吾当然不会特地拿走无关紧要的东西。说不定，咒枷能吸光引玉的血，也能还给他！

想到这一点，谢怜丢下鼻青脸肿的权一真就直奔神武殿。

果然，君吾正坐在宝殿之上，还在检查那咒枷。谢怜一冲进去就听到上方传来一阵咕咕叽叽的怪声，抬头一看，那胎灵四只脚抓在华丽的天花板上，正在快速倒挂爬行，仿佛某种冷血生物，令人恶寒。居然连这种邪物都能进神武殿了，真不知那些挣扎几百年都没资格踏入这里的神官看了会作何感想。谢怜走过去冲他一摊手，君吾道："你想要什么？"

谢怜二话不说，劈手便去夺那咒枷，君吾当然不会让他如愿以偿。谢怜好半天都抢不到，怒道："你要这个东西有什么用？引玉对你来说根本无足轻重，你干什么要跟他说那种事？！"

君吾却道："谁说没有用？你这不也知道它能救引玉的命？而且看你为了这个东西这么生气，岂不正说明它非常有用？"

他就像把果子放在自己儿子够不到的桌子上的大人，在旁边笑眯眯地看着小孩想吃，踮脚去拿，却怎么也拿不到，又气又急，哇哇大哭，然后他就高兴了。谢怜简直要气疯了："你有病吗？！"

君吾道："仙乐，你这么对我说话，可有些不敬。"

谢怜憋了半天，憋不住了，骂道："我敬你个……"

估计他这辈子所有的脏话，都冲着这个人骂了。谁知一句还没骂完，他喉间一紧，一阵窒息！

谢怜眼前一黑，双手捂紧脖子，双膝一软，跪了下来。君吾坐在他身前，气定神闲地摸着那胎灵毛发稀疏、光滑圆溜的脑袋，掌心散发出黑气，那胎灵仿佛很是惬意，叫得古怪欢畅。

谢怜发出一连串剧烈的咳声，脸色涨得通红，君吾道："仙乐，我建议你还是像以前那样，听话一点，尊敬一点，这样才不会惹我生气。不要忘了，你身上也戴着这个东西。而且，你戴了两个。"

"喀喀喀……喀喀……你……"

谢怜猛地直起腰，双目充血瞪他。君吾道："我什么？我卑鄙？仙乐，不要忘了，是你自己要求戴上的。"

开玩笑，那时他怎么知道这是什么鬼东西！

难不成，那时候国师一看到他就脸色大变掐他的脖子，不是想杀他，而是想把这个东西取下来?

过了好一阵,谢怜脖子上那咒枷才渐渐松开,终于能顺畅呼吸。他背对君吾用力喘气,下意识去捂自己脖子,摸那咒枷。这一摸,除了咒枷,还摸到了另一个东西。

那是一条细细的银链子。原本是冷冰冰的,因为贴身戴了太久,已经被他的体温焐热了。银色链子下,坠着一枚晶莹剔透的指环。

摸到它之后,谢怜的肩一下子僵住,握紧了那枚指环。不知为何,心跳怦怦加速起来,仿佛抓住了一个了不得的秘密。正在此时,身后君吾道:"是我,何事?"

是他?什么话?什么意思?

谢怜把银链子塞了回去。转身他才发现,方才君吾那一句并不是对他说的。

君吾正举起二指,轻抵太阳穴。这个姿势,他是在和人通灵!

第五章

及时雨义送多情花

虽然他不允许仙京内的其他神官通灵，自己却想做什么就做什么。只可惜即便谢怜大喊大叫，那边的人也听不到。顿了顿，君吾又道："没什么。因为前些日子查出了地师仪乃是冒名顶替的事，也连带查出许多他埋在仙京的眼线和假身份，近日又是多事之秋，不可出纰漏，故目下正逐一盘查全体神官，整个仙京都戒严了，不向外界开放，你当然找不到其他人。"

谢怜屏住了呼吸。

听起来，此刻与君吾通灵的那位并不知现在仙京的真实状况，君吾在若无其事地欺骗对方，而且，他找的理由很是恰当，黑水冒名顶替一事一出，影响恶劣，全庭戒严也在情理之中。

良久，君吾脸上忽然闪过一丝细微的异样之色。

他温声道："哦？你要来？"

对方居然主动提出要来仙京！

若早几个时辰自然求之不得，眼下正缺人手呢。但在这时候？整个仙京已经沦为魔窟了，这不是往火坑里跳吗！

那边君吾简单几句表示欢迎来帮忙，结束了通灵，谢怜道："谁要来？"

那胎灵似乎知道自己是见不得光的东西，悄悄爬到暗处藏了起来。君吾则道："急什么？待会儿你便知道了。"

谢怜道："你会让我看到吗？你不是和对方说，整个仙京都戒严了，正在逐一盘查各大神官？"

君吾道："当然。但我总得有个值得信任的左右手。"

灵文对外是在逃中，自然不能扮演君吾的左右手，所以这差事才落到谢怜头上。他正思忖着，君吾却打量他片刻，淡淡地道："仙乐，你乖乖配合就好，不要动什么歪心思，我太了解你了，你想什么我都能知道，别让我罚你。"

君吾手里把玩着那吸满鲜血的咒枷，道："你也说了，对我而言，引玉根本无足轻重。应该说，这仙京所有的大小神官，在我这里都无足轻重。如果你露馅了，你知道会发生什么。"

"你……"

"所以，别露馅。整整你自己，马上就来了。"

谢怜没说话，但从地上爬了起来，拍了拍自己身上的灰，果真整了整自己，站到了往常总是站的君吾身边的位置。

君吾赞许道："就是这样。"

虽然君吾的威胁很有效，但谢怜也发现了一件事——他似乎并不想让来人觉察仙京沦陷的事实。这就让他更想知道，来人究竟是谁了！

两炷香后，神武殿前，终于现出了几个身影。只见一名青衣女冠骑着一头高大的黑牛，腰悬佩剑，悠悠行来，身后跟着几个农人，高矮胖瘦不一。

来的竟然是雨师！

谢怜微觉讶异。依照君吾的行事作风——暴露后的行事作风，神挡杀神佛挡杀佛，应该是来一个就关一个，为何竟会忌惮雨师？

一入神武殿，雨师便向二人微微颔首："太子殿下，帝君，别来无恙。"

谢怜也回礼道："雨师大人。"

君吾道："雨师已经许久不来仙京了。"

雨师却答非所问，道："仙京戒严得厉害。"

这一句似乎是在奇怪，君吾道："也是无可奈何。黑水事发至今，中天庭已揪出五十多名假神官，这令人不得不担忧上天庭是否还有他埋下的棋子。"

雨师道："原来如此。"

几人简单说了一阵。谢怜这才发现，君吾说话，无论真假，全都滴水不漏，毫无破绽，厉害至极。他有心提醒，但一来怕被君吾觉察，拿别的神官开刀，二来也怕牵连了本不知情的雨师，故束手束脚。雨师也似乎根本没有发觉异常，只是问有没有什么需要她帮忙的。君吾道："暂时没有。还要看排查结果。"

雨师道："那么，我先暂留仙京，等待传唤。"

君吾道："好啊。你离京多年，趁此机会好好熟悉一番也是好的。你的雨师府可空置多年了。"

雨师点了点头，慢慢退下。谢怜心知她这一退就要被监视了，心内微焦，忽然雨师又折了回来，道："太子殿下。"

谢怜心中一动，道："雨师大人有何指教？"

雨师却道："并无指教。离京多年，带了一些手礼上来，赠予你几件，可愿意收？"

谢怜没想到居然是这种事，道："啊？啊……谢谢。"

君吾自然是从不收礼的，笑着放了雨师的随从进神武殿，道："仙乐，雨师大人要送你礼物，何不快接？"

他这么说，显得谢怜仿佛是一个需要管教的幼稚小孩，别人来串门，给小儿带了礼物，长辈便让小儿出来接过然后道谢。谢怜无奈，一名农人双手把一只包得严严实实的不知道什么东西交给他，谢怜随口道谢，心不在焉接过，忽然脸色一变。

他背对君吾，君吾理应看不到他的神情，却也道："是什么礼物？"

雨师微笑道："非是贵重之物，一些地里种出来的土产罢了。如无他事，我先行告退了。"

君吾道："去吧。"

于是，雨师牵着那黑牛，带了随从，慢慢向仙京空置多年的雨师府走去。谢怜把那礼物揣在怀里就要跑掉，君吾却道："站住。"

谢怜果然站住，足下仿佛被钉住，君吾又道："回来。"

谢怜退回神武殿内，转身看他。君吾步下宝座，把他手里攥得死紧的东西取下，这才道："去吧。"

他果真多疑，直接将雨师送的礼物拿走了。谢怜看他一眼，一语不发，回了仙乐宫。

回了仙乐宫，谢怜坐立难安，就在宫中走来走去。不知过了多久，忽然，听到一个清朗的声音道："太子殿下？"

谢怜猛一转身，只见一个衣衫破烂、绑着头巾的少年不知何时翻上了窗棂，正坐在上面一脸俏皮地冲他笑呢！

谢怜大喜，冲上去两步，却忽然想起这少年方才叫的是"太子殿下"，又定住脚步，不确定地道："你是……三郎？"

那少年哈哈一笑，跳下窗，一把扯了头巾。黑发散落，又被他从容束起，露出黑发之下一张俊美苍白、截然不同的面容。正是那张谢怜十分熟悉的面容。

花城悠悠甩着那头巾，叹道："哥哥啊哥哥，这回，想见你一面，可真是难如登天了。"

方才，在神武殿上，谢怜接住雨师礼物的那一刻，的确是觉察到了异样。不过，那异样不是来自礼物，而是来自送礼物的人。

他一接过，就感觉到对方握住了他的手，捏了捏。

不得不说，这动作有些轻佻了，如果是对姑娘做的，那就是有意轻薄了。当时谢怜眨了眨眼，抬眼望去，站在他对面的，是一名个子高挑的少年。

那少年虽是一身农人打扮，打着补丁，沾着泥巴，扎着头巾，面貌却是俊秀至极，眸中更是灵光闪动。

不过，这眸光却只闪现在他们二人目光交接的一刹那，等谢怜眨眼再看，那少年又恢复了羞怯青涩的模样，低头退下了。

花城说他很快就来，竟真是说到做到。一看到他，谢怜便觉得什么也不用烦恼了！

谢怜正欣喜着，忽又想起一事，忙道："等等三郎！帝……君吾对你颇为忌惮，他肯定派了人去下面盯着，你消失了恐怕他会察觉？而且只有风师大人一个人守阵会不会出问题？"

花城却道："放心哥哥，这个已经处理好了。暂时不会露出破绽的。"

他既然说处理好了，谢怜也不用问怎么处理的了，只是点点头，道："对了，找国师！我有很多问题要问国师。我们先去找国师！"

二人火速出了仙乐宫。花城既已进入仙乐宫，自然把监视的眼睛都解决了。果然，里里外外所有的卫兵早被尽数定住。谢怜边走边道："雨师大人是你请来帮忙的？君吾竟肯放她上来。"

花城笑眯眯地道："正是。出这么大的事，雨师要回上天庭看看是极符合常理的。如果君吾死不放她上来，雨师必会觉察异常，他当然只能让雨师来。"

谢怜道："可他为何不动雨师？"

花城道："哥哥有所不知。雨师是掌农的神官。这一神官，职位虽然看似灰头土脸无甚颜面,却是民生之本。"

谢怜若有所思,已想通其中关节。花城继续道:"民以食为天,如果直接杀了雨师,农事不顺,便要天下大乱。你不给人吃饭,人就不给你饭吃。雨师掌农,但君吾掌百神,他也脱不了干系,没准火会烧到他身上。"

也就是推了他的庙,倒了他的神像,就如当初仙乐国众做的那样。花城又道:"雨师没有攀升的欲望,也就没有什么把柄。对外,他很难找到合适的理由贬谪雨师,不好下手;对内,他一时也找不到比雨师更适合的人来接替这个位置,让雨师继续掌农他的地位才稳妥,所以肯定能不撕破脸皮就不撕破脸皮。先瞒,瞒不住了再说。"

他一路走,护腕上不断有银蝶振翅飞出,拍着粼粼银光,渐渐失色,隐入空气。恐怕这一会儿,他就已经在仙京里散布了上千只死灵蝶。一路上,他们忽上忽下,忽隐忽现,完美避开了所有巡逻的卫兵。少顷,谢怜落在一处檐角上,忽然定住,回头看着花城,若有所思。

见他停住,花城也停了下来,道:"怎么?"

谢怜摇了摇头,道:"不是。只是莫名觉得,这情形很熟悉?好像以前什么时候也……"

这时,花城道:"告诉哥哥一个好消息,死灵蝶,已经找到国师的关押所在之地了。"

谢怜精神一振,道:"哪里?"

灵文殿。

少了往日携着堆积如山的卷宗进进出出的文神们,灵文殿异常冷清。悄无声息地落到飞檐一角上,谢怜蹙眉道:"国师被关在这里?怎么没人看守?"

将一只栖息在他指尖的银蝶收近,花城道:"关押国师的内殿,设置了关卡。除了君吾,只有穿着锦衣仙的人能出入。"

这可难办了。谢怜道:"可灵文什么时候才会脱下那衣服?"

二人正低声商量,忽然一个黑衣人负手从灵文殿内一间偏殿缓步走出。谢怜屏息。

此人正是灵文。她方才在神武殿是男相,这时却是本相,身法步伐不如之前轻灵有力,更无那般滔天的邪气威压。

花城笑道："哥哥，看来你运气不错，刚刚才问你这位同僚什么时候才脱，她这就脱了。"

锦衣仙毕竟不是什么好东西，灵文一直穿着必定有损元气，而且得一直维持男相消耗法力，一天之内总要把它脱下来休息休息。可巧就给他们撞上了这个空隙。花城又道："锦衣仙现在应该就在那间偏殿里，哥哥，走？"

二人等灵文离开，双双落定在地。一进那偏殿，谢怜就抹了一把汗，毕竟这样偷偷摸摸潜入女神官的私殿不是什么好听的事。但等他看清这间偏殿后，汗颜之感便消失了一点。他以前的屋子比这里华丽，风信的比这里凌乱，慕情的屋子又比这里讲究。总之，这儿看上去完全不像普通女神官的私殿，压力稍减。

殿里没多少物具，根本藏不了什么，没多久谢怜就翻到了一只箱子。然而一打开他脸就黑了。不光是因为一打开一股妖风邪气扑面而来，更因为，里面整整齐齐全都是一模一样的黑衣黑裳。

又来了！上次也是这样，在近百件各式各样的衣服里找那一件锦衣仙的真品，找得鸡飞狗跳，简直噩梦。这次倒没那么多，只有十几件，但每一件都黑得毫无差别。锦衣仙真在这里面吗？

谢怜十分头疼地道："三郎……君吾现在在干什么？咱们时间够吗？"

花城一直在密切监视各方动向，听他发问便道："哥哥放心，时间是有的。君吾还没发现你离开了，他正在神武殿，提了慕情在审。"

闻言，谢怜一怔，道："慕情？他审慕情？审什么？"

花城道："死灵蝶不能进神武殿，我听不清。"

谢怜想起君吾是如何对待引玉的，心底不安。他果断道："抓紧时间一件一件试穿吧。三郎，你给我衣物，再来对我下命令。"

花城道："我来吧。"

谢怜摇头道："三郎你穿过锦衣仙的，不知为什么，它好像对你不灵，可能对鬼王无效？只能我来了。"说着他就脱了外衣，白袍落在脚边。花城挑了挑眉，挑了一件黑衣递给他，道："那，就恭敬不如从命了。"

谢怜迅速把那衣服套上身。还好，灵文的衣物既不袒胸露乳也不婀娜多姿，十分板正，除了稍小穿起来并无困难。谢怜抬头，道："好啦，你可以对我提出你的要求了。"

花城右手托着左肘，左手支着下颌，看着他，似乎认真思考了片刻，道：

"那么，哥哥，我的命令是——"

须臾，谢怜等到了他的下半句。花城笑眯眯地道："我们来借个法力吧。"

谢怜赶紧把衣服脱了下来，道："这、这件不是！"

花城道："啊，太遗憾了。这件不是。"

谢怜道："三郎，你……要严肃一点。"

花城虚心地道："我不够严肃吗？那怎样才叫做严肃呢？"

谢怜道："其他随意，比如转个圈、跳两下之类的，就很严肃。"

花城挑起一边眉，道："其他随意是吧？好的，明白了。"

说着，他又递了一件给谢怜。谢怜迅速套上，再次抬头望向花城。而花城端详他片刻："哥哥……"

少顷，他展颜一笑，道："不要向我借法力。"

大意了！居然还可以这样！

谢怜赶紧要把那衣服脱了："好了也不是这件……"花城却拦住他道："等等，哥哥，谁说不是这件？你还没有证明它不是呢。"

"不要向我借法力"，这是花城的命令。而如果要证明谢怜身上这件衣服不是锦衣仙，那就必须不执行花城的命令。也就是说，要做相反的事——"向花城借法力"。绕来绕去，又回到原点了！

谢怜："你也太狡猾了。不可以这样的吧。"

花城抱起手臂，歪了歪头，振振有词地道："为什么不可以？哥哥，难道不是你说的，除了让你向我借法力，其他的要求都随便吗？既然你不喜欢这个要求，那我就提了个完全相反的，这怎么能说是狡猾？"

谢怜简直无言以对了，举起手指了他一会儿，道："你……你，唉，我说不过你，别闹啦！"

借完法力，花城的表情纹丝不动，镇定得仿佛他真的在正经测试，道："很好。确信了，这件果然也不是。"

谢怜脱下那黑袍，道："这个要求也不要再提啦。"

花城把第三件递给他，状似很乖地微笑道："好的，好的。三郎一定会听哥哥话的。"

谢怜无奈接过，心想："总觉得三郎越来越难对付了……是错觉吗？"

他还在担心花城又会提什么恶作剧的要求，但开了两个玩笑之后，花城果然不戏弄他了。

可是，衣箱中十几件全部试过后，谢怜却一个命令也没有遵从。

花城倚着门，道："哥哥，看来，这锦衣仙不光对我无效，对你也是无效的。"

谢怜又把所有黑衣都翻了出来，瞎找一气，无果，只好重新把自己扔在一边的白道袍穿上，对花城道："难道锦衣仙不在这里？实在不行……干脆我把它们全都穿上好了。"

花城噗地笑了一下，谁知，正在此时，殿门一开，灵文一脸疲色负手走了进来。

灵文大概是休息够了，准备回来穿上锦衣仙，谁知刚好撞见了两个不速之客，一个一脸无辜，一个一脸无所谓。她立即将二指并拢，抵在了太阳穴上。这是一个通灵的起手势。

花城动作却比她快，目光一扫，她身后两扇偏殿殿门迅速合拢，而灵文也放下了手，道："花城主当真厉害。"

花城笑道："是吗？这不是稀松平常？"

君吾可以在仙京设界，让界内之人与外隔绝，花城自然也可以在仙京内制造一个更小的界，封闭界内之人的通灵法场。大界套小界，这座偏殿就变成了一只匣中之匣。谢怜道："灵文，锦衣仙现在在我们手里，还请不要轻举妄动。"

谁知，灵文听了却笑了。她道："可是，太子殿下，事实上，锦衣仙并不在你们手里啊。"

谢怜道："不可能。我感觉到它的邪气了。"

灵文却道："太子殿下，你是不是误会了什么。我只是说，它不在你们手里那只箱子里，没说它不在这殿里啊。"

闻言，谢怜忽然想到了一种可能。花城也和他想到一块儿去了，二人的目光一起落到谢怜身上那件白衣上。

灵文道："两位没猜错。它现在，就穿在太子殿下的身上。"

方才，谢怜试穿其他黑衣时，把原先自己穿的白衣随手扔到一边，后来重新检查，各种衣物都混在了一起。不知何时，那锦衣仙居然悄悄变成了他那件白道袍的模样，被他拿起来穿上了！

花城随手一抬，那衣箱翻倒，黑衣滑落一地。而十几件黑衣最深处，却有一件白衣被压在最下面，藏了起来。

这才是谢怜真正的外衣！

不消说，定然是那锦衣仙施的恶法，趁二人胡乱试衣，将谢怜的外衣拖进了衣箱里，自己则溜出来，化作它的样子顶替了，被谢怜随手拿起，穿在了身上。

灵文微笑道："这个法子是我告诉它的，所以，现在，相当于是我，让太子殿下穿上了锦衣仙。所以太子殿下，从现在开始，你不可以攻击我。听到了的话，就点点头。"

果然，谢怜听完便不由自主地点头了。

灵文道："那么，现在，请花城主把这间偏殿的界打开吧。"

谢怜立即道："三郎别开。"

灵文道："太子殿下，你确定？我可是什么命令都会下的哦。"

花城仍是不动声色，谢怜心道："我不能动灵文也无妨，别人又没受限制。只要三郎出其不意擒住她，再让她不能发出指令就好。"灵文却敏锐得很，又道："花城主，劝你不要费心思想如何出其不意制住我了。太子殿下，你听好了，如果花城主攻击我，或是做任何对我不利的事，那么，你便攻击他。"

如此一来，她就堵住了所有对方可反击的路。灵文道："好了，花城主，把界打开吧。我有公务在身，灵文殿里还积压了一殿的文书要处理，我们快点解决这个小问题好吗？"

花城也是微微一笑。

下一刻，灵文双目微睁，似乎想开口，却发不出声音了。

她的颈后，不知何时栖息了一只银翼轻颤的死灵蝶。就是这个小小的东西，令她身不能动、口不能言了。花城抱着手臂，又露出了那十分没有诚意的假笑。他慢条斯理地道："我想制什么人，用得着出其不意吗？"

灵文说不出话，但目光里的意思分明：花城主，你忘了吗？方才我已经对太子殿下下过指令了！

一阵蓝色烟雾飘过，灵文原先站立的地方，只剩下一个蓝色的不倒翁，表情十分正经，手里似乎还拿着一沓卷宗。便在此时，锦衣仙效力发动。谢怜霍然转身，提起一掌向花城击去！

不知过了多久，谢怜的目光才瞬间清明，猛地回过神来，道："三郎！"

花城就站在他面前，心口的红衣之上，还压着一只手。是谢怜的手。

花城竟是为了解除灵文对谢怜发出的指令，就这么站着，不闪不避地挨了他一掌。

谢怜还没来得及作出任何反应，花城早已牢牢抓住他的手腕，沉声道："好了。攻击完毕，指令解除。"

果然，谢怜得手后周身一松，没接到新的命令，身体恢复了自由。谢怜一下子收了手，急着去看他，道："三郎，你有没有受伤？！"

他仔细察看花城的脸色。但因为并不是活人，花城的肤色原本就是常年不见阳光的雪白，这会儿也看不出究竟是否有变化。不过，他语气倒像是的确没事，笑道："哥哥果真是厉害得很，这一掌漂亮。"

谢怜脸色很不好，简直有点吓到了，严肃地道："我不是跟你开玩笑！刚才我那一掌用了七成力，你真的没事？"

灵文用的词是"攻击"。谢怜平日和人交手从来都不是以"攻击"为目的，通常只是为了自保或制服。而一旦他以"攻击"的态度出手，对方被打中后会怎样他很没底。

花城缓缓地道："我不是开玩笑。哥哥是真的厉害。要不是你身上戴了这两个东西，也许君吾也未必是你的对手。"

谢怜下意识手碰了碰那咒枷，随即去扶花城。花城笑道："哥哥！我真的没事。我能问你一个问题吗？"

谢怜道："什么？"

花城道："你是有机会可以取下咒枷的。为什么要留着这两个东西绑着你？"

谢怜没想到他会问这个，愣了一下，道："可能……为了提醒自己一些事吧。"

他随即道："三郎你不要转移话题。你这是什么毛病啊？挨打都不动！"

花城却道："哥哥，你也知道这是个毛病啊？要论喜欢挨打，你可没资格说我。"

谢怜道："有吗？"问完他就心虚了。要知道，水下斗胎灵那次，差一步就吞剑被花城抓个正着了。花城道："'有吗？'能自己挨打就解决的事绝不用其他方法，这可是哥哥带坏了我的。"

谢怜说不过这个，忙道："算了三郎，别说这些了。好了，锦衣仙已经穿上了，我们快去找国师吧！"

他捡起地上的灵文不倒翁塞进袖里，二人便向灵文殿深处探去。

灵文殿内部看上去比以往阴森多了，从地上堆到顶上的书山卷海里仿佛危机四伏，或者随时会倾倒下来砸死人。二人没遇上卫兵，直奔深处的一扇朱门。还没靠近，谢怜便听到门后传来一个震惊颤抖的声音："怎么可能？怎么会这样？"

国师！莫非已经遭遇不测？谢怜当即一脚踹开了门，喝道："住手！"

屋里，果然不止梅念卿一人，门被踹开后齐齐回头看他。梅念卿脸上的震惊还没退去："殿下？"

梅念卿的头没抬一会儿马上又低了下去，道："你先等等——怎么会这样？这什么手气！"

谢怜和花城皆无言以对。

只见屋内，梅念卿和另外三人凑了一桌，正在热火朝天、如痴如醉地打牌。说是另外三"人"，其实并不是活人，都是粗制滥造的傀儡，不知用了什么诡术才能动，还能陪着打牌。而梅念卿方才那一句是他拿到牌后情不自禁的哀号。

谢怜本以为国师在里面也许会遭受拷问、神色憔悴之类的，没想到他这个时候还在打牌，哭笑不得的同时又难免感觉无比亲切。

可不亲切吗！当年他和风信住皇极观，去找梅念卿的时候十之六七他都在打牌、打牌、打牌！时隔八百年又见打牌，就连国师脸上的狂热也是毫无二致。他一边目不转睛盯着手里的牌一边头也不回地道："太子殿下你终于来了，不过先让我打完这一局再说……"

谢怜就知道他一上桌就六亲不认的老毛病又犯了，上去就要把他从桌边拖下来："国师啊都什么时候了，别打了！"

梅念卿双目赤红，大叫道："让我打完！马上就好！就这一局！等我把这圈打完！马上就好了，我说不定就快赢了！！"

谢怜："不会赢的，真的不会赢的！"

好在这一局果然很快就完了。虽然梅念卿信誓旦旦说他就快赢了，但事实上他果然还是没有赢。挥手收了那三个陪牌傀儡，梅念卿终于恢复了冷静。他正襟危坐沉眉道："殿下，我知道你一定会来的，我也一直在等着你。"

谢怜心道："我可真没看出您一直在等着我……"

不过他当然没说出来，尊敬长辈还是要的。梅念卿又道："我知道你心里一定有很多疑问。"

花城站在一旁，靠在门边，看似随意，大概是在把风。谢怜也正襟危坐，道："是的。"

顿了顿，他道："首先，我想确认，君吾……真的就是白无相，也就是乌庸太子吗？"

梅念卿道："不要怀疑。他就是。"

谢怜道："那，最重要的问题——他为什么要灭仙乐国？"

梅念卿盯着他，道："因为你的一句话。"

谢怜一愣："我的一句话？什么话？"

梅念卿道："'身在无间，心在桃源。'"

半晌，无言。谢怜不可思议道："没了？"

梅念卿道："没了。"

谢怜道："就这句话？这句有什么问题吗？"

梅念卿道："问题太大了。一切，都是从你这句话开始的！"

谢怜隐约觉得，接下来梅念卿要说的会让他很不能接受，想喊花城，但他还没喊，花城就已经过来了，也坐到了他身边。

梅念卿道："你看到铜炉山我留的那些壁画了吧？"

谢怜道："看到了。那些壁画是你留的？"

梅念卿道："是我。每次铜炉开山我都会混进去，一方面是想阻止鬼王出世，另一方面，是想告诉别人这些关于乌庸国、乌庸太子的事。"

谢怜道："那为何不直接告诉别人，一定要用如此隐晦的方式？"

梅念卿道："殿下，你以为，为什么现在世上几乎没有人知道乌庸国了？"

花城道："知道的全都被他清理掉了，是吗？"

梅念卿看他一眼，道："是的。如果线索留得太明显，或者直接扩散开了，不光我有暴露的危险，看到的人，可能全都会从这世上消失！多少人都一样。就算是一座城，他也能让这座城在一天之内被夷为平地！你应该知道我不是开玩笑。"

谢怜自然知道。讽刺的是，他从前还感慨过，幸好君吾是成神不是堕鬼，否则就天下大乱了。他道："那为何国师你这么多年都不现身直接告诉我？"

梅念卿道："我现身告诉你？太子殿下，你不知道吧，你以为你这些年是一个人在东游西荡吗？不是！他一直都在盯着你，我只要一现身，他根本不会给我说话的机会。我只能东躲西藏。"

"那你对他又为何要东躲西藏?你好歹也是他昔年下属,你们关系有这么差?"

梅念卿道:"那当然是因为……"

花城道:"背叛。"

这词有点刺人,梅念卿又看了他一眼。花城神色却没什么变化,道:"你背叛他了吧?"

梅念卿叹了口气,道:"差不多吧。就是这样。"

他转向谢怜,道:"从何说起呢,殿下……"

第六章

百年水深千年火热

"壁画上描述的东西，全都是真的。乌庸国的太子殿下，是举世无双的太阳。昔日你为仙乐太子时是何等风光，他便比你还风光数倍。

"我和我的三个同门，一共四人，曾经都是他的侍从。太子飞升后把我们一起点了上去，也见过了许多形形色色的天人，就算是在众神云集的天界，他也像太阳，耀眼得令旁人黯然失色。"

谢怜看着梅念卿的神情，总觉得，当他以"太子殿下"称呼那个人的时候，说的既不是"君吾"，也不是"白无相"，就只是两千年前那位年轻的太子而已。

他道："从前，您好像也和我说过类似的话。"

"有吗？人老了记不清事了。"

"有的。不过，您说，他没有飞升。他死了。"

梅念卿道："那大概是因为，我宁可他没有飞升吧。"

谢怜道："因为铜炉火山爆发了吗？"

梅念卿没有正面回答，只是道："太子殿下法力太强了。

"他在梦中预知到了乌庸的未来是一片火海，便开始想办法挽救他的子民。如果是现在的我，一定不会让他那么做。但是，当时我们所有人都根本没有想到会变成什么样。我们都觉得，救人有什么错？

"可是，事情根本没那么简单。

"火山爆发是阻止不了的，要想没人伤亡，就只能迁移。但火山侵袭的范围太大了，可不是一两座城的事。对王公贵族和普通国众而言，最好的办法就是征伐他国，占领新的领土。否则，别国是不会就这么简单让这么多乌庸人大举迁入的。

"但对太子殿下而言,这根本就不是办法。打仗就会流血,还是会死人,是一样的。

"可乌庸国还是抢先派了军队出去。士兵所到之地,寸草不生。而且,因为要'腾地'给未来会迁过去的乌庸人,将军们下令屠杀别国百姓,杀得血流成河、尸积如山。

"太子殿下对此非常生气。如你们所见,他在战场上降神,惩罚了这些乌庸将士。"

谢怜一想到,这可以说是少年时的君吾,也可以说是少年时的白无相,心内便感觉微妙。

梅念卿继续道:"可生气的不光是他。这件事,让乌庸国的王公贵族和部分国民也很生气。许多人到神殿去质问太子殿下,'我们只是为了活下去,需要更多的土地,逼不得已才去侵略别人的,难道有什么错吗?'

"这件事的影响超出我们所有人的预期,愈演愈烈,已经开始有人嚷着要倒了他的像、烧了他的庙,但太子殿下都顶住了。

"他说,如果乌庸国是受侵略的一方,他一定誓死捍卫,不让敌人踏进一步,但他们自己,绝不可以侵略别人!

"他恳请所有人放弃征战,等待他建成一个东西——他的通天之桥。

"人间没有更多土地了,那就把人们送到天上去避一避吧。虽说这个办法简直不可思议,但我们四个都对太子殿下深信不疑,我们坚信他是可以做到的。无论他要干什么,我们都会鼎力支持!当然,别的神官并不这么想,整个天界都反对,但太子殿下还是顶住了。

"他同时顶住了三样东西:信徒们和贵族们的不解和埋怨,诸天仙神的怒声,以及那座通天巨桥。"

花城却嗤笑一声,道:"反对?恐怕不只是反对吧?"

梅念卿缓缓点头,道:"如果只是反对,倒也罢了。但是……"

"但是?"

梅念卿道:"那座桥需要消耗很可怕的法力才能建成,太子殿下根本分不了心。他几乎再也没有做过别的事,也听不到信徒的其他祈愿。因为他只能做这一件事。

"但是,只能做一件事的神明,势必无法留住信徒。当他顶住那座桥的第一天时，人们是感谢他的；第二天、第三天、第四天，也是如此。一个月、两个月，还是记得他。可时间一长，就不行了。

"火山还没有爆发，太子殿下又不做别的事，一直在默默积蓄法力。人们难免觉得，他没有以前那么厉害了，甚至说，他没有以前那么尽心了。这个时候，不可避免的，就需要供奉新的神明了。

"乌庸国人口众多，财力雄厚，信徒的信仰之力也十分强盛，看太子殿下当初的盛势就知道了。很多神官早就对这片地盘和信徒们垂涎不已，于是……"

谢怜明白了。

他道："于是……神官们，就挑准了这个时机，借着乌庸国众之前对那位太子殿下战场降神收兵的怨愤不满，引诱了他们，瓜分了他的信徒和法力源泉……是吗？"

梅念卿道："太子殿下不是不知道这一点，只是，他也不知道要怎么做。"

谢怜微微俯首，道："他是神，自然不可能对信徒们说，我不允许你们供奉我以外的神明。他心里也不屑于让自己沦落到这种，卑微的地步。"

梅念卿道："你自然是很懂他的。"

谢怜又道："但是，偏生是在这样一个关节上，他不能缺失信徒和法力，否则会影响到通天桥的建设。"

梅念卿道："正是如此，所以，我们四人便自作主张，去向国众们传达其中的利害关系。"

谢怜道："结果如何？"

花城道："不如何吧。"

梅念卿道："不如何。至少不如我们的预期。有一部分国众担心桥不能建成，稍微收心回来了，但也有很大一部分国众反而认为太子殿下这样太霸道了。祈愿得不到满足，转而去供奉其他能满足自己愿望的神明，这无可厚非。他们是自由的信徒，想信什么就信什么，天经地义。

"他不是不想满足所有人，但他实在是……"

谢怜叹了口气，低声道："有心无力。"

梅念卿接着道："太子殿下知道这件事后，制止了我们，说想走的就走吧，强留下来也不会是真心信他的。的确如此，信徒们的心已经散了，就算勉强回来，不够诚心，信仰之力也没有以前那么强了。"

谢怜道:"他无法对信徒发怒,也不愿向其他神官请求帮助。"

梅念卿道:"就算去请求,其他神官也根本不会帮助他的。如果他们愿意帮忙,一开始就不会反对了,后来也不会趁机去引诱他的信徒。

"太子殿下变得越来越沉默。我每天都看着他,虽然他什么都不说,但我也看得出来他心里有多痛苦。而这痛苦只能他一个人承受,我们四个就算再想帮忙,也无法为他分担多少。

"终于,苦苦撑到了三年后,火山即将爆发了。

"一发出消息,人们争先恐后地拥向桥上,我们四个一边引导着浩浩荡荡的人群,一边担心着独自支撑的太子殿下。"

梅念卿叹道:"我们以前是从来不会担心他做不到什么的,但是那时候,我们居然开始担心他了。

"一开始,那座桥还算稳。但是当拥上去的人越来越多,支撑的时间越来越长,殿下的手开始颤抖,脸色也开始发白。

"别人根本看不到,只有我们看得到。我觉得不妙,对人们说请等一等,给他一点时间,不要一次全部拥向他,只要让他缓一口气,他一定会把你们全部救上来。但是火山就快爆发了,性命危在旦夕,没有人肯等,全都疯了一样地往桥上冲,甚至活活把人踩死,我们根本拦不住!

"终于,还是发生了我们最害怕的事。

"这三年间,由于信徒不断流失,太子殿下的法力早就没有以往那么强了。当几万人都拥上了那座桥,庆祝得救,正欢欢喜喜走向天界的时候,桥断了。"

谢怜屏住了呼吸。

梅念卿道:"天虹撕裂,成千上万的人,密密麻麻的一大片,突然之间,全部从高空中坠下,撕心裂肺的惨叫落入火海,就在太子殿下的眼前,瞬间被烧成灰烬!

"我当时几乎吓呆,完全不敢去看太子殿下的脸色,连不上去,捞不起来,扑不灭火,根本没有办法!更多的是还没来得及上来的人们,被岩浆埋没,被飞灰活埋!尖叫,哭喊,大骂。那场面真的太可怕了……我没有见过比那更恐怖的东西!"

谢怜想象了一下,心内微微发凉。梅念卿继续说了下去。

"桥断了。乌庸国众也疯了。

"他们放火烧太子殿下的宫庙,推倒他的神像,用刀戳烂他的心脏,骂他是个没用的东西、没用的神。他是神,神就该无比强大,神不可以失败!

"但他偏偏就是失败了。所以,他不能再坐在上面了。

"天界的神官们早就等着这一刻了。他们说:'我们早就告诉你了,那样是不行的。你闯的祸太大了,我们不得不请你下去了。'

"而太子殿下问了一个很傻的问题。他问:'为什么你们不愿意帮我?'

"平白无故的,别人为什么要帮你呢?而且,如果让他成功助乌庸国渡过这一大劫难,他在天界岂非就再也没有对手了?

"所以说,这真是个很傻的问题。我想他是知道这一点的,但他还是问了。

"当然没人回答他,太子殿下被贬了。

"他落回人间,不是神,也不是太子了。我们跟着他,都说'你一定可以再次飞升',于是他重新开始修行。但是太难了。你应该是明白的。"

谢怜当然明白。

站得越高,摔得越狠。从天上掉下人间后,迎接他的,将会是无穷无尽的寒冷和恶意。

梅念卿道:"火山还在持续喷发,乌庸国陷入前所未有的困境。难民、叛乱、入侵不断,所有人都焦头烂额,而且对太子殿下的态度,你也可以想象。

"即便如此,太子殿下还是想帮助人们的。但是,偏偏这个时候,许多其他神官开始施恩了。

"虽然他们不愿去阻止火山喷发,却很乐意施些小恩小惠,送点药草、食物什么的。因为这个时候太子殿下已经被贬,他能做的,当然远远比不上这些神官。乌庸人好像突然抓住了救命稻草、再世父母,信徒流失得更快了,其实根本也不剩多少了。所有原先对太子殿下的赞誉和热爱,全都原封不动地转送给了别的神官,留给他的,只有憎恨和厌弃。"

梅念卿闭上了眼,道:"我们那时候,真的很不甘心。

"明明这些神根本没有为他们做多少,只是在大灾结束之后才出来做样子。太子殿下才是做了最多的那个,他竭尽全力了,而且原本也是可以成功的,就差一步!但为什么到最后反而只有他万劫不复?为什么付出最多的人们视而不见,施舍了一点的却被感恩戴德?

"也就是从那时候开始,我开始转变想法。我忍不住想,如果太子殿下从一开始就选择假装不知道梦里预见到的未来，以'这是天命所定，神明也无能为力'为由袖手旁观，到火山爆发后才像其他神官这样勉为其难地赏赐一点，人们一定也会对他感激涕零的。"

花城淡声道："你那时候才想到吗？一开始就应该想到了。割一片肉救一个人，人会感激。但割得越多，人要的也会越来越多。到最后，就算把那人凌迟了割到只剩一具白骨，人也不会满足。"

梅念卿道："这些想法我完全不敢和他说，但太子殿下越来越沉默，我不知道他心里是怎么想的，有没有想过和我一样的东西。日复一日，火山还在断断续续地爆发，整个乌庸国久久沉浸在惶恐里走不出来。没人知道要怎么让它停下来，结束这场噩梦。

"有一天，太子殿下突然对我们说，他找到了让火山停下来的办法。可当他说了那个办法后，我们几个却大吵了一架。"

花城道："我猜，那个办法是，活人献祭。"

梅念卿道："对。太子殿下说，他挑选了一批恶民，可以用这些恶人来献祭，把他们投进铜炉，平息铜炉的怒火。

"我们四个具体想法都不一样，但总体来说，就是反对。绝对不可以做这种事。当初殿下不愿乌庸出兵攻打他国，就是不想以命易命，如果现在选择用活人献祭铜炉，跟那有什么区别？甚至更恶劣。有的反对格外激烈，直接和太子殿下吵了起来。

"那一架他们吵得太厉害了，还打了起来。我本来也是反对的，但比起外界的攻击，我们自己吵起来更让人难以忍受。要知道我们四个从来都是支持太子殿下的，现在我们更是他唯一的支柱，但那一次不光在激动中动手了，还有人对太子殿下说他变了，他忘了他的本心，他不是原来的太子殿下了！

"那几句话实在是太诛心了。如果连我们都站在殿下的对立面指责他，世上就真的再没有一个人和他站在一起了，所以最后，我也没反对，只是说算了，再也不要管这些了，天界也好人间也好，全都别管了。真的太累了。

"但没人听我的。大吵一架后，除我以外的另外三人，离开了。"

谢怜摇了摇头，不知道该说什么。只是，在这种时候离开，无疑是雪上加霜。

梅念卿道："只有我留了下来。太子殿下什么也没说，只是问我，'你走不走？'

"看到昔日的殿下问我这句话时的神情，那一刻我真觉得，就算他真的把人投进铜炉献祭，我也可以理解。

"我说：'殿下，我不会走的。'

"太子殿下还是没说什么。他没有再提用活人献祭的事，改了主意，在铜炉附近设坛，我也和他一道，每日顶着众多流民的辱骂和乱石，修炼作法，试图压下火山的怒意。

"我以为这件事就这么算了。谁知道，有一天，我却发现了一件让我毛骨悚然的事。"

说到这里，梅念卿的脸色变得极为可怕，仿佛又看到那个让他毛骨悚然的画面。谢怜的心也仿佛被一只无形的手捏紧，道："什么事？"

梅念卿道："他……他突然，把自己的脸遮起来了。"

谢怜："……"

梅念卿道："殿下相貌俊美，从来不把脸遮起来，也没什么东西能让他脸上受伤，这么多年了我从没看到他这样，所以我很费解。我问他，'殿下，您的脸怎么了？'他说，不小心被火烧伤了。

"我完全不知道他是在哪里受的伤，他不让别人看伤口，自己敷了草药，而且行踪忽然变得飘忽不定。这些原本很异常，但这个时候，发生了一件天大的好事，暂时转移了我的注意——火山忽然停止了爆发。

"铜炉恢复了死寂，渐渐沉淀下来，很长一段时间都没有再爆发。由于只有太子殿下一个人在这上面努力过，许多乌庸人以为是他压下了火山，有些人开始重新崇拜他。太子殿下的修行之路也变得顺利起来。至少，再没有人对他辱骂和丢石头，人们渐渐地也会对他笑了。

"但我总觉得哪里不对劲。

"很多地方都不对劲。我那三个朋友虽然性格不一，但我多少了解他们，他们不会全都真的一走了之甩手不理。就算他们真生太子殿下的气，不至于连我的气也生，一点音信也无。

"最不对劲的，还是太子殿下的脸。他一直用东西遮着自己的脸，一开始是破布、斗篷，后来，他戴了一张面具，整天都不取下来。

"有时候我都怀疑这个人会不会根本不是太子殿下，是另一个人冒充的，因为他说话做事，甚至性格，全都变了。有时和蔼可亲，有时突然大发雷霆。有一次他一个人在屋里，把所有镜子都砸了，不知哪里流血，弄得鲜血淋漓。更恐怖的是，我经常听到一些奇怪的声音。"

谢怜道："什么声音？"

梅念卿道："有时，深夜里，太子殿下房里会传出人声，好像是几个人小声说话吵架。但我进去看，房间里又只有一个人。几次后，太子殿下让我不要进他的房间了。

"有一天夜里，我又听到了那奇怪的声音，而且这一次，我发现，那好像是我那三个朋友的声音！

"我实在忍不住了，心想难道是他们偷偷回来了？瞒着我干什么？于是，我爬起来跑到太子殿下的房里。

"奇怪的是，房里真的没有别人，只有太子殿下躺在床上，面具也没脱下来。我又站着听了一会儿，又发现，那些声音，好像是从太子殿下那边传来的。

"准确来说，是从他的面具下面传来的。

"我慢慢走到太子殿下床边，走得越近越确信，真的是从面具下传来的，难道是太子殿下说梦话？因为太思念朋友，梦里学了他们的声音？

"我犹豫了很久，其间太子殿下一直没有动。我想他是睡着了，于是，我轻手轻脚地拿开了他脸上的面具，然后看到了一样东西。"

梅念卿的目光里流露出无法掩饰的恐惧之色。

他道："我看到了我那三个朋友。

"说话的不是太子殿下，而是他们。太子殿下的脸上，横七竖八都是利器的划痕，划得皮肉翻起，鲜血半凝，而且，不知什么时候多长了三张脸，嘴巴都在动，一张一合。就是他们的脸！"

谢怜不寒而栗，道："他……把离开他的三个侍从……"

梅念卿没回答他，已经完全沉浸在了那一幕带给他的至今不散的悚然之中。

他道："那些人面很久没见过光了。就算只是夜里的月光它们也受不了，我突然把面具拿开，它们好像吃了一惊，都眯起眼睛，不说话了。但是过了一会儿，看清是我，它们就开始……喊我的名字。

"我惊呆了。前面说过，我没见过比几万个人从空中掉下来烧死在火海里更恐怖的画面，但当时眼前这幅画面，比那次更恐怖千万倍！

"我拿着面具的手抖个不停，要不是整个人都已经僵了，那面具恐怕就掉下来吵醒太子殿下了。而那三张人脸似乎很急切地想对我说什么，嘴巴一张一合更厉害，但又压低了声音，像怕吵醒太子殿下。

"我看到它们的样子恶心又害怕，但又忍不住想知道它们想告诉我什么，所以我就弯下腰，屏住呼吸，凑近太子殿下的脸去听。

"靠得太近，我闻到了浓浓的药草味掩盖不住的血腥味和腐烂味。我听到它们说，让我快跑，太子殿下疯了！

"原来，另外三人离开后，还是不放心，偷偷返回去找太子殿下。谁知，刚好撞见太子殿下带了许多人，往铜炉那边赶。

"他们这才知道，太子殿下根本没有放弃用活人献祭的法子，又惊又怒，出来阻止，和太子殿下打了起来。谁知殿下居然痛下杀手，直接把他们三个，连同那几百个人，一起投进了铜炉！

"其余的百姓当然被丢进去就灰飞烟灭了，但他们三个有修为在身，又是为太子殿下所杀，怨念执念极深，魂魄居然用这种方式寄生在了他身上，还每日愤怒地对他喋喋不休，想要阻止他的所作所为。

"我听着听着，觉得恐怖又茫然，完全不知道该怎么办。什么恐怖？我居然说不清楚，到底是这个太子殿下更恐怖，还是他脸上这三个东西更恐怖！

"这个时候，我感觉到，一只手放到了我头上。

"我头皮一麻，慢慢抬头，看到了太子殿下。

"他不知什么时候已经醒了。他和他脸上那三张人面，一共四双眼睛，全都在看着我！

"那些人面的表情变化更大了，扭曲着撕裂了他脸上的伤口，很多血流了下来。

"他盯着我看了很久很久，随后，叹气道：'我不是说过，让你不要进来的吗。'

"我忽然明白了这些日子所有的异常是怎么回事。

"殿下发现自己脸上长出了这样三个东西，无法接受，也不能容忍在镜中看到变成这人不人、鬼不鬼模样的自己，所以打烂了所有的镜子。流血，是因为他想用刀把它们割下来，腐烂的味道，是因为伤口迟迟不好，但是无论割去多少次，它们又都会重新长出来！"

梅念卿捂住半边脸，瞳孔剧烈地收缩着。

193

他道:"我……一下子跪在了他床边。

"太子殿下慢慢从床上坐起身来,说:'你不要害怕。他们变成这样,是因为他们背叛了我。只要你不这么做,我对你还是会像以前那样的。你还是我最忠心的侍从,一切都不会有什么改变。'

"我怎么可能不害怕?!又怎么可能会没有什么改变?早就全都变了!

"太子殿下非常聪明。他从前是从来不会看人脸色的,但自从被贬后,他就学会了察言观色。他看出了我在想什么,缓缓地问:'你也要离开了,是吗?'

"说真的,我不知道。如果他只是把他口中的'恶民'投进铜炉,我可以装作什么都没发生,我真的会理解的。

"但是他把这么多年来我们最好的朋友也亲手杀了扔进去,我们相依为命啊!这真的已经……丧心病狂了。我……没法接受。

"太子殿下自言自语道:'没关系,我早就料到了,我变成这个样子,没有人会留下来。我可以一个人。我明白了,我从来都是一个人!我不需要别人!!'

"他脸上表情突然变得狰狞万分,一只手掐住我的脖子,眼睛直勾勾地盯着我,口里不停地重复:'我可以一个人,我可以一个人,我一个人我一个人我一个人我一个人我一个人,我不需要别人,不需要别人不需要别人不需要别人……'

"殿下的力量很强,如果他真想杀我,我应该是一下子就被他掐断了脖子,声音都发不出来,但我没有死。而且他一发作,我们的三个朋友都在他脸上大叫起来,好像对他做了什么,闹得他也头痛大叫,我也在叫。我们五个人都在狂呼乱喊,疯了一样。太子殿下一手抱着自己的头,另一手掐得更用力。我眼前发黑,感觉快不行了,就在这个时候……我看到了他枕头底下的东西。

"他枕头下有一把剑,睡觉时就枕着,这也是他被贬后才有的习惯。我抓住剑柄,把剑拔了出来。寒光闪闪,他哈哈大笑,双眼血红,说:'你也想杀我吗?来!快刺我!朝我心口捅!不差你一个!我倒要看看,最后死的是谁!是你们死还是我死!'

"我当然没有捅他,我把那把剑横在他面前,声嘶力竭地喊:'殿下!殿下!回来吧,你看看自己!你看看你现在变成什么样子了?!'

"他把所有的镜子都打碎了,已经很久没有照过镜子了。那剑的剑锋雪亮,突然映出了他此刻的模样,他也看到了自己的脸。

"他看到镜中的自己，忽然呆住了。

"殿下手上掐着我的力量没有减轻，但是，过了不知多久，他看着看着，眼里忽然流下一行泪水。

"看到他那行泪，我也忍不住泪流满面。剑上的倒影，多么丑陋！我看一眼都恶心，我为什么要让他看到这样的自己，提醒他现在就是个如此丑恶的怪物？

"我还是不忍心，剑脱手，落到地上了。

"最后，太子殿下把我用力丢了出去，说，滚吧。

"我连滚带爬逃走了。"

一口气听到这里，谢怜心里悬着的那口气才稍稍松下。

梅念卿也放下了手，道："我逃了很远，逃出了乌庸国。没过多久，铜炉火山，又一次爆发了。

"这一次，整个乌庸国，全都被埋葬了，几乎无人幸免。一个国家，就这样消失了。我逃过一劫，后来再也没有听到过太子殿下的消息，他好像和乌庸国一起被埋葬了。

"我在人间漫无目的地流浪。我从少年时就侍奉太子殿下，现在不用侍奉他了，反而不知道该干什么。

"又过了一两百年，天界更代，原先的神官们全都陨落了，渐渐又换上了新的一批神官。不过这些都不关我的事。

"直到有一天，在某个国家，有一位太子殿下在举国欢庆中出生了。

"也就是你了，仙乐国的太子殿下。"

终于来了。谢怜放在腿上的手微微收紧。

梅念卿道："那时候我刚好需要一点修炼材料，就编了个名字去做了仙乐国师。而作为国师，有些大型祭祀和大事上，我得直接和天界进行沟通。

"于是，我对上了君吾。

"君吾的样貌和我熟悉的那位太子殿下，是完全不一样的。但我毕竟对他太熟悉了，对话了几次，我就有点怀疑了。但也只是怀疑。而且就算我再怀疑，我也不想说破什么。

"他已经完全变成了另一个人，脸上的人面也消失了。我以为是我那三个朋友怨气散去了，既然如此，也没必要旧事重提，打破这份宁静。都装作没认出对方，不也很好。"

谢怜道："如果是我，大概也会这么做。"

梅念卿叹道："但我们还是没能装到最后。因为我们都看到了你。

"太子殿下，你从小就很像他。所以我对你寄予厚望，希望你能够成为一个他想成为的人，或者神，你能够做到他没能做到的事，你能用你的完美，来弥补他的遗憾。"

花城却淡淡地道："从一开始你就想错了。一点都不像。"

梅念卿道："现在你当然可以说不像了。但从前是很像的。而且坏就坏在，太像了！"

他重新转向谢怜，道："太子悦神那一次，你救了那个从城楼上掉下来的小儿，还一力反对拿他祭天压下这件事，我很担忧。不光因为那事中止了祭典，更因为那事情你做得太惹眼了。你引起君吾的注意了。

"君吾开始和我提起你。我看得出来，他对你青眼有加，颇想点你上去，只是每次都被我用各种理由劝了回去。

"转折在于一念桥。"

听到这三个字，谢怜微微一动。梅念卿道："一念桥的那个鬼魂，你还记得吗？"

谢怜道："那是我第一次飞升的契机，自然记得。"

梅念卿道："你遇到那个鬼魂的时候，我就觉得不对劲。这个鬼魂，作祟于荒野断桥之上，身穿残甲，脚踏业火，遍身鲜血和刀枪利剑，每走一步就在身后留下血和火的足迹，还有他问你的那三个问题——全都很不对劲。但打败桥头鬼后，你很快就飞升了，我根本来不及想明白。

"好在你飞升上去之后，君吾对你态度一如既往地青睐，好像什么都没变，我也告诉自己别多想。

"然后，就是仙乐大旱，永安之乱。还有那个东西，白无相！

"一开始我根本不知道那是什么东西。但随着你跟那个东西接触得越来越多，人面疫越来越肆虐，许许多多的事，都不得不让我往最坏的可能那边想。"

"后来，你败了，仙乐也败了。

"我实在是忍不住了，于是，我先把皇极观所有人都遣散了，在神武殿请他降神，然后，直接撕开了他的身份！

"我质问了他很多事，他不承认也不否认。最后，我问他：'殿下，你到底

想要什么?'

"他终于回答了。他说,他要你,成为他最完美的传人。

"如果世上有一个人能完全懂他,那就是你。只要成功了,你就永远不会背叛他!

"我懂了他的意思。吵到激动时,我们又动起手来。他不用动一根手指就可以碾死我,但这个时候,他突然脸色大变,捂住了脸。

"我一惊,这才发现,他的脸上,又浮现出了那三张脸!

"原来它们根本没有消失,他只是一直用法力压制着它们!而现在,不知因为情绪激动还是因为我,它们又跑出来了!

"就这样,我的三个朋友出来捣乱,闹得他头痛欲裂,表情很可怕,而我又趁机逃了,再一次开始在人间流浪,这一次还得东躲西藏。我想着,当初的乌庸国现在怎么样了?于是我又回去看了看。

"没想到那一次回去,又让我有了大发现。

"不知为什么,过去乌庸国的土地完全被封闭了,与外界隔绝。我在那里走了很久,又遇到了我的三个朋友们。

谢怜道:"就是那三座山怪?"

梅念卿道:"正是。铜炉吞噬了他们的身躯,几乎被焚烧到消失的骨灰和火山灰混在一起,喷发出来,随着时间的沉淀千百年过去,最后化为三座大山,'老''病''死',寄宿着他们的部分残魂。

"找到和化为山怪的他们交流的办法花了我很长的时间,但成功后,我又得知了很多事。

"原来,上一代的神官,不是自然换代陨落,而是被他一个一个,慢慢杀光的。他……屠了整个天庭,一个都没有留下!

"而血洗天界之后,他又回到人间,耐心地等了一段时间,编了一个新的名字,捏造了一个新的身份,作为一个'人'再次'飞升'。整个天界的先代神官都死光了,没有人知道他究竟是谁,也没有人知道他从前是什么样的。现在人间广为流传的'神武大帝'的出身、典故、趣闻、相貌、性子……全都是假的,都是他编织的精密谎言!

"这个仙京,就是他一手建立出来的完全置于自己掌控之下的新天界。而先代神官们的尸体和骨灰,全都混在这座仙京地基的泥土里,每日都被他踩在脚下践踏。就在此刻，你的脚下说不定也踩着谁的骨灰。"

谢怜："……"

梅念卿继续道："现在的他，是天界的第一武神，表面光辉灿烂。但在他心里，压抑着无边无际的黑暗。怨念、痛苦、愤怒、恨……这些东西需要释放出来。唯有如此，他整个人才能保持平衡，继续作为第一武神坐镇三界，而不是大开杀戒屠尽苍生。

"曾经的乌庸国已经变成地狱，铜炉被他投喂了无数活人和三个准神官，已认他为主。他便定期把这些黑暗的情绪释入铜炉，以乌庸人的千万亡灵为佐，燃起业火，炼就了许多邪恶的东西。"

谢怜道："这些东西的炼成方法，和'绝'是不同的吧？"

梅念卿道："的确不同。'绝'是比较后来才有的了，因为他……改变了炼出方式。"

谢怜道："什么叫炼出方式？"

梅念卿道："'质'和'量'。"

他又看了一眼花城，道："你们肯定都知道，'绝'是一百年甚至几百年才诞生一次的，一次只能有一个，所以极为稀少，难度也极大。而且，'绝'的前身是独立的存在。铜炉不过是提供了一个环境，加速了他们爆发的过程。能成'绝'者，在哪里都能成'绝'，迟早都要成'绝'。

"事实上，'绝'这个说法，取的是'绝世''绝顶'之意。跟是否在铜炉里炼过没有多大关系。不过，能熬过铜炉的淬炼，的确可以如此冠之了。因为根本没有几个能熬过。迄今为止不也就三个？"

谢怜看了身旁花城一眼，恰好花城也在看他。虽然不知他为何看来，依旧微微一笑。

梅念卿接着道："但是，铜炉早期的产出可不是这样的。早年几年一次，一次几百几十不等，一批一批地涌出，可能跟他当时情绪不稳定有关。产出的都是他的恨意和怨念凝聚而成的怪物，里面恐怕不乏你们耳熟能详的东西。比如——白话真仙。"

谢怜道："白话真仙也是铜炉生出的东西？！"

梅念卿道："正是。这些东西，有的有自己的意识，跟他脱离了关系；有的却没有，可以算他的分身。白话真仙就有自己的意识，出去后还分了许多更小的分身。我那三个朋友留守在乌庸国境内，阻止这些怪物出境，我则常年在外界寻找这些东西，设法补救。"

谢怜忽然想起，上来之前梅念卿见到师青玄时奇怪的态度，道："国师！当年给青玄算命、让他们家不要大张旗鼓办喜事的那个高人，是不是就是你？"

梅念卿道："废话。除了你师父我，哪个高人还能算这么准？哪个高人还这么有闲？一碗粥打发了就给算？"

谢怜："……"

梅念卿道："那白话真仙本来想试着吞当时年纪尚小的师无渡，但师无渡这小子太狠了，小小年纪就不好对付，刀枪不入根本不怕，命横得愣是没法下口，硬啃怕是要崩了牙满口血，他只好转向他那个平庸富贵命的弟弟。虽然还是没啃着，但闹得这两兄弟鸡犬不宁，还咬了个本来有飞升命格的下水，怎么也不算亏，没把这东西弄死是我一大憾事。"

花城道："已经被弄死了。"

梅念卿道："被贺玄反吞了吧？我也有所耳闻。我本来是要盯着师家兄弟直到确认无碍的，但那时候铜炉又开山在即，我就先去了铜炉。等我再回去，事情就变得乱七八糟了。师无渡动了歪心思，闹出好大一摊事，完全没法收场！我想管也没法管了。"

那是真的想管也没法管了。梅念卿又道："但白话真仙根本不算里面厉害的，也就爱出去闹事而已，这东西只能算个次品，排不上号。还有，再比如……"

谢怜低声道："再比如……一念桥头，战死亡魂？"

梅念卿吸了一口气，道："是他。

"不然你以为我为什么说，一切都是因为你的一句话？因为那个桥头鬼，就是他在铜炉里炼出来的一只恶分身，每隔许多年，它就要出来作祟杀人泄恨。但是，偏偏你，把那只怪物打败了！

"他感觉到那只桥头鬼被人杀死了，马上就下去查看了，看到了你。而你，偏偏又当着他的面，说出了那句话——'身在无间，心在桃源'。这简直是对他疯狂的嘲讽，触到了他的逆鳞……

"这，就是一切的转折点。"

谢怜握紧了拳，呼吸微乱。

一句话。

听起来如此不可思议，甚至可笑，他却完全笑不出来！

梅念卿道："除了这些怪物，还有。太子殿下，你记得当初你把你在城楼下救的那个小儿带上皇极观，我吓了一大跳吗？"

谢怜立即收神，飞速看了一眼花城，道："记得。那个小儿怎么了？你说他是……"

梅念卿道："天煞孤星！"

他激动起来，道："我当时只觉得那小儿身上邪气太重，太不同寻常了。后来在铜炉和另外三人对了对，才知道铜炉不光会产出怪物，还会诅咒！就像你可以散掉你的气运一样，铜炉也可以散掉它储存的厄运，散掉后它们就会四处流窜。

"那小儿的生辰八字本就险恶至极，吉则吉破天，凶则凶穿地。恐怕他出生那天，把那些流散的厄运全都吸收了，才变得那么可怕。他一上去，整个太苍山险些都给他烧掉！"

谢怜愈听愈惊，缓缓转头，望向花城。分明是在说着自己的事，花城神色却不变，反而对他报以一笑。

梅念卿继续道："按正常情况，那小儿必然早年丧父丧母；如果不丧，那就必定父嫌母弃，受尽虐待，还不如父母双亡。而且他注定活不过十八岁，还会害得身边人死的死、散的散、倒霉的倒霉，犹如灾星降世扫把星到家。所以我当时才让你赶快把他赶下去别再靠近了……"

谢怜没法听下去了，道："国师！别说啦！"

梅念卿点头，道："不说了。我只是给你举例，告诉你铜炉有多可怕。"

谢怜不知该说什么，花城却笑道："可怕未见得有多可怕，不过，国师算得倒是挺准。"

谢怜一想到，花城恐怕真的没能活过十八岁，手就微微发颤。这时，一只手在下面伸了过来，轻轻覆上了他冰冷的手腕。

两人的手都是一样的冰冷，但叠加起来，就有了温度。

梅念卿道："他一直在给你设题考验。仙乐国的人面疫，就是第一道题。按照他的答案，只要你当时选择对永安发动人面疫，你就算过关了，他不但不会贬你下去，还会帮你遮掩，让你真正成为他的心腹传人，一步登天，两步逆天。但是你答错了。

"在你第一次被贬期间，他应该又给你设题了，而且你还是没给出他满意的答案，所以你飞升了又立刻被他打下去。"

谢怜脑海中浮现一张苍白的笑面，低声道："其实是我自己要求的。"

花城道："哥哥，信我。就算你不自己要求，他也有千百种办法让你下去。"

谢怜道："他干什么不直接杀了我？"

梅念卿道："他要的又不是杀了你。他根本不想要你死，他只是想要你变成他想要的样子。"

花城也道："杀了你，他才不会快活。你以那种对他不顺从的状态死去，永远不会再改变，他更无法忍受。但白无相又没有理由就这么简单放过你，还有什么比神武大帝下凡退散妖魔、救你于危难之际更好的处理方法？如此一来，你还会对他更加信任感激。他两次都没有成功，心里肯定不痛快极了。"

梅念卿道："你第二次被贬，流落人间，他有无数个机会慢慢'教导'你，慢慢等你回心转意。据我的观察，他原本已经平静下来了。但是这份平静，最近也被打破了。

"契机就是你的第三次飞升。

"你要是一摊烂泥，倒也罢了，可偏偏你都成那样了还完全不按他给你安排的来，还能再一次飞升，而且还是从前那副样子，一点也没变……我不知道他看到你会想些什么，但我觉得，他一定会再出题考验你。"

花城道："看他之后都做了什么就知道了。哥哥，你好好回想一下，自从你第三次飞升，都发生了什么事吧。"

谢怜凝思片刻，道："第一件事，与君山。拿下了女鬼宣姬。开始我并没找到鬼新郎，中途胎灵以童谣指引，想来是出自他的授意。但我以为在那件事中，他是在帮我。"

花城道："帮你完成任务罢了。直接后果是拿下了女鬼宣姬，间接后果呢？"

谢怜试探着道："捅了裴将军旧情人的马蜂窝，给他带来了一点麻烦？"

梅念卿道："这里可以算是一道小题吧。如果你知道会得罪裴茗，鬼新郎这个任务你会不会用另一种方式处理？比如，背地通知裴茗压下去，就让宣姬继续在这一小片地方闹，而不闹大之类的。"

谢怜汗颜，道："这个……说实话，我后来才知道跟裴将军有关了。当时女鬼索命，箭在弦上不得不发，已经没空去想会不会得罪人了。"

花城微微一笑，道："哥哥，你这就已经是做出选择了。"

他继续梳理，道："第二件事，半月关，后果又是什么？"

谢怜道："踢走了小裴将军，折了裴将军一臂。"

花城道："哥哥，你看，这两件事下来，你帮他大大削弱了裴茗的实力，还彻底得罪了裴茗。他完全没有出面，仇都是你的，你还感激他。"

花城又道："没猜错的话，哥哥你在永安做过国师，教过郎千秋，他恐怕也是知道的。还记得那带着芳心来鬼赌坊挑战的黑衣人吗？那恐怕就是他的分身。"

梅念卿一惊："等等？你去永安做过国师？你教过郎千秋？"

谢怜道："嗯……"

梅念卿道："你就是芳心国师？你都干了些什么？"

谢怜："呃，怎么了吗？"当下简述了几句。梅念卿道："那这件事他要是知道了，一定对你很生气！"

花城继续道："白话真仙一事，哥哥你也被牵扯了进去，好在不深。南海被卷进渡劫域的几百个渔民不是黑水搅的也不是师无渡搅的，除了他们，最有能力做到的又是谁？"

一件件捋下来，谢怜这才发现，他回来之后走的每一步，也许都在君吾密切的注视和推动之下。

花城抱起手臂，道："我猜，他这么做，一方面是出于那种诡异的心态，不断地向你抛出题目，期待着你能按他给你铺的路线来；另一方面，恐怕也是因为他要以你为剑，削弱这些神官的势力。

"前代天界的神官们一定给他留下了极深的阴影，他警惕心极强，对任何东西都要求绝对的掌控力，不允许任何人威胁到他的力量和地位，不允许任何神官追赶上他。而且，我在想……"

"什么？"

"师无渡给师青玄换命的事，还有黑水潜入上天庭调查的事，难道他真的什么都不知道吗？"

谢怜也想到了这个。

难道坐在最高处的君吾，对此真的什么都不知道吗？

灵文殿经手的所有卷宗，他都是可以直接查看的，如有造假，他真的会觉察不了端倪？

水师犯下这么大的事，却几乎瞒天过海，安然无恙了许多年。偏偏在他在上天庭开始横着走以后，才被揭了老底。花城道："也许一开始他就有所觉察了，只是当时水师的地位并没有威胁到他，事情才没被捅出来。如果早早揭露，不一定好。师无渡被贬，还是会上来一个新的水师，新水师可就不一定有这么大的把柄能被他抓住了。"

他继续道："如果我是君吾，我会看师无渡很不痛快。但如果我想除掉水师，根本不需要自己动手，只需要静静看着他兴风作浪、越来越肆无忌惮，等我不想再容忍他的时候，直接把换命之事的情报透露给黑水。"

黑水自然会为他自己和他死去的亲人们复仇。

花城道："还有锦衣仙被篡改的记忆。灵文是师无渡要扶持的刀笔与喉舌，掐着她就等于掐着师无渡一臂。哥哥不觉得，有可能是君吾篡改了白锦的记忆，又或者干脆是他，把锦衣仙炼成了邪物吗？没有把柄的人，他这种人是不会用的。至于他在铜炉齐聚万鬼，欲炼'绝'出世，则可能是为……"

谢怜道："制衡。"

花城道："嗯。一方面，他大概很乐意看到恶'绝'出世为祸人间；另一方面，只要有东西为祸人间，就会有人祈愿。"

而只要信徒祈愿，神的法力，就会更强！

梅念卿叹了口气，道："每次铜炉开山，我们四个都会去阻拦，但也不是次次都能成功。这次更是搞太大了！那些从铜炉里喷出的乌庸怨灵，他杀了小部分给你们看，用缩地千里送走大部分，再把其他人都派走支开，他自己则留下毁灭证据。他猜到我会去找你，处理完铜炉山那边就赶过去，果然把我拿住了。

"我想着不能再这样下去了，乌庸国已经浮出水面，以他的警觉性，多半又要再给天界换一次代，你们再继续一无所觉下去，迟早也被埋进仙京下面当地基！刚好风信那小子带了红镜，我就拼死一试了。原本他法力越来越强，红镜已经照不出他脸上的东西了，但因为他前不久才和那三座山怪斗过，人面又被激活了。

"我说完了，你还有什么想问的吗，殿下？"

谢怜凝思中，道："帝……君吾对我，到底有多恨？"

梅念卿道："谁说他恨你了？我甚至可以说，他很喜欢你！因为你太像他当年的样子了。只是，当你不听他话的时候，那就……"

谢怜也不太愿意相信君吾对他的态度全都是假的，但听梅念卿这么说又心情复杂，难以言喻。花城却道："都说了，一点都不像。他那样要是算喜欢，实在侮辱这两个字了。"

梅念卿皱眉，转向他道："你这个年轻人，你怎么回事？"

花城："嗯？"

谢怜一怔，心想怎么突然对三郎发难，就听梅念卿哼了一声，对花城语重心长地道："从刚才起我就想说很久了，你这个年轻人，笑容为什么一点都不真诚？不要以为你是绝境鬼王就可以对我没礼貌！"

花城挑了挑眉。

谢怜揉了揉眉心，道："国师，三郎他也不是没礼貌，他只是……"他只是对别人假笑惯了。梅念卿对花城比了一个手势，让他不要过来，又把谢怜叫到一边，严肃地道："太子殿下，你跟他到底怎么回事？"

谢怜揉得自己眉心一点通红通红的，小声道："就……这么回事了。您别误会他，三郎他人很好的！真的！"

梅念卿却郁闷地道："可他是绝境鬼王啊！绝境鬼王可都凶得很啊，殿下你可想清楚，这种人都是一缠上身你就永远别想甩掉的。"

"呃国师，您先等等……"

"绝对没错。我告诉你，我一看这血雨探花，我就知道他的命肯定凶得九曲十八弯，一山还比一山高，邪气扑面而来令人窒息，简直就是……"

花城在他们身后，慢条斯理地道："简直就是，天煞孤星，对吧？"

谢怜刚才已经努力阻止梅念卿继续说下去了，但还是没能成功，捂住了脸，默默蹭回了花城身后。

花城含笑揽住他，挑了挑眉，道："我笑容的确是非常不真诚。不过，当着本人的面说他是天煞孤星，灾星降世，扫把星到家，父母双亡，活不过十八岁——也不太合适，是吗？"

梅念卿双目渐渐睁大："你，是？"

这一回，花城的笑容倒是不假了，反而愈加灿烂了。梅念卿惊呆了，手扬了起来，指着他道："你你你，是你？那个？你是那个？"

他的手指和声音简直全都要抖掉了。花城欣然不语，脸上却分明已经写满了：不错，我就是那个差点烧掉整座太苍山的天煞孤星本人了！

梅念卿转过去质问道："殿下，这怎么回事？解释一下？"

谢怜摊了一下手，讪笑着道："就……这么回事了。"

梅念卿震撼了。

他把右手手背往左手手心里摔了几十下，好半晌才终于说出了话："你看，你看你看你看，我说吧！我就说绝境鬼王不好惹吧！他从那么点小就缠上你了，阴魂不散啊！八百年了吧，八百年啊！可怕，太可怕！我算得真是太准了！"

谢怜："算了，师父，别说这个了……"

他心想："您这还没看到那万神窟里铺天盖地的神像呢。"要是看到了，估计得把花城视为洪水猛兽、疯魔病鬼，把谢怜夹在胳膊肘下就跑了。梅念卿还没从震惊中缓过来，道："不行，他这样太恐怖了，简直了，执念和心机如此深沉！殿下，你千万要小心啊，你这样很容易吃亏的，当心他骗你！"

谢怜道："三郎不会的。"

花城也淡淡地道："您想多了。我骗谁也不会骗殿下的。"

梅念卿歪过身子和他理论道："你这个狡猾的年轻人，不要以为我看不出来，你不会骗他？你不就仗着太子殿下单纯善良？你现在当着我的面说说看，借法力是怎么借的？又是怎么还的？你怎么跟殿下说的？"

花城："……"

谢怜胡乱叫了起来："哈哈哈，好了好了！揭过吧，不管怎么样，借到了就行了嘛！哈哈哈，都是一样的，一样的！"

再说下去，他就要像一只溺水且煮熟的鸭子一样扑腾起来了。谢怜突然严肃，道："所以，我们来说正事吧。现在他把我们都关在这里，还没动手，是想怎么样呢？"

梅念卿道："你不要转移话题！我看他……"

这时，花城忽然道："哥哥，有人来了。"

第七章

路与我孰为定夺者

梅念卿道："你不要想骗我，我可没太子殿下那么好骗……"谢怜却道："师父啊，他不是骗你，是真的有人来了，我们先躲一下！"说完，便和花城一起，足底在地上一点，二人一起轻飘飘地掠上了房梁。

不多时，屋外果然传来一阵杂乱的脚步声。一人踹开屋门，得意狂笑："哇哈哈哈，天界，算什么！还不是一样要被老子踩在脚下！"

一听到这个声音，三个人都无语了。

只见屋外大摇大摆走进来一个青衣人，岂不正是多日不见的戚容！

看来，君吾不光把神官们都关起来了，还把妖魔鬼怪都弄上来了。这些东西居然就这么在仙京的大街上游荡乱窜，简直滑稽。更滑稽的是戚容一进来就指着梅念卿骂道："死国师！当初你瞧不起我，不肯收我为徒，现在怎么样？打脸了吧，报应吧，没有好下场吧！活该！"

从他身后探出一个怯怯的小脑袋，正是谷子。谷子大概是第一次进入如此富丽的建筑，睁大了眼，东张西望，似乎想偷偷摸摸那些玉石地砖又不敢摸。戚容得意扬扬，道："乖儿子看到没有？这里就是天界，现在，是你老子我的地盘了！"

谷子惊道："真的吗爹？这地方这么大……"

戚容道："当然了！不信你看，我呸呸呸！我在这里随便吐口水，谁敢说我？"

谷子犹豫了一下，还是小声道："爹，随地吐口水不好吧。这里这么漂亮干净，会弄脏的。"

戚容卡住了。梅念卿也忍不住了，道："你看看你，你怎么教小孩的？这么大岁数了也不知道做好的榜样，小孩都比你懂事！"

同时被两边说，戚容恼羞成怒，跳起来骂道："你懂个头！装什么长辈，不许你们教训我！还有你！敢这么对你老子说话，你这个不孝子！"

谷子被他骂了，很委屈地不敢作声了。戚容骂完又心虚地把自己刚吐的口水两脚擦掉了，假装什么都没发生，骂骂咧咧拽着谷子往外走去，临走前还在灵文殿最显眼的那面墙壁上写下一行斗大的字——"三界第一鬼王青鬼戚容到此一游"。

待到戚容出了灵文殿，谢怜收在袖子里的蓝色不倒翁掉了下来，落在那面被写了大字的墙壁和戚容胡乱擦掉的口水印前，乱转乱晃，像是被气疯了。谢怜和花城也落了下来，谢怜捡了不倒翁重新收起，国师摇了摇头，道："小镜王真是几百年如一日地品味低下，居然没半点长进。"

花城看了一眼墙壁，连一副不屑的神情也懒得给，只评价了一个字："丑。"

国师终于赞同他了，双手插袖，道："丑极了。这么多年来，我除了曾经在鬼市的鬼赌坊门口见到过一副乱七八糟的对联，那个字比这个还要丑上几十倍以外，就再也没有见过更丑的字了！"

花城："……"

谢怜则努力地微笑道："哈哈哈，师父你说的那副对联我也见过，我觉得写得还不错呢？很有自己的风格呀，我还挺喜欢的呢。"

梅念卿奇怪地道："殿下，你怎么能说这种话？你的书法可是名家教的，难道还不知道什么丑什么美吗？那字根本丑绝三界，再好的老师也救不回来，你喜欢它哪里？你的品味没坏掉吧？"

谢怜："哈哈哈师父，您还是别说了吧！"

忽然，花城道："哥哥，君吾那边有行动了。他正在往仙乐宫那边赶，可能要去找你。"

国师一惊，道："什么！那殿下你得赶快回去！千万不要被他发现你们已经搭上了。我那三个朋友的山怪体现在被他压制在铜炉山境内，正在挣脱。无论采取什么行动，等他们挣脱更有把握，谨记，切不可轻举妄动！"

谢怜自然明白。告别国师，二人出了灵文殿，飞速潜行，避过无数卫兵和妖魔鬼怪，还差四条街就要到仙乐宫了，正在此时，花城又道："哥哥，他还差一条街就到仙乐宫了。"

谢怜心中一惊。

他碰了碰那只侦察的银蝶，眼前闪过一幅画面，果然，君吾负手，一人独行，再走不到一百步，就要看到仙乐宫的大门了。

这可如何是好！这岂不是要么在君吾之后才回去，要么撞个正着？要知道，仙乐宫大门口的卫兵可还被花城定着呢！

忽然，君吾身后那座神殿的大门开了，一人站在门后，道："帝君。"

君吾顿住脚步，回头，道："雨师？何事？"

拦住他的正是雨师。大概因为君吾交代过，闲杂人等不许靠近雨师府，所以除了卫兵，倒没看到其他妖魔鬼怪。她客客气气地道："帝君，有一样东西，我忘了给您。能请您稍作停留吗？"

君吾颔首道："好。"果然回转过去。谢怜松了口气，道："感谢雨师大人！"决定回去给雨师烧十八炷高香！

话音未落，花城忽然将他拦腰一揽。两人双双从屋檐上"掉"了下去。

谢怜只觉突然地转天旋，上下颠倒，斗笠从背上滑落，即将落地，赶紧一个海底捞月抄了回来。却是花城搂着他，两人一起倒挂在了一处屋檐的飞角之下。而屋檐上有什么东西啪嗒啪嗒快速爬过。

是那胎灵的爬行之声！

它在仙京大摇大摆的，不知是在巡逻还是在干什么。这时，又远远听到一个声音在狂笑："哈哈哈风信！你这条狗！本鬼王现在就脚踩在你的殿上，怎么样！怎么样！来打我啊！哈哈哈！"

又是戚容！走到近处去，只见金殿四下都惨遭他毒手，到处都是又大又丑的"到此一游"。戚容还上房揭瓦，对被关在里面的神官大呼小叫穷嘚瑟，谷子在他身边，委屈巴巴，欲言又止。

眼下他正在风信的南阳殿上蹦跶，风信正烦着，根本不理他；戚容叫了半天没意思，又去慕情殿里原封不动地叫唤一番。慕情好像远远对他翻了几个白眼，气得他跳脚，跳来跳去跳到权一真殿上。谁知他还没开口叫，突然一尊满头鬈发的神像冲破屋顶，飞了出来，把他撞得头朝下摔下了屋顶。居然是愤怒中的权一真把自己的神像当成武器，直接扔向他了。谷子大惊，趴在屋檐边缘道："爹！你没事吧！"

戚容大怒道："权一真这个不要脸的！居然使用卑鄙的手段偷袭我！"

谷子犹豫了一下，不解道："爹，他用了什么卑鄙的手段啊？"明明权一真是光明正大地把神像投过来的啊?

戚容骂道:"你这个笨儿子!只要他打赢了我,不管是用什么手段,统统是卑鄙的手段!不然他怎么可能赢你老子我?!"

谷子:"哦……"

这时,又一个声音从下方传来:"错错,错错?"

一阵轻浮凌乱的脚步声越来越近,一个女子从一处墙角后探出小半个身子。是兰菖。

谢怜哭笑不得。这仙京,真是妖魔鬼怪到处乱跑!

兰菖看到了跳到地上的儿子,马上骂道:"错错!叫你不要到处乱跑,这地方人生地不熟的,光亮得人要眼瞎,你跑不见了我上哪儿找你……你怎么到这里来了?!"

她一看这大殿的匾额,倒退了两步。看到她的反应,谢怜这才想起来,他们脚下的这座金殿,好像是南阳殿。

也就是说,风信现在就被关在里面!

兰菖也一定清楚这一点,脸部微抽,半晌,低头教训那胎灵,斥道:"你跑这里来干什么!"

那胎灵却抱着根粗粗胖胖的白东西,还在咔嚓咔嚓地啃它。谢怜定睛一看,发现那是一根敦实不已的大白萝卜,纳闷道:"仙京里怎么会有这么大的萝卜?"

花城挑了挑眉,道:"哥哥忘了吗?雨师给你带了些地里长的土产。"

原来这就是雨师送他的礼物啊!

谢怜试着去想象君吾打开那木盒后看到里面是根大白萝卜会是什么表情,只觉无法想象。看来君吾检查完发现不是什么可疑东西之后,就把那大白萝卜随手喂给这胎灵了。

简直像是在喂狗。

兰菖也觉得这东西奇怪,道:"你在瞎吃什么?快吐出来!"

不用她说,那胎灵显然也觉得味道不好,恶狠狠地呸呸两口把萝卜吐出来了,尖叫不已,仿佛在发脾气。兰菖连忙上去把它抱起来,哄道:"好好好,错错乖,不好吃就不吃了。这些是傻瓜才爱吃的东西,咱们不吃的。"

也只有亲生母亲,才会把一个如此畸形可怖的东西抱在怀里还能如此柔声安慰了。那胎灵在她怀里扭了扭肥肥白白的身体，发出惬意的咕咕声。谢怜看着这一幕，不禁心中莫名哀怜。

原本那胎灵吐掉后还用腿嫌弃地把大白萝卜蹬飞了，听到兰菖的话，似乎若有所思，又从母亲怀里跃下，蹦蹦跳跳过去把大白萝卜叼了，蹦蹦跳跳进了殿。不仔细看，果然像只光溜溜的没毛白皮狗。剑兰跌足道："别进去！那里是……唉！"

守在南阳殿前的卫兵们大概被君吾交代过这胎灵是他的宠物或是猎狗，目不转睛，并未阻拦，兰菖只好也跟了进去。那胎灵对风信似乎敌意甚浓，谢怜担心它对风信不利，翻到金殿顶上掀开两片瓦，二人一道监视南阳殿内的情形。只见兰菖蹑手蹑脚溜进殿里，小声道："错错——"

但不被发现是不可能的。那胎灵蹦跶着进了主殿，主殿里一人正在打坐，睁开眼就和她打了个照面，风信警惕道："你进来干什么？"

兰菖忙道："对不住对不住，我这就走！"

风信却越看越不对，道："等等！你先别走，你的脸……剑兰？"

兰菖背影一僵，连滚带爬往外冲，却被风信拉住，又道："剑兰？！"

谢怜大感疑惑：这二人相识？

兰菖则低头含混道："你认错人了。"

风信道："你胡说什么？我怎么会认错你？你是很不一样了，但我怎么会认不出……"

说到这里，他就卡住了。可能他也想起来了，之前在神武殿上，他们是见过一面的。那时兰菖浓妆艳抹、满身风尘，而他的确没认出来。

正在此时，二人后边忽然传来一阵放肆大笑，却是戚容大摇大摆地走了进来，道："哈哈哈我当是谁！鬼鬼祟祟溜进来，原来如此原来如此，这不是剑兰大小姐吗？"

兰菖双目圆睁道："你是谁？你怎么会也……"

戚容嘿道："我怎么会知道？废话！你差一点就得叫我表弟了！怎么原来大家都成了鬼？混来混去这么多熟人，这世界真小真热闹，嘻嘻！"

风信骂道："你到我这里来发什么疯？滚出去！"

戚容道："你这给我太子表哥做狗出身的，一辈子都是他的狗，也配骂我！我偏要敲锣打鼓，来来来，大家都来看啊！仔细看清楚这是谁，这是咱们仙乐国第一大千金——剑兰大小姐！家里又是官儿又是商的，当年可不知道有多风光，姿色也就那样吧，每次评仙乐美女榜上都少不了她，傲气得眼睛长在头顶上，谁也瞧不上。要不是我太子表哥不行，搞不好她就成了太子妃嘞！"

听到"不行"和"太子妃"，谢怜简直不知道该对哪个词解释，下意识抬眼，果然花城正一手托腮，目光别有意味地看着他，他不由自主就解释起来了："没有的事！"当年国主与皇后的确常年给他塞各种公主千金作为太子妃备选，但谢怜少年时一心修道，人都没见过一个。花城笑吟吟地道："哥哥紧张什么？凡事我自会亲自查证，干吗要相信废物的话。"

风信转向兰菖，喜道："你当真是……"

兰菖却连忙捂住耳朵道："别说别说！不要用那个名字叫我！我……我早就改名字了。"

谢怜垂手一声叹息。

昔年贵族女，今日鬼中娼。改了名字，大概是害怕家人地下也蒙羞，不承认后来的自己是自己。

不能怪风信没认出来。他还是和当年一模一样，但剑兰的变化，实在是太大了。相貌、妆容、举止、谈吐……哪怕是她亲生父母站在她面前，也未必认得出来这是他们的宝贝女儿。

这女子曾也是他的子民信徒，如何能教人不叹息。

这时，他忽然觉得手上一暖。低头一看，却是花城轻轻拍了拍他的手背。

戚容却分毫没有同情之心，啧啧道："没想到当年高不可攀的剑兰大小姐现在变成这种又老又丑的样子啦！我以前就觉得你长得不怎么样，现在一看我眼光真是锐利，果然不怎么样！顺便问问，你生的这是谁的野种啊？"

这话真是没品至极，剑兰的脸微微发白。戚容又道："哦哟！我怎么给忘了，仙乐亡国以后你大小姐不是被卖到那种地方去了吗，肯定是永安贱民的种嘛！"

风信大怒要动手，谁知被错错蹬了一脚，他的法力被君吾封死，直接给蹬回了打坐位上。而剑兰早一巴掌呼了过去："你嘴里不干不净说些什么！"

戚容哈哈一笑，无畏无惧。他自然是不怕剑兰的，也对躲过这一耳光胸有成竹。谁料想早有一只死灵蝶被花城送出，暗暗定在他背心，巴掌到了耳边他才发觉反应不过来，被剑兰一耳光打得鼻血横流，瞪圆了眼，怒火压过了不可思议，道:"你一个恶还是个厉,这种不入流的东西,居然敢打我这个近'绝'?!"

剑兰才不管哪里不对劲,掐着他脖子"啪啪"又打了两耳光,恶狠狠地道:"什么近'绝'!人家不就拿你凑个整数吗?你也配跟其他三个'绝'相提并论?!你什么拿得出手?厚脸皮吗?老娘就是给贱民糟蹋,也不想被你这种蛆碰一根手指!你这个没人要的东西,废物!"

她戳到了戚容的伤疤,戚容也恼了:"我没人要?我废物?我……我……臭娘儿们放开你的鸡爪子!老子嫌脏!哕哕哕!!"

可他呕了没两下,就被风信一脚踢飞,直接飞出了南阳殿,爬起来就跑,估计再不敢回来了。随即,风信一把抓住剑兰,道:"剑兰。真是你!"

剑兰赶紧转过身。风信愣愣地道:"我以为你嫁了人,过得好好的。怎么你……怎么你变成了现在这个样子……"

听到这里,剑兰突然转回来,猛地推了他一把,骂道:"你闭嘴!"

风信被她一把推得倒退了几步,说不出话来。剑兰一边继续狠狠推搡着他胸口,一边对他破口大骂道:"都说了我不是了,你是不是听不懂人话?假装不认识我不行吗?假装没认出我不行吗?!行行好大爷,给我留点面子好不好?好不好啊?!"

她这副模样简直就是一个市井泼妇,大概和风信记忆中的差距太大了,他怔怔地看着剑兰说不出话来。谢怜也是一样的。

这时,那胎灵不知从哪儿爬了出来,见他抓住母亲,勃然大怒,扑向风信。风信一时大意,给他一口深深咬在右手臂上,鲜血狂涌。风信抬起左手就要劈下,剑兰却道:"别打他!"

风信一掌生生刹住,随即,一个可怕的想法萌生了。他任由那胎灵食人鱼一般咬在他胳膊上,望向剑兰,道:"这个……是?"

谢怜忽然想起一件事。那天,在神武殿上,兰菖胡乱认指了一大圈人,但是,偏偏就是没有指站在极显眼位置处的风信。

剑兰立即否认:"不是!"

风信道:"真的不是?"

剑兰恼道:"你一个大男人哪来这么多废话?不是就不是!哪有你这样上赶着要认儿子的!"

风信微愠:"你这说的是什么话?如果是的话我当然……"

剑兰道："你当然怎么样？你认他啊？你养他啊？"

风信道："我……"

说完一个"我"，却卡住了。他低头看着自己手上挂着的那个畸形的小怪物，那胎灵似乎对他恨意格外深重，逮着他死命撕咬，哇呀呀，风信打也不是，不打也不是，右手鲜血淋漓握紧了拳。

这时，那胎灵突然松口，嗷嗷大叫着跳到两人中间，把萝卜吐到地上，后腿用力一蹬。那被它啃了几口的大白萝卜飞起打到风信脸上，发出"咚"的一声巨响！

它蹬了之后还趾高气扬，哇啦乱叫，阴险地笑，仿佛在等待母亲夸奖自己。风信简直没给这东西一下打晕过去，怒道："你找打吗！给我老实点儿！"

他凶，那胎灵更凶，冲他尖叫吐芯子。风信一个箭步上去要拿，剑兰却回过神了，道："住手！你有什么资格打他骂他？！"

风信被她一吼，倒是愣住了，气势下去了半截，辩解道："他……他认贼作父？！他怎么会跟君吾一道……他怎么会变成这样？！"

剑兰啐道："怎么会这样？还不是因为你！要不是你这个爹跑了，他会在我肚子里流掉吗？会给黑心肝的邪门道士拿去做成小鬼卖掉吗？我看要不是君吾把它养起来了，它早连鬼也没的做！"

她骂一句，风信退一步，声音也小了大半截，道："可是……可是我根本不知道。而且那个时候，是你先让我滚的……"

剑兰道："哈！我让你滚，我是成全你！你每天板着个丧气沉沉的死脸到老娘这里来，老娘睡你旁边还不知道你心里想什么？！你又要侍奉你那太子殿下，又要给我凑赎身钱，焦头烂额嘛！你不好意思自己甩袖走人，那我就干脆送你一程啰！"

风信道："我那时候是焦头烂额，但我没想抛下你，我想给你赎身的！"

剑兰杵着他胸口道："得了吧！赎身赎身，你自己心里清楚，凭你当时的本事，究竟赎不赎得了老娘当时的身价？！你每天恨不得一个钱子儿掰成两半花，天天上大街卖艺还要孝敬你的太子殿下，我不倒贴就不错了，指望你给我赎身？猴年马月吧！"

风信道："你一开始不是这么说的，我们明明都约好了！我说过的话我一定会兑现……"剑兰打断他道："山盟海誓的多了去了，但你给了我什么？你能给我什么？除了那条金腰带还拿得出手，哦，就那金腰带，你还千叮万嘱说不能卖！"

风信给她戳得退了一步又一步，脸色又僵又窘。剑兰越说越气："还是那个破护身符？我猪油蒙了心才相信你那狗屁护身符能保佑人，好运没半点，霉运倒是连连！你，钱是越来越少，脸是越来越臭，我不放你走我还能怎么样啊？就这么熬死你吗？！熬到你开始抱怨我恨我烦我不想再看到我吗？！"

不光风信，连此刻在南阳殿上的谢怜也不知该说什么了。剑兰抱起地上的胎灵就要离开。风信道："剑兰！"

他叹道："你……你回来吧。我还是……唉，我觉得我，我……想照顾你们。我应该照顾你们的。我答应了你的。"

剑兰定定看他半晌，搂紧了怀里的胎灵，哼道："免了。免得你嫌弃它。没事我不嫌弃。"

风信终于回过神来，道："我没有嫌弃它！只要它能改好，我为什么要嫌弃？"

剑兰冷笑道："那我再问你，要是它就这样了，改不好呢？你一个神官，你敢认它吗？"

风信一怔。

这是理所当然的。那胎灵趴在母亲怀里，冲他龇牙咧嘴，仿佛一只没长全的丑陋毒虫，又像是残缺的恶兽幼崽，就是不像个人。认一个这样的鬼东西作自己的亲生儿子？绝对是个大污点，信徒香火受不受损不用说了！

不过，风信马上就有了答案。他正要答话，剑兰却冷笑道："罢了，你也用不着答了。你现在是人家的阶下囚，空话我一个字也不信。别说了。你愿意认，我还不给你认呢！"

那胎灵在她臂弯里，冲风信狂吐芯子，剑兰在它屁股上狠狠拍了一巴掌，呵斥道："还做什么怪相，都怪你乱跑，闹死我了！"

那胎灵丑陋的小脸瘪了瘪，终于老实了点儿。母子二人匆匆出了南阳殿，风信在后面喊道："剑兰！剑兰！"无应。最后，南阳殿又只剩下他一个人，风信颓然跌坐了回去，瞪着前面那个留下了几排畸形牙印的大白萝卜，瞪了好一会儿，右手捂住额头，躺平在地上，连骂人都没力气了。

离开南阳殿，回到仙乐宫，进门时花城随手一挥，解除了门口卫兵的法术。

谢怜则叹了口气。

忽然，花城道："与你无关。"

谢怜微微一怔，随即明白了他的意思，报之一笑。花城道："他们现在变成这样，并不是你的错。"

想了想，谢怜道："三郎，我没跟你说过，我第一次被贬的一些事吧？"

花城道："没有。"

谢怜道："我没有对别人说过，拉你来碎碎念几句，希望你不要嫌弃。"

花城道："不会的，你说。"

谢怜回忆道："那时我的随从只剩下风信了，日子过得很不好。我原先做太子时的一些家当，全都给当掉了。"

花城笑道："包括红镜，是吗？"

谢怜笑眯眯地道："哈哈哈……呃，对。"他本想说这事可不能让君吾知道，帮他保密，转念一想，他竟然忘了现在君吾已经不是那个他尊敬向往的三界第一武神了，当即略过，道："还有我那几十条金腰带，也全都当了。但我还留了一条，送给风信。"

花城道："哥哥，你知不知道，上天庭的神官送人金腰带是什么意思？"

谢怜笑道："你在意这个呀？我当然不是你想的那个意思了。说来惭愧，我给他这条金腰带，不光是因为愧疚，还有害怕。"

信徒散尽，只有风信还把他当太子殿下。谢怜这才惊觉，两人从小一起长大，风信虽然是他的心腹下属、贴身侍卫，却从没拿过他什么很了不得的赏赐，忽然之间，就知道害怕了。

害怕连风信也觉得这日子没法过，不再跟随他了。所以，那条金腰带的意义不是赏赐，也不单纯是馈赠或慰劳，还带了一点点讨好或报酬的意味。

可是他还是不够关注风信。

早出晚归、满面倦容的风信，莫名高兴、莫名忧愁的风信，还有一次艰难地找自己借钱的风信。那时候，谢怜自身尚且难保，又如何能去关注这些呢。

他煎熬，风信也煎熬。熬到最后两人终于再也熬不下去了。或许剑兰才是最聪明的，她早就预见到了这种后果。

但就算在那时候，风信也还是在尽最大的努力支持他。仙乐国破后，谢怜的宫观庙宇全都被烧了，根本没有人再信仙乐太子，他的护身符也被当成是废物。但是风信还收着很多他的护身符，经常坚持不懈地分发、赠送，对谢怜说"你看，你还是有信徒的"。但谢怜心中清楚，那些护身符的下场，多半是被丢了。

他把没什么人肯要的护身符送给剑兰，对她说这个东西可以保佑好运，所以剑兰才会小心翼翼地把它收起，放在尚未出世的孩子的小衣服里。当然，最终证明，那个护身符，根本没给他们带来什么好运。

谢怜道："这么多年来，我竟然从来不知道风信喜欢过谁……"

毕竟，他从小便是天之骄子、天潢贵胄，风信简直理所应当地什么都围着他转，怎么会有自己的生活呢？

"拿着别人送的东西转送给姑娘，听起来可能不大好听，但在当时，那条金腰带真的就是风信能送出手的最好的礼物了。毕竟我们经常连饭都吃不到。风信也不是个爱瞎花钱的人。所以，可以想象他当时有多喜欢剑兰姑娘了。既然很喜欢，那为什么会分开？"

如果是那阵的落魄，导致风信和剑兰变成这样，无论如何谢怜都觉得很对不起他。

花城却道："如果喜欢，最后却分开了，只能说明，也就只是喜欢而已了。"

谢怜笑了笑，道："三郎，话不能说这么绝对的。有时候，路好不好走，不是你能决定的。"

花城淡声道："路好不好走，也许我不能决定，但走不走，却只有我能决定。"

听到这句，谢怜盯着花城不说话。花城歪了歪头，道："哥哥，我说得不对吗？"

谢怜目光马上躲开，道："没有没有没有……"

这时，他忽然听到殿外有动静。似乎是君吾来了。

谢怜连连轻推花城，道："帝君来了，你先藏起来。我能应付他的，千万不要出来！"

第八章

白衣祸世欲喜欲狂

　　他虽然推着,但在这忙乱之中也感到一丝好笑。花城被他推到殿后,谢怜则跳上了床装睡,刚拉上被子,君吾便进来了。

　　他静了一会儿,道:"仙乐,你休息了吗?"

　　谢怜背对着他,没回答。君吾似乎坐到了桌边,把手里什么东西放上了桌面,给自己斟了一杯茶。

　　他温声道:"仙乐,我让你待在这里是为你好。很多事情你只要听我的,最后结果就会好很多。你以前有段时间也很听话的。"

　　谢怜想起梅念卿讲述的故事,心里翻江倒海,不知道该用什么表情面对此刻对他温和依旧的君吾。下一刻,君吾慢条斯理地道:"不过,自从你这次飞升,遇到花城之后,你就变得越来越叛逆了。是他带坏了你?偷偷跑出去玩儿,以为我不知道吗。"

　　听到这一句,谢怜背上汗毛一根一根倒竖起来。他听到君吾从桌边站起身,缓缓向这边走来,仿佛体会到国师那时深夜悄悄潜入君吾房间中、摘下君吾面具时的心情。不一会儿,君吾就掀开了他身上的被子。谢怜身上一凉,猛地坐了起来,紧盯着他。而君吾打量着他的身上,淡声道:"这件衣服可不适合你。"

　　锦衣仙还在他身上!

　　君吾叹了口气,道:"你把灵文藏到哪里去了?这上天庭除了你和他可没几个干活的。"

　　谢怜面无表情地看着他,忽然目光扫到桌上。那儿摆着一只礼盒,礼盒已经拆开,里面是几棵大白菜、几颗土豆和几根萝卜。

　　原来雨师刚才叫住君吾,说忘了给他的东西又是雨师乡的土特产……

君吾又道:"仙乐,你的表情好像在说,不对。哪里不对?难道说,不是你一个人干的?"

谢怜方才根本没什么表情,君吾对他,真是了如指掌。

在君吾身后,花城不动声色地以手撩起一角帘子,露出帘后真容,与谢怜对视。他手已经放到了厄命的刀柄上,似乎在考虑动手。谢怜却不觉得这是好时机,佯装不想和君吾说话,摇了摇头,冷淡地道:"你爱怎么想怎么想,反正现在谁都出不去,我也什么都干不了。你高兴就好。"说完就脱了锦衣仙扔到一边,又躺下拉上被子盖过头顶。

君吾却道:"仙乐别睡了,反正你也睡不着。起来,跟我过来。"

谢怜其实是很想赖在床上不起来的,但是他怕君吾疑心更起,只好装作气愤地把被子掀到君吾身上,又磨磨蹭蹭下了床。

君吾已经出了寝殿,谢怜回头望了一眼,花城目光沉沉地就要过来,谢怜连忙摆手示意他万万不可暴露。君吾在外面又道:"怎么了,还不走?有什么东西让你不想走吗?"

谢怜立即回屋把桌上那盒土产拿了,反手关上门出来,抱着那礼盒拿了一根萝卜就啃了一口,道:"没什么,我饿了不行吗?"

君吾看了他手里的东西一眼,温声道:"你喜欢这个,我那里还有,改天给你送来。"

出了仙乐宫,戚容从大街对面走来。他腋下夹着谷子,神清气爽,看样子刚才把各大神殿都踩遍了,心满意足。一见谢怜,这对"父子"双双精神一振,谷子喜道:"破烂道长哥哥!"

戚容则邪笑道:"哟哟哟,这是谁!这不是我雪莲一般的人儿太子表哥!怎么啦,一脸委屈的,遇上什么不开心的事了吗?"

谢怜大感头疼,根本不想理他,他还闹上了,凑过来绕着谢怜直打转,道:"哟太子表哥,你说话啊。你之前不是很趾高气扬吗?仗着两座大靠山不把我放在眼里,现在怎么又一副雪莲儿样子了?"

谢怜心中奇怪,"两座大靠山"?哪两座?须臾才反应过来,一座是花城,一座是君吾。他扫了一眼身前的君吾,不免百感交集,忽然想起很早之前,他问花城,觉得君吾如何。当时,花城的回答是,君吾一定很讨厌他。

戚容又呵呵道："真想让狗花城看看你现在抽抽搭搭的样子！气死他！"

谢怜真的无语了，心想我现在是什么样子，我现在岂非很正常的样子？君吾则淡声道："青鬼，不要对仙乐废话。他不想听你就闭嘴。"

戚容神色一凛，尽管他之前在背后狂骂君吾，但真到了君吾面前却灰溜溜地夹起了尾巴，道："叫我过来什么事？"

君吾对谢怜道："走吧。"

他们走了，戚容也只好抱着谷子跟着走。等君吾吩咐。街角一转，一座华丽的武神殿呈现在二人眼前。

是明光殿。而那殿里已经传出了阵阵尖叫，谢怜心一惊，抢了过去。只见殿里真是乱成一团：裴茗脸色铁青，宣姬一条巨蟒一般死死缠在他身上，绕了好几个弯还恨不得打个结，长发披散，青面红牙，双目狞瞪，似乎想一口咬烂裴茗的脖子，还在尖叫："我的！我的！你是我的！"

戚容狂笑道："好样的！宣姬，真是个烈性女子呀！就是要这样，叫他知道你的厉害！"

谢怜道："裴将军挺住！"上去便想救场，谁知君吾一只手搭在他肩上，就让他动弹不得了。君吾道："仙乐，你该不会以为我是叫你来做好事的吧。"

谢怜道："那你到底想叫我来干什么？"

君吾保持着手放在他肩上的姿势，把他推进了殿里。他一进去，宣姬明显被他的气场压制，从裴茗身上脱落，缩到一边。裴茗总算松了口气，道："帝君，这可真是……多谢您了。"

他语气倒也不讽刺，只是这话说出来就很讽刺。君吾也不以为意，微微一笑，道："你不用谢我这么早。明光，我来是要你帮我做一件事。"

"什么？"

君吾道："下界的皇城，眼下有一个人阵。"

谢怜双目微睁，道："你想干什么？"

君吾继续淡声道："把人阵破了，恢复你北方武神的身份。"

裴茗看了一眼谢怜，干笑道："现在那个阵，不是那位血雨探花在守着吗？只怕裴某没法强行突破啊。"

君吾道："你当然不能强行突破，我也并没说你一定要强行突破。"

如果是裴茗，要破这个阵实在是很简单。只要他假装过去帮忙，师青玄一定会让他进去的。进入阵中,然后猝不及防撤离,阵就完蛋了!

何况,花城现在根本没有守在皇城,根本没法补救!

谢怜镇定地道:"裴将军,那个阵是抵御铜炉怨灵的。一旦破阵,就会暴发第三次人面疫。届时只怕是……"

只怕是天下大乱,生灵涂炭。裴茗摸了摸鼻子,道:"我确认一下,您……没有给我别的选择是吧?"

君吾道:"当然有。如果你下去,我就放开你;如果你不下去,我就放开她。"

宣姬也在一旁幽怨地不知道碎碎念些什么。裴茗忍耐着这魔音贯脑,道:"您能容我再考虑一下吗?"

君吾道:"我耐心有限,不想给你太多时间。"

明光殿大门关上,谢怜听到里面再次传来尖叫声和不知什么的撕咬声,勃然色变,道:"裴将军!"

君吾的手却依然放在他肩上,强硬地推着他,向大街另一端走去。谢怜频频回头,却身不由己,怒道:"你想干什么?!"

君吾道:"下一个。"

下一个?下一个什么?走了一段路,再次停下,谢怜的呼吸都要凝滞了。

郎千秋的泰华殿!

戚容乐不可支,第一个就要迈进去,谢怜大感不妙,道:"你给我回来!"

戚容的脸垮了下来,眼看着就要喷谢怜一脸,君吾却道:"进去。"

戚容又得意笑道:"嘿嘿,这里你说话可不算话!"便趾高气扬地进去了。

泰华殿内,郎千秋脸色阴沉,负着手正走来走去。一看谢怜和君吾来了,狐疑道:"你们来做什么?"

然后,他又看到了跟在两人身后的戚容,登时色变,怒道:"你!"

谷子被他吼得一缩,戚容现在可不怕他,大刺刺坐了抖着腿,得意忘形道:"乖儿子不怕!不错,就是我。郎千秋你不是追杀我杀了这么久吗?现在还不是落到我手里?你想报仇?你来啊。"

郎千秋大怒,额上手背上青筋暴起,偏偏被关在殿内不能迈出一步,转向谢怜,怒道:"你搞什么鬼?带他来跟我示威吗?!"

谢怜道:"不是!你冷静一点!"

郎千秋还没回话,君吾一抬手,他便整个人砸到了墙上。见他喉骨咔咔作响,仿佛被无形的手卡住脖子,谢怜惊扯君吾,道:"你干什么?!"

君吾微笑道:"听说这是你的徒弟,我帮你教训一下。"

谢怜怒道:"我跟他早就没有任何关系了,我不需要你帮我教训他!"

他越怒君吾笑得越温和,道:"仙乐好着急。不想我杀他,可以的。我给他一个机会。泰华,下去破了皇城的人阵,我把你的仇人青鬼戚容交给你处置。"

戚容正在狂笑:"哈哈哈郎千秋你这永安贱民……啥?你说什么?!把我交给他处置?!"

他笑了好一会儿才理解君吾的话,直接从椅子上蹿了起来。给郎千秋处置他?郎千秋还不得把他千刀万剐!

君吾根本没理他,继续从容道:"否则,你现在就死在这里吧。也好去偿了你对仙乐不敬的罪。"

郎千秋说不出话来,但他眼里火冒万丈,一看就知道没有屈服的意思。戚容:"等等?!"

谢怜死死抓着君吾手臂,防止他再施力,胡乱道:"帝君!帝君你冷静,你根本没必要这样对他们的!你这又是何必呢?"

君吾道:"仙乐,这都是你任性的后果。如果你一开始就按照我的来,他们也不必面临如此抉择了。"

谢怜气到声音发抖:"你是说这还成我的错了?"

君吾道:"恨我吗?光是恨没有用!有本事你就打败我。你有吗?"

谢怜握紧了拳,骨节咔咔作响。君吾道:"现在的你当然没有。因为你身上这两道咒枷封住了你全部的法力,但如果我打开这两道锁,说不定你就可以了。"

谢怜一怔,不知他为什么这么说。君吾反手抓住他,道:"仙乐,不想看他们做选择,也不想你以前的徒弟死的话,那你就代替他们。你去破掉那个百人大阵,完成你当年没做完的事情吧。"

那更不可能!

谢怜当年没按他的蛊惑来发动第二次人面疫,现在更不会去亲手发动第三次。君吾道:"你不愿害死神官,你就去杀凡人。两条路你总得选一条。"

谢怜实在是受不了了,只觉他不可理喻,道:"你疯了?你这么做有什么意义?我究竟怎么对你了你非要这样逼我?"

君吾冷静地看着他。谢怜在他目光中看出了这样的意思:你必须手沾鲜血,你怎敢独善其身!

突然,君吾抓着他的手松开了。

谢怜一怔,猛地转头。只见君吾神色冷淡,微微低头,凝视着一弯钩在他颈侧的银刃。

那是厄命的刀锋。

在他身后,花城目光不善,冷冷地道:"拿开你的手。"

谢怜喜道:"三郎!"

花城还是出来了。君吾并不意外,只是微笑着对谢怜道:"仙乐,在我眼皮底下私通鬼王,你胆子真大。看来我没说错,你果然是被他给带坏了。"

花城嘲道:"你是什么人?你配用这种口气对殿下这么说话?"

戚容还没在椅子上坐稳,又蹦了起来,大惊失色:"狗狗狗狗……花城?!你怎么上来的?!"

君吾手指微动,放开了郎千秋。郎千秋起来就一步冲向戚容,抓住他就要砍,谷子却打开双臂拦在戚容身前,道:"别杀我爹!"

戚容马上反手掐住谷子的喉咙道:"我警告你别过来!你过来我就咬死这个小孩儿!开膛破肚吃给你看!"

谷子在他手上眨巴着眼,郎千秋只好停步,火道:"那不是你儿子吗?儿子护着你,你这个老子还拿他当挡箭牌,真是有够下三烂的!"

戚容满不在乎地道:"反正是送的便宜儿子,再生一个就是了!"

他们在那里吵得要死,君吾轻声道:"既然如此……"

听到他这语气,谢怜大感危险。而正在此时,外面突然传来惊叫:"火!失火了!"

谢怜抢出泰华殿一看。黑夜降临,仙京上方却是红光一片。下方众多神殿,果然已陷入一片火海。谢怜回头道:"你干什么放火烧仙京?!所有神官都还被你关着!他们法力都被你封住是会被活活烧死的!"

花城道:"他又不关心那些神官是死是活。"

郎千秋也是一惊,趁此机会,戚容夹着谷子连滚带爬溜了。谢怜道:"千秋,马上去把所有神官放出来!"

郎千秋下意识道:"是!"答完两人都是一怔,他看了谢怜一眼,狂奔出去。这边,花城一收刀锋,万千银蝶疯狂席卷而上,裹住了君吾。死灵蝶们能拖住君吾的时间有限，他拉住谢怜，道："走！"

二人奔到街上。郎千秋动作很快，许多神官都被他从殿里放了出来，拥到了仙京大街上，皆是惶惶："谁放的火？！""不是普通的火，这火灭不了啊！"

远远的还听到戚容边跑边鬼叫："这见鬼的君吾疯了吧，老子还在呢，放火烧他自己的地盘！真是有病！"

风信在大街上到处找人。慕情道："赶紧离开这鬼地方。能飞吗？"

"法力尚被限制，没法飞了……"

"那现在放我们从殿里出来，也还是被困在一片火海里啊！"

正在此时，众人忽觉地面一阵狂颤，更惊："怎么回事？地震了？"

慕情道："怎么可能！这里可是仙京，是浮在天上的，哪儿来的地震？我们……"

说到这里，他便噎住了。好一会儿，众人才纷纷举起手，指向前方。有人喃喃道："那是什么东西啊……"

只见漫天火光中，仙京长街的尽头，出现了一双巨大的眼睛，正在俯瞰此处。

这是一双还在微笑着的眼睛，一张微笑的脸。原本是很平和温柔的，但出现在这无边无际的黑夜和血红的火光里，冲击力过大了。有人抱头道："我出现幻觉了吗？"

"好大的太子殿下啊！"

是那座花冠武神的巨神像。它飞上来了！

可它怎么能飞上来？谢怜又没有给它灌注法力！他再一看，黑夜之中，那神像周身天光璀璨，星星点点。那是千百万只银蝶，以及千万盏围绕在它身边的明灯。

是那些银蝶和明灯，护送着它飞到天上来的！

那巨神像在无数双眼惊愕万状的注视中升了上来，衣袂飘飘。谢怜看到它完好无损，欢欣道："三郎，你把它修好了？"

花城笑了一下，道："要到天上接哥哥，当然不能空手而来。走吧！"

谢怜点头，道："大家快上去！"

众神官这才看清原来他身边的人是花城，险些跪了："太子殿下，你旁边那个？"

花城气定神闲道："诸位好啊。"虽然他看上去一点都不想要这些人好的样子。这时，泰华殿轰地炸了，众神官回头去看，只见烈火和残垣之中，一个身影垂首伫立不语。

君吾出来了。

戚容远远藏在他身后，冲众人叫嚣道："杂碎！你们通通都是杂碎！有本事过来啊！"

也就只有他不知死活还敢靠过去了。那白衣帝君身上，黑气冲天，同时白光刺眼，两种色彩变幻莫测。所有人都对这个"君吾"陌生无比，大气也不敢出，只敢紧紧盯着他。他则紧紧盯着谢怜，缓缓走来。每走一步，他脚下便有战火倏地燃烧起来。先是跃动的火苗，然后疯狂向四周蔓延，长成滔天的怒焰。

一如那桥头鬼魂。

戚容被那火焰燎到了，嗷嗷鬼叫，抱着谷子忙不迭逃开。权一真背着引玉，满脸黑灰地站在街头，看到君吾，眼中迸出怒火，人都没放下来就朝他走去，被谢怜一把拽住。现在靠近君吾，无疑就是送死！

又是一群银蝶袭上，趁此机会，谢怜道："都别愣着了，快走！"

众神官迟疑片刻，终于陆陆续续号响应，纷纷跃上那巨神像。太多人了，谢怜怕神像承重超出，急中生智，随手拉过一个神官做挡板，在他背后再拉过花城借了一次法力。

立竿见影，谢怜全身登时充满了灵力，那被当成了活屏风的神官则浑身僵硬，震惊道："你们在我背后干什么？"

谢怜这才发现他拉过来的居然是郎千秋，道："什么都没干！"再一转身，道："飞吧！"

那神像听到他的召唤，微合的双眸突然睁开，银蝶和明灯霍地四散开来，而它依旧稳稳浮在空中，长发和白衣迎风舞动。飞起来了！

谢怜和花城一跃而上，还是站在最高处的小金冠上。谢怜道："所有人站稳抓牢！"

话音刚落，那神像身体微微一沉，轰隆轰隆，逆着呼啸而过的狂风，猛地向前飞去！

神像载着神官们离开了火海。但不少神官的百年积蓄都放在仙京，不免频频回头，懊苦不已。方才匆忙无暇清点人头，谢怜颇为担心，到处寻找熟悉的身影。他连灵文都操心到了，听花城说限制术法会自动解开才稍稍放心。这时，远远听到梅念卿大为震撼的声音："太子殿下，这东西是谁弄的，我怎么从来没见过！"

谢怜松了口气，而花城哈哈大笑，笑容里尽是得意和俏皮，仿佛让所有人大吃一惊他可骄傲了。这时，突然有人叫道："追上来了！"

他回首一看，果然云海里一个红彤彤的东西追了过来，仿佛索命红光。

那是仙京。原本的仙京瑞气祥云缭绕，此刻却是战火弥漫，已然变成了一座火焰魔城。有人惊恐地道："是帝君……是帝君把仙京移过来了。他要把我们斩尽杀绝！"

谢怜手印骤变，巨神像双目发亮，飞得更快，耳边风声更疾，呼呼狂啸，追在身后的红光又被拉开了一段距离。但这边一加速，那红光也不示弱，轰隆轰隆，又把距离拉回来了，这个距离，近得许多神官惊叫出声来，几乎可以看清火焰中君吾的身影了！

而人间却丝毫不知天上在发生什么，小儿们嬉笑打闹，看到天上白影红光飞驰，拍手指天道："有光！好漂亮呀！"

速度一升再升，谢怜微微有些头晕，毕竟他飞了这么久都是凭一口气。花城扶住了他还没说话，只听下方梅念卿喝道："你们都干愣着干什么？一群神官，还要鬼王借法力帮忙逃跑，丢人不丢人？"

有神官不服气道："你是谁啊？有什么资格这么教训我们？"

梅念卿道："我是谁不重要，虽然我在上天庭的时候你们还不知在哪里玩泥巴，绝对有资格教训你们。重要的是，赶紧把你们金贵的玉手放到这尊神像上，有多少法力给多少！这样神像才能飞得更快，不然等着被后面的东西追上吗？你们是不是袖手旁观事不关己惯了，自己死到临头都忘了？这种事还要人提醒？"

经他提醒，众神官才回过神来暗叫惭愧，居然忘了可以用这种方式支持，于是纷纷发力，将手掌放上神像，喊道："太子殿下，呃，助你一臂之力！"

"啊那我也来……"

"不多……凑合着用吧。"

如此一来，七百手八百脚的，神像又被注满了法力，谢怜精神一振，这一次，轰隆一声就把那红光甩开了几十里！

忽然，花城道："哥哥，向下。"

他既开口，谢怜也不问为什么，架着神像破开滚滚的漆黑云层，径直向下沉去。下方竟是漆黑一片，连一点灯火人烟都看不到，众神官惊疑道："这里是什么地方？怎么黑洞洞的？怪瘆人的。"

　　"太子殿下，你干什么下来啊？我看此地不宜久留……"

　　花城却道："留在这里，别动。我们等。"

　　那巨神像便浮在了半空中，谢怜道："嗯。等什么？"

　　花城轻声道："等他追来，先战一场。"

　　话音刚落，上方黑夜云中便破出一道红光，燃烧的仙京也沉了下来。众神官眼睁睁看着那红光渐渐逼近，毛骨悚然，都道："太子殿下，快走啊！"

　　"你该不会想和他硬碰硬吧？没有胜算的！我就该知道，这人就这样，太奇葩了！果然是……谁踢我！"

　　梅念卿道："我。你再多说一个字，我直接把你推下去。"

　　"你到底是谁啊！"

　　那巨神像虽是一尊庞然大物，仙京却更是宏伟至极。但谢怜相信花城的判断，凝神不语。一人一城，便在这夜空中冷冷对峙。就在那红光逼近到不足半里之时，谢怜忽然感觉下方似乎有什么东西，正在躁动。

　　他低头看去，发现是脚下深处的黑暗正在躁动，哗啦啦，哗啦啦，汹涌起伏，简直就像是……

　　海浪。

　　谢怜突然明白这是哪里了。也有神官发现了，惊恐地道："天哪，这里好像是黑水鬼蜮！我们被带进鬼窝了！"

　　话音刚落，下方突然有几条尖锐的白色东西破出黑暗，冲天蹿起！

　　四对眼睛，八只鬼火灯笼一般的巨大眼球绿光幽幽，盯着那火焰魔城，发出恶啸，仿佛对这个一点礼貌也没有的闯入者很是不满，它们巨大的骨尾甩来甩去，拍打着海面，激起千层高浪。

　　是那四条骨龙！

　　它们向那魔城一昂首，口中喷出急剧的水流，攻击力极强，只怕铜墙铁壁也要给这巨大的水枪打穿。谢怜不禁刮目相看，道："上次看到它们，好像有点……哈哈，没想到，其实还挺凶的？"

　　漆黑的海面下不断有新的尸骨巨怪破水而出，飞鱼嗖嗖，如投城飞石。众神官一看，彻底糊涂了。君吾在追杀他们，花城和黑水却反倒好像是在帮忙，斯情斯景实在玄奇。四条骨龙围着那魔城狂喷不止，可那战火当真无法用水扑灭，愈扑愈怒，甚至烧到了水里。黑水鬼蜮的海面上烈焰丛生，火光并水光乱舞，水下传来鬼哭狼嚎之声。谢怜突然汗颜："我们把这些乱七八糟的东西带到黑水的地盘，在他这里瞎搞，没关系吗？"

花城则道："不要在意，他欠我钱，随便打。"

谢怜："嗯？"

突然，有人指前方叫道："它……它在干什么？散架了？"

闻言，谢怜抬头望去。这一望，心底也是微微一惊。

那座原先是仙京的火焰魔城在空中颤动，咔咔作响。无数燃烧的石块滚滚落下，坠入水中，而城体则缓缓翻转过来。

坐落在仙京上的众多神殿移动着位置，不断重新分解又组合，巨石轧轧之声不断，神官们看着看着，眼睛越睁越大，有的嘴巴也一并打开了。

那火焰魔城，不是散架了，而是解体重组了。

重组后的它，变成了一个火焰巨人！

那巨人从沉睡中被唤醒，直立在空中。那些灿灿的金殿几乎覆盖了它全身，仿佛周身覆满铠甲，无坚不摧。它取代了仙京，与谢怜的巨神像在空中对峙。

这尊巨神像完全称得上庞然大物了，但这火焰巨人却可当一声"顶天立地"，起码大上了五六倍，令人震撼到汗毛倒竖，仿佛一脚踩下去，一座城池便要在它脚下覆灭！

两边一对比，谢怜这边被衬得娇小无比，有点可怜，像个孩子站在成人对面。

那魔火巨人口中吐出一道火焰，扫向那四条骨龙。四条骨龙见势不好，纷纷扎入海中，它则双足落到海面上，如行平地，稳稳走来。它头顶上便是神武殿，君吾就端坐在殿中，散发出可怕的威压。众神官简直要窒息了："太子殿下不要站着了，急死我了快逃啊！"

"打不过的绝对打不过的！醒醒吧太子殿下，它比你大上好几倍啊！"

谢怜却道："总不能一直逃。在这里打，好过在其他地方。"

众神官这才反应过来。他们的确是没法儿一直逃，万一花城不给提供法力的话，只凭他们的法力，总会耗到这神像再也飞不动。总要在一个地方打一场的。而要打的话，至少这黑水鬼蜮的海平面上空无一人，不会殃及凡人！

虽然身为神官理应如此考虑，但面对这来势汹汹的魔火巨人，想到要以这个东西为对手背水一战，背的还是黑水，怎可能心中不犯怵。但即便如此，也不好意思再开口喊谢怜快带他们逃到人多的地方去了。于是，谢怜道："诸位抓稳别掉下去。黑水鬼蜮入水即沉！"

那火焰巨人冲他伸出手，似乎要抓住这"小家伙"，谢怜灵活闪避，腾挪跳跃，神像带着神官们时而翻倒时而急转，时而上升时而下坠，惊险至极，尖叫之声此起彼伏。别说这里大多不是武神且整天都是坐殿的了，就算是武神也少有这样的战斗经历。谢怜听到权一真喊道："你没有武器！你要一把武器！"

谢怜也道："我正在想什么可以当武器！"若邪兴奋地把身体扭了好几道弯往他面前凑，谢怜推开它道："谢谢，但是你不行，你太小了！"

这时，花城道："要武器也不是没有。先用这个凑合着吧。"

说完，谢怜又听到几声尖啸。那四条被魔火巨人喷火喷进海底的骨龙又钻了出来，围在巨神像的四面。众神官不由心惊："它们想干什么？"

它们自然不是要攻击，而是一条咬住另一条的尾巴，四条长长的骨龙，最终连成了一条奇长的咬尾骨龙，一跃而起，朝这边飞来。谢怜不假思索一抬手，巨神像一把抓住了它。

骨龙鞭！

若邪见此鞭与己神似，却是自己的无数倍大，失望地缩了回去。谢怜一扬手，一骨龙抽去，直取那魔火巨人的脑袋。那魔火巨人抓住鞭尾，可那骨龙鞭却突然从中断裂，变为两截短鞭。巨神像一步上前，持短鞭抽中对手。火焰巨人仿佛吃痛，一松手，被他抓住的那截骨龙又游了回去，再次飞到谢怜手上。

谢怜直接把咬尾骨龙当成若邪用了。在他手中，这骨龙鞭可拆可卸，可连可接，时而两分，时而四合。加上巨神像身手也灵活至极，突然变得极难对付。众神官已经在颠来倒去的狂风中被摧残得蓬头散发、衣摆罩头，道："没想到太子殿下还有两手嘛！"

"我只见过他收破烂，没想到还真是武神出身啊。"

梅念卿大怒："他本来就是上天入地数一数二的武神，前面那个'没想到'可以去掉，也不用特地强调收破烂的！那只是副业，是副业！！"

谢怜："呃，其实现在收破烂才是主业啊哈哈哈……"

那道奇长无比的咬尾骨龙鞭仿佛一道惨白的铁链，咔啦啦地缠住了对手。

那魔火巨人身体一沉。谢怜道："拉它下海！"

这战场下方，可就是黑水鬼蜮——入水即沉啊！

巨石神像拽住那骨龙链，谢怜咬牙使力，那魔火巨人又沉了一点。众神官赶紧再次七百手八百脚地给巨石神像传法力，嚷道："沉！沉！快沉！"

听着他们异口同声冲君吾喊着"沉"，谢怜心中微寒，抬头望向神武殿。不知为何，虽然完全看不清里面的人此刻的神情，但他总觉得，君吾在冷笑。

一番僵持苦斗，魔火巨人果真渐渐被拉进了海底。它身上的火焰还在燃烧，沉入漆黑的深海也没有熄灭，映得海水也发光发红。随着骨龙们将它越拉越深，红光才渐渐消失。众神官纷纷松了口气，谢怜却完全不敢放松警惕。

果然，不一会儿，下方的海面咕咚咕咚翻起了泡泡。

咕咚咕咚不断扩散，海面又激荡起来，还冒出阵阵白烟。

海水被煮沸了！

谢怜心道糟糕，向上飞去，身体却猛地一沉。一只手破水而出，一把捉住了巨神像的脚踝。

那魔火巨人，居然又爬上来了！

它胸口已经露出了海面，湿淋淋的，身上的火灭了一大半，但正在重新燃起。那咬尾骨龙锁链还缠在它身上，但明显也拉不住它了。

君吾的笑声回荡在整个海面上，无处不在，不是狂笑，也不是冷笑，说不清道不明，反而更令人毛骨悚然。在那魔火巨人的拉扯之下，巨神像的小半个身体都浸入了沸水之中，原本站得靠下的神官们拼命往上爬。谢怜也感到了令人窒息的蒸腾热气，热得汗流浃背。

这要是被拉进海里，从头到尾都要熟透了！

他正要动作，却听到梅念卿喊："那个……那个鬈毛的小朋友？你干什么？不要乱丢尸体给我！等会儿！你干什么？！"

只见一个身影顺着巨神像的腿飞驰而下，再顺着那魔火巨人的手臂而上，直奔他头顶。谢怜道："奇英回来！"

权一真才不听话。他噔噔噔奔到魔火巨人的小臂上就被发现了，巨人另一手拍来，仿佛拍一只栖息在手臂上的蚊子，奇快奇准，啪的一声，拍个正着！

神官们惊叫出声，可定睛一看，权一真却还在跑。原来刚才那一下的确是拍中了，不过权一真闪到了巨掌五指间的缝隙里，这才没变成扁一真。一连两掌都被他险险避过,但多来几次,迟早要被拍成肉泥!

不过,在第三掌下来之前,权一真便已到达了目的地。他跳进了缠着魔火巨人的骨龙的头颅里。

他一跳进去,那骨龙眼中两盏鬼火灯笼突然精光暴涨,法力大增,仰天长啸,身躯缠得更紧了。谢怜能清楚听到巨石被挤压的沉重闷响。那魔火巨人仿佛窒息,手一松,终于放开了谢怜神像的脚踝。

一得自由,谢怜立即飞到空中,伸手道:"奇英快过来!别缠着他了!"

权一真驾着那咬尾骨龙,不但不松开,反而大喝出声,铆足了力气,将那巨人缠得更紧了。剧烈的挣扎中,无数落石残垣扑通扑通落下海面,那魔火巨人失去耐心,彻底从海里脱出,从神武殿内重新燃起熊熊战火,烧遍全身。而紧紧缠绕在他身上的骨龙和权一真,也被埋入了火海之中。

谢怜道:"奇英!"俯身冲向那巨人,一拳打散了那咬尾骨龙链!

白花花的燃烧的骨节坠入海中,谢怜要去接权一真所在的那骨龙头颅,巨人却一掌飞出,把那颗骨龙头颅击飞到几乎十里之外。这个距离和速度,谢怜的神像根本没法在半空中截住它。只怕赶过去时权一真已经连着骨龙头一起掉进海里了。而现在的海水,根本就是一锅沸水,入水即熟!

正在这千钧一发之际,突然一条白花花的大骨鱼飞出海面,接住了那骨龙头,急急如漏网之鱼,摆着尾巴向远处游去。

有惊无险,谢怜总算松了一口气。飞过去一看,那颗骨龙头颅的牙齿还在咯咯打战,嘴巴一张一合,仿佛在大口喘气。权一真躺在里面,全身黑乎乎的,稍微有点焦,头发貌似更鬈了。不过因为骨龙头骨在外面挡了一层,焦得还不算太厉害。他应该还好,毕竟权一真的生命力是非常顽强的。那四条骨龙情况更严重,又是被烧又是被打的,眼下尸体在海面上七零八落,有的还在燃烧。谢怜扫了两眼,忍不住又有点不好意思:"那个,我们把黑水家看门的也打得死无全尸,真的没关系吗……"

花城微笑道:"放心。没关系。"

谢怜:"他到底欠你多少钱……"

众神官看了权一真的惨状,纷纷告慰,谢怜想起平日权一真在上天庭被嫌弃的情形,摇了摇头。这时,身后远处却又传来轧轧之声。回头一看,那魔火巨人居然没有过来追击谢怜等人,却是飞上了天,穿过云层,消失不见了。

众神官愕然中又大感劫后余生的喜悦，谢怜却一点儿也不觉得妙，道："三郎，他去哪儿了？"

花城目光凝重，望他道："他开了缩地千里，去皇城了。"

师青玄还在那儿，守着百人大阵呢！

花城道："我们也去。这里你可以不用管了，它们会自己处理的。"

骨鱼们都在叼那些散落在四下的骨龙骨节，把它们拼凑在一起，慢慢修复。看样子，它们的确会自己处理。刻不容缓，谢怜二话不说，驾着自己的神像向天而起。众神官道："太子殿下你去哪儿？你该不会是想去追他吧？！好不容易才逃脱……"

谢怜道："非追不可，他到人多的地方去了！没时间了请诸位抓稳！"

花城指间翻出一枚骰子，沉声道："哥哥，准备好了吗？"

谢怜点头。花城将那骰子一抛，道："缩地千里，开！"

神像载着谢怜等人穿过云层，就看见了前方把一大片黑压压的天际都映得红彤彤的魔火巨人。他们也来到皇城上空了！

地上的百人大阵看到天空中突然出现一个如此庞大的燃烧着的怪物，向他们逼近，有的惊呆了，有的开始尖叫，有的就快吓得转身就跑，师青玄也倒抽了几口冷气，但马上反应过来，在人群中声嘶力竭地喝道："没事的！大家不要慌！它下不来的，会有人拦住他的！不就是神仙打架吗哈哈哈！"

"是不是真的没事啊老风！那么大一巴掌拍下来可不是闹着玩儿的！"

师青玄狂笑道："真的！你们看我不也在这里吗，要死我先死！哈哈哈……"

他又紧张到失智了。谢怜冲过去抓住那魔火巨人就拼命往上拉，道："诸位快下去！"

众神官坐了一路的神像，早就被谢怜狂野的操纵风格吓得半死，巴不得赶快逃跑，忙不迭下饺子一样跳了下去。甫一落地，看到师青玄都是一愣："风师大人？你怎么在这儿？！"

"你怎么这副样子了……"

师青玄大喜，道："不要问这么多了，来来来，快加入我们。帮忙一下回头请你们吃鸡腿！"

神官们犹犹豫豫的，郎千秋第一个冲了过去，道："我来助你！"

有人带头，其他神官这才陆陆续续加入。人阵再一次壮大，并且更加牢固了。可这时，那魔火巨人却又解体了。它一条腿脱离身体，向下方飞去。

就算只有一条腿，也可以砸死一大片了！恐怕半个皇城都要被砸个稀烂！

谁知，那条腿飞到一半，突然一声巨响，在空中爆开了。千万火花带着无数融于黑夜的小小粒子，铺天盖地地散落了下来。仿佛一场盛大烟花后如雨落下的烟沙，毫无杀伤力。而一个身影从那烟花的中心落到魔火巨人身上。谢怜定睛一看，大喜："裴将军，你没事啊！"方才没在人群里看到裴茗，他可是已经在心里记下了回头要给这人做几场免费法事呢！

裴茗一手把头发往后抹去，发型不乱，风度不减，道："有点事。但没大事。"

又是烧又是煮的也没熟，武神们的生命力果然都很顽强。而在他另一手上，提着一个赤红身影，那是宣姬。她虽和裴茗一样一身嫁衣被战火灼得破破烂烂，神色又虚弱，美艳的面容上却是欣喜若狂，道："裴郎、裴郎！你还说你不爱我了！我已经看穿了，你这样拼死救我，你心里果然是有我的，你还是爱我的！"

裴茗一句话都不想说，把她抛向谢怜的神像这边，道："太子殿下，劳烦接好她。我去助你一臂之力！"

谢怜不必分心，早有一道黑影逆空而上接走了宣姬，那是骑着黑牛的雨师。宣姬被她带走，仍在狂喜大笑："你还说你不爱我，你还说你不爱我！"

那魔火巨人失了一条腿，却也不慌不忙，而是慢条斯理地开始重组。其他部位的石块和金殿向缺漏之处移去。不一会儿便重组完毕，依旧是一个巨人，只是稍小了一号。而裴茗提着剑，直接杀入了神武殿！

戚容躲在神武殿里，叫嚣道："死裴茗，劝你不要上来找死！快滚回去！"

裴茗啪地一剑就抽了过去："别挡路！"

戚容被这一剑抽得险些转了几个圈，谷子抱着他大腿，好容易才稳住他没有摔倒，担心地道："爹，你没事吧？"

戚容在谷子面前丢了丑，勃然大怒，但看裴茗杀气腾腾，又不敢上去硬碰硬，嘴硬道："又用卑鄙的手段……"

谁知，谷子突然"咚"的一下倒在地上。戚容一愣，低头看谷子一声不吭也一动不动的。他瞪眼，抓起谷子狂甩不止，道："傻儿子，你闹什么？"

谷子闭着眼，额头滚烫。谢怜一边死命拉着那魔火巨人，一边道："戚容你还不赶紧带他离开！那里一直在烧，又是上天又是下水的，那孩子太小了他会死的！"

戚容把谷子往腋下一塞，仰头骂道："你唬谁呢！这小崽子是贱养的，有这么容易死？你以为我不知道你就是想骗走我，我一离开这里你肯定要对我下毒手！"就算谢怜不动他，郎千秋可一直等着他呢！

那边，裴茗和君吾已经战了起来。戚容被战火燎得时不时大叫一声，跳来跳去避火，谢怜怒道："你一只鬼都受不了这火，你还指望一个小孩子能受得了？！"

被戚容夹在腋下的谷子脸都烧得通红了，戚容却嘴硬道："嘿嘿，老子就不走！就不走！哇我！"一阵烈焰袭来，灼浪扑面，戚容连滚带爬跑了一圈，屁股都险些烧煳了，忍不住蹦起来嚷道："那个……那个帝君！你火能不能别这么猛！烧到你……我了！"

谢怜总觉得他想说的是"烧到你老子我了"，只是惜命没敢说完。君吾哪里会理他，好整以暇地与裴茗战着。戚容四周火势越来越大，简直没地方落脚。他虽是鬼，烧他不死，但也给烫得难受。不多时，谷子突然惨叫一声，戚容把他从腋下拿出来一看，额头上有一片血淋淋的，肩头也被烧破了一个大洞。

谷子给生生烧醒了，哇哇大哭起来，他抱着戚容道："爹，好疼啊！我害怕！"

戚容额头直冒冷汗，僵着嘴角不知道该说什么。谷子捂着伤口，疼得一把鼻涕一把泪，道："爹，我们会不会被烧死在这里啊？"

戚容嗫嚅道："这……这，这个……"

谷子抽抽搭搭地道："虽然你这个地盘好像很漂亮，但是好像不太好……这里的人也好像都对我们不太好，要不然，我们还是换个地方住吧……"

戚容实在忍不住了。

他冲进殿里，想上去抓君吾又不敢靠近，远远喊道："打个商量君……老大！你放火没关系，反正这里是你的地盘，你爱怎么放随便放，不过，呵呵呵，那个，能不能……"

这傻犯的，谢怜简直要给他气得从神像上栽下去了，道："别上去找死，你下来就是了！我保证不动你！"

戚容根本不听他的，见君吾无动于衷，完全不把他放在眼里，谷子哭得哇哇的，也许是觉得又在便宜儿子面前丢了脸，脸色青红交错，突然冲上去骂道："你哪来那么大火气，别烧了！"

还没靠近，君吾一扬手，一团火瞬间将他整个人包围！

火里发出尖锐的惨叫声。谢怜失色道:"戚容!"

这么大的火,戚容不给烧成渣也要元气大伤,谷子还不得直接成灰?

裴茗也看到戚容腋下一直夹着个小儿,有心施救,但君吾渐占上风他脱不开身,道:"帝君,几岁小儿不必下此毒手吧!"

可君吾眼里哪还有什么小儿不小儿。他能看到的,只有敌人!一掌挥出,一团烈焰裹挟着裴茗一起飞了出去。下方众多神官惊道:"裴将军着火了!"

正在此时,大雨倾盆而下,虽然浇不熄那巨人身上的战火,但浇熄了裴茗身上的火。人群中那道黑影再次跃上空中,接住了下落的裴茗。谢怜道:"雨师大人!"

雨师骑在黑牛上,昂首向他微微颔首。裴茗被她载在牛后,被大火烧过,又被大雨淋成落汤鸡,发型全乱,狼狈不堪。迷迷糊糊睁眼一看,居然是雨师接住了他。虽然对方正在全神贯注地骑牛,根本没有看他,但他此刻如此不英俊的模样还是暴露在了旁人面前,颇为讪讪,立即起身道:"雨……"

一开口他嘴里就喷出一圈黑烟,连呛不止。雨师头也没回,道:"裴将军不必多言,安心养伤便是。"

那边,魔火巨人身上万千落石滚滚而下。落石之上,还燃烧着熊熊烈火,流星雨阵一般急速坠向地面。

若让它们落地,只怕皇城瞬间就是千百个大坑遍地,死伤无数!

谢怜脱不开身,万分焦急,叫道:"三郎!"

花城则站在他身后,把手覆在他肩上,道:"哥哥不必担心,你这里坚持住就好,下面的不用管。"

他声音就在谢怜耳边,吐息温热,微微一扬下颌,示意谢怜去看。谢怜望向他示意的方向,只见人阵外侧,慢慢走来了一个负手的红衣身影。谢怜眯眼一看,心内愕然。

那是……花城?

另一个花城?怎么回事?谢怜猛地转身。花城不是站在他身后吗?

花城轻笑一声,道:"哥哥别被吓到了。这里的是真三郎,童叟无欺,如假包换。"

那么,下面那个是花城离开时留下的分身?难怪君吾之前没有怀疑花城潜入仙京了,谢怜还奇怪他难道没有眼睛在下面盯着,恐怕他不是没有监视,而是在他的监视里，"花城"依然留守在皇城。

师青玄没空看天，一见旁边来了一个"花城"，忙道："血雨探花你终于回来了！你搞什么啊离开这么久，看到天上那些火石头没？快想想办法！吹一口气或者让你那群花不完的小蝴蝶飞上去把它们赶走，不然就死了……"

"花城"一语不发，冷冷任他突突突一口气说了一大堆，最后似乎听得不耐烦了，直接打断他道："你自己解决。"

师青玄道："我自己解决？这个时候你就不要开玩笑了，我又不是太子殿下，领略不到你的笑点。我自己要怎么解决那堆石头……"话音未落，"花城"一把抓住他的后领，直接将他从人阵里拎了出来。

师青玄反应奇快，一出阵立即把左右两人拉拢，人阵这才没破。谁知"花城"把他拖出来还不算，反手就是一掌，打得他整个人横飞出去！

众乞丐大惊："老风！？"有的冲"花城"嚷道："你干啥打人？！"

师青玄虽然飞了出去，却只是摔了几个跟头，趴在地上，立即爬了起来："没事没事，没死！他不是真打我，只是借我法力！"

"是吗……"

师青玄看看自己双手，从头到脚都冒着灵光，道："花城主，你见不到太子殿下也不用这样吧。要借法力你就好好借，我不介意多吃几颗那种怪味糖球的，用不着打人嘛。你要不还是先看天，天上还有那么多石头呢……"

这时，"花城"又是一甩右手，扔了一样东西给他。师青玄不假思索，抬手一接，拿下来一看，脸色唰地白了。

那东西，赫然便是风师扇！

看到这里，神像上的谢怜忍不住道："三郎，风师扇不是在……下面那个是？！"

花城道："不用在意。临时叫来帮个忙的。"

师青玄握着那把自己熟悉无比的扇子，僵着脖子，缓缓转向那个"花城"。

"花城"又冷声道："你自己解决。"

那火流星雨阵就快落到地上来了，人阵中的人们几乎能感受到灼浪扑面而来，冷汗热汗齐流，道："老风啊，你说的是真的吧？真的没事吧？"

众神官也道："太子殿下，麻烦你能不能赶快想想办法！"

师青玄握紧了扇子，手背青筋凸起，双目爬上几缕血丝。

须臾，他猛一转身，扬手一挥！

平地一阵狂风冲天而起。火流星雨们登时拐了个弯儿,向天飞去!

众乞丐原本吓得半死,都被这狂风吹得乱发飞天,瞠目结舌,呆了半晌,才道:"神、神仙?"

有人嚷道:"天哪老风,你难不成还真是个神仙!"

师青玄一扇子飞出去,手一直在抖,喘了几口气,好一阵才缓过神来,勉强道:"废、废话!我不是早就告诉你们了嘛。怎么样,我说我没有吹牛皮吧!"

"没有没有,没有吹牛皮!我信了!哇老风是神仙,就是说我们认识神仙,这下发达了哈哈哈……"

"老风打个商量,什么时候有空带我们一起飞啊!"

见状,"花城"轻哼一声,转身离去。师青玄在那边握着风师扇,胡乱应答着旁人的玩笑,面色却红白交错不止,冷汗也一滴一滴从额头滑落。可他再一抬头,人却早已不见了。

这时,远处的黑暗之中却传来了新的怪声。吱吱吱,吱吱吱。有眼尖的道:"那是什么?黑压压……老鼠?"

"还有后面是什么?人?怎么有灰白色的人?!"

谢怜心中大叫糟糕,是食尸鼠和空壳人。铜炉山里的那些怪物也被传送到这里来了!

那些空壳人歪歪扭扭地走向这边,以人肉为食的食尸鼠们更是如黑潮一般涌来。看来,君吾是什么也不管了,他不惜任何代价也要毁坏百人大阵,非要这人间大乱一番不可!

那边,雨师对其余人等道:"你们看好裴将军和宣姬。我去守阵。"

裴茗躺着吐了半天黑烟,宣姬抱着他,满脸欢欣地枕在他胸膛。听雨师这么一说,他又挣扎着想爬起来,道:"我没事,我去守就是了。"却再次倒了回去。旁边一人道:"算了将军,你就躺着吧,让雨师大人去就好了。"

谢怜只觉这人声音耳熟,定睛一看,这不是裴宿?他旁边站着的那个小姑娘,不是半月?不知何时,他们也赶来助阵了。裴茗大概是第一次在女子面前如此丢脸,冷不防又看到后辈在此,还帮着雨师说话,不知是气的还是什么自尊心作怪,面皮涨红,道:"闭嘴!"

雨师微微一笑,道:"裴将军不必勉强。"骑着黑牛便离开了。裴茗道:"雨师大人!"可有一只手爬了上来,圈住他的脖子。宣姬幽幽地道:"裴郎……"

正在此时，四面八方响起了许多乱糟糟的声音：

"嘎嘎嘎，这里就是皇城了，好大的屋子嘎！"

"大惊小怪什么，又没有城主的屋子大！"

"就是，也没有城主的房子漂亮！"

街头巷尾甚至屋檐上，一朵一朵冒出许多颗奇形怪状的头来，热闹不已。突然之间，鬼市的妖魔鬼怪都涌出来了！

天眼开等人一看，无法忍受地大叫起来："这都是些什么鬼！去去！回去！这可是天子脚下，你们怎么敢到皇城来撒野！"

"你这个猪精，居然敢在我面前显形！"

"我没看错吧……那是鸭子？鸭子打老鼠？"

登时噼里啪啦一阵坟头果砸去："闭嘴臭道士！给脸不要脸！"

"要不是城主的命令你们当谁想来！"

"还不快跪下来感谢我们！"

那群黑浪般的食尸鼠眼冒红光，岂料甫一杀到，就见一群比它们更眼冒红光的妖魔鬼怪迎了上来，抄着叉子杆子爪子如饥似渴一阵乱戳，狂喜道："好多老鼠啊！"

"嘻嘻嘻，等你们好久了，我还没吃过两千岁的下酒菜，一定很补！"

"这么多吃得完吗？"

"城主说了，吃不完可以拿来卖！"

那群食尸鼠见势不好被吓退回去，空壳人又被乱了阵脚的食尸鼠们绊倒，危机登时化解，谢怜大大松了一口气，回头道："多亏三郎了！"

花城微微一笑，道："他们自己想来的，不关我的事。比起这个，哥哥，小心。"

最后二字，他语气陡转严肃。谢怜目光移动，只见那魔火巨人有了新的动作，把手放到腰侧，似乎要拔出什么东西。

那是一把剑。

光是这个形态已经很难对付了，再多出一把剑，岂非如虎添翼？

谢怜预感不妙，冲下面喊道："各位，当心啊！"

众鬼打老鼠打得正热火朝天，闻言纷纷仰头，惊呼道："好大的大伯公……啊不，小谢道长啊！"

"城主在上面好像玩得很开心的样子嘎！"

谢怜道："不我们不是在玩儿……"话音未落，那燃烧的利剑便挟着铺天盖地的杀气斩来。谢怜堪堪避过，为这一击的剑气和热浪心惊。危急之下，他本想再召几名武神化剑助阵，但裴茗和权一真负伤，郎千秋支撑百人大阵，风信和慕情不知怎么从下来就没看到影，竟无人可用！

这时，地上一个声音道："等等太子殿下！你的剑马上就来了！"

喊话的是梅念卿。谢怜扑到玉冠台边，道："什么？我的剑在哪里？"

梅念卿双手拢在嘴边，道："血雨探花，开缩地千里！开到铜炉山！"

花城果断抛出一枚骰子，道："开！"

漆黑的云层里有什么东西射出了白光。众人纷纷向上望去。

真的有一把剑！

神像一跃而上，长剑在手，向"仙京"挥剑一斩！

魔火巨人立即挺剑迎击，两剑相击，发出惊天动地的金石断裂之声！

魔火巨人颓然止势。突然之间，四分五裂。

谢怜也没料到，这剑居然如此之强，一击绝杀。他看着巨石神像手中那剑，完全愣住了。光华流转，锋利至极。这是什么剑？

再想想梅念卿让花城把缩地千里开到铜炉山，他就明白了——这恐怕，是那三座山怪的身躯炼出来的剑！

那仙京构成的庞然大物开始下坠，它要是砸下去了可不是好玩儿的。谢怜马上驱使着巨神像飞过去抱住那即将散架的石块，努力改变方向，飞出一段，小心翼翼地拣了一个偏僻处落下。一切尘埃落定后，他的神像才把剑插回腰间，立定原地，一手扶剑，另一手掌心托着两人，宛如拈花之态，再次微笑起来，回归花冠武神之姿。

好半晌，地上的人人神神鬼鬼面面相觑，这才道："搞……搞定啦？"

一块落石都没有砸到地上。皇城众人，毫发无损！

花城率先从巨神像的掌心上下来，再回身对谢怜伸出一手，道："哥哥，下面都是废墟，当心崴脚，慢点下来。"师青玄的冷汗早已转为热汗，把扇了一下再次坏掉的风师扇往腰间一插，一拐一瘸、连跳带拖地蹦过去道："太子殿下！解决了吗？"

谢怜把手递给花城，果然很慢地下来了，道："暂时吧。"

神官们也凑了几个过去："帝……君吾呢？太子殿下你打败他了吗？"

梅念卿道："怎么可能！太子殿下……他不会这么容易就被打败的。"

众鬼早对一点都不好吃的食尸鼠们失去了兴趣，干劲十足地嚷嚷着要"抄仙京"，花城却又道："闲杂人等滚，不要找死。"不然真撞上君吾就没命了。众鬼忙不迭又躲开。

可是，他们在废墟里挖了好一阵，破败的神武殿的金顶也掀开了，根本没有君吾的影子。

郎千秋也找了人临时顶替他的守阵位，在废墟一通乱翻，掀开一片坍塌的屋顶，道："找到了！"

谢怜还以为他找到了君吾，吓得冲过去道："你当心！"

谁知，郎千秋找到的不是君吾，是一团焦黑的蜷缩的巨大虫壳样的玩意儿，里面还传出小小的咳嗽声。

谢怜赶紧和郎千秋一起把这焦黑的壳子剥开一看，里面居然滚出一个小儿，浑身通红，似乎是给烫的，不过性命无忧，还在咳嗽。他滚出来后，一团绿油油的鬼火也鬼鬼祟祟地飘了出来。

郎千秋一把抓住那团鬼火，双目喷火，道："苍天有眼叫你戚容还没死透，还是落到我手里！"

原本"青灯夜游"这个名号是戚容为了好听硬蹭"三绝"，和他们的名号保持风格一致而瞎编的，根本没什么典故，这下他可算是变成真正的"青灯夜游"了。想来君吾打出那一道火时，戚容把谷子护住了，这小儿才没给烧死。谢怜不禁有些意外，毕竟以戚容的性子，惹火上身先把谷子扔出去挡火才像是他会干的事。

花城却又看出了他在想什么，道："就算他把那小儿丢出去挡火也挡不了多少，瞬间就烧成灰了。挡和护，对他来说结果差别不大。"

谢怜轻声道："话是这个理……不过，那也是护了。也强得多。"

戚容被烧得只剩下一团绿油油的鬼火，居然还没散，被郎千秋逮个正着，吓得哇啦大叫起来。谷子一下子给他叫醒了，抱住郎千秋的腿道："大哥哥别杀我爹！"

这儿子总是给老子求情，也是没谁了。郎千秋怒道："放开！我警告你，你求我也没用的，我不会手下留情的！而且他根本不是你爹，你看他怎么对你还不知道吗？"

谷子却道："他是我爹啊！我爹以前对我很不好，但现在他对我很好的！经常给我吃肉，还带我到漂亮大房子里住……破烂道长哥哥！你救救他好不好？"

他一对谢怜求救戚容就骂了起来："蠢儿子不要求他！这朵黑心的雪莲不会救你老子的！他巴不得你老子我死了，他才不在乎我的死活呢！"

花城侧目道："你是担心郎千秋弄不死你，一定要让我也参与吗？"

戚容还是很怕他的，一听他说话，整团鬼火都缩小了一圈。但横竖都是要死，还是豁出去了，道："狗花城，我才不怕你呢！谢怜，我把你当天神，但是你！你把我当什么？你根本不把我当回事！你嫌弃我，觉得我是傻瓜、疯子，我有病，你从来都瞧不起我！你凭什么瞧不起我？你把自己弄成这样，你个三界笑柄，你个废物！"

"你……"谢怜只说了一个字，赶紧先拉住花城，道："算了算了。三郎不要生气。"

花城连假笑也不想费心，哼道："瞧不起你又如何，你从头到脚有哪一点让人瞧得起的吗？"

戚容愤愤不平、气急败坏地道："我呸，我呸，我呸！你们、你们瞧不起我又怎么样？老子……老子……老子有儿子！"

二人没想到他会来这么一句，无言以对。戚容狂笑起来："嘿嘿！虽然是个便宜捡的，但也比你这个断子绝孙的废物要好！你再过八百年也别想有！呵呵哈哈哈……"

谢怜和花城望了望对方。花城也不想再跟戚容多废话了，只对谢怜挑了挑眉，低声道："那可不一定。"

谢怜知道他是开玩笑，无奈笑笑。可笑着笑着，戚容的狂笑声越来越小。那团上蹿下跳、绿油油的鬼火，终是熄灭了。

谷子一愣，上去一根一根掰开郎千秋的手指，没有看到东西，又在地上那摊焦黑的残渣里乱扒，扒得满手黑灰也没看到绿光，忍不住拉着郎千秋的衣角，道："我爹呢？"

他问郎千秋，郎千秋不知道该说什么，他也不知道戚容的鬼火是自己熄灭的还是被他掐灭的，望向谢怜。谢怜更不知道该说什么了。

谷子不停地问："哥哥，我爹呢？他还在吧？他说他已经修炼成什么……三界最厉害的大鬼王，不会死的。他还在的吧？"

烦死人的戚容终于消失了。

可是，谢怜不光不知该说什么，连此刻自己是什么心情都弄不明白。

一开始，他对戚容是怜悯，后来是无奈、头痛，再后来是尽力无视，眼不见为净。一定要说他"嫌弃"戚容的话，好像……也确实挺嫌弃的。

不只是嫌弃，曾经也憎恨过戚容，但过了这么久，经历了这么多事，再回头看戚容，连一声叹息也不知该不该给了。

第九章
玲珑骰一点动心惊

　　一番搜索，一无所获。下了废墟，谢怜感觉还是少了两个人，望了一圈，道："从刚才起我就一直想问了，风信和慕情呢？"

　　真的，所有人都好一阵没看见这两个人了，实在令人不安。

　　梅念卿走了过来，道："太子殿下，不用找了。如果他在这里，他就没必要藏。这里人虽然多，但他会放在眼里的还没几个。而且，他希望你跟着他走，所以不见的人，很有可能是给他带走了。"

　　谢怜了然，道："铜炉山吗？除了仙京，那里才是他最强的地盘。"

　　梅念卿点头，道："我跟你们一道去吧。我知道他会在哪里。最好再找几个可靠的武神当帮手。"

　　这下可伤脑筋了。"可靠的武神"？现在哪有这种东西。倒的倒，焦的焦，失踪的失踪，再要么就是被小孩子抱住大腿不放号啕大哭。花城道："找什么帮手，全都没用。我陪着哥哥去就够了。"

　　裴茗远远抗议道："血雨探花，请你不要用如此令人信服的口气说'全都没用'这种话！"

　　师青玄哈哈道："裴将军，你都焦得这么厉害了，老鼠也打得不如雨师大人多，有什么好抗议的！"

　　他许久不见裴茗，一见还是以嘲他为乐。裴茗被他戳到痛处也拿他没办法，愈加郁闷。这时忽然一个声音道："等等，我也去。"

　　众人分开一看，这才发现说话的竟是慕情。他站在人群的最后，谢怜看见他就松了一口气，道："你什么时候来的？还以为你也失踪了。"

　　慕情没说话，跟了上来。看他跟来，花城抱着手臂，斜眼扫他，梅念卿的脸色这时也难得地与他一致，看样子都能猜出他们觉得与其多一个慕情这样的帮手，还不如没有帮手。慕情不会不清楚他们的态度，但过去之后还是对梅念卿施了一礼，低声道："国师。"

梅念卿点了点头，也没说什么。几人随着花城行到一旁。花城闲闲抛了个骰子，正准备开门，谁知他随意看了一眼，突然神色微变。

谢怜觉察到不对，道："怎么了三郎，有问题？"

花城收了神，微微一笑，道："没什么问题。只是，我很少抛出这样的结果。"他摊开掌心。谢怜一看，也愣住了。

苍白的掌心之上，只有一枚孤零零的骰子，赫然是一个一点。

花城出手，从来都是六点大红，一点之数，当真极为罕见。谢怜心尖一颤，道："这个点数是什么意思？不小心失手了吗？以前经常发生吗？"

花城沉吟片刻，道："据以往的经验，大概是，前方有一件极其危险的事在等着我的意思。"

谢怜的心沉浮了一下。梅念卿在后面道："唉，我跟你们这些年轻人说了多少次，赌博不好，趁早戒掉！殿下你看看，他这是沾染了什么坏习惯！"

兆头不好，谢怜眉间染上忧色，道："要不然，你别去了。"

花城却神色如常，收了骰子，笑道："这个看看就罢，几点都无所谓，过往那几次我还不是都扛下来了？危不危险，我说了算。"

说着，他开了门，道："走吧哥哥。"

他转身就要迈进门里，谢怜却下意识抬手抓住他，当场就想脱口而出"我有点害怕，你还是别去了"，但不用想也知道他绝无可能会同意。最后，还是轻声道："走吧。不过，你一定别离开我。有什么事的话，我会保护你的。"

闻言，花城怔住了。

良久，他才弯起嘴角，展颜一笑，道："好！哥哥记得要保护我。"

谢怜紧紧挽住他的手臂，好像生怕挽松一点他就飞了。慕情在一旁看着，看着看着就看不下去了，移开了目光。花城一开门，一股灼浪扑面而来，扑熄了他脸上的异色。

火山前不久爆发过一次，现在漫天飞灰还没散去。铜炉山已经面目全非了，火光四起，残焰丛生，仿佛赤色熔炉地狱。

谢怜等人从一个岩洞里出来，一出来就险些被山灰呛到窒息。几人跟在梅念卿身后下了高坡，花城一路走在谢怜前面，乱石丛生难以下足之处他便先下去踏平道路，然后转身对谢怜伸手，扶他下来。不然谢怜估计早就下坡了——从山上直接一脚踩滑骨碌骨碌滚到坡下。

一行四人走了一段，被一条河流拦住了去路。而河里流的不是清澈的河水，却是赤红的灸热液体，还在咕咚咕咚泛着泡泡——那是岩浆！

普通人根本不用掉进去，只要靠近就会被灼死，亏得他们四个都不是凡人才能坚持到这里还没连人带骨熔一地。梅念卿不断抹汗，道："我们要过河！这是原先的护城河，但现在变成这样，没法过去了。"

谢怜道："三郎，银蝶能带我们飞过去吗？"

花城道："岩浆灼热，恐怕银蝶渡河过半就会被熔化。不过，有现成的浮桥。哥哥，你看。"

谢怜顺着他目光望去，奇道："岩浆里怎么有人？"

千真万确，他绝对没看错。就在刚才一瞬间，他看见岩浆里翻出了一只惨白的手。慕情也道："还真有。而且不止一个人？"

岩浆河里，至少有成百上千的人！有的被岩流冲得打转，有的甚至在逆流往上游。他们全都是诡异的灰白色，面目模糊，并非活人。谢怜道："是乌庸皇城里的那些空心人……被岩浆冲到这里来了。"

渡河有方了。把这些空心怪人当成垫脚石，飞身踩过去，不难。只是这些亡灵在灸热岩流里苦苦挣扎，又要被他们踩一脚，颇有些惨，但也顾不上这些了。

慕情瞅准踩点位，几个起落就掠过了护城河，站在了河对岸。谢怜对梅念卿道："我把您先送过去吧。"

毕竟梅念卿不是武神，还是得带一带。花城却道："哥哥，我来吧。"

谢怜自然不会不同意。花城便走了上去，扶着年迈的老人一般挽住了梅念卿的胳膊，道："国师，您老人家请吧。留神脚下。"

梅念卿回头看到扶住自己的不是谢怜，皱眉道："啊？怎么是你？"

谢怜忍俊不禁，道："三郎很真诚地说想要扶您，我就让他代劳了。"

梅念卿越发警惕："干什么无事献殷勤？"

花城则笑容满面地道："是我和是哥哥也没什么不同吧。况且，我很尊敬您啊，当然不介意代一下这举手之劳。"

梅念卿无语片刻，道："真的尊敬我就把你脸上的假笑收一收吧，这假得也太过分了。"

花城立刻不笑了："哦。"二话不说，带着国师唰地就移到了对岸。他身形诡谲奇快，梅念卿压根没反应过来就站在了慕情身边，整个人都愣住了。而被花城靴子踩过的那些空壳人甚至都没发现自己被人踩了，摸着脑袋莫名其妙，继续在岩浆里游泳。梅念卿终于回过神来，看了一眼花城，评价道："身手还行吧。"

这边谢怜心道："太严格了，这种身手怎么能叫只是'还行'？"摇了摇头，道："我也过去了！"

花城转身道："哥哥，你先留在那边，我过去接你。"

但谢怜早已飞身跃出，在一个仰面朝天的空心怪人肚皮上一点，感觉脚下坚硬的身躯微微一沉，而他已再次跃出，在前方另一个空心怪人头顶一点。

如此踩过五六个，就来到了岩流的中央。谁知，正当他要再次腾空而起时，身体却猝不及防一沉，险些失去平衡。他凭着迅捷无伦的反应立稳，低头一看——他脚下那怪人，居然伸手抓住了他的靴子！

谢怜心道："糟了，又来了！"

糟糕透顶的运气又来了。前面几人过河时都安然无恙，偏偏他过去的时候就遇上了一个不好对付的怪物，抓住他右脚腕不让他起！

那空壳怪人因为是空心的才能浮在岩浆表面，但也不能承担多大的重量，灼气腾腾，蒸得谢怜浑身冒汗，袖子的一角居然着火了。再停滞下去，只怕要么连人带脚沉进岩浆，要么整个人都烧起来！

千钧一发，谢怜急中生智，若邪飞出，把在前方三丈之远的另一个空心怪人也拉了过来。他左脚踩在那怪人背上。如此，两具石壳分担了他一个人的重量，浮力增加，一时半会儿沉不下去了。应了急，谢怜这才拔出芳心，斩断那抓住自己靴子的手臂。正欲再跃，一道红影已闪至他身边，谢怜道："三郎？我已经没事了，你不用过来的。"

花城远远一掌炸碎了那抓住谢怜的空心怪，道："上岸再说。"

两人一起来到岸上，谢怜拍熄了袖子上的火，道："不好意思，让你担心了。"

花城道："我的错。过去之前就应该告诉你等我回去接你的。"

梅念卿真受不了了，道："行了行了，打住啊！殿下没那么娇弱，你不过去他也能应付的,接什么接?走吧!这边。"

几人上了岸,又走了一阵,来到了乌庸皇宫之前。

皇宫有一半都埋在地里了,路面是倾斜的,一路通往地底深处。离开地面,灼热的空气渐渐冷沉。整个地下宫殿都空荡荡的,最细微的响动也会发出凄清遥远的回声。

打起掌心焰,照亮四周。这皇宫虽尘封已久,但仍可称富丽堂皇,火光映出了头顶脚下金灿灿的雕梁画栋。只是空无一人,死气沉沉,仿佛一座巨大的古墓。梅念卿道:"这里是太子殿下长大的地方,也是他法力最强的地方,都当心吧。"

这时,谢怜忽然发现了一件事。

花城的腰间,厄命刀柄上的银色眼珠狂转不止,异常焦躁。

花城神色冷凝,全然不理。谢怜忍不住伸手摸了摸它,厄命这才稍稍安定。花城微微低头,见他的手还放在刀柄上,微微一笑,正在此时,大殿角落传来一阵"嘻嘻嘻"的笑声。

那笑声奸猾狡诈,不怀好意,听得人背上汗毛倒竖。慕情当场一道火焰打了出去,只见宫殿顶上一角,壁虎一般贴着一坨白花花的东西,是那胎灵!

它鲜红的长舌舔着自己的后背,仿佛在给自己挠痒痒。见火光飞来,嘿嘿一笑,冲慕情呕出一团呕吐物般的东西,慕情闪身避过,白眼要飞上天了。谢怜忙道:"等等!错错!你是叫错错吧?"

那胎灵听到自己的名字,顿了一下,回头看他。谢怜道:"错错,我们是来找……找……找你爹的。你知道他在哪里吗?"

那胎灵听到"你爹",冷笑一声,四脚并用,啪嗒啪嗒地就爬不见了。谢怜道:"错错?快找它!"

慕情指着一条路道:"这边!我刚才看到它进这里了。"

他指的那条路是一条夹道长廊,阴森森的,一看就知道绝对不会通往什么好地方。花城忽然道:"你真的看到它进这里了?"

慕情有点反感地道:"我骗你们有什么好处?"

花城"哈"了一声,虽然没带任何情绪,但也不太友好。梅念卿道:"这个时候了,吵什么吵?看到可疑的地方不要放过,进去看看也行。这里每一个地方都一样危险！"

那长廊十分狭窄，似乎被挤压过，只能容一人通行。大概是不忿花城方才言语中的怀疑，慕情第一个进去了。花城理所当然地要走在谢怜前面开道，但谢怜发现他腰间的厄命眼珠又开始狂转，心下一动，一下子把他拉到后面。花城歪了歪头，道："怎么了？"

谢怜道："我说了要保护你的嘛……你站我后面。"

花城轻声笑了，很乖地道："嗯。"

一行四人进了长廊。谢怜越走越觉得不舒服。

他对危险直觉极为精准。谢怜道："国师，你记得这条路通往哪里吗？我怎么越走越觉得，前面有很重的……杀气。"

而且不是活生生的杀气，而是冷冰冰的杀气。越是深入，他精神便越是紧绷。然而，并没人回答他，谢怜心中咯噔一声，提声又问："国师？"

还是无人回答。谢怜猛地回头一看，不知何时，他身后，居然已经空无一人了！

但花城和梅念卿放出来的灯火还飘浮在空中，幽幽地跟着他。慕情回头也吃了一惊："血雨探花呢？"

谢怜二话不说就往回走。慕情一把抓住他道："你干什么？我们就快到了！而且你真觉得他会往回走吗？"

谢怜道："不会。"

就是因为花城绝对不会一声不吭就一个人往回走，所以才可怕！

谢怜忽然想起花城在他身上留下了一个东西，连忙举手去看。只见第三指上的红线还在，依旧明艳，说明花城没事，他这才松了一口气。但想到花城过来之前掷出来的那个一点，眉头跳得更厉害了。

慕情又道："你现在往回走多半也是找不到的，不如继续往前走，看看里面到底有什么。不然往前往后的不是浪费时间？"

谢怜正要说话，忽然屏息，道："嘘。听，什么声音？"

慕情也凝神细听。

那是一个男人低低的呼吸声。

是从前方传来的！

二人警惕万分，各自暗暗握住兵刃，往前走去。

他们终于走出了长廊，来到了一间殿内。慕情一弹手指，一点掌心焰幽幽向前飞去，照亮了倒在地上的一个人影。

谢怜一眼就认了出来，上去道："风信？！"

把人翻过来一看，果然是风信，他身上到处是烧伤和刀剑伤，谢怜小心地拍了好一会儿他才转醒，一醒就骂了几句，看清面前的是谢怜，马上不骂了："殿下？你怎么在这儿？"

谢怜摇了摇头，伸手道："我才要问你！先起来吧。找到了你，又要找三郎了。"

风信道："血雨探花？他怎么了？"

谢怜道："是这样的，我们一起……"

话音未落，风信突然举起手，道："等等！你后面那个人是谁？！"

谢怜回头，只见一个黑影沉浸在阴影里，道："那是慕情啊。怎么了？"

风信双瞳收缩，道："快抓住他！"

黑暗中，那人影向前迈了一步，终于暴露在火光之下。慕情脸色阴沉，风信抓住谢怜道："之前在仙京我正到处找人，突然他在我背后打了我一掌我才倒了。不知道他想干什么，你小心他！"

慕情道："那是个误会！"

风信骂道："误会个头！殿下，你们一起来的？他路上有没有做什么可疑的事？"

"这……"

说实话，从慕情主动说要来帮忙开始，谢怜就觉得有点可疑。他一路更是可疑，心神不宁的，都没像以往那样不停和谢怜唱反调。风信现在对他是十二万分的警惕，起身就是一掌，道："先拿下再说！"

慕情闪身避过，道："说了是误会！也不看现在什么时候，要我说你才可疑呢，一声不响趴在这里，一起来就挑拨！"

两人这就开打了，虽然谢怜早有预料，但还是头痛不已。更恐怖的是，他们这一动手，谢怜觉察那杀气更重了。火光乱飞照亮了整座屋子，谢怜这才看清，四面八方的墙壁上，密密麻麻排满了各式刀枪剑戟等兵器，寒气森然。

原来这里是一间兵器库。难怪会有那种冷冰冰的杀气！

谢怜从前也有这样一座兵器库，经常在里面流连忘返，但这座兵器库让他觉得极不舒服，不想多留。可这两人的话他一时也不知该信哪个——说实话，两个都非常可疑啊！

最后，谢怜只好道："若邪！"

先把两个一起捆了再说！

等待多时的若邪终于有了表现机会，飞蹿而起。谁知，白绫未出，谢怜却忽然觉察另一股寒意从身后蔓延过来。

他出手方位立变，抓住若邪向后挥去。白绫套中了什么东西，谢怜猛力一拽，拽扯不动。

他心一沉，下一刻，反被若邪扯了过去，后背结结实实地撞进了一个怀里，还有一个冷冰冰的硬东西硌了他的腰一下。谢怜："嗯？"

虽然他身板看上去不怎么扎实，但力量还是很惊人的。除非对方是个庞然大物，否则怎可能如此轻易就把他拽过去？

谢怜正要反手一拳，却觉一只掌迎接一样地包住了他的拳头，一个声音在上方道："哥哥，是我。"

谢怜的拳头马上松了，道："三郎？"

他低头一看，握住自己的那只手上戴着银护腕，雕刻着枫叶、蝴蝶、猛兽的图腾；扭过头，接住他的，是一个身形长挑的红衣人，气定神闲，腰悬一把银色弯刀。

花城！

谢怜明白了。原来刚才是若邪主动把他往花城那边拖，他以一对二，当然一下子就被拽过去了！

他无语地拿起若邪，对它道："你也太吃里爬外了……"

若邪这会儿就知道装死了，一动不动。谢怜也不想说它了，丢开它道："三郎，刚才到底怎么了？你不是一直在我身后的吗？"

花城道："遇到一点东西，花了一点时间解决。"

谢怜心中隐隐不安，下意识在他手臂上摸摸，道："没事吗？"

花城笑道："当然没事。不过国师去向不明了，现在我们只能自己找路了。顺便，他们两个打什么？这么吵。"

他笑得都藏不住了，谢怜连忙撒手，道："哦，他们……"

一旁风信和慕情暂时休战了。风信道:"殿下,你倒是别看到他就扑上去啊!"

谢怜马上辩解道:"什么!什么叫'看到他就扑上去'?不是我扑上去的,是若邪的问题……"

慕情打断他道:"谁跟你说这个了?是说你别随便靠近突然冒出来的人!你能保证那个真的是血雨探花本人吗?别忘了这里是白无相的老巢,出现什么都不奇怪。"

谢怜马上开始认真地观察这个花城。花城注意到他的目光,反过来也盯着他。于是,谢怜给他反盯得都观察不下去了,花城则很好心地道:"哥哥想知道我是不是真的三郎吗?太简单了。过来,我告诉你一个好办法,马上就可以判断出来。"

谢怜便听他的过去了,虚心请教道:"什么好办法?"

慕情都给他气死了:"你别他说什么你就做什么好吗?现在真假存疑的可是他啊!"

花城微笑道:"你默念我的通灵口令,看看我能不能和你连上,不就知道我是不是真的了?"

二人耳语几句,谢怜转过身,轻咳一声,对那两人宣布道:"这个……这个是真的。"

慕情怀疑道:"你确信?你可别是光看他这张脸就被骗了啊。"谢怜窘道:"我有这么好骗吗!"

花城道:"好了,解决了。话说回来——哥哥,他们两个到底打什么?"

谢怜便对他解释了几句,以手抚额,道:"就是这样了……说真的,简直不知道谁更可疑。"

花城却道:"这还用问吗?当然是他更可疑了。"

他示意的是慕情。慕情不快地道:"你们别一出什么事就往我头上推。"

花城道:"好。那我问你一个问题——你手腕上的那个是什么?"

闻言,慕情脸色大变。他疾步欲退,风信却一把抓住他:"手腕上?"

他手腕上,赫然是一道咒枷!

慕情一把拨了风信的手,脸色铁青。谢怜抱着的手臂也放了下来,愕然道:"慕情,你手上?"

慕情面色沉沉不语。花城道:"建议你老实回答以下所有问题——君吾为何在神武殿召见你？他对你说了什么？为什么打晕风信？为什么一反常态主动要来铜炉山犯险救人？你手上这个东西怎么回事？为什么把我们引到这里？"

慕情见势不好，后退一步，立即道："等等！你们先别攻击！先听我说！"

花城摊手道："请。说吧。"

顿了顿，慕情咬牙道："不是你们想的那样。的确风信是我打伤的……但那是因为仙京完蛋了！当时所有神官都在想办法逃出去，他却还留在那里不肯走，叫他走他也不听，再留着迟早被业火烧死，我才打算把他打晕了再丢给你的。"

谢怜道："但你并没有把他交给我。"

慕情道："因为中途出了一点意外。那胎灵。它突然从背后袭击，狂咬不止，不让我带上他。那女鬼兰菖也来了，她直接把风信拉起来了，救他出了火海。马上仙京又开始解体重组了，于是……"

于是，风信等人就随着身下那片地，不知道被挪到哪儿了。

谢怜也明白了。他主动出来救人，因为毕竟是他把风信打晕弄丢了的，就算只出于责任也要出一份力。难怪他一路上心神不宁的，恐怕是在忐忑风信会不会出事，他也不确定剑兰和错错会做什么。

花城却道："别的废话不用多说了，回答我的问题，君吾对你说了什么？"

慕情稍一迟疑。花城又盯着他道："你现在是不是听命于他？"

慕情立即道："绝无此事！"

花城道："那么请解释这个咒枷除了表忠心以外的作用。"

慕情闷声道："就算我说了，你们也可能不信。"

谢怜一直耐心地听着，道："你先说完吧。"

慕情看了一眼谢怜，半晌，才艰难地道："这个是……因为，他让我，对殿下不利。我，不肯，所以才……"

话到这里，他自己都说不下去了。花城道："所以，他一生气，就给你套了个咒枷？"

慕情不语。

花城脸上没什么特别的表情，道："平心而论，你自己相信你说的话吗？"

慕情道："你们爱信不信。"

风信道："你还是说实话吧。"

慕情听了就手指骨节咔咔作响，道："我说的就是实话！你想听到什么？

我投降了君吾反过来害你们是吗？我在你们心里就是这样一个人对吗？太子殿下！"

他望向谢怜，目光激荡。谢怜盯了他许久，一直在思索，正欲开口，花城却抱着手臂，拦到他身前，迎上了慕情的目光，淡声道："用不着这样看殿下，毕竟你身上早有先例。"

慕情道："你让开！我又没问你！什么先例？"

花城微笑道："什么先例？从殿下手里抢来的福地，修炼起来可顺利？"

他微笑中透着丝丝寒气，语气更是森然不善。慕情一愣，脸色白了白，不由自主倒退两步，道："你！……"

慕情惊，谢怜却也惊。他惊的是，花城怎么会知道这件事？

谢怜和风信都不是嘴碎的人，从不爱在背后议论人是非或散播什么。虽然当时慕情离开给他们打击都很大，但他们也从没有说出去或对别人抱怨过。至于抢福地，谢怜后来再也不想提这件事，并未和人谈起，相信风信也是一样的。

那三十多个神官自然也不会主动和别人说他们抢了谁的修炼灵地，对此要么守口如瓶，要么粉饰扭曲。所以谢怜后来压根没听外人传过这事。

既然如此，花城又是如何得知的呢？

虽然他在上天庭埋了不少眼线，但这事真的太早了，都八百多年前了，这种陈年老债也能查到吗？

慕情道："你怎么会知道？谁告诉你的？"他望望风信，又望望谢怜，花城冷笑道："你不用看殿下，殿下从来不告诉我这些事。怎么，做了不敢认吗？"

慕情脸色更白了。而谢怜又想起一件事——红衣鬼火烧文武庙。

花城一战成名，斗下了三十三个神官，一把火烧了他们在人间的所有宫观庙宇。

谢怜早就不记得当初和他争夺福地的有多少个神官了，连他们的名号、相貌、说过的话也全都不记得了，只模糊记得有三十几个。

那么，到底具体是三十几个？

几人正僵持着，突然，谢怜一脚飞出，道："小心！"

慕情猝不及防被他一脚踹倒，嗖嗖两声两道寒光锐气贴着他的脸擦过，钉在墙上。谢怜百忙之中道："抱歉抱歉，不是故意的！"如果是故意的，慕情现在已经在墙上砸出一个人形坑了。众人转头一看，墙上钉着两把利剑，剑刃犹兀自颤抖，风信喝道："谁？！"

谢怜道："没有谁。是它们自己动的！"

叮叮当当，哐啷哐啷。四面八方，杀气大涨。那些悬在墙上的兵器躁动起来，摇得整个屋子都震天响！

谢怜道："快出去！"

谁知，他奔到原先是出口的地方，却只剩墙了。谢怜道："门不见了！这些兵刃怎么回事，为什么突然杀气冲天？"

花城两根手指夹住一柄向他飞来的长剑，也没见他怎么用力，那剑便一折九断，噼里啪啦掉了一地。他道："太久没人用，寂寞了，感觉到有人进来，想杀生罢了。"

风信下意识去看慕情。慕情立即道："与我无关！"

花城道："但，是你把我们引进来的。"

慕情道："是胎灵把我们引进来的。"

花城却道："只有你看到了。"

慕情无言以对，握紧了拳。花城微笑道："不被相信的滋味，就是这样呢。"

风信道："现在先让这些兵器安静下来，说吧，要怎么干？"

谢怜忽然想起以前对付过类似的妖魔鬼怪，喃喃道："能的！只要……满足它们，让它们杀生就好。"

风信道："可是现在这地方出不去，就只有我们四个被关在这里，能杀什么？"

花城却道："三个。"

"什么三个？"

花城道："纠正一下罢了。被关在这里的，只有三个。"

谢怜猛地转头。果然，兵器库内，原本的第四个人慕情，突然消失了！

千真万确！原先慕情站着的地方已经空无一人。风信愕然："怎么会？！他刚刚还站在这里的！"

花城并不吃惊，毕竟方才这种事他已经遇到过一回了，道："这里是白无相的地盘，一切都要按他的规矩走，自然想弄走谁就弄走谁。"

原先风信是八分信两分疑，对慕情的针锋相对只是气话居多，现在就不知道该说什么好了。半晌他才道："殿下，慕情，他，该不会真的……？"

谢怜倒是不急不躁，道："先不要说说这个了。这些兵器要暴乱了，先想办法

253

让它们安静吧，不然就要被剁成肉酱了。我来……"他才微微一动，随手握住一把颤得格外厉害的剑，花城却倏地按住了他的手。

谢怜一愣，抬头望去，只见花城凝视着他，一只眼里隐隐有血色蔓延。他沉声道："哥哥，你想干什么？"

谢怜怔了怔，道："我没想干什么？"

花城道："那你拿剑干什么？"

谢怜道："我……防身啊？"

花城的脸色阴沉得可怕，抓得更紧了，道："你想怎么防身？把剑放下！"

这还是花城第一次用这种神情和语气对谢怜说话，谢怜整个人都愣住了。连风信都觉得这样的花城不对劲了，道："你先把他放下！"

一柄战斧劈面飞来，谢怜眼疾手快举剑将它斩飞，道："怎么防身……就这么防啊！"

花城的神色和语气这才稍稍缓和，但仍没放开他，道："你不用防身，站在我身后就好。把剑放下。"

风信从地上踢到了自己的弓，捡起来扬弓当剑击飞一只流星锤，更怀疑了："你这么抓着他是想干什么？你当真是血雨探花本人？"

谢怜觉得，面前这个一定是花城本人没错，只是……他像是忽然想到了很不好的事情，才会是这个态度。思忖片刻，谢怜道："好。"手一松，长剑坠地。

下一刻，银光横闪，弯刀出鞘！

厄命一出，整座兵器库登时漫天银光，金石断裂之响不绝于耳。谢怜和风信被这乱闪的寒光杀气包围在中间，一动不动。十声之后，花城转过身，弯刀回鞘。

而原先那数百把兵器，全都被厄命打成了齑粉……

谢怜蹲到地上，捡起两片剑的碎片，心中有点痛惜："这些可是不可多得的好剑……"

这时，风信道："殿下，门，好像多了一扇门！"

原本是得见血杀生才能打开门的，花城却直接用暴力打开了。刚想到这里，花城便拉了他往外走。看他杀气腾腾的，风信道："下一步你们打算怎么办？"

花城平静地道："先找国师，再找慕情。如果慕情投靠了君吾，那就要了他的狗命。"

三人出了兵器库，走了一阵，谢怜犹豫片刻，还是问道："三郎，刚才你是不是以为我要用剑刺自己啊？"

花城不答，脸色还是极不好。谢怜道："我不会的。"

花城看他一眼，道："是吗？"

谢怜被他看得心里虚虚的。

说真的，要是在以往，搞不好危急关头就真这么解决了，但现在是再也不会了。谢怜忙道："是！我答应了你的呀。况且那么多刀枪剑戟，每个捅我一下，我岂不是要被捅成肉泥？哈哈哈……"笑到这里，他就笑不出来了。

因为，他说到"捅"字之后，花城蓦地凝视他。那目光谢怜没法形容，看得他一句话也说不出来。

谢怜眨眨眼，拍拍花城的后背，柔声道："怎么啦？"

花城低声道："殿下，你不要这样笑啊。"

他紧紧抓住谢怜，道："不好笑，真的……一点都不好笑。"

想起之前自己捡地上尸毒骷髅花城脸色都那般不好，谢怜心中歉然，道："对不起，我再也不跟你开这种玩笑了，本来只是想让你不要担心的，没想到起反效果了。"

风信仿佛被这种氛围吓到了，茫然了一会儿，道："我……也觉得不要了。既然他这么认真……"

花城终于放开了谢怜，沉声道："走吧。"

第十章
通天桥三傻还复昔

没了梅念卿带路，三人除了继续深入皇宫，也没有别的选择。但没出来多久，谢怜便觉察了空气中的异样。他道："你们觉不觉得……好像变热了？"

他们刚进入地下皇宫时，是森凉森凉的。但走了一阵，闷热了许多。风信似乎颇有同感，但他一转头，抬手指道："殿下，看后面！"

谢怜终于知道，为什么地下的空气变热了。

赤金的岩流向着坡下三人爬了过来。那令人窒息的闷热就是它带来的。

外面的岩浆，顺着河道流进地下皇宫来了！

谢怜正心道不好，突然觉察背后有人飞速奔过。他反手就是一绫抽出去，道："稍等！问个路！"

那人险险避过，几人借着远处岩流带来的火光看清了他的脸。风信喝道："慕情！你小子，站住！"

慕情哪里会站住，三人正欲追击，地面一阵剧烈的颤抖。那赤金的岩浆突然来势汹汹，漫过了皇城内的河道，迎面向几人扑来！

三人即将被逼得无处落脚，谢怜道："风信，岩浆里有许多空心怪可以浮起来，踩着它们！"

说完，他瞅准了一个在岩流里奋力划动手臂的空心人，一跃而上！

甫一落足，谢怜心下一喜。这几个空心人个头似乎格外大些，被他一踩居然只是微微一沉，但依然能在岩流面上浮而不坠。只要它们不作怪，简直可当轻舟！

风信也看准一只跃上，扬弓对那空心人道："好好游，别沉！"那空心人被他拿着武器威胁，果然不敢怠慢，更加卖力。花城却只是抱着手臂，都不用低头看他脚下一眼，那空心人便老老实实不敢"作妖"，马力全开，游得最快。谢怜则双手合十，诚恳地和自己乘的空心怪打商量："载我一程，麻烦载我一程，回头给你烧香？你不喜欢香是吗？想要什么供品随便说……"那空心人显然极为不满，时不时挥动手臂想把他赶下去，偏生谢怜牛皮糖一般，就算它打滚也甩不掉。不消说，最不好对付的一只，又被谢怜挑到了！

花城见状，令他的"小舟"放缓速度，对谢怜伸出手，道："哥哥，到我这里来。"

不知何时，他脚下踩的空心怪变成了抱团结伴的两只。谢怜还想努力奋斗一下，但花城一抄就把他整个人抄了过去，道："不识相的东西没必要费口舌。"说完，那作怪的空心人便炸了。

三人御怪顺流而下，仿若迎风冲浪，越往下流坡度越大，速度也越快，还要时不时避过岩流中突起的岩石，一路可谓惊险不断。一阵过后，终于追上了前方的慕情，风信手里有弓无箭，只能隔空喊话，道："慕情你跑什么！"

慕情脚下也踏了一只空心人，回头道："不跑等你们围攻我吗？我……"

话音未落，谢怜看清前方景象，双目瞳孔急剧收缩，喝道："慕情你前面！"

慕情这才发现，前面的路戛然而止了。

这里原先应该是一处地下断层，落差极大，起码有百丈之高，仿佛一个巨大的断崖。

他没想到居然会突兀地出现这种地势，加上越往下岩浆流速越快，等他反应过来时，已经猝不及防飞了出去！

慕情的身影瞬间消失，而这边三人也即将以势不可当的高速冲过断崖！

千钧一发之际，若邪飞出，在远处一座宫殿的飞檐上打了个结。谢怜和花城站在一起，把若邪另一端扔向风信，道："接住！"

以绫为系，三人这才堪堪定住。此时，他们距离那"断崖"只有三丈，再迟一步也要坠下去了，可谓悬崖勒马。只是上方依然不断有滚滚岩浆冲下来，谢怜又道："收！"

若邪迅速缩短，不多时，三人跃上宫殿之顶。这宫殿宏大，殿顶宽敞，以石为基，不惧岩浆冲刷。惊魂稍定，风信望着那空荡荡的"断崖"，道："他……掉下去了吗？"

谢怜道："没有！"

探出身子就能看到，断崖边上的岩石里，钉入了一把长刀。

一双手紧紧抓在这长刀的长杆上。那双手下是一张竭力咬牙、血意上涌的脸。

此刻，慕情就处于这样一个与瀑布般倾流而下的岩浆平行的可怕位置。

火珠在他面前飞溅，当真是"火烧眉毛"，要不是他罩了一层护体灵光挡去了灼气，早就被烧得面目全非满头起火了。但如若他整个人坠入岩浆池子，照样得化骨为气！

这一幕看来令人心惊肉跳，风信道："殿下，你那条白绫够得着他吗？"

谢怜已经动手试了，收回若邪拍掉它身上的火焰，道："不行！太远了，若邪在半空中就着火了！"

慕情的衣服上也燃起了许多细碎的小火焰，刀柄烧得滚烫，但他还是死死抓着。一撒手下面就是烈焰岩池在等着他，还有无数亡灵的号啕之声，仿佛在呼唤上方垂死挣扎的人快下去陪伴它们。

慕情不是没见到远处三人，但以他的性格，很难开口呼救。

但最终，他还是额头青筋微突地冲谢怜喊道："殿下！"

谢怜正在飞速观察四周，闻言望他。慕情憋了好一阵，赤红着脸喊道："相信我！殿下，你知道我没有说谎吧？我从没有想过要害你！"

他这样冲谢怜拼尽全力地喊出来，仿佛抱住了最后一根救命稻草的样子，却让谢怜忽然想起了另一幅画面。

在许多年前的一个暮色时分，他也是这样满怀希望地问慕情的："你知道我没有说谎吧？"

当时慕情是怎么回答他的？

这些事他几百年都不曾去想，但慕情这一问，却突然把它们从封尘已久的角落里翻了出来。

一翻便不可收拾，无数的画面和声音闪过，谢怜这才发现，原来这些记忆如此清晰，原来他从未忘记。

慕情喊完脸色就变了。看来，他也明白方才那句话喊错了，无意之中提醒了不该在此刻提醒谢怜的事。

这时，花城在谢怜身后淡声道："哥哥，在你做决定之前，我要提醒你几件事。"

谢怜这才回过神来，道："什么？"

花城道："第一，你去救他，必将冒生命危险。"

谢怜道："嗯，我知道。"

花城又道："第二，你绝对危险，但他不一定。如果慕情已投靠君吾，君吾一定有办法把他从这里挪走。而这种可能非常大，你想想他这一路上的可疑之处。"

谢怜沉默的时间有些长了。那长杆刀柄烧得发红，慕情双手已在冒着丝丝白烟，虽隔得远但这边几人仿佛也闻到了焦味。

花城随手放出一只银蝶，那银蝶扑翅扑翅，还没飞出多远便化为一缕银气，消失在空中。谢怜知道，他这是在给自己展示，死灵蝶亦不可助，不值得拼死一试。

慕情也看到了那银蝶消失的过程，神情逐渐绝望。

他明白了。现在，一是没人有办法救他，二是没人相信他。他早就百般触雷了，谢怜根本不会冒着生命危险过来拉他一把。

只是，虽然绝望，却仍不甘心放弃，慕情咬咬牙，手上更加用力。谁知他身体刚升起几寸，又猛地一沉！

慕情向下望去，瞳中映出了无数被熔成血红色的怨灵。

这些怨灵熔于流动的岩浆里，忽然冒出，一个接一个抱着他往下拉，又烫又沉，如火上浇油，慕情怒道："滚！"

在过去的几百年里，他不是没濒临绝命过。但葬身岩浆这种死法，比负伤身死要恐怖千百倍，一想到他要像那没有生命的死灵蝶一般化为一缕烟气了无痕迹，根本无法接受。

终于，慕情的体力撑到极限了，十指微微一松——他掉下去了。

一道人影向着下方燃着熊熊烈火的岩浆池坠去："啊——"

可是，他叫得虽惨烈，身体却猛地在空中一顿、悬在了半空！

慕情惊魂未定，头皮都麻了半边，反手一摸身上。原来是一道白绫缠住了他的腰。

自然是若邪了。可是，谢怜离他远得很，若邪怎么飞过来的？

慕情向上望去，惊异地发现，谢怜居然离他不远——谢怜就在他头顶上。

之前慕情将长刀钉入岩石，谢怜现在就半跪在那刀柄之上！

谢怜一边收短若邪拉他上来,一边看着他笑道:"还好,还好,赶上了!"

慕情喃喃道:"太、太子殿下?"

方才那一瞬太刺激了,刺激到他脑子还有点稀里糊涂的。这么远的距离,中途都是滚滚岩浆,他是怎么过来的?他根本不可能跳过来!

远处,风信的声音传来:"殿下!你们没事吧?!"

慕情循声望去,那宫殿屋顶上现在只站着花城和风信两人了。花城抱起手臂盯着这边,似乎除了确认谢怜安全别的他都不关心。而那宫殿和他坠崖点的两点一线的中心,一把漆黑的长剑冷冷立在奔流的岩浆中。

芳心!

原来如此!慕情终于明白谢怜是怎么过来的了。他是掷出了芳心,造出了一个落足点。

谢怜道:"刚才一直在想办法,这里实在没什么可以用的东西,所以花了些时间。你也太急了,不要乱来啊,乱来掉得更快。"

慕情本以为谢怜的沉默是在犹豫要不要救他,却原来是在思考到底该怎么救。也亏得刚才形势那般危急,谢怜还能冷静思考了。

他额上的汗珠更加细密了。一抬头,谢怜向他伸出一手,笑眯眯地道:"总之,虽然稍微迟了点,不过,还不算太晚吧?"

不知是不是方才撑了太久,慕情居然觉得手臂无比沉重,提不起来。谢怜又把手伸得更下,道:"起来吧。"

慕情终于抓住了他的手。

他整条手臂都是微微颤抖的,谢怜一用力,把他拉了上来,两人一起站在慕情长刀的刀柄上。谢怜转身对屋顶那边招手,道:"三郎,成功了!"

花城道:"好了,哥哥,现在回来,立刻!"

谢怜应道:"好的,马上回来!"又转头问慕情:"你还能跳吗?"

慕情道:"我……"

谢怜观察他神色,果断地道:"我带你吧。"说着就抓了他后背。要在以往,慕情估计会翻个白眼让他别这么抓,像抓猫,但现在,他什么话都说不出来了。

谢怜正要跃起,谁知,两人忽然同时感觉脚下一歪。

好死不死,那钉入岩石的长刀早不松晚不松,偏偏在这个时候松动了!

花城勃然色变,道:"哥哥!"

此种火烧屁股之时，谢怜仍能急速思考，道："没事！"他在空中双手并用，再次一刀钉入岩石之中！

"铛"的一声，火珠飞溅，绚烂至极。这些火粒子仿佛碎裂的金沙，但若是两人的护体灵光消了，沾上一粒都能把人活生生烧穿一个窟窿！

想了想，谢怜严肃地对慕情道："这把刀承担不了两个大男人的重量，这样下去不行。"

慕情稍稍回过神，道："你是说……"

还未说完，谢怜便抓住他往上一抛，喝道："你自己看准！"

慕情被他抛上断崖，发现自己在向芳心飞去，定定心神，凌空一翻，落定在芳心剑柄上。

到这里，他才明白为什么谢怜要先把他抛上来了。

因为，这个距离，也许谢怜可以直接从那下移了数丈的刀柄上跳过来。但是，他却不行。

这个距离对他来说，太远了。他是借了谢怜这一抛之力，才能上来的！

风信捏了一把冷汗，道："还好殿下你反应快！"

花城则神情凝肃，道："哥哥！你说你有绝对把握我才让你去的。你再不回来，我就直接下去找你了！"

他语气带着警告意味，谢怜忙道："我真的没事啊！这就上来了！我一个人可以的，你千万别下来。"

花城神色这才缓和几分，但还是目不转睛盯着那边。风信看看他，忍不住道："挺意外的。"

花城也不回头，毫不好奇地道："什么。"

风信抓抓头发，道："我以为，你对慕情意见很大，会觉得他不值得救，会反对殿下救他，不让他去的。"

花城这才看他一眼，道："半错半对吧。"

"啊？"

花城道："你前面那句没错。我的确觉得他不值得救，他怎样都不关我事。他死掉了最好。是我弄死的更好。"

看他一脸无所谓的神情，风信汗颜："你也太直接了吧！"

而且这人怎么回事啊。怎么从没见他在谢怜面前这样子说话啊！

而且想到没准这人心里对自己也是这么个态度，就更让人汗颜了！

　　花城嗤笑一声，顿了顿，又道："但，殿下怎么选择，只有他一个人能决定，我永远不会反对。他想做什么去做就好了，我只需要问他需不需要我帮忙。"

　　风信从来没听过一个人对另一个人说这种话。他觉得要是给谢怜听到肯定又要不得了了，只好道："啊……这样。"

　　花城转过头，凝视着岩流火光中四下观察、思索对策的谢怜，微微一笑，道："而且，我早知道他一定会那么做了。"

　　那边，谢怜道："慕情，你去风信他们那里吧，别跑了，有什么事我们可以待会儿好好说。我会听你说的。"

　　慕情这才反应过来，如果他不离开芳心，谢怜下一步就没有落足点了。他正准备动作，岂料他才刚起身，下方谢怜忽然道："谁？！"

　　谢怜正站在刀上默默蓄力，突然背后岩瀑分开，蓦地伸出一双手抓住了他。

　　明明是从岩瀑里出来的，那双手却冷得可怕，谢怜打了个寒战，听到花城在上方道："殿下？！"

　　那双手紧紧抱住谢怜，带着他从刀上坠了下去。谢怜一脸愕然，而上方几人则看清了从背后抓住他的是什么东西。

　　那人一身白衣，脸上戴着一张半哭半笑的面具，似喜似悲。

　　白无相！

　　若邪警觉危险，自发向上蹿去，慕情马上抓住了它。但白绫另一端传来的力量过大，他非但没能拉住谢怜，反而自己也被拽了下去。

　　谢怜在狂飞的火星中急速下坠，下方是灼灼热浪，心里却是毛骨悚然。冰火两重天中他听到背后的东西在他耳边狂笑。

　　而上方漫布穹顶的火与光中，赫然是一道红影正在向他飞来。

　　花城也跳下来了！

　　这下面，可是岩浆池啊！

　　不知是灭顶的恐惧，还是炙热的岩浆，谢怜整个人都被淹没了。良久，他才悠悠转醒。

　　一醒来，他发现自己躺在坚硬的地面上，而慕情坐在一旁，正盯着他看。

　　谢怜眼前还隐隐发红，一下子坐了起来，道："三郎！"

　　他一坐起慕情便道："别乱动！"

谢怜手欲撑地却撑了个空，整个人险些翻下去。微微一惊，这才发现，他根本不是躺在地上。

他是躺在一座桥上！

这是一处空间庞大的地下岩洞，穹顶深邃如浩瀚夜空，洞中，"浮"着一座残桥。

桥身漆黑，残缺不全，似木似石，仿佛经历千年雨打风吹、尘封火烧；无柱支撑，自悬空中，向前后两端无尽地延伸，不知来自哪里，去向何方，望不到尽头，辨不清方向；有的地方宽达三丈，有的地方窄得只能容一人通行。

残桥百丈之下，便是烧得翻滚的岩浆池，犹如地狱红汤。

通天桥？

谢怜脑海中第一时间浮现的就是这三个字。两千年前，乌庸太子为避大难造了一座通天之桥，这座桥莫非就是它的遗迹？

谢怜爬起身来，道："三郎？"

慕情道："不用喊了，他不在。"

谢怜转向他，道："我们怎么会到了这里？"

慕情道："缩地千里吧。我半空中就被传送到了这里。"

谢怜喃喃道："可怜风信，三个人都掉下来了，就他一个留在上面，多半又要破口大骂了。"

他瞥到被扔在一边的芳心和长刀，捡了起来。慕情见他提着剑向自己，不知他要干什么，神色凝住。谢怜却把他的刀递给他，又向他伸出一手，道："你没事吧？没事就站起来，我们得赶紧走了。我要去找三郎。"

慕情看着他向自己伸出的那只手，沉默片刻，摇摇头，道："你走吧。我走不了，有伤。"

谢怜蹲下来查看，只觉棘手。慕情手足折断了。

思索片刻，他道："我扶你好了。"

他将慕情手臂拉起来扛在肩上，如此搀扶行走。走了几步，忽然，慕情道："为什么？"

谢怜一边打量四周环境，一边道："什么为什么？"

慕情道："我以为你发现我也活着后会更怀疑我。"

谢怜道："哦，不会啊。"

"为什么？"

"因为我知道啊。"

"知道什么？"

谢怜道："我知道你没有说谎啊。"

慕情脸上是什么表情，当真难以言喻。

谢怜理所当然地道："你不是让我相信你吗？我是相信你啊。就这样。"

"怎么说呢。"谢怜道，"我也算认识你很多年了吧，这一点我还是可以肯定的：你不是这样的人。你气不过可能会往别人杯里下泻药，不过下毒这种事你不会做的。"

听前面一句，慕情似乎微微动容，听到后面半张脸都黑了，道："我真是谢谢你了！下泻药也不会的！"

"咯，哈哈哈，开玩笑的啦，不要在意这种细节。总之吧。"谢怜抓着他的手臂，看向前方，道，"如果你真的因为拒绝害人而被君吾戴上咒枷，那我就不能让你因为做了这件事而付出不好的代价。"

他平静地道："因为你做的是对的。哪怕你有可能只是在骗我，我也不能错过这种可能性。"

慕情瞪了他半天，最终，咬牙切齿地道："谢怜，你这个人真是……"

谢怜道："你还是别说了吧。你会怎么评价我，早几百年我就知道了。眼下你还得靠我扶呢，就别说些会让人想把你丢下岩浆池的话了。"

慕情憋了半天，还是继续咬牙切齿地道："我偏要说！你这个，娇生惯养的……太子殿下，你是心肝肉，你是掌上珠，你是世界中心、人间正道，你是你父皇母后的宝贝，别人算什么啊，谁要是冒犯了你他就怎么样都活该，你……你……"

谢怜道："知道啦知道啦。"

慕情怒道："你知道才怪！"

于是谢怜不说话了。半晌，慕情泄了气般地哼笑了几声，又道："殿下，其实我……"

正在此时，两人脚下同时一沉，双双色变。

好在谢怜反应神速，足底一点，向前一蹬，轻飘飘落到前方三丈。回头再看，原先他们踏足的地方，居然塌了。一截桥身都直直向下坠去。

轰！一段漆黑的桥身落入猩红地狱池中，在池里翻滚了许久的怨灵们争先恐后伸出几百双手，仿佛想借它脱离苦海。但它们数量太多，那段残桥根本托不起它们，很快就沉了下去。上方两人胆战心惊，对视一眼。谢怜道："看来这桥不太牢。"

退路已断。而前方的桥面忽宽忽窄，仿佛遍布陷阱，危机四伏，不知踩中哪里就会塌下去！

谢怜二话不说，一把将慕情丢到背上，道："抓紧，我要快速闯过去了！"

说快就快，谢怜果然飞步跃出。他足底每每在桥面上一点都犹如燕子抄水轻轻一掠，点到即收。若是有其他武神在此，只怕全都会被这种精妙到恐怖的控制力镇住。这是只有不能仰仗法力的人才能锻造出来的身手！

突然，一道火柱冲天而起，要不是谢怜刹得及时，只怕就冲进火里了。二人向下望去，不知何时下方聚起了成千上万的熔岩怨灵，尖叫狂笑着向他们伸出双手，那道火柱就是它们合力发起的。两人耳朵都隐隐生疼，慕情道："他们在喊什么？"

谢怜喃喃道："'下来吧，和我们一起，烂死在这里！'"

慕情望他："你听得懂？他们说的应该是乌庸语。"

谢怜点头："嗯，这些是通天桥塌下来后掉进岩浆被烧死的乌庸国人。小心不要被它缠上，它们会把看到的一切东西都拖进岩浆里。这果然就是通天桥的残躯！"

慕情道："它们把人拖下去就能解脱？"

谢怜道："不。拖别人下去也不能解脱。这些怨灵是永远也解脱不了的，只是，它们喜欢看到别人和它们一样。"

就是因为这样，它们才永远都解脱不了，永远要在这地狱池里煎熬。慕情疑惑道："你怎么知道这么多？"

谢怜道："我也不知道，但应该是……白无相灌输给我的。"

他也想还击，但两人都没剩多少法力，距离太远轰不到。而那群怨灵成群结队，鬼鬼祟祟，嘻嘻哈哈，指指点点，兴奋至极，仿佛在观看什么表演。好几次火柱都险些烧到他们脚跟，原本就坑坑洼洼的桥面更加残缺不全，他们却半点也奈何不得，憋屈至极！

慕情在谢怜背上越想越窝火，喘了几口气，在谢怜肩头轻轻一拍，飞了起来，落在身后。谢怜大奇，回头道："你干什么？"

慕情道："别过来，这儿桥面窄，你过来两个人都要掉下去！"

谢怜只好顿步，道："所以我们更要快点下桥啊！"

慕情沉着脸道："如果这桥真是通天桥，谁知道还要多久才能下桥？迟早给它们打翻下去。我去搞死这群阴险的杂碎，你自己走！"

他直视谢怜，微微扬首，道："这个时候了，我就直说了吧。我对你有很多想法。"

谢怜道："呃……这个其实我早就知道了。"

慕情冷冷地道："是吗，那你知道，我经常觉得，你太子殿下不过是靠出身和运气压过别人罢了，其实你也没比我强多少吗？

"我还觉得，没准你喜欢做好事给别人看，然后享受赞美和吹捧，甚至你帮我都是这个理由，因为我是一个可以让你展露怜悯和善意的绝好对象。"

谢怜也不知道该汗颜还是该怎么样了："这种话不用当着本人的面说这么详细吧！"

谁知，下一句，慕情道："但其实，我后来发现这些不是'我觉得'，而是'我希望'。"

谢怜一愣。什么叫"我希望"？希望什么？希望他装模作样地假好心？

慕情生硬地道："我……不想承认你是个好人。承认这件事的话，我会不知道该怎么和你相处。"

谢怜越听越糊涂。前半句他倒也挺能理解的，但什么又叫做不知道该怎么和他相处？

慕情面色阴郁地道："当时他把我叫到神武殿，说我没有选择了，我到了这里却又毫发无损地回去，这嫌疑已经洗不清了。你绝对不会相信我的，因为……因为以前的事，你恨我鄙视我。其实你从来打心底就看不起我。"

谢怜微微张口，最后，道："我没有。"

慕情有点疲倦地道："他说的东西，我也想过。我的确一直觉得你心里对我的看法就是这样的，所以我也一直……"

谢怜点点头，道："所以你也一直对我抱着警惕之心，随时准备反击，是吗？"

虽是有些好笑，但现在他可不敢笑出来。他总算彻底明白，为什么慕情一对上他，就总是那样一副阴阳怪气的神气了。

慕情大概也知道这有些滑稽，叹了口气，道："反正，现在我知道，你确实没这么想了。"

他放弃抵抗一般，无奈地道："不管我再怎么不承认都没用，谢怜你就是个……好吧，你挺好的，你很好，说出来又怎么样？！该死的没错，你就是个好人！！"

谢怜给他吼得险些倒退一步，刚想说你夸我好我很感谢但你可不可以不要用这种好像要杀了我的口气夸，就听慕情硬邦邦地道："大体上，我一直……很想……做你的朋、朋、朋友。"

"……"谢怜万万没想到，有朝一日居然能从慕情嘴里听到这种话。他一双眼睛不由睁大了："你……"

又一道火柱冲天而起，谢怜倒退几步避过，离慕情更远了。而慕情怒色上涌，俯身一掌在桥面上一拍。谢怜双瞳收缩："你干什么！"

毫不意外，那桥段塌了，带着慕情向下坠去。

断桥入池，激起高浪，那群熔岩怨灵原本欢欢喜喜涌来准备拖他下水的，岂料一道轰击扫过，被打散了一大片。慕情站在断桥中央，周身灵光亮到最炽，冷笑道："你们这群阴沟里的杂碎，刚才很痛快是不是？我来了，你们倒是别跑啊！"

现在，他终于能轰倒那些熔岩怨灵了！

慕情提掌狂扫怨灵，杀了个痛快，打得下方原先看戏的怨灵们纷纷尖叫散开，游向四方。他衣袖衣襟都起了火，谢怜趴在上方道："慕情？！你能跳多高？"

慕情喝道："你怎么这么多废话，还没走！"

谢怜辩解道："这不是我的问题。你这辈子好不容易说几句人话，然后就掉下去了，这让人怎么走？"

慕情怒道："什么叫好不容易说几句人……"话音未落，他脚下那段残桥沉了几分。两人脸色都是一变。

这下，是真要葬身岩浆池底、化骨成气了！

慕情闭眼提起手掌，似乎想给自己个痛快。谢怜忙道："等等等等你不要冲动！我我我我有办法！"

慕情又睁开眼："什么办法？"

谢怜把若邪抛下去，道："若邪不够长，你用尽全力跳吧！跳起来抓住它！

我拉你上来。"

慕情道："我要是跳得起来，还用想办法吗？！"看他又举起手掌，谢怜道："等等等等！真的等等！！我马上就想到办法了！"

慕情道："我给你三声。三声之后不要再打扰我去死。"

办法呢？办法呢？快想到办法啊！

没有办法！

谢怜都快绝望了，慕情再次举起了手。谁知，正在此时，一只手把他手掌"啪"地打开。

然后，这人提着慕情，纵身一跃，抓住了若邪！

谢怜又惊又喜，道："风信？！"

那段残桥咕咚咕咚沉进了岩浆河底。而白绫末端，风信提着慕情冲他喊道："殿下，拉我们上去！"

谢怜赶紧拉人。下方还有几个空心怪人扑腾扑腾着游过，看来，风信就是乘着它们从河的上方飘来的。二人稳稳上升，下方却渐渐又聚拢了一群新的熔岩怨灵，怨毒地望着上方，嘀嘀咕咕抱团商量，不多时，再次向上轰出一道火柱。

风信和慕情吊在半空中，谢怜一摆若邪荡开他们。风信险些被火烧了，破口大骂道："下面这群什么玩意儿，这么阴险！"

它们还没放弃，嘻嘻哈哈，准备继续偷袭，风信火气正大，把慕情往上一扔，道："抓着！"

慕情死里逃生，马上抓住。风信不用提着他，腾出一只手从背后取下长弓，还有几根不知他从哪里捡来的树枝。他以枝为箭，一手持弓，牙咬住弓弦和箭尾，搭箭上弦，稳稳拉开。嗖嗖嗖嗖，四箭齐发！

箭入岩浆池，炸开了花，吓得熔岩怨灵们翻了天，再次四散。风信终于痛快了，骂道："滚回去吧，阴间的玩意儿！"

终于，三人一起瘫在了通天桥的桥面上。谢怜艰难起身道："风信，你怎么来的？"

说到这个风信就抱起了头："我怎么来的？你们三个都跳下去了，我有什么办法？我差点疯了！只好想办法绕到那个断崖下面，一路飘到这里。你们搞什么？跳岩浆池！疯了！"

想来风信崩溃地骂了一路，谢怜道："好好好，你冷静。不管怎么说，你真是天降救星，帮大忙了！所以说，有的时候，人真的就是……一定要别人拉一把才能挺过去的，真的！"

三人都吓了个半死，乱七八糟脸色铁青地喘了一阵，不敢多留，风信背了慕情，继续在通天桥上飞跃前进。跃了一段，交换了所见，谢怜得知风信也没看到花城，不由揪心。花城究竟在哪里？

这时，风信对背上慕情道："对了，你那些话，我也听到了几句。前面听得人火大想揍你，后面终于说了几句人话。没想到，你小子心里居然是这么想的！"

慕情的脸黑了。风信对谢怜道："殿下，我早就跟你说了吧，他这人心思比深宫怨妃还弯弯绕绕，简直莫名其妙！"

谢怜看慕情的脸已经不能看了，冲他连连摆手。风信却浑然不觉，又转向慕情："你想跟殿下做朋友，你就直说啊！他就是很好，你有什么不能承认的！觉得殿下心里鄙视你做不成朋友了就要整天阴阳怪气恶心人，你这样能跟他做成朋友？！真搞不懂你脑子里怎么想的？"

谢怜放弃了，摆摆手道："他不是从小就这样嘛。你别说他了，看他脸都红了。"

慕情忍无可忍，咆哮道："我真是见鬼了？！你们两个能不能闭嘴？！"

谢怜提醒他道："你好像串了风信的词。还有，骂脏话不太好吧。"

风信道："你自己说的，很想和殿下做朋、朋、朋友！"

他还故意学了慕情那几个咬牙切齿的卡顿，慕情的脸都狰狞了，手已经伸到背后去摸刀了，风信又道："行了，现在说开了。反正你记住，太子殿下心里从来没有把你想得怎样不堪，除了那次你那事做得太过分他生气了，后来他在我面前都没说过你一句坏话！你，今后做个正常人，说人话，再阴阳怪气的我就骂你了。"

慕情直翻白眼："你不骂我几百年了吗？"

谢怜："慕情，你是神官啊，要注意形象，不能随便翻白眼，被信徒看到会有意见的。"

慕情："得了吧。这人还整天在上天庭骂脏话呢。"

风信："那是你该骂。"

慕情："你少来。你以为你没旧账是吧？青鬼戚容外面到处叫一圈了，你儿子什么时候生的？"

风信额头青筋也起来了，撸袖子道："你找掀是吧！"

慕情冷笑道："掀你自己呗。要不是你以前整天在太子殿下旁边说我坏话，我至于老觉得他也看不起我、心里微妙吗？"

话题又陷入了死循环，谢怜道："这种时候你们就不要相互翻黑历史了吧，伤害彼此有什么意义呢……"

慕情又翻了个白眼："再说了，看当年把你大惊小怪的，打个劫怎么了，我要是殿下，到了那一步，我深夜连盗十八家豪门大户绝不眨眼，就你当个事，还追着殿下问怎么回事。"

谢怜汗颜，回头道："等会儿，也不要翻我的啊！总之，找三郎，先一起帮我去找三郎吧！哈哈哈……"

正在此时，三人同时感觉到下方一股灼浪传来，齐声道："当心！"脚下提速。七八道火柱冲天而起，谢怜道："风信，把慕情给我！"

风信二话不说把背上慕情丢给他，谢怜背上，慕情道："快搞死它们，烦死了！"

风信道："用你多说！这么齐心协力手拉手抱团干什么不好，非要害人！我看你们再过八千年也别想从岩浆里上来！"开弓便是连环箭。他这兵器攻击范围可比谢怜和慕情瞎打一气要远多了，炸得下方赤浪高飞、尖叫连连。谢怜赞道："漂亮！"慕情在他背上道："也就那样！"

谢怜越奔越是身轻如燕，道："我们三个好久没这样了吧！"

慕情："你是指这样一起夺命狂奔？"

风信："明明经常这样！"

谢怜："是吗？！"

可是，有些东西说开和不说开时，心境是完全不一样的。谢怜哈哈笑了两声，双目一直观察四下，始终没瞧见一缕红影，忍不住微微有些焦躁，道："三郎！"

他的唤声在偌大空旷的地下岩窟中回荡，无人应答。谢怜嘴唇发干，舔了舔。背后慕情看他东张西望的，沉默片刻，道："殿下，你真的很在意他啊？"

他突然这么问，谢怜猝不及防，道："啊。啊？……啊。"

慕情见了他这副模样，无言以对，须臾才道："我不是故意吓你，但是我得提醒你，你有没有想过……也许只有我们两个被传送了，而血雨探花……没有呢？"

风信道："你这不是废话吗？既然这里只有你们两个，他当然……"

说到这里，他才反应过来慕情是什么意思。他不是说花城被传送到了别处，而是说……也许，花城落入了岩浆池中。

谢怜舔了舔嘴唇，道："这，这怎么可能？"

慕情道："你别觉得不可能。血雨探花是绝境鬼王没错，可白无相也是。而且他是第一代绝境鬼王，铜炉山主人，这里是他的地盘，是他法力最强的主场。"

风信狂瞪慕情，斥道："快闭嘴！你什么毛病，这个时候了开口还不能说点好听的？他可是血雨探花！"这个时候他仿佛突然化身花城的铁杆崇拜者了。

慕情果然不说了，但还是道："我只是觉得我们总得考虑一下万一是这种情况该怎么办。"

谢怜眼前浮现花城苍白的掌心中那个异常鲜红刺眼的一点，也不知该说什么，正想说话，忽然猛地刹步。后方风信差点撞了上去，道："怎么了？！"

第十一章

笑吟吟渐渐淡红衣

只见前方,空气之中,铺天盖地、星星点点地闪烁着万千粼粼银光,像是天上有谁打翻了装满银粉的宝盒。

谢怜放下慕情,向前走去。他探出手,轻轻触了触空中一片稍大的银光。触到了,便将它捏在了手里,缓缓拿到眼前。

另外两人也凑上前去看,风信道:"这,这是……"

慕情直接说出来了:"死灵蝶的……碎片?"

大概是嫌他说得太直接了,风信又怒瞪他。谢怜的手微微抖了抖,握住了那片发出淡淡银光的蝴蝶残翼,吐出一口气。

风信道:"往好里想,起码他没真的掉进岩浆池,肯定到这儿来过,对吧。"

慕情指着一旁,道:"然后在这里和谁打了一场。好大的一场。"

谢怜顺着他指的方向望去,微微睁大了眼。

只见四面八方的岩石上,遍布了无数骇人的刀锋剑痕。

那是厄命的刀痕。

刀刀入骨。谢怜从前不是没见过花城用刀,但他的风格,一贯轻松惬意、漫不经心。与其说他是在用武器,不如说是在戏耍。这些刀痕里,却满是杀意。可想而知,与他交手之人有多了得,这一战有多险恶。

他一句话也不说,趴下来看了看。桥面上没有跌落的痕迹,桥下方也没有聚集欢呼的怨灵,这才稍稍安心,又爬起来向前奔去。身后风信背起慕情,追上去道:"殿下!"

谢怜屏住呼吸。因为他不想听到自己过于急促慌乱的呼吸声。紊乱的呼吸对武者而言是大忌,不光加重身体的负担,还会扰乱心曲的节奏。但屏住呼吸也没用，他手足都在发颤，跑着跑着还脚下一崴，险些摔个跟头滚下桥去，风信和慕情都直叫了起来让他小心。忽然，谢怜道："什么声音？"

谢怜再次驻足，回头道："你们听到了吗？是不是有什么声音？"

风信和慕情都道："有！有！"

是兵器交击和法力轰击的声音。连通天桥的桥身都在隐隐震颤。前路黑暗中，有光明明灭灭。

有人在前面交手！

谢怜连滚带爬向前冲去。后面的风信喃喃道："满天神佛保佑可千万是血雨探花，不然他怕是要疯了！"

慕情道："少废话了，咱们自己就是满天神佛也保佑不了，赶紧跟上！你看他跑得跌跌撞撞那个样子，别还没见着人先摔死了！"

谢怜忘记屏住呼吸了，就这么听着自己凌乱的喘息跑了五六里，终于在拐过最后一个大弯后，眼前蓦地雪亮。

悬空的通天桥尽头，一个红衣人和一个白衣人，正在恶斗。

那红衣人持一把修长的银白弯刀，身形鬼魅，闪电般忽隐忽现，正是花城。他不笑了，全神贯注，神色凛冽，俊美苍白的面颊上一抹鲜红的血痕，凛冽中平添三分明艳。那白衣人自然是白无相，手持一把不知从哪儿弄来的长剑，脸上还是一张半哭半笑的悲喜面。只是，那面具和谢怜从前所见的，却不太一样了。

它从中间裂开了。

那道裂痕极大，无法忽视，从额头中心一直裂到眼下面颊，仿佛随时会崩溃！

两人身法皆一沾即走，妖气冲天，击打却势如千钧，力贯苍穹。剑气刀风，狂飞乱舞，上方的死灵蝶们和下方的熔岩怨灵们也在对峙，相互呼啸，如排山倒海。每一次交手，岩浆烈焰池中都炸起数丈惊涛骇浪，根本无法接近！

风信和慕情随后跟来，都被这场景震得双足钉在原地挪不开步。

没有一个武神看到这样的战斗场面，能不为之心荡神驰！

一见到安然无恙的花城，谢怜高高悬起的一颗心终于落了地，简直想当场躺倒在地大喊大叫，但强行忍住。高手过招，瞬息之乱都能定夺胜负，何况，这是当世两位绝境鬼王之间的一战！

白无相那一端远远的后方还站着一个身影，正是梅念卿，自然是被白无相带到这里来的，见谢怜等人来了松了一口气，但也不敢贸然出声。谁知，花城却早就注意到了来人，如霜般专注而寒冷的神色微微化开，终于展颜一笑，道："看来你又失败了。殿下来了。他带的人，一个都没有少。"

谢怜忍不住了，道："三郎！"

花城微一侧首，一声"哥哥"应完，语气又转警告了，道："哥哥，你下次再把自己弄得掉下去，我就生气了。"

谢怜也道："你下次再跟着一起跳下去，我会更生气！"

闻言，花城表情凝了一下，似乎谢怜的话真的让他忌惮了一下。而他直面白无相时也没露出这种忌惮的神情。白无相欺身而上，打的是花城，话却是对谢怜说的："仙乐，你们两个是不是春风得意过头，太不把我放在眼里了？"

厄命刀柄上的眼珠瞅到了谢怜，骨碌碌狂转起来，花城反手一格，谢怜听到了"噔"的一声，心中一悬。

那是兵刃断裂的声音！

众人连忙循声向场内望去，只见花城手上弯刀安然无恙，白无相所持长剑被花城反手一格，却是应声两折！

厄命刀柄上的眼珠瞅到了谢怜，骨碌碌狂转不止，仿佛在谢怜面前表现了，因而心里喜滋滋美上了天似的。花城哈哈一笑，从容道："没事。哥哥不必担心。"又反问白无相："为什么要把你放在眼里？"

梅念卿怕他激怒对手，道："年轻人，说话不要太狂妄！"

谁知，花城下一句更加肆无忌惮，单手持刀，锋芒毕露，对准白无相，微笑道："毕竟，说到底，你不过是个满心嫉妒的糟老头子罢了。"

不光梅念卿连斥责他假笑的力气都没了，风信和慕情都惊呆了：这人胆子也太大了！

谁敢在君吾或白无相这两个人之中的任何一个面前这么说！

但是，他们又不得不承认，只有花城敢这么说。因为，可能只有他说了这种话之后，君吾或白无相拿他依旧没有办法！

慕情自己下来，走了几步，喃喃道："难怪以往……涉及血雨探花的时候，君吾总是说能避则避、不要对上了。"

正在此时，一团白影闪过，拦在厄命刀锋之前。谢怜眼尖，看清了那样东西，道："三郎别砍那个！"

是那胎灵！

他看清了，花城自然也看清了，刀尖一偏，收放自如，改劈为挑，把那团白花花的东西挑飞了开。风信方才一瞬瞳孔骤缩，见那胎灵没有被一刀两断，这才回过神，道："快过来！"

那胎灵被花城挑飞的方向正是冲他而去的。风信上前欲拎，它头上本来就没几根毛，被他一喊全夯了起来，喉咙里咕噜咕噜的，一过去就狂咬不止，硬是不让他拎。风信忍不住怒道："见他就黏见我就咬，究竟谁才是你爹？！"

慕情却冷不丁道："你有把它当你儿子过吗？你有好好地叫过它的名字吗？"

闻言，风信愣住了，道："我……"

那边，谢怜无法观战不动，匆匆交代道："你们两个小心，我上去看看！"

慕情低声道："你自己小心！别忘了，你身上还有两道……"

谢怜微微一怔，下意识摸了摸脖子上那道咒枷。不及多言，奔上前去，见那边一红一白斗得正恶，观察片刻，判断不可贸然加入混战，若邪一挥将梅念卿卷了拉过来，道："国师你没事吧？"

梅念卿抹了把满头的冷汗，道："没事！"

谢怜："没事怎么流这么多汗？"

梅念卿："我这是给血雨探花那口无遮拦的小子吓的！"

这时，又听风信慕情惊呼，谢怜抬头望去，只见白无相微微垂手。

他的一条手臂受伤了。翻过手掌，看了看自己满手的血，他叹了口气，笑道："很多年没人能让我受这种程度的伤了。"

谢怜预感不妙，道："师父，他……生气了吗？"

梅念卿道："不……比他生气更糟糕。他……高兴了。"

顿了顿，白无相转向花城，饶有兴趣地问道："你那把弯刀，是用你那只没了的眼睛炼成的吗？"

花城明显无甚兴趣作答，谢怜的心却猛地一跳。

从看到厄命的第一眼，他就知道这把弯刀必定不同寻常，也有六分猜到，也许就是花城失去的那只眼睛炼成的。白无相口气如此笃定，难道果真如此？

梅念卿眉头微凝，须臾，突然道："我想起来了。"

谢怜道："想起来什么？"

梅念卿道："我想起来，我听我那三个朋友说过一件事。好几百年前，铜炉山里来过一只厉鬼。"

慕情道:"铜炉山里来过的厉鬼,起码有大几万吧。"

梅念卿道:"不要插嘴!——那只厉鬼,成鬼时间很短,很年轻,而且来的时候已经快要烟消云散了,但是不知为什么坚持飘到了这里。"

谢怜心脏怦怦狂跳,道:"快烟消云散?为什么?"

梅念卿道:"似乎是受了重创,魂魄都散得七七八八了,神志也不是很清楚,但是一直一边游荡一边念着他不会离开的、他不会离开的。可能是因为心愿未了吧。总之,那一年铜炉开山,出了一个意外。"

谢怜听到"他不会离开的",心中一软,又是一恸,随即问道:"什么意外?"

"铜炉山里,不光群聚了万鬼,还关进来一批误闯禁地的活人。"

"什么?!"

梅念卿道:"铜炉里全都是妖魔鬼怪,普通人根本没法闯出去,只有被当养料的份儿。但那只厉鬼不知出于什么缘故,混混沌沌地带着那一大帮活人,逃了许多天。最后,还是被万鬼围堵,逼到了死路,就要和那些活人一起被蚕食了。"

谢怜知道,这只孤零零游荡的野鬼,一定就是花城!

他道:"然后呢?!有什么办法能脱身得救?"

梅念卿道:"有。以血肉为祭,炼出血器,杀出重围。血祭方式越残忍、血祭对象执念越强,威力也就越强!"

慕情还是忍不住插嘴了,道:"执念越强,难道是说怨念?那最保险的祭品,岂不就是……"

岂不就是那些陷入绝境的活人?

风信和慕情望向正全神贯注与白无相恶战的花城:"难道……难道他……"

谢怜呼吸都停止了。梅念卿却道:"所谓执念,倒不一定是怨念。总而言之,那鬼的确动手了。"

风信和慕情的神色变得难以言喻。谢怜却一动不动,只等着国师说下去。果然,梅念卿接道:"他动手了,突然发狂,挖了自己一只眼睛。"

梅念卿道:"那只厉鬼,差一点就对那些活人下手了,但不知为什么,最后还是没动,却拿自己一只眼睛作为代价炼了一件血器。但那厉鬼本来就是强撑着一口气,挖了眼睛以后本该彻底散架的,但不知被什么刺激到了,反而彻底清醒了。不知他炼出来的究竟是什么邪器，居然扛过了那一战。而且，还有一件很奇怪的事。"

谢怜勉强平定心神，道："什、什么事？"

梅念卿道："据说，那一战后，天上降下来天劫，劈到了铜炉山。你明白这是什么意思吗？"

这还用说什么意思吗？

天劫降落，即是说，天认为，在铜炉山里，有人有资格可以飞升。

谢怜抓住梅念卿，道："是谁？谁飞升了？！"

梅念卿道："我也全都是听说的。但是，上天庭并没有哪个神官是铜炉山出身的，要么就是我听到的纯属子虚乌有，要么就是……"

升上去的那个人，自己跳了下来，拒绝了天界！

慕情完全没法接受，愕然道："以鬼之身飞升？居然会真有这种事？而且还拒绝了飞升，自己跳了下来？！不是他吧？那个时候他刚进铜炉山啊，还没百炼成'绝'吧？！就那么跳下去……根本生死不知吧？！他到底为什么啊？！"

为什么能做到这种地步啊？！

忽然，谢怜听到白无相叹道："仙乐，你有一个非常忠诚的信徒。"

话音未落，一张裂开的悲喜面，蓦地出现在谢怜眼前。

谢怜完全没料到白无相居然能在瞬息之间逼近到咫尺之处，瞳孔里清晰地映出了他的倒影。若邪爹了毛一般扬起，本欲出击，但终究还是缩了。

倒也不怪它。若邪一贯是非常聪明的，当它判断攻击也无效时，便会主动放弃。

白无相似乎笑了一下，因为那张悲喜面裂得更开了。

下一刻，厄命的刀锋掠过他颈项。

但迟了一步，白无相已经闪开了。

他霍地闪现在通天桥断桥戛然而止的最高点，微微扬手，道："不用紧张，只是拿回我的东西罢了。"

他手里，多了一把通体漆黑、如寒冰冷玉的长剑，一道银线贯穿剑心。谢怜反手一摸，背上的芳心不见了。

芳心是乌庸太子的佩剑。白无相把那本属于他的佩剑拿走了。

一片、两片、三片。惨白的面具一点一点剥落，最终彻底脱落，露出面具后那张脸。那身白衣,也在燃烧的火焰中化为一身白甲。

终于,"白无相"摘下了面具,变成了"君吾"。

众人皆是屏息警惕。不用猜也知道,这个形态的他,必定更强了。

梅念卿冲花城喝道:"年轻人不要轻敌!他这副模样比白无相形态更不好对付!而且你原先占了兵器了得的便宜,现在可就没有了!"

果然,君吾身上的伤一扫而光,从头到脚焕然一新。他看了梅念卿一眼,微笑道:"当着我的面教别人怎么对付我,我不杀你,你胆子倒是越来越大了。"

那微笑中透露着警告意味。梅念卿不说话了,也直视着他。谢怜道:"您放心,三郎从未轻敌。"

他再清楚不过了。纵使花城面上笑得再肆无忌惮,手上也绝不会松懈。

君吾凝视着剑锋,淡声道:"诛心,许久不见了。"

芳心——或者,该称为诛心了,正在他手中发出低沉的嗡鸣。

谢怜过往一直觉得芳心上了年纪不好用,没准哪天就折了,却没想到,它在昔日的主人手中,和在自己手中的气势竟截然不同!

诛心和厄命每交锋一次,整座通天桥都在颤动,仿佛随时会坍塌落入岩浆之中。比起方才,君吾的力道强度和速度明显都上了一阶。花城虽仍不落下风,但眉头微蹙,神色更凛。几人远远观战,也是心惊不已。

因为,君吾每一剑都在狠狠刺探花城的右眼!

花城挡了两次,惊险至极,很快发现他反反复复都在用这一招,仿佛盯准了右眼是花城的弱点。他每次出手,花城自然全力防御,反复去挡。如此一来,岂不是陷入了拉锯战,什么都做不成?

厄命上那只眼睛感应到危机,狂怒不已。黑玉般的剑锋再次袭到。只听清脆的一声"叮"——花城并未格挡,君吾却收了剑。

谢怜一身白衣,拦在了花城身前。

方才,他竟是以一弹之力,弹开了诛心寒气森森的剑锋!

谢怜还是忍不住,入场参战了。他徒手荡锋的本领了得,但这还是第一次遇到如此险恶的一剑,轻轻一弹,几乎半条手臂都麻了,倒退几步甩了几下才恢复知觉。花城在他身后道:"哥哥?"

谢怜道:"一起啊!"

二人背靠背站立,战意齐齐对准另一方。见状,君吾微笑更深,道:"哦?"

谢怜低声道："你上我下！"

话音未落，两人便分一上一下，向君吾抄去。谢怜对君吾招数路数心中有数，隐约能猜到他下一招要怎么走，脱口道："勾！"

花城依言，弯刀回锋。君吾果然险些中招，谢怜又道："轰！"

花城再次依言，这次不用刀，却是赤手运法轰击。君吾肩头果然被轰中，身形一沉，若非他身手太快，这两下恐怕都打到要害了。斗着斗着，谢怜忽然醒悟，花城为当世之"绝"，这般身手，怎会需要他来提醒？这可太冒犯了，老毛病又犯了，忙道："抱歉！你不用听我的！"

花城却笑眯眯地道："哥哥说的是最佳选择，为何不听？"

忽然，桥面一塌，花城足下一空，眼看即将坠下，若邪一飞将他卷了回来。下一刻，谢怜只觉脖颈一寒，君吾闪到了他身后，一手搭上他的肩，道："仙乐，身手不错。"

君吾靠得太近，谢怜毛骨悚然。花城道："哥哥！"

他左手一抛，厄命飞旋而来。谢怜反应奇快，微微低首，厄命擦着他头顶飞过，劈向他身后的君吾。君吾这才放开了搭在他肩头的手，谢怜趁机跃回花城身边，厄命又飞旋着回到花城手中。二人配合无间，旁人只看到三道身影闪电般忽隐忽现，简直快到无法想象、令人窒息。而君吾的笑声回荡在岩浆穹顶的上方，仿佛在鼓励他们：好。很好！继续！

慕情一边勉强避过桥上塌陷之处，一边悚然道："他……没问题吧？他在笑？"

梅念卿道："我早说了！比他生气更糟糕的就是他高兴了！这才刚刚开始而已！"

那边，君吾得了诛心如虎添翼。谢怜见他不断持剑狠袭花城右眼，胆战心惊，斥出若邪，缠住诛心剑柄。谁知，君吾反手一拽，谢怜便整个人向诛心的剑锋飞去。

谢怜先是一惊，随即镇定，反正他原本就想夺剑，无所畏惧，迎刃而上，脑中把接下来可能交手的两百多招都瞬间预演了，岂料飞到半空，一只手抓住他往后一拉。谢怜落地，回头一看，只见花城拦在他面前，一道黑玉剑锋穿心而过。

看到这幅画面，谢怜简直窒息了，道："三郎？！"

花城面色微沉，君吾正等着谢怜自己撞上诛心的剑锋呢，见被拦下，拔剑后退，似乎微感失望。谢怜根本忘了花城是鬼，就算胸口被打个大洞也照样活蹦乱跳，现在依旧不放心，双手捂在花城胸口那个并不流血的伤口上，道："三郎你干什么突然？！"

花城道："我怎么可能让你再在我面前被它刺中？！"

他语气有些过分激烈了，谢怜微微一怔，却听君吾道："仙乐何必如此痛心？反正他也不会痛，不过是个早已死去的人罢了。"

他居然还提醒谢怜这一点！

谢怜猛地望向他，满心怒火："还不都是你的错？！"

君吾却冷笑道："全都是我的错吗？"

听他反问，谢怜突然卡了一下。

君吾道："或许吧。不过，仙乐，是不是因为在人间游荡自我麻痹太久了，久到你都忘记自己干过什么了？你还记得仙乐灭国后你都做了什么吗？"

君吾露出意味深长的微笑，缓缓地道："你还记得，一个叫作无名的鬼魂吗？"

谢怜脸色煞白，脱口道："不要！"

梅念卿预感不妙，道："殿下，他在说什么啊？仙乐灭国后你干了什么？"

谢怜一阵莫名惶恐，望望花城，又望望君吾，表情也从方才的恼火变成了不知所措。花城立即一把抓住他，沉声道："没事，殿下，不要害怕。"

连慕情都道："没错！你怕什么，管你干了什么，谁还会怪你吗！"

风信道："你又说了句人话。不错，继续！"

但谢怜怎么可能还稳得住？

那是他一生中最狼狈不堪的日子，也是他做过的最后悔的事，他自己都从来不敢多回想。只要脑海中一浮现那张眉眼弯弯的苍白笑脸面具，他就辗转难眠，恨不得把自己蜷成一团，再也不展开见人。

花城见过风光无限的谢怜，见过战败失意的谢怜，见过笨拙犯傻的谢怜，见过穷困潦倒的谢怜。那都没什么。

但是，他恐怕没见过烂泥地里打滚的谢怜、破口大骂的谢怜、满心怨毒的谢怜、一心要灭了永安国报复的谢怜，甚至想制造第二次人面疫的谢怜！

那一段太不堪回首了。若在从前，白无相抖出来便抖出来了，但现在，谢怜根本不想去试探花城知道他还有过这一段后会露出什么表情。

因为他根本没有花城想的那么好。他并非一尘不染，神圣高洁。就算花城知道后只流露出一丝难以置信的表情，他恐怕都会永生永世无地自容，再也没脸见花城了！

一想到这个，谢怜便无法抑制地脸色铁青，额头沁出冷汗，手也微微发抖。见他如此反应，花城的手抓得更紧了，笃定地道："殿下，不要害怕。记得吗？你自己亲口告诉我。"

他柔声道："风光无限是你，跌落尘埃也是你。重点是'你'，而不是'怎样'的你。无论发生过什么，我都不会离开。任何事你都可以告诉我。"

谢怜稍稍定神，君吾却笑了一声，缓缓地道："'无论发生什么，都不会离开。'曾经，我最忠诚的信徒、最好的朋友们也是这么对我说的。"

梅念卿神色微变，君吾也扫了他一眼，道："但是，最后，你看到了。没有一个真正做到。"

梅念卿似乎问心有愧，低下了头。花城道："信我，殿下。不行吗？"

谢怜并不是不信。

只是，他不敢试。

最终，谢怜咽了口唾沫，勉强笑了一下，又觉得不该笑，低下头，颤声道："三郎你先……抱歉，我，可能……"

花城凝视他片刻，道："其实……"

话音未落，一阵极其强烈的杀气袭到，二人双双跃开。谢怜心神微收，脸色也从煞白里恢复了几分："他怎么了？怎么更……"

更快、更强了？

比起刚才的白无相形态，现在，君吾的速度和力量都起码提升了一半，而且还在不断增长，每一击都能清晰地感觉出来这种恐怖的增强！

慕情喊道："殿下！小心他改变策略了！他不攻击血雨探花……转成只攻击你了！"

谢怜自然也发现了这一点。他手中只有若邪，若邪又一见诛心就缩，无法正面迎击，好在，厄命滴水不漏地挡住了君吾向他发起的每一招。

诛心剑挟着一股逼人威势，远观几人也看得胆寒，更何况在这种攻势之下连连后退的谢怜？

方才，花城一人应对白无相尚且游刃有余，君吾出来后，却要两人才能与他打成平手。铜炉山的主场法力优势终于渐渐凸显，谢怜隐隐感觉到一股威压

281

在压制着这边。

而且,君吾还有一层白甲护身。他只护头,花城出刀奇快奇准,谢怜也见缝插针,二人几乎将君吾喉咙、心口、背心、腹部、肩头等地都正面打了个遍,可对手竟纹丝不动!

君吾道:"白费力气。你忘了仙乐,这件白甲是我亲手炼制的千年法宝,它的防御是无懈可击的。你们穿刺不了。"

谢怜道:"攻他心口!"

弯刀再出,劈中他所言之处,果然无用。慕情喊道:"实在没用的话,不如先想办法拉开距离,我们加入一起战他!风信!你箭呢?"

风信正爬上一旁岩石,要去抓那只对他狂吐芯子和口水的胎灵,闻言道:"来了!"

谢怜却道:"继续不要停!攻他心口!"

慕情道:"殿下!他那套甲很厉害,砍几百刀也不一定能突破!"

谢怜道:"没事听我的!用不着那么多!"

花城也不问为什么,弯刀连击。突然,刀锋掠过之处,出现了一抹裂痕。

鲜血迸出。厄命的刀锋,劈进了君吾心口!

花城在君吾前方,单手握刀,目光冷厉地平视着他。若邪趁机而上,捆住了君吾双手,使他无法出手格挡。

那边观战的几人愕然道:"怎么会?"

那千年白甲,怎么会这么容易就被花城斩破了?

谢怜拉紧若邪,盯着君吾,道:"你才是忘了吧?八百年前,我已经和你打过一场了。"

风信和慕情反应过来了:"第二次飞升?"

当年,谢怜请求君吾贬他下凡,君吾说没有一个明面上的理由,于是谢怜便提出了要和君吾比试一场,以他对神武大帝大不敬的罪名贬他下去。

虽然那一战双方的约定是不手下留情,但想来君吾一定还是有所保留。

可是,谢怜却是拼尽了全力。

他一共出了三千多剑。其中,刺中君吾的有五百多剑。而这五百多剑,全都是刺在了君吾的心口。

谢怜坚持不懈地刺了君吾三千多剑,终于突破了那千年白甲几乎无懈可击

282

的防御，一剑捅进了他心口。

就是此刻，花城的刀，斩落之处！

所以，八百年前，谢怜就在这白甲上留下了旧的伤痕。只需三刀，花城就可以突破！

而且，花城的刀比谢怜想象的还要凌厉。这绝对是重创一击！

他心里刚喘了一口气，就听梅念卿道："没用的！他……"

照理说，身受重伤，君吾应该行动受限，但他却只是低头看了一眼，神色依旧不变。谢怜刚觉察不对，君吾双手微微一动。

随即，谢怜听到了"咻咻"两下轻微的撕裂声，同时，手上一松。

若邪断了！

那条白绫裂为两截，毫无生气地落了地。下一刻，谢怜便感觉脖子被人一把掐住，整个人都被拖了起来！

他听到花城道："殿下！"只是，那声音忽然变远了。君吾的声音倒是近在咫尺，他道："仙乐，难道你觉得，被捅刀这种事，我的经验会比你少吗？你觉得，我会在乎吗？"

梅念卿远远地道："就算你们捅他百八十刀也起不了作用！因为……他……已经根本没有痛觉了……"

谢怜被长剑穿心而过也可以面不改色，君吾，也是一样的。

风信原本已经拉开了弓对准君吾，闻言又放下，道："什么？！那岂不是打不打中都没用？！"

慕情道："顺便再告诉你们一个我观察到的坏消息。我怀疑，他自愈速度比受创速度还要快。"

"什么？！"

而那边的谢怜已经能确认，这的确是事实了。

他伤势那般骇人，换个人肯定就当场被拦腰斩断了，但他伤口却已经不流血了。君吾道："不用这么惊讶。如果时常被人背后捅刀，不让自己立刻恢复，岂不是早死了千百次？不过，你们两个，真是相当不错。"

他微笑道："这八百多年来，我只被一刀一剑伤过，分别就是你们。血雨探花，站远，你不会想看到仙乐被我捏断脖子的样子的。"

花城面色沉沉，眼中厉色翻涌，但看到君吾把谢怜抓着悬在通天桥上方，一松手，谢怜就会掉下百丈岩浆池，须臾，还是收了刀，负了手，扶着弯刀，缓缓退后了几步。

看上去，还颇为镇定，但他手下的弯刀却暴露了什么。厄命大为焦躁，眼珠狂转，猛盯谢怜。花城退到通天桥边缘，君吾才道："可以了。"

他抓着谢怜，两人直视彼此。半晌，君吾突然把谢怜往一盘岩石壁上撞去！

这一撞太狠了，谢怜整个脑袋都在嗡嗡作响，口鼻鲜血稀里糊涂滴滴答答顺流而下，远处似乎有许多人惊叫，但他听不清谁是谁，只听到君吾在他耳边淡声道："仙乐，头撞了墙，痛吗？"

谢怜有点没听清，没回答。于是，君吾又抓着他撞了一下，问道："痛吗？痛吗？痛吗？"

他每问一句就把谢怜往墙上撞一下，撞得谢怜大叫起来，但他叫的是："三郎不要过来！没事我没事！一定不要过来！"

至少现在不是时候。时机还没到！

在撞第一下时，花城就已经要冲过去。刚迈了没两步就听到谢怜让他不要过去，又硬生生刹住。

但他脸色已经完全狰狞了，手背上的青筋也几乎要爆开一般，整条手臂都在颤抖。

君吾表情纹丝不动，手上却疯了一般抓着谢怜狂撞岩石，反复问他："痛吗？痛吗？"

梅念卿道："太子殿下！"也不知是在叫谁。谢怜鲜血淋漓的双手抵在凹凸不平的岩石壁上，咬牙吼道："痛！"

君吾这才满意地笑了一下，放过了谢怜可怜的脑袋，把他放到地上。

谢怜抱着还在嗡嗡作响的头跌坐在地上，眼泪鲜血不受控制哗啦啦地流。君吾蹲在他旁边，盯着他的脸看了一阵，忽然抬手，摸了摸他的脑袋，然后轻轻帮他擦拭脸上鲜血。

这举动温和且慈爱，仿佛一个父亲蹲在刚刚被自己暴打得鼻青脸肿的孩子身边安慰他。这画面看得风信和慕情毛骨悚然："他……他……他真的疯了吧？"

花城扶刀的手骨节咔咔作响，而厄命的眼珠瞳孔急剧收缩，仿佛血丝蔓延。

谢怜一声不吭，任由他帮自己擦拭。君吾又自言自语道："你这个傻孩子，痛的话，为什么不回头？你以为撞着撞着，墙就会自己倒下了吗？为什么不改变自己的方向呢？"

谢怜道："不回头。"

君吾极其粗暴，抬手就是一掌，打得他"咚"的一声横倒在地！

谢怜正晕头转向，又被君吾提了起来。他用一种快失去耐心的口吻道："你一定要惹我生气是吗？再问你一次，改不改？"

谢怜咳了两声，咳出一口血，道："不改。"

君吾温和的表情终于出现了一丝裂缝，狞色闪过。

梅念卿脸上发青，见势不对，连忙喊道："太子殿下！你从来不想杀这孩子的，你很喜欢他的！你说过的，你忘了吗！"

君吾冷笑道："若非如此，我就不会把这八百多年来我所有的耐心和宽容都耗在他一个人身上。他早就变成仙京的地基被千人踏万人踩了。"

他转向谢怜，又突然暴怒："但是他却如此不知好歹、顽劣、任性，怎么都不肯听我的话！非要和我对着干！你不改是吗？好吧，那你就试试看，你脑袋撞开了花这墙会不会倒下吧！"

梅念卿见他又提起谢怜，忙道："太子殿下！太子殿下！！殿下……小殿下他不懂事，你就饶过他这一回，算了吧！他总有一天会懂事的……"

君吾看了看他，笑得更冷了："你以为我真的疯了吗？不要想骗我。你心里真的觉得不懂事的，不是他，而是我吧？"

梅念卿愣住了，君吾又道："你一心栽培他、教导他，无非就是期盼着他能胜过我，这样就可以证明我错了你对了，你们对了。就可以抱着一个完美的乌庸太子的幻影来对现在的君吾扼腕叹息了。这不就是你的目的吗？你以为我不知道你们怎么想的！"

梅念卿道："我们从没这么想过！"

君吾却根本听不下去了，厉声道："休想！我告诉你们，休想！没有人能胜过我！他更不可能！"狂笑几声，又拎着谢怜往岩石上撞去，边撞边喝道："你改不改？改不改？改不改？！"

谢怜也疯了一样，抓着他的手臂大吼道："不改！不改！！不改！！！"

虽然被撞得眼冒金星、剧痛无比，但死犟着这一口气，就是不给他想要的答案，就是不改，痛快至极！

他憋得太久了。好像这许多年来，他都等待着这样一个机会，一边头破血流,一边哭着大吼:"就是不改!痛也不改,死也不改,永远不改!!"

现在,不是君吾把他逼得发狂,而是他把君吾气得发狂!

君吾双目赤红,正要再给他来一记教训,忽然动作一滞,低头望去。只见一柄长刀劈在他肩头,八支树枝做的长箭整整齐齐扎在他背后。

这都不算什么,因为长刀和箭都没有穿透这层白甲。但他的右手,不见了。

抓着谢怜的那只手,不见了。整只从手腕上消失了,切口整整齐齐。谢怜也不见了。

再一回头,一样东西带着凌厉的劲风向他迎面飞来。他左手一挥,抓住那东西,一看才发现,这正是自己的右手。

通天桥的对面,花城抱着浑身是血的谢怜,一手反手握弯刀、揽着他肩,另一手捂着他头上的伤口,森森然道:"把你的脏手,拿回去。"

谢怜死不认输,终于激怒了君吾,让他露出了破绽!

君吾抓着右手,将它重新接回自己手腕之上,活动了两下,拔掉了背上的箭。忽然又想起什么,回头一瞥,正好看到手握长刀的慕情。慕情一对上他的目光,勉力镇定。可不一会儿,他就镇定不了了。

君吾看了看肩头,淡声道:"不错。但比起仙乐,你还是差了点火候。"

闻言,慕情脸色微变。他手里长刀突然跌落,随即又脸色大变,举手一看,只见他手上那道黑色的咒枷突然收紧了,且四周经脉凸显,似乎有源源不绝的血液正在向它汇聚而去。

风信见慕情一动不动,喝道:"愣着干什么,跑啊!"

梅念卿:"风信你这小子,他腿都断了怎么跑?"

风信一惊:"见鬼了!"完全忘了这事儿!

要在以往,慕情多半也被他气得白眼直翻了,但现在跑也没用了。咒枷在手上,跑到哪里都没用!

风信骂了一声就要上去,谁知君吾把背上箭拔下来后,反手朝他一扔。风信只觉胸前一凉,低头一看,那八支箭,全都被还了回来,整整齐齐插在他胸口!

君吾缓缓走向花城和谢怜。花城根本没有看他,抱着谢怜,道:"哥哥?哥哥?"

谢怜刚才被撞狠了,好一会儿才迷迷糊糊醒来,还头疼得厉害,眼睛都没睁开就道:"三郎?你没事吧?"

花城看了他一会儿,手上隐隐颤抖,柔声道:"我完全没事。你怎么不看看你自己?"

谢怜努力睁开眼,四周的一片狼藉映入眼帘。

慕情僵直地站在原地,一手紧紧抓住另一手的手腕,似乎在与那吸血的咒枷抗衡,但照他脸色看坚持不了多久。风信虽然没有被那八支箭穿胸而过,也伤得不轻,倒在桥面上。那胎灵喜得怪叫不止,围着他跳来跳去,用后脚狂踩风信的脸,风信大怒,却是动弹不得。

而整座通天桥,正在一段一段地坍塌,他们随时可能跟着一起坠落下去!

谢怜看清眼下局势,一惊想要起身,花城扶着他起来了。两人一齐望向对面。

缓缓向着他们走来的君吾的身影,在四面的火光中投下庞大无比的阴影。谢怜用力抹去眼睛和口鼻边的鲜血,死死盯着那道身影。

君吾斜持着诛心。诛心剑身上凝聚了流转不息的灵光。此刻,他又从容得和方才那个把谢怜疯狂往岩石上撞的君吾仿佛是两个人,道:"仙乐,你很清楚,你必败无疑。"

君吾太了解谢怜了。他对谢怜会怎么战斗一清二楚,法力也完全碾压谢怜。铜炉山作为他的地盘对这边的压制更加明显,他的战意和法力都更强了。

谢怜心道,恐怕他说的是真的。自己是赢不了的。

可是,就算赢不了,也一定要战!

花城却忽然道:"不。殿下,赢得了。"

谢怜一怔,望向他。花城也凝视着他,道:"赢得了。你比他强。"

他那只眼睛亮得仿佛有什么东西在燃烧,笃定地道:"信我。他是错的,你才是对的。你比他强。你比他厉害得多!"

君吾发出低低的笑声,或许是觉得花城的话天真可笑,又或许是因为,此刻,千万信徒的信仰之力,都在他君吾一人手里!

花城却抓住谢怜的肩,道:"那又如何?千万愚人罢了,全都是废物!而你,只需要一个人就够了。"

一个人就够了?

谢怜还没反应过来,花城便将他拉了过去。

谢怜睁大了眼。

灵力爆发，狂涌而入。

这一次，比以往谢怜承受的任何一次法力交接都要强悍，连死灵蝶和熔岩怨灵们也仿佛感受到了这恐怖的能量，在他们四周接连成片地爆炸、尖啸。

谢怜手指几乎要抽搐了，双腿也发抖发颤几乎要跪地难以支撑，他心中喊着停下来，不要了，可花城双手牢牢扣住他的脑袋，不让他离开，不容他拒绝。

不知过了多久，突然，谢怜喉间一松。与此同时，花城终于放开了他，谢怜腿上一软，双膝跪地，双手勉强撑地，这才没有倒下。

君吾停下了脚步，望着这边，面色肃然。而风信躺在远处，不可置信地道："殿、殿下，你的……你的？"

谢怜伸出颤抖的双手，抚上自己喉咙。

什么也没有。

花城给他灌了太多法力。真的太多了，完全超出了咒枷的承受范围。

这束缚了他八百多年的两道枷锁，爆开了！

慕情喃喃道："怎么会有这种事？怎么可能会有这么多？"

从没听说过有谁是用法力把咒枷给撑爆了的？！

花城将跌坐在地的谢怜一把拉起，道："哥哥，你再战试试！"

恰好，君吾持剑斩来，谢怜下意识举手一弹。

"铛——"的一声，诛心险些被他弹飞出去！

这一击，与方才完全不可同日而语！

谢怜看看自己的双手，微微恍惚。他已经几百年没体会过这种感觉了，几乎早就忘了，这才是他。

强悍到无法控制自己的力量，每踏一步都地动山摇。一步千里，一步登天！

他握紧五指，猛地一拳打上君吾的脸！

开战后，君吾的脸始终是干干净净的。这一击得手，终于从他嘴角流下了一点鲜血。他用拇指擦掉，看了看这一点血。

下一刻，他一甩手，把诛心扔到了一边。

看样子，他竟是要和谢怜拳脚相见！

谢怜又是一拳，这一拳却被君吾一把抓住，反手一扭。剧痛袭来，谢怜手臂咔嚓一声立折。但他又立刻咔嚓两下给自己接好，再来一掌，又被君吾截住。谢怜见势不好就想去夺方才被君吾抛下的芳心。君吾自然也料到了他这一步，拦住他去路。

但他忘了，他背后还有风信和慕情。两人虽然都半残了，却都鬼鬼祟祟想去拔芳心剑。他们动作已经极尽轻微，君吾却仿佛背后生了眼，反手便是一掌，两人脚下桥梁断裂，齐齐跌向岩浆河！

千钧一发之际，一只手拉住了风信的靴子。而风信拉住了慕情的靴子。他再往上一看，道："国师你老人家千万别松手！"

拉住他们的正是梅念卿。他额头青筋暴起："你们也知道我是个老人家！那就赶紧爬上来！"

那段桥虽被君吾打塌，谢怜却又举手一托，生生将它隔空托在了半空中。他还想再往上升，君吾却不给他这个空闲。三人距离翻滚的岩浆不足二三丈，肉耳可听见咕咚咕咚的气泡翻滚声，慕情被吊在最下方，还偏偏是头朝下脚朝上，姿势骇人，一不小心只怕就要被岩浆洗头了，被灼得面红如炭，道："快拉我上去！"

谁知，上面拉了没两把，他又叫道："等等！别拉我上去！"

梅念卿气道："你到底要怎么样？"

风信道："你说真的？好，那我就松手了！"

慕情骂道："你真松手了试试，看下面！看剑！"

几人顺着他手所指的方向望去。只见他们的正下方，一把黑玉长剑插在岩浆长河的中心，正在缓缓下沉。正是方才他们要去偷夺，却被君吾一起震下来的芳心！

慕情冲那剑柄狂伸手臂，仿佛恨不得变成一只长臂猿，但怎么都够不着，道："再把我往下放一点，我还差一点就够到了！"

梅念卿额上青筋突得更厉害了："你们两个年轻人，我一把老骨头的，不要太过分！"

说着他把手里靴子往下一沉，慕情的脸离岩浆河面又近了一段，头发滑落，发尾着了火。风信道："你头发着火了！烧着了！！"

好在慕情也终于拔起了剑，他一手狂拍头发上的火苗，另一手一甩，带着飞溅的岩浆，将它掷向谢怜："谢怜接着！"

谢怜一扬手，握住了芳心的剑柄！

而梅念卿也忍到极限了："我不行了，你们都快上来！"

风信见势不好，把慕情往上猛地一甩，道："你太磨蹭！"

慕情被他甩了上去，大怒正要发作，下方岩浆池中，却忽然猛地窜出来几十只熔岩怨灵！

那些怨灵仿佛鱼跃出水一般，跳起来扒住了风信的胸口。若非灵光护体，只怕风信整个人都给烧穿了。它们之前被风信放箭恐吓，怀恨在心，偷偷潜伏在岩浆里尾随至此，瞅准机会要拉他下去。猝不及防，梅念卿也被手上陡然加剧的重量拉得往前一扑，向下滑去。这回，轮到慕情在最后，抓住梅念卿的靴子了。

风信原本就有伤，身上还插着几支箭忘了取，徒手和那些怨灵厮斗，又顾忌斗得狠了，上面的人拉不住他松了手，十分被动。下方的熔岩怨灵越聚越多，层层叠叠趴在他身上，仿佛在和慕情拔河。两边力道都不容小觑，风信吼道："给个痛快行不行？！"

慕情道："闭嘴！"突然，他感觉手下一轻，那些怨灵似乎终于放手了，赶紧趁机把那两人拉了上去。上来后，风信惊魂未定喘了几口粗气，下方传来怨灵们的尖叫怨吼，几人往下一看，慕情和梅念卿都道："风信，是你儿子！"

果然，通红的熔岩怨灵们中，一个白花花的东西窜来窜去，正在疯狂撕咬它们。

那些熔岩怨灵都是起码两千岁的老鬼，且成群结队，如何会怕它一个连婴灵都不算的小鬼？抓来咬去，那胎灵身体原本是白森森的，已经被烫得浑身血淋淋的，赤红片片，还嗷嗷鬼叫，叫得可一点儿也不让人心疼，只让人觉得恐怖。风信却爆发了。

他勃然大怒道："不要你们的烂脸了，一群大人欺负一个小孩儿！错错，过来！"

那胎灵打不过这么多怨灵，已经萌生怯意，一听有人要给他出头，怪叫一声，跳到风信肩头。风信取下长弓，一把拽下自己胸口的箭，连珠箭出，炸得岩河翻腾，那胎灵则在他肩头连连乱跳怪叫，似乎在幸灾乐祸地叫好。那边，谢怜见他们脱险，终于放心，正准备专心应对君吾，却忽然胸口一窒。

君吾从他背后锁住了他整个人，道："我不是说了吗，你以为你的本领是从哪里学的？你所有的招式，我全部了如指掌！"

这一锁，谢怜如果挣不出来，就要被困死了。但是，他能想到的所有挣脱招数，君吾也一定能想到！

这时，他听到花城道："哥哥，不用害怕！你一定有他不知道的招数，只有你能用，而他用不了的招数！"

忽然，谢怜脑中灵光一闪。

他有吗？

他的确有！

既然无法挣脱，那就不挣脱！

他在君吾手臂中转了个身，直面敌人，反锁住君吾，一字一句道："这招，你一定不会！"

他抓住君吾，带着两个人的身体，猛地撞向了坚实无比的岩壁！

这一撞，他用了十成力道，轰隆隆的岩层坍塌声中，他还听到了什么东西碎裂的声音。

那是从君吾身上传来的。

他的白甲，彻底碎了！

与此同时，君吾放开了他，狂怒道："滚！都给我滚！！"

谢怜一抬头，毛骨悚然。映入眼帘、让君吾发狂的东西，是脸。

那三张脸，又跑出来了！

谢怜再次举剑，一剑刺穿了君吾的心脏，将他钉在了岩壁之上！

鲜血从君吾口中溢出。

谢怜这一剑，贯了他能贯入的最多法力，在刺中君吾后一瞬间炸开。再强的自愈能力，也无法修复！

山塌了。

君吾原本是被钉挂在岩壁上的，岩山倒塌后，却变成了躺在地上。

但他还没放弃，反手握住芳心剑柄，似乎想在剑刃上写字。那自然是咒术，必须阻止。可谢怜刚举起手，梅念卿便奔了过来，道："太子殿下！算了吧，算了吧！"

谢怜住了手，不知他喊的是哪个，又是让谁算了。君吾又咳出一口血，怒道："给我滚开！"

梅念卿跪在他身旁，对他道："殿下，算了吧！真的算了吧。继续战，也没什么意思了！"

君吾道："你懂什么？！滚开！"

梅念卿大声道："我是不懂！这么多年了，你神仙也做过，鬼王也做过，该杀的都杀了，想要的也都拿到手了，你这又是何苦？这世上还有什么是你得不到的吗？你到底想要什么？你真正高兴的时候又有多少？！"

闻言，君吾脸上闪现一瞬的茫然。

但没茫然多久，他又暴起扼住梅念卿的喉咙，怒道："你少来教训我！你没资格教训我！没人有资格教训我！"

眼下君吾力量不足，这一扼不算难解，谢怜正要动手救人，梅念卿却摆摆手让他别动，继续道："殿下啊。"

君吾冷冷看着他，还是没放下手。

即便他现在力量不足，要拧断梅念卿的脖子也易如反掌，十分危险。梅念卿却任他这么扼着自己，道："一句'身在无间，心在桃源'，又有什么大不了的？谁年轻时没说过点这种傻话，你当年说的难道还少？为这一句话，你这么多年真的害苦他了！你看看小殿下他都变成什么样子了？后来你还听到他说过这句话吗？可其实他有没有想过要嘲讽你羞辱你，你自己难道真的不知道？你到底恨的是什么？"

君吾盯着他，一语不发。梅念卿道："我知道你恨什么，我也恨！但有时候我真的很想回到从前。如果可以，我真的希望我们从来没有飞升过。

"这么多年了太子殿下，这么多年了啊！为什么不能放过自己？我只是看着你，我都觉得累。很累了，你呢？你真的不累吗？"

作为三界第一武神，君吾的面容和仪态，永远是完美的、一尘不染的。此时，退去了所有光环，谢怜才发现，就算除去那三张人面疽，他的面色也过于苍白了。

轮廓过于冷硬，眼眶之下还微微发黑，显得阴郁难言，根本没有光晕笼罩下显现出来的那般温和。

但现在的他，看起来才像是活的。尽管也是恹恹的。

梅念卿道："殿下，你已经败了！但你不是败给那些你恨的人，那些不配你低头的人。你是败给一个从来没有低看过你的人，一个输给他也不辱没你自己的人！

"所以……算了吧。"

君吾有点迷惘地道:"我败了吗?"

过于强悍的法力波动轰破了岩窟的穹顶,浅淡的阳光自上方洒落。

空中似乎飘下了雨丝。君吾躺在地上看谢怜,谢怜站着,居高临下俯视他,居然从他的神情里看出了一缕如释重负。

他不禁怀疑,也许,被什么人打败,结束这种分裂而疯狂的日复一日,也是君吾一直以来内心深处的愿望也说不定。

半晌,君吾忽然问道:"那招,叫作什么?"

沉默良久,谢怜举袖,擦了擦脸边的血,道:"胸口碎大石。"

君吾一愣,似乎想到了什么,笑了一下,叹了口气,闭上了眼,道:"漂亮。"

他没有再多说一个字,但所有人都能看出他脸上再也掩饰不住的精疲力竭。

谢怜的手终于从芳心剑柄上挪了下来,下一步,想不到该怎么做了,不由自主望向花城。花城还站在原处,在那唯一一段还没有坍塌的通天桥上,已静静负手等待他多时了。见他回头,迎上他的目光,微微一笑。

梅念卿坐在一动不动的君吾旁边,道:"殿下,你们走吧。"

他没有起来的意思,谢怜轻声道:"国师,你不走吗?"

梅念卿摇了摇头,道:"我陪一陪太子殿下好了。毕竟以前,我没有陪他。"

雨水越来越大,冲刷着君吾合眸的脸,以及从伤口流淌出来的鲜血和生机。

冲着冲着,谢怜觉得,他脸上那三张人面,好像渐渐淡去了一些。不知是不是错觉。

沉默一阵,谢怜把背上斗笠摘了下来,垂手一丢,盖在了君吾的脸上。

慕情手腕上的咒枷已经自动脱落了,他飞起一脚就把这东西踢进了岩浆。风信肩头的胎灵却跳了下去,四脚并用爬到君吾的脸边,小心翼翼地碰他,和他踩自己脸时态度截然不同,把风信气了个半死。

谢怜却不管别的了,鼻青脸肿地径直奔向花城,仿若重生——事实上,也的确是劫后余生,一头扎到他身上,道:"三郎!"

花城向谢怜伸了一下手,随即就被他扑得向后退了一步,双臂环住他,笑眯眯地道:"哥哥,你看,我就说了,你一定会赢吧?"又把他的脸抬起来,仔细看了看,叹了口气,"你又把自己弄成这副样子。"

他指尖抚过之处,小小的银蝶扑翅掠过,伤痕淡化。谢怜也笑眯眯地道:"下次不会了!"

花城挑了挑眉，故作冷酷道："没有下次了。"

顿了顿，谢怜敛了笑意，认真地道："三郎，之前在铜炉山里，我说过，出去之后有话要对你说，你还记得吗？"

花城笑道："自然记得。哥哥说的每一句话我都记得。"

谢怜低下头，须臾，好容易才鼓起勇气，坦白道："刚才君吾透露了只言片语的，也和这件事有关。说实话，其实早就该告诉你了，但我一直下不了决心，怕你知道……"

花城道："怕我知道，殿下差一点就成了白衣祸世，对吗？"

谢怜愕然："你……"

花城不正面作答，而是在他面前单膝跪下，抬脸看他，笑吟吟地道："如何？哥哥，这样，想起来了吗？"

怎么会想不起来？

那时候，那个无名的鬼魂，也经常这样对他单膝下跪！

那张苍白的笑面和花城此刻的笑脸重叠了一瞬。谢怜心一颤、脚一软，直接就坐在他面前了，喃喃道："三郎……是、是你啊！"

花城笑了一声，维持着单膝跪地的姿势，那仅剩的一只眼睛凝视着他，道："殿下，我一直看着你。"

谢怜还是只能说一个字："你……你……"

他终于明白，过往花城状似无意对他说过的许多话都是什么意思了。

原来如此。他从没想过，原来无名，就是花城！

他全都知道的。他全都看到了。他一直都在！

突然之间，千般滋味、万般言语齐齐涌上心头。感激有之，惭愧有之，痛心有之，狂喜有之。

谢怜的胸口被撑得快要爆炸，一个字的表述也挤不出来，只能猛地扑了上去，喊道："三郎！"

他好像只会说这个词了，又喊了一声："三郎！"

花城被他扑倒，和他一起坐在地上，搂住谢怜，哈哈大笑。原先的恐惧担忧一扫而光，谢怜紧紧环住他的脖子，笑着笑着，想掉眼泪。

但眼泪还没掉下来，他便蓦地发现了一件很不妙的事。

虽然花城是鬼，但他的身体，从来几乎和常人无异。

可是，现在被他抱住的花城，那身明艳的红衣，却微微有些透明。

谢怜一把抓住他，愕然道："三郎？！你怎么了？"

花城还算从容，道："没事。只是稍微有点过头了。"

谢怜一听就蒙了："你怎么不早点告诉我，这怎么能叫没事？！"

法力，是那些法力！

花城给谢怜送法力，从来都仿佛取之不尽用之不竭，笑眯眯地仿佛没有分毫负担，但那是他自己的法力，又不是大浪中淘来的沙，怎可能真的取之不尽用之不竭？

这根本不能怪花城没早说，只能怪他自己没早想到。谢怜又悔又急，道："我还给你。"

他捧住花城的脸就把额头抵了上去。风信和慕情本想过来的，一见此景，瞬间倒退数丈拉开距离，放他们两个在那里自己弄。

咒枷已除，他拼命把自己能挥霍的全部法力都往花城那边渡去，想尽早让他恢复。可是，过了好一阵，松开一看，花城袖口的红衣以及那双银护腕，还是透明的，甚至已经半透明了！

谢怜怔了好一会儿，心中惶恐，下意识又捧住花城的脸要上去，花城却眼疾手快，反捧住他的脸，理了一下他凌乱的发丝，笑道："虽然哥哥这么主动想要给我渡法力，我很高兴，但还是不必了。不过，如果哥哥不是借法力，只是单纯地想表达心意，我倒是完全不介意。欢迎至极。"

谢怜紧紧抓着他，快要崩溃了："这是怎么回事？！"

花城道："只是稍微休息一下罢了。哥哥，不要害怕。"

谢怜抱住了头，道："我怎么可能不害怕？我要疯了啊！"

以花城的性子，如果不是问题很严重，严重到他已经无法掩饰，他怎么会让谢怜看到他这副样子？

多到把两道咒枷都爆开的法力，究竟是有多少？说一句浩瀚如江海都毫不夸张，他自己怎么可能没有半点影响？

好不容易，好不容易把所有乱七八糟的事情都结算清楚了。和风信慕情说开了。束缚了他八百多年的咒枷也解开了。一直想对花城坦白又不敢坦白的也全都坦白了。

但当他笑容满面地回头奔过来，迎接他的花城却变成了这个样子，他怎么能不怕？他怕得要疯了！

风信和慕情觉察不对，远远地道："殿下？怎么了？！"往这边奔了几步，但又出于某种缘故顿在半路，觉得不好贸然靠近。谢怜此刻完全注意不到别人了，他抓着花城，心脏都快停止跳动了，吓坏了一般，道："怎么办啊？"

花城微微叹了一口气，伸出双臂，支撑住他摇摇欲坠的身体，道："殿下，我一直看着你。"

这是他第二次说这句话，比方才更柔声了。谢怜抓紧他胸口的红衣，茫然道："我知道，我知道啊。可是……现在到底该怎么办啊？"

花城冰冷的手指轻轻梳理着他凌乱的发丝，道："殿下，那你知道，我为什么不肯离开这个世界吗？"

谢怜不能明白为什么花城到现在还如此镇定，急得都发抖了，但六神无主中，还是有些傻乎乎地问道："为什么啊？"

花城低声道："因为我有一个珍重之人还在这世上。"

听到这句，谢怜微微一愣。

他好像在哪里听到过这句话。

花城继续道："我珍重之人，是个勇敢的金枝玉叶的贵人。他救过我的命，我从很小的时候就仰望着他。但我更想追上他，为他成为更好更强的人。虽然，他可能都不太记得我，我们甚至没有说过几句话。我想保护他。"

他凝望着谢怜，道："如果你的梦想，是拯救苍生，那我的梦想，便唯你一人。"

有什么东西，正在被渐渐唤醒。

谢怜凭着记忆，颤声问道："可是……那样的话，你会，不得安息的……"

花城答道："我愿永不安息。"

刹那间，谢怜的呼吸都在此刻停止了。恍惚听到两个声音在一问一答。

"如果你珍重之人知道你为了他无法安息，恐怕会歉疚烦恼的吧。"

"那我不让他知道我为什么不走就好了。"

"见得多了，总会知道的。"

"那也不让他发现我在保护他就好了。"

那团鬼火。花灯夜里被他用几个钱买下的弱小鬼火。寒冷的冬夜里想把他从乱坟里拉起来的鬼火。在白无相面前拦住他不让他靠近危险的鬼火。在百剑穿心时代替他惨叫出来的鬼火!

花城淡声道:"殿下,我了解你的全部。

"你的勇敢,你的绝望;你的善良,你的痛苦;你的怨恨,你的憎恶;你的聪明,你的愚蠢。

"如果可以,我愿意你把我当成踏脚石、过河拆的桥、向上爬要踩的尸骨、活该千刀万剐的罪人。但我知道你不会。"

他一边说着,衣上枫红一边黯淡下去。

谢怜双手哆哆嗦嗦地抓住他,还是没有停止给他输送法力,也没能阻止花城的身影逐渐淡化。

他双眼都模糊了,语无伦次、结结巴巴地道:"好了你不要说了,我明白了……但是、但是你不要这样好吗三郎。我……我还借了你好多法力没有还。还有,刚才的话其实我还没说完,还剩很多。好多年没人听我说话了,你会留下来的吧?你真的……不要这样。我受不了,三郎。我真的受不了。两次,已经两次了!我不想再有第三次了啊!!"

花城已经为他从这世上消失两次了!

花城却道:"为你战死是我至高无上的荣耀。"

这一句,犹如致命一击,谢怜眼中的泪水终于再也忍不住,夺眶而出。

他仿佛抓住最后一根救命稻草,道:"你说过你不会离开的。"

花城却道:"天下无不散之筵席。"

谢怜深深埋下头去,胸口喉咙剧痛,不能言语。

随即,便听花城在他上方道:"但我永远不会离开你。"

闻言,谢怜猛地抬头。

花城对他道:"我会回来的。殿下,信我。"

虽然语音坚定,他苍白的脸庞却也开始褪色、透明了。谢怜伸出手,想要去触碰这张脸,手指尖却穿透了过去。他一愣,再抬头。

花城的目光温柔而炽烈,仅剩的一只眼睛默默凝望着他,似乎说了一句话,但没有声音。谢怜不肯死心,伸出双手,拥抱向他,想要听清。

可他还没用力,被他抱住、也抱住了他的人便消失了。

在他面前,花城瞬间破碎成千只银蝶,化为一阵拥不了、握不住的绚烂星风。

谢怜的双手抱了个空，维持着拥抱的姿势，一动不动。他不知是没反应过来还是不能动，跪坐在如梦似幻的蝶阵中，睁大了眼睛。

下方风信和慕情万万没想到会出现这样一幕，两人脸都白了，冲上来道："殿下！"

风信是先冲上来的，道："怎么会突然这样？！刚才不是还好好的吗？是因为咒枷？！"

慕情一拐一瘸跳了两下，跳不上来，抬头向那些银蝶喊道："血雨探花！你别是开玩笑，没死就赶紧出来！"

那些银蝶当然不会回答他，纷纷扰扰，振翅向天飞去。风信伸手去拉谢怜，谢怜却坐在地上不起来。风信也不知道该怎么办了，道："有什么我们能帮忙的吗？要法力吗？能救吗？到底该怎么办？"

慕情却已看出来什么了，道："算了，你闭嘴吧！——什么也不用办了。"

漫天银光闪烁，蝶翼闪闪，如同八百年后他们第一次重逢那般。

一只银蝶幽幽飞过，在他手背、面颊、额心等地一一点过，眷恋不已，仿佛在低诉别语。谢怜呆呆地伸出手，让它栖息在自己手上。

那银蝶似乎欣喜不已，拍拍蝶翼，果然为他停留。但也不能长久，不一会儿，它就随风散去了。

可是，它停留过的地方，谢怜的第三指上，那道红线，明艳依旧。

第十二章

君怜花兮我怜君兮

"然后呢?"

"完了。"

"完了?"

"完了。"

裴茗终于忍不住了:"不是。怎么可能就在这完了?我一个外行人都看得出来没完啊!"

慕情把厚厚一大摞对账簿往桌上一搁,冷淡地道:"我算出来就是这样的,到这里就完了。我可以当场再算一遍,请裴将军听好,扣去八百八十八万功德,加上六百六十六万功德,再加上一千七百二十万功德,再扣……"

风信道:"行了不用算了。数是这个数没错,但肯定漏了不少吧。不然这根本对不上啊!"

慕情道:"那就不是我算的问题了。"

仙京毁坏后,七零八落、落花流水的神官们好容易才重聚起来,在无人问津的太苍山山顶上拉了界,设立了一个临时上天庭。目下,神官们正在热火朝天地商量着新仙京的修整重建事宜。

但,很不幸的是,那场大火,非但把各位神官气派非凡的金殿群都烧光了,导致现在他们只能挤在这荒凉的破山上集议,也只能在临时搭建的小棚子里休息,还导致所有文卷被付之一炬,大量记录消失,拉拉扯扯,扯了好些天了,到现在还捋个账都捋不清楚!

裴茗一只手臂绑着绷带吊在脖子上,另一只手摸了摸下巴,道:"不知道是不是我的错觉,慕情最近是不是越来越阴阳怪气了?"

风信道:"他不一直这么阴阳怪气吗?现在懒得做表面功夫了而已。"

慕情翻了个白眼,众人都指他:"不像话!"

慕情转身就走。权一真浑身都包在绷带里,包成了一只人形粽子,只露出一头乱七八糟的鬈发,语音含混地道:"现在到底该怎么办?谁来算?"

大家你望我,我望你,纷纷咳嗽,悄悄后退,谁都不愿接这吃力不讨好的差事。见状,裴茗叹了口气,道:"唉,要是灵文还在就好了。不管怎么说,她办事没的说。这些乱七八糟的东西都记在她脑子里,灵文殿烧光了也不怕。一天之内,肯定交结果。"

在这破山上折腾了这许久,众人心里早就这么想了,只是不敢说,见有人带头,纷纷附和:"是啊!"

"我今后再也不骂灵文殿效率低下了!"

"我早就不骂了……"

正在此时,外边有人报道:"诸位,雨师大人来了!"

闻言,众神官皆面上一喜,都主动迎了出去,只有裴茗神色微妙,似乎犹豫了片刻,还是选择不出去了。这时,又一个声音道:"太子殿下,您也来啦!"

一瞬间,众神官脸上神情都变得比裴茗更微妙了。

一名白衣道人应声出来,神色平和,气度从容,正是谢怜。众人纷纷向他招呼道:"太子殿下。"

神情言辞,无一不小心翼翼、客客气气。谢怜也和众人打过招呼,迎了出去,道:"雨师大人。"

雨师牵着那头高大的护法坐骑黑牛,来到了临时搭建的棚屋前,向这边微一颔首。

那黑牛身上还背着大箱大箱的土产,是专门送过来的,据说吃了有滋养护法的奇效,众神官听了,一部分兴高采烈上去瓜分,也有一部分不动。谢怜就没有动,雨师道:"我带了别的东西给太子殿下。"

谢怜笑道:"啊,那就先多谢了!是什么?"

雨师从袖中取出一小段白布裹着的东西,一打开,谢怜双眼一亮,道:"多谢雨师大人!我正在到处寻找这个!"

风信过来一看,也道:"奇品蚕丝!太好了!你那玩意儿终于可以修好了!"

谢怜在袖中掏了掏,掏出两截断裂的白绫,喜道:"是啊,总算找到能修补若邪的材料了！我这就去补！"

风信却拽住他道："你补？算了吧，你能补什么，叫别人帮你吧。"又回头喊道："慕情！来干活！"

慕情慢吞吞地走了过来，道："什么？你什么意思？叫我补？"

风信道："那不是你的拿手绝活吗？"

慕情哼道："你们也太会用人了吧，又把我当下人使唤，只怕明天就要叫我扫地了吧。"

谢怜哈哈笑道："算了算了。我自己来吧。"

慕情却已从他手里接过白绫，翻着白眼找针线去了。

雨师四下看了看，奇怪道："怎么方才还见裴将军，一会儿便不见人影了。他上次不是要能治伤养气的食材？我带来了。"

谢怜道："宣姬一直哭闹着要见他。裴将军去看她了。"

雨师了然，道："原来如此。难怪方才见裴将军神情如此诡异。"

谢怜却心道："他神情诡异可不是因为这个。"

裴茗一听雨师来了，早早就溜了。原来，裴茗对在铜炉山、仙京大火中先后被雨师所救始终耿耿于怀。他这般自诩顶天立地好男儿的大男子，简直无法忍受在女子面前丢一点点脸，难免咬碎银牙，辗转反侧地纠结。

但见雨师如此"痴心"，说他内心完全没点触动是不可能的，总之大战结束后，他某天约了雨师，可能是打算"勉为其难"以身相许一下吧，借口说伤还没好，是问问雨师乡有没有治伤养气的食材。

谁知雨师那头护法坐骑黑牛一听就知道他想干什么，勃然大怒。雨师一走黑牛就化了人形，当着谢怜等一干神官的面把裴茗骂得狗血淋头，骂他自作多情，骂他，呃，癞蛤蟆想吃天鹅肉。顺便把自己会长成这样一张脸的真正原因给捅出来了。

于是，整个上天庭都知道了误把"没见过其他"当成"偏偏是他"的典故。情场无往不利、嚣张到让人牙痒痒的裴将军这回丢脸丢大发了！

裴茗大受打击！联想过往那点少得可怜的交集，他和所有人都不得不承认雨师对他的确是……毫无特殊。治他下属不是因为求而不得闹别扭，救他于水火也不是痴心难改。虽然饱含善意，但绝非特例。比起雨师这样的不咸不淡，大概像宣姬这样对他痴恋纠缠还更能让他接受一点。总之裴茗就是无法释怀，看见雨师就意难平,所以才神情诡异。

不过,雨师压根没搞懂他在意难平什么,总是礼貌地报以微笑,两人根本不在一条道上,简直滑稽!

听说裴茗去看宣姬了,雨师对宣姬的关心甚至超过了裴茗。谢怜考虑了一下这样是否会对裴将军造成伤害,最终还是带雨师去看了。当然,没带上雨师的牛,否则它一见裴茗肯定又要发狂辱骂了。

大战后,原先从各镇压地逃窜出来的妖魔鬼怪都被暂时收押在了太苍山临时设立的地牢中。也就是个岩洞。谢怜远远就听见一阵粗声狂骂,裴宿和半月坐在门口,都是面无表情。

现在人手太过紧张,于是他俩就被打发来帮上天庭看地牢了。牢里关着刻磨,仇人见面分外眼红,他整天对这两人进行铺天盖地片刻不休的谩骂,他俩就假装听不懂,木头人一样排排坐。见二人走近,他们都站了起来,道:"太子殿下,雨师大人。"

雨师把一盒土产拿给了他们,谢怜道:"辛苦你们了。雨师大人想来看看宣姬。"

裴宿却迟疑道:"宣姬……"

"怎么了吗?"

根本不用问,洞里就传来了宣姬的尖叫:"不可能!你撒谎!你不可能不爱我了!"

裴茗的声音也扬高了:"我爱不爱你我自己能不知道吗?!"

"那你为什么那时候拼死救我?!为什么不让我魂飞魄散?!这样不是顺了你的心意吗?!"

裴茗道:"换了任何一个我交好过的女人,我都会拼死去救。"

这句谢怜倒相信是实话。他带着雨师进到岩洞里,裴茗回头一看,看到雨师,不光话到嘴边都忘了说,他竟然倒退了一步。

他居然倒退了一步!

而宣姬敏锐至极,一见此状便发了狂:"你干什么看着雨师?你是不是又移情别恋了?!你看上她了是不是?她算什么!我不许你!我不许!"

她叫着就扑向雨师。但她没剩多少元气,这一扑甚至不用谢怜出手去拦,因为根本不可能扑到。但裴茗却忍无可忍了,一把将她推回去,怒道:"你不要太过分！关雨师什么事，我跟她都没说过几句话！"

这是他第一次对宣姬出手，虽然不重，但宣姬被他推回到地上，整个人都愣了。

良久，她才不可思议地道："裴郎，你从没对我这么凶过，你真的就这么讨厌我？"

宣姬道："我只是爱你……我有什么不对吗？明明你那时候也那么喜欢我，我被抓了，你放我走，还送我马，一路护送我，为了救我还自己受伤，我怎么骂你都骂不走。"

这方面裴茗本来脸皮还挺厚的，但她当着雨师的面说这些，雨师还听得很认真，裴茗竟然有些手足无措，只能道："别说了！"

宣姬还是不死心，道："我为你做了这么多，变成这个样子，你一点都不感动？一点不愧疚？"

裴茗看她，最终，还是叹道："宣姬，你什么时候才能醒过来？"

宣姬道："什么醒过来？"

裴茗道："你变成如今这个样子，有我的错，但大部分是因为你自己的选择。"

宣姬突然茫然无措。

她不知道该怎么办，但双手还是死死抓着他的后摆，断腿在地上一蹦一蹦的，道："裴郎……裴郎……你等等，我没懂你什么意思，要不然、要不然我们再说说？"

虽然知道是裴茗抛弃她在先，这女鬼后来也杀人无数，但这样子又有点可怜。

裴茗道："往好听里说，难道爱一个人不是会让人变好？可你看看你都干了些什么？我要是知道因为爱我会让你变成这样，我宁可从一开始你就没爱过我。

"往难听里说，你做这么多，只能感动你自己。而我是一个铁石心肠的人。你来爱我，不如爱你自己。"

他抽回了宣姬手里自己的衣摆，头也不回地走了。途中撞上雨师，他欲言又止，最后对她颔首一礼。几乎是落荒而逃。

而宣姬一个人躺在地上，泪水流了满脸，喃喃道："恋火焚身，恋火焚身啊……"

不多时，牢中便空空如也，只剩下一套破破烂烂的红嫁衣。

宣姬的怨气居然消散了，真是不可思议。或许是终于想通了。

想通了这么多年，自己从一个英姿飒爽的将门贵女变成一个疯疯癫癫的怨妇，是多没意思。

也有可能是绝望了。而且，谢怜觉得他有点明白宣姬为什么那么绝望。

恐怕，其实她内心也发现了是不一样的。

裴茗喜欢她的时候，想多近就靠多近，无比放肆。可现在，他明明一直在看雨师，却不敢随便靠近雨师。

但是，对雨师而言，也只是"前尘往事，皆已消散，我亦无心"罢了。毕竟，裴茗在她为人时生命里最浓墨重彩的一笔，都是许多年前的事了。

雨师在原地坐了下来，似乎要为宣姬善后超度。毕竟，那是除她以外，世界上唯一一个雨师国的人了。谢怜退了出去。

出去后，看到裴宿和半月都在啃雨师乡种出来的果子，谢怜也过去捡了个，准备和他们蹲在一起啃。谁知，他忽觉不远处半人多高的草丛中什么东西一闪而过，立即扔了果子奔了上去。

那东西自然没谢怜快，几步他便拦住了对方去路，道："剑兰姑娘，打算不告而别吗？"

对方正是鬼鬼祟祟抱着那胎灵的剑兰，被神出鬼没的谢怜吓了一跳。那白花花的胎灵在她怀里龇牙咧嘴，剑兰按住了它，道："你是来拦我的？"

谢怜温声道："你不要紧张，我只是想给你个东西。"

他递出一样事物，道："你儿子错错怨力颇强，需要管束。虽然现在它已经在净化中，但你修为不如它，难保不会出现意外，这个东西可以帮你。"

那是一枚他自制的护身符，谢怜还特地做了用法示范，保证没有古怪。剑兰警惕略消，毕竟这东西挺有用的，她就干脆地接了过去，道："多谢。"

谢怜道："不必。只要在使用时，大喊三声'请太子殿下保佑我'即可。这样就可以记在我殿名下了。"

"行吧……"

剑兰走了几步，还是没忍住，回头道："你不拦我吗？为什么？"

谢怜就等她回头，不答反问："那剑兰姑娘你又是为什么一定要走？风信说过会照顾你们，他会信守承诺的。"

剑兰脸色变了变，最终叹了口气，道："我知道他会。但还是算了吧。"

谢怜怔然，道："你现在，已经完全不喜欢他了吗？"

剑兰大概是跑累了，在路边坐了下来，道："跟喜欢不喜欢没什么关系了。我可不想勉强他把我们拴在身边。"

谢怜也在她旁边坐了下来，想了想，道："不是勉强，风信一定是真的很喜欢你的。那时候，他那么焦头烂额的，但还是不肯放弃你。"

闻言，剑兰仿佛想起了很久以前的事，笑道："你这么一说，我想起来了。他那时候傻乎乎的，花很长时间攒钱，攒了钱买我一晚上，却搬个凳子对着我坐一晚上，什么也不干，只是跟我聊天。所有人都把他当笑话呢，笑死人了！"

谢怜也笑了笑，道："你看，我说了他很喜欢你的吧。"

剑兰却敛了笑容，道："你说的都是以前的事了。曾经喜欢过，又不代表永远都会喜欢。被人施舍又被人嫌弃，我才不干。"

谢怜道："你还不知道风信是什么人吗，他怎么会嫌弃你们？"

剑兰道："你这位太子殿下不食人间烟火，当然想得简单了。现在是不会，表面上也不会。但时间一长，那可就说不准了。我要想找他，我早就去找了，南阳殿到处都是，但我不想。

"他飞升了，风光了，可我们都已经是鬼了，我找他干什么呢？一个神官带着两个鬼，这不是让他为难吗？

"在我最好看的时候我把他一脚踹了，我觉得这样很好，趾高气扬的。那样的话，我在他心里，就会一直都是那个样子的，而不是现在这样，又是浓妆艳抹，又是眼角细纹的。"

她扯扯自己的脸，道："如果他真的认了我们，天天对着我这张脸，错错还这个样子，被我们拖着后腿，只会一天比一天疲惫、厌倦，总有一天会变成嫌弃的。何必呢？那就太悲哀了不是吗。"

说话间，胎灵一直在用湿答答的舌芯子舔她的脸，有种微妙又恶心的顽皮可爱感。但在一般人看来，大概就只有恶心了，是无法被接受的。

剑兰也摸着儿子光秃秃的头顶，道："反正我有错错就够了。谁年少无知的时候许愿承诺不是山盟海誓？动不动就说什么情啊、爱啊、永远啊。但是，在这世上熬得越久，我就越明白，'永远'什么的，是不可能的，永远都不可能的。有过就不错了。没有谁能真的做到。我是不信了。"

她无奈地道："风信是个好人。只是……真的过了太久了。什么都不一样了，还是算了。"

谢怜默默听着，没有说话，心中却道："不是的。"

他心中有个声音说："'永远'是存在的。有人是能真正做到的。我相信的。"

剑兰还是带着错错走了。

谢怜返回去送走了超度完宣姬的雨师，再回到太苍山上，想告诉风信剑兰走了的事，却没瞧见他。正在乱哄哄的人头里找着，忽听有人喊道："千秋来得好！有空吗？帮忙算一下！"

里面还在到处抓人算账呢，郎千秋避之不及，远远道："别拿过来，我有事，找别人！"

谢怜叹了口气，心道要不然他去试着算算好了，岂料，刚走了几步，就听身后一个声音道："师……国……太子殿下。"

谢怜一回头，郎千秋就站在他身后。他搔了搔脸颊，道："借一步说话，行吗？"

谢怜道："好啊。"

于是，他便和郎千秋一起走到了寒酸的大棚殿外面。走着走着，谢怜问道："谷子怎么样了？还好吗？"

郎千秋苦笑道："我也不知道算不算好。这小孩儿整天问我要他爹，怪可怜的，我只好把青鬼的一点魂魄星子收起来放在一盏灯里。现在他每天都抱着那盏灯在我面前跑进跑出，问我怎么样灯里的魂魄才会长大！"

看他一脸郁闷，想想这遭遇也能理解了，真不明白他一个被戚容杀了全家的，为什么还要做这种事。谢怜下意识想拍拍他的肩，还是忍住，温声道："辛苦啦。那，你今天找我是有什么事？"

迟疑片刻，郎千秋把手伸进怀里，取出了一样东西，递向他，道："这个。"

一见那东西，谢怜的呼吸微微一凝。

那是一颗光华流转、莹润圆满的小小深红珊瑚珠。

"这个是？！"

郎千秋道："这颗珊瑚珠，是永安开国先祖留下的秘宝。"

闻言，谢怜这才反应过来，这不是花城坠在发尾的那一颗，而是他当初送给郎英的那一颗。

不是花城的。他心中空落落的，但还是接过了那颗珠子。这时，郎千秋道："先祖曾说过，送他这颗红珊瑚珠的人是他的恩人，帮过他的。是个很好的人。"

郎千秋又道："他毁了那个人的一切。先祖说他不后悔，但对那个人，他后来想想，还是觉得有些对不起。"

谢怜道："然后呢？"

郎千秋道："然后，那天在仙京，我仔细看血雨探花发尾那颗珠子，越看越像我父皇给我留下的这一颗。后来听玄真将军他们说，这珠子本来是一对的，是你的。所以，就想来问问，这是你的东西吗？"

半晌，谢怜缓缓点头，道："是我的。是我小时候，父皇母后送我的一对珠子。"

郎千秋挠了挠头发，道："那……还给你了。"

他还是不知道该怎么称呼谢怜，还了珠子，踟蹰了一会儿，就默默走开了。谢怜站在原地，手心捏着那颗红珊瑚珠。

八百多年了。兜兜转转，那对深红珊瑚珠耳坠的另一颗也回到他手里了。是他的，还是他的。

只是，另一颗珠子此时本来应该也在的。本来可以凑成一对的。

正在此时，山下传来了风信大喜的声音："殿下！各位！快都过来！"

谢怜收了珠子，向下望去。简陋的大棚殿里也走出几个神官，问道："南阳将军怎么了？"

只听风信道："你们看我抓住什么了！"

他一头从山林里撞出，奔了上来，手上拖着一个黑衣人，众神官一看那人，大惊："灵文！"

灵文作为潜逃犯，虽然被押到了临时议事殿中，却仍不见慌乱之色。裴茗一上来就按着她肩，把她按到桌前坐下，沉声道："总算找到你了。灵文，你要为你所做的事付出代价！"

十几位神官团团围了上来，个个目光如狼似虎、神情如饥似渴，几近狰狞。灵文这才稍稍感觉不妙："你们想干什么？"

"砰"的一声巨响，一摞过人高的公文卷宗被摔在她面前，摔得连桌子带椅子都一震。裴茗"啪"地一掌拍在卷宗上，道："这些，你处理一下。"

灵文似乎松了口气，虽然也有点一言难尽。岂料这口气还没松到底，便听"砰砰砰砰砰砰砰！"

十七八声巨响后，十七八摞过人高的海量公文都被摔了过来，将她重重包围在其中。

十七八位神官从卷宗林的缝隙中七嘴八舌对她道:"等你好些天了!快来帮忙算账!""这些你也都处理下。""遗漏的部分记得补上。""最好一个时辰之内把我们这沓整理好!"……

灵文:"……"

一天一夜之后,灵文终于从临时议事殿中被放出来了。

原先乱七八糟的卷宗经过她一人一天一夜的奋战,已经全部处理完毕,分类得整整齐齐。众神官欢天喜地各自领了自己殿的翻查,而灵文已经脸色铁青,眼睛下消失了一段时间的黑眼圈又浮现出来了。

那边各人翻检完毕,纷纷大喜,道:"果然还是灵文殿最有效率!这下能对上了!"

"清楚了!真是感谢灵文大人!"

作为一个犯人的灵文在众多神官的簇拥之中呵呵道:"不敢当,不敢当。"

见状,昨天没塞卷宗过来、今天殿里依旧一团糟的神官们也坐不住了,围过来道:"那啥其实我这边也有几沓昨天忘了拿来您看看要不然也……"

灵文:"……"

谢怜蹲在临时议事殿外吃馒头,吃完了拍拍手,终于把灵文从苦难中解救了出来:"诸位,待会儿再算吧,先让灵文喘口气。"

如今谢怜发话,可没人敢不听。几人都道:"太子殿下说得是。"不敢多言。灵文靠在椅子上,闭眼抚额,等其他神官都出去了,议事殿内冷冷清清没几个人了,她才对谢怜道:"太子殿下,真是恭喜你了。真没想到,现在连鬼界都遍布您的信徒了。"

谢怜恍惚想起,他的第三次飞升,就是从灵文对他道贺开始的。如今又听到她恭喜自己,却觉得那是很遥远的事了。

他道:"那不是我的信徒,是我在鬼市的朋友。那日大战没见你,我也担心了好一阵,你没事就好。你怎么下去摆摊了?"

灵文是在鬼界附近被逮住的。听说她支了个摊在帮忙算账和代写情书家信什么的,做得红红火火,也算是多才多艺,要不是被鬼市群鬼发现赶来通风报信,大概已经制霸该行了。

灵文往后一靠,道:"摆摊本就是我老本行。我累了,重操旧业放松一下罢了。"

谢怜道："怎么不见锦衣仙？"

灵文道："白锦啊。"

她缓缓翻了几页面前的卷宗，然后合上，道："他已经消散啦。"

"什么？！"

原来，那日仙京大火，虽然灵文身上的限制法术自动解开了，可好巧不巧撞上君吾发狂，什么也顾不上了就在那里一个劲儿地分解重组仙京，几步走错，灵文就被困死在了魔火巨人的心脏部位。

四面都是滔天业火，越烧越猛，灵文冲不出去，退而求其次，把锦衣仙从仅余的一条窗缝扔了出去，指望能逃一个是一个。谁知刚丢出去，锦衣仙又溜了回来。灵文知道他想干什么，马上变回女相。可这回，锦衣仙却再没不敢贴着她身体了，而是死死地裹在她身上。魔火巨人速度越快，动作越猛，业火就越旺。火烧了几个时辰，它就护了灵文几个时辰。

直到巨人解体，灵文爬出废墟，彻底安全了，它才很慢很慢地化为灰烬。

良久，谢怜轻声道："你别太难过。"

灵文摆摆手，道："我有什么可难过的，他又不是我谁。只不过我本指望他恢复神智，好洗刷一下我的冤屈，这下却是没法子了。"

直到化为灰烬，白锦也没想起来灵文在他记忆中真正的样子。只是混沌的灵魂依然凭本能知道，一定要保护这个人。

谢怜道："灵文，你投靠帝……君吾，其实也是想看他有没有办法能唤醒锦衣仙的神智吧？"

灵文无所谓地道："也不全是。帝君毕竟是帝君，赢面最大嘛。我不赌大的，只赌稳的。"

谢怜道："我还有个问题想问你。"

灵文道："太子殿下请问便是。"

谢怜道："三郎，我是说花城主，他穿过你那件锦衣仙，但锦衣仙对他无效，你知道这是为什么吗？"

灵文道："原来是这个问题。我以为太子殿下你早就知道了。"

谢怜怔然，道："愿闻其详。"

灵文正襟危坐起来，道："锦衣仙在人间辗转时，经过无数人的手，无数人拿到它后都选择用它杀人、害人、骗人。但白锦非常讨厌这样。

"他十分厌恶这些人，所以遇到他们时戾气也会格外重。与之相反的是，当他遇到与他相似的穿衣者和授衣者时，便不会激发怨气，而是会很高兴。"

谢怜道："'相似'是……"

灵文道："你给花城主穿上了锦衣仙，但你对他有着全身心的信任，无一丝一毫的加害之心；而花城主对太子殿下你也是如此，不，应该说更甚——花城主真正让他有共鸣的地方，是就算他没有穿上锦衣仙，你让他为你做什么，他也会毫不犹豫地为你做什么，包括为你而死。"

谢怜："……"

灵文道："这也是为什么当初我能猜到你身边那个少年就是花城主所化。虽然我不是很了解你们的事，但我想不出第二个会这样的人了。"

谢怜道："为什么？"

灵文抬手指道："太子殿下，你脖子上挂的是什么？"

谢怜一怔，手不由自主抚了上去。

灵文道："我曾经见过类似的东西，是那些孤注一掷的鬼魂，寄托出去的自己的骨灰。它们会把这东西，交到它们最重要、最相信的人手里。"

其实，谢怜多少也猜到了，但听灵文确认，还是握紧了那枚晶莹剔透的指环。

灵文道："这是很稀奇的东西，但因为太漂亮了，而且通常很惨烈，所以我印象较为深刻。"

谢怜道："什么叫通常很惨烈？"

灵文道："把自己性命攸关的事物交到旁人手里，是会发生很多可悲可怕的事的。

"真心什么的，都是给人糟践的。这些骨灰烧成的信物，有的被旁人夺走了，有的被主人打碎了，基本没什么好下场。不过，太子殿下你是个例外。你把它保护得很好。"

沉默良久，谢怜道："不。我没有保护好。"

谢怜在皇极观太子峰的残垣断壁上清扫了一番，简单搭了一座小屋，作为暂住之地。这里较偏较远，他有事时就去临时议事殿帮帮忙，没事时就一个人静静待着。

七八日后，慕情终于补好了若邪，送了过来。谢怜一开门就看见一条白东西迎面扑来，被扑了个眼前白茫茫一片，伸手把那东西扯下来，若邪又开始一条绫扭来扭去了，仿佛在给他展示自己新生后的美好躯体。谢怜道："才刚补好就不要乱扭了，小心又扭断了。"

慕情一听就有意见了："这怎么可能？我给你补过的衣服有哪件又破了的？"

谢怜道："那倒也是。"

他抓住扭成水草的若邪仔细查看，果然缝补得极好，几乎看不出痕迹，赞道："你手艺还是那么好。"

慕情道："你夸我这种事我也不会高兴的。只此一次下不为例，再不做这种事了。"

谢怜心道："你明明就还挺得意的嘛……"

慕情嘀咕了几句，道："行了我完事了，走了。正忙着点玄真殿的东西和人。"

谢怜道："你也要走了？好，我待会儿过去帮忙。你走的时候跟我说声，我去送送。"

抓来灵文，查漏补缺，把几大笔糊涂账都捋清了后，众神官便决定着手重建仙京了。那么，太苍山上这临时议事殿，也就可以闲置了。慕情摆摆手，没拒绝也没答应，走了几步，又顿住脚步，回头道："你……还要守在太苍山吗？"

谢怜点点头，道："嗯。"

迟疑片刻，慕情道："要不然，你还是跟我们一起走吧。"

谢怜笑道："不了，我要等人。"

慕情道："你到新仙京的上天庭也可以等啊。"

谢怜摇了摇头，道："我想他回来的时候可以第一时间见到，这里离鬼市不远，比在新仙京方便多了。"

慕情的话似乎憋很久了，神色复杂地道："你真的相信他会回来啊？"

谢怜理所当然地道："我相信啊。"

人们如潮水般涌来，又如潮水般离去。太苍山又恢复了荒凉孤寂。

太苍山上，曾有大片大片的枫林，被大火焚烧殆尽，千百年后又重生。不再是千百年前的谢怜在树上纵跃修炼过的那些了，景色却是一样的。

谢怜时常一个人在枫林中漫步。漫山遍野热烈如火的红枫令他感觉仿佛置身巨大而温暖的怀抱中。

一个人的日子他过了八百多年,很习惯了。有事下山应应祈愿、收收破烂,没事就种种菜、做做饭。

只是,奇怪的是,这样一个人的日子,从前分明是习以为常的,现在却变得有些难熬,谢怜花了很长一段时间才重新适应。

可能一个人如果一直吃的都是苦的,就会习惯苦味了。可突然有一天,有人给了他一口甜的,他想起了甜是什么样的滋味,再去吃苦的,就要皱起脸了。

从前谢怜自己冷冷清清过日子的时候,总暗暗盼着有人来找自己。找他说说话也好,找他帮忙也好,至少有点儿人气。但现在,他不是那么喜欢了。

因为,听到敲门声的时候,他心里总会突然狂喜,期待万分。可奔到门前一打开,门内或门外,总也不是他在等的那个人。

有时是风信,有时是慕情,有时是师青玄,有时是来"孝敬他老人家"的鬼市众鬼。

大家都很好。只是,不是他在等的那个人。

第一个月,谢怜扛了几棵花树回来种在门口,企图美化一下环境,遮掩住破屋的寒酸。他盘算着,也许花城回来的时候,它们就开花了。

第二个月,谢怜把屋子拆了重建了,把整座山的杂草也拔光了。不然花城回来后看到了这乱糟糟的景象,肯定又要派人来帮他收拾了。

第三个月,花树开花了。满树红英,谢怜站在树下抬头望,一边独自赏花,一边心想,开花了,也差不多该回来了吧。

第四个月,所有的山道也全都被重修了一遍。这样花城回来找他的时候,就可以快一点上山了。

第五个月,风信和慕情又来看他了,问他要不要先离开这里出去走走,谢怜招待他们吃了一顿饭,他们跑了。

第六个月,花期过了。

…………

等啊等,等啊等。谢怜没有焦躁,没有崩溃,也没有痛哭流涕,反而觉得自己越来越平静,越来越有耐心了。

想一想,谁没有经历过孤身一人的漫长岁月?

花城等了他八百多年,他便是再等花城八百年又如何?

哪怕是一千年、一万年，他也会一直等、一直等。

何况不过才一年？

这一天，谢怜照常收了一大堆破烂，堆满了他攒钱新买的牛和板车，往山上拉。

穿过夜里枫林，走在半山道上，谢怜不经意一回头，看见静谧的夜空中，飘着几个光点。

他凝神望去，发现那是长明灯，恍然大悟，自言自语道："原来今天是上元节了啊。"

此时此刻，大概上天庭的各位神官，又在上元宴上斗灯了吧。谢怜情不自禁拉住了绳子，停留在原地，呆呆凝望着那几盏明灯。

他忽然想起，他和花城，就是在上元节相遇的。

那一年，满脸污脏和伤痕的小儿挤在人潮涌动的城墙上向下望，十七岁的仙乐太子谢怜浑身发光，一抬头，看见一个从空中坠下的身影，想也不想，飞身一跃。

上元佳节，神武大街。惊鸿一瞥，百世沦陷。

谢怜面带微笑，心道："原来都过去那么久了呀。"

转过身，低下头，谢怜准备继续往山上走了。板车被拉着，嘎吱嘎吱转了一段路，忽然，前方似乎被什么东西远远照亮了。

谢怜再次抬起头，睁大了眼。

那光是灯。

如千万游鱼过江海，无数盏明灯缓缓从山顶上升了起来。

它们在黑夜之中闪闪发亮，熠熠生辉。如浮空的灵魂，最瑰丽的梦，壮美至极，照亮了他的前路。

谢怜见过这个场景，再一次见到它，呼吸和心跳都要停止了。峰回路转，车轮一弯，谢怜看到了那座他搭建的小破屋。

有人！

歪歪扭扭的小屋前站着一个红衣人，身形颀长，腰悬一把银色弯刀，背对这边，正托起手里的最后一盏长明灯，送它悠悠飞天。

谢怜僵坐着，怀疑自己还在梦里，或者这是幻觉。但随着车轮转动，越来越近，那人转过了身，他看得也越来越清楚。

随夜长升的三千明灯前，那人回头望他，衣红胜枫，肤白若雪，俊美不可逼视的眉宇间，依旧是一段狂情野气，不灭反骄。

虽然戴着一只黑色眼罩，那一只明亮如星的眸子，却是目不转睛地凝望着谢怜。

谢怜滚了下来。

没有一句话。两人都朝对方走去。

一步，一步，越走越快，然后，奔跑了起来。

人向前跑，泪水落在身后，留于原地。谢怜心道，他相信的。

相信这个人，会一次又一次地为他而死，再一次又一次地为他而生。就算坠入了地狱，也会为了他的"相信"而冲破无间。

上一次他们奔向彼此，花了八百年。

这一次，即将相会在下一个瞬间。

"恭喜恭喜！"

"太子殿下，恭喜您啦！"

新建的菩荠观热闹非凡、来来往往，谢怜在几张摆得满满当当的长桌中穿行，流水般送出一碗接一碗热气腾腾的面、油花金黄的汤、雪白喷香的饭，忙得团团转，还要应付来客，百忙之中抽空道："多谢，请坐！"

在乱斗中不幸倒塌的菩荠观被重建了。

重建后，比原来那间危房小观气派了不少，还多了个新修的院子。倒不是谢怜或花城重建的，而是菩荠村的村民们。那日谢怜落荒而逃后，他们翻开废墟，居然发现了一箱金条。自然是权一真天天往他功德箱里塞的那堆。

这些村民从没见过这么多的金子，差点吓坏了。清醒后，村长取了一部分重建了菩荠观，剩下的一条都没敢动，放着等谢怜回来再给他。

因此，谢怜带着花城一回来，迎接他的，除了村民们热情洋溢的声声"道长"和"小花"，还有一座崭新的道观。

打完招呼后，以慕情为首的几位神官矜持地迈进院子，冷不丁一抬头，看清楚了这道观的全貌，霎时无言以对。

瞎眼。

太瞎眼了！

那大红大绿的喜庆配色、浮夸至极的彩泥神像，都还不是最可怕的。最可怕的，是那牌匾。

那块匾额上写的，或者画的，到底是什么东西？

新观落成，理当祝贺。但这新观品味处处如此之糟糕恶俗，还有一处作为绝望的点睛之笔的牌匾，实在让人夸不出口，以至于他们把想好的道贺词都忘得一干二净了。

不过，谢怜倒是并不介意，反倒觉得挺好，至少不再是一间随时可能倒塌的危房了。他再一次招呼道："请坐？"

那几位神官看样子却是不太想坐，过来道贺大概也只是面子上走个过场，匆匆放下礼物就走了。谢怜问慕情："他们怎么走得这么急？"

慕情："这还用问吗？"

谢怜："用啊。"

慕情没好气地道："那就去问你的好三郎吧。"

原来，花城一回来，第一个知道的是谢怜，第二个就是还没焐热新仙京的上天庭。不光因为前不久他们卖力举办的上元宴斗灯也和中秋宴斗灯那次一样，被突然杀出的花城挥手三千盏爆得渣都不剩，更因为从那一晚开始，那口钟便疯狂地响个不停，且整个上天庭都回荡着它的通报声，仿佛在提醒着他们：诸天仙神的噩梦又回来了！

噩梦就在眼前，普通神官自然不敢凑上去。不过，他们还是挺想和谢怜拉拉关系、讨日后花城手下三分留情的。

谢怜听了，想起之前花城要求上天庭通报他的丰功伟绩一整年，笑道："顽皮。"

慕情道："这岂止是顽皮？你让他收收吧，太不像话了，现在那钟每天都吵得人心慌，上天庭完全没法干活，还时不时掉下来砸着人。好不容易才重建的新仙京，可别因为这种事又废掉。"

"好吧，待会儿我和他去说。顺便，尝尝吗？"谢怜指了指院子里桌上的饭、面、汤，补充道，"不是我做的。"

慕情听前面神色冷酷，写满了拒绝，听后面一句才恢复正常。正在此时，风信也来了。他进了院子，刚好和几个准备离去的小神官擦肩而过。他们打了招呼，又窃窃私语道："是南阳将军。"

"是他。好可怜啊，老婆儿子跟人跑了……"

风信额头青筋暴起，当场就破口大骂了："你们有完没完？！这事儿你们叨叨几个月了？！还有！是'跑了'！不是'跟人跑了'！净造谣！"

那几个嘴碎的小神官被吓得赶紧逃了，慕情在一旁双手笼着袖子道："你这解释还不如不解释，听起来更丢脸罢了。"

风信大怒，抓过旁边一把扫帚就扔过去。慕情一把接住，呵呵道："老套。现在这招对我没用了。"

风信待要再骂，谢怜走过去也塞给他一把扫帚，道："没用就好，那这样，你们两个一起帮我扫一下这个院子。刚才放了几串鞭炮，地上都是红渣子。辛苦了。"

"啊？"

这时，观外又传来一阵闹哄哄的人声，越来越近。几人向外望去，黑压压一大帮子人拥进了菩荠观的院子，乱叫道："是这里吗？""就是这里了，哟嗬，挺气派的啊。""真有饭，好多饭啊！""还有肉！"

风信和慕情刚扫干净的地又被一大群泥腿踩得不堪入目。慕情握着扫帚，仿佛感觉身上被人传染了跳蚤，双目圆睁："这些乞丐怎么回事？"

众丐之前一人为首，乱发污衣，正是师青玄。他一拐一瘸蹦了过来，拱手道："太子殿下，我前来叨扰啦！怎么样，上次说好的还作数不作数？"

谢怜笑道："欢迎至极，当然作数！请坐，请坐。"

慕情道："这人也太多了吧。"

师青玄道："不多！去年皇城里帮忙守人阵的各位大爷都在这里了。"

守人阵那时，师青玄和其他人说好的事成之后请大家吃鸡腿，人人有份，结果事成之后到处都找不到人，那顿鸡腿自然是没吃成。今天，终于能履约了。

一碗接一碗的鸡腿面被端上来，师青玄道："各位今天不用顾忌了，吃吧！"

众丐挤得从桌上坐到地上，纷纷欢呼，然后抱起大海碗就吸溜吸溜、吭哧吭哧。吃着吃着，突然一人道："不对，有妖邪之气！"

众人转头一看，那一圈居然是天眼开等人。谢怜微觉头痛，道："怎么你们也来了？"

天眼开道："上次我们也有帮忙的，怎么不能来了？"又高高举起碗，神情严肃地道："各位，听我说，我绝对没看错！这碗里的食物有妖邪之气，恐怕不是好东西，大有古怪！快放下！"

没人理他。众丐已经吃完一轮，纷纷举起空碗："再来一碗！"

风信和慕情一边用扫把打架一边扫完了院子里满地的红火鞭炮渣，看其他人吃吃喝喝那么香，也坐了下来，端起了碗。恰好天眼开气道："你们怎么都不听人说的！"说着就要起来去厨房看看，师青玄按住了他道："真是的道长，你想太多了，这里是血雨探花的地盘嘛，有妖邪之气当然是正常的。好好好，你不放心是吧，我去看，你坐着别冲动。"

他就真的自己起来，走到厨房附近，撩起帘子道："你看，哪有什么古怪——"

谢怜道："稍等，我也要看一下……"

然而，等他、师青玄、风信、慕情几人探头一看，全都震惊了。

只见厨房里，一只人高马大的猪屠夫正在砧板上疯狂剁剁剁，要不是后面挂的都是猪腿，还以为它剁的是人。旁边，一个巨大的缸下生着大火，缸里一只长脖子鸡精男正搓澡搓得热火朝天，一见外面有人看见了它，登时尖叫一声，双手捂住了自己胸口。

谢怜一个头两个大，赶紧走进去小声道："我不是说了，不可以这样吗？"

鸡精"噢噢"地拍胸保证道："大伯公，我们洗过澡才来的，很干净的！而且这个汤底有延年益寿之效，喝了不会害人的！不亏！放心食用！"

师青玄默默放下帘子，风信和慕情则立马把碗给扔了，喷道："还不如你来做呢！"

谢怜揉了揉眉心，又好笑又无奈地道："他们一定要帮忙，没办法啊，也是好心。"

正在此时，天眼开似乎终于觉得这边几人鬼鬼祟祟甚为可疑，走过来了。谢怜连忙拦住他："何事？"

他怕天眼开看到猪屠夫它们，又要闹起来了。谁知，天眼开却并不是冲厨房来的，而是冲他来的。他围着谢怜转了几个圈，疑惑道："奇怪……"

谢怜道："怎么了？"

天眼开似乎百思不得其解，道："不对啊谢道长，你身上鬼气，怎么比上次还严重了？"

谢怜轻咳了一声。慕情哼道："成天和鬼王混在一起，当然越来越严重。"

天眼开却道："不对。就算那样，也不应该这样啊？"

风信道："什么这样那样的？"

疑惑许久，天眼开终于直接说了。

他道："你身上这鬼气，怎么变成自内而外的了？这……这完全就是从你体内散发出来的嘛。"

"你这恐怕是遭了大罪了。你做什么事了？怎么病得这么厉害？"

忽然，一只戴着银护腕的手臂拦了过来，一个熟悉的声音笑吟吟地道："我觉得，你们不如回你们座上，吃你们的，少管别的，如何？"

此情此景，谢怜也真不知道该如蒙大赦还是该更加窘迫了，道："三郎！"

一见花城出来，风信和慕情神情都一言难尽，但谢怜在前面，他们也不好说什么。只有师青玄还在很严肃地追问。

这时，众乞丐嚷了起来："再来一碗！""多加点肉！""这鸡汤没入味啊，多放点盐！"

慕情看不下去了，道："你们知不知道这里是道观，供了神官的，可否矜持些许？"

众丐却不吃他这一套了。上次他们和许多神官一同携手巩固人阵，亲眼见到有几个神官瑟瑟发抖、临阵逃脱，还不如他们呢，加上又太熟悉师青玄了，不免都觉得，原来神仙也就是这样啊，和他们好像也没有多大区别，似乎也就不那么高高在上、凛然不可侵犯了。

突然，厨房里传来一声惊叫："是谁？"

闻声，谢怜心一紧，抢进厨房，只见猪屠夫和鸡精在里面大喊大叫，忙安抚道："冷静！冷静！怎么了？"

鸡精惊恐得一身鸡皮疙瘩都起来了："大伯公！闹鬼了啊！有鬼把我们做好的饭菜汤都吃光了！我就是扎个猛子而已，再起来就一碗也没有了！闹鬼了！"

猪屠夫啐道："你怕什么！你自己跟鬼难道不是差不多吗！"

谢怜微微愕然："怎么会？方才分明看到你们做了五十多碗啊？"

"是啊！"

可再一看，果然，那五十多个碗里都空空如也，连汤汁都喝了个干净！

谢怜心中正奇怪，忽然想到一人，转身见花城靠在门边，道："三郎，莫非是？"

花城淡声道："十之八九。"

"嗯……"谢怜道，"他应该，也是来道贺的吧。理当欢迎，不过，就是吃得有点多……现在饭菜都被他一个吃完了,怎么办呢?"

花城微笑道:"不怎么办。加利息吧。"

伤脑筋的鬼市众鬼们认命地开始重新做饭了。这时,大殿和院子里传来一阵喧哗,似乎是谁和谁吵吵嚷嚷起来了,谢怜正想出去调解,花城却带他从另一边的门走了。

两人走出菩荠观。谢怜道:"三郎,我们现在去哪里?"

花城道:"这里太吵了,随他们打闹去吧,我们先走人。"

谢怜边走边回头望,有点担心地道:"不管他们吗?菩荠观是才重建的,万一又被打塌了怎么办?"

花城满不在乎地道:"塌了就塌了,再建一座就是了。哥哥想要的话,要多少有多少。"

"哈哈哈……"

夜里,千灯观中,沐浴后的谢怜穿着一件单薄雪白的中衣,倚在塌边玉台上,一笔一画写着。

他在写给花城临的字帖。花城斜倚在他身旁,也只着中衣,衣领微敞,手中百无聊赖地把玩着发尾那颗红珊瑚珠。

微暖如玉的灯火下,他叹道:"哥哥,别弄那个了,休息吧。"

谢怜一本正经地道:"不行。三郎,今天又有人说你的字丑了,你要好好练呐,不然,我可不要让人知道你是我教的。"

花城微微坐起身来,挑眉道:"哥哥,我记得,从前你明明说过很喜欢我的字的。"

自从花城重新回来后,很长一段时间内谢怜几乎对他有求必应,大概是因为这样,终于把他惯坏了,坏心眼越来越多了。谢怜写完了字,放下笔,越发正经了:"不要耍坏嘴皮了。我写好了,快过来练。"

于是,花城懒洋洋地蹭到谢怜身后,他把自己那颗红珊瑚珠从发尾取下,放到纸上,让它和谢怜那颗珠子在纸上追逐,滚来滚去,故意不让谢怜好好写。

他如此顽皮又强势地彰显着自己的存在感,谢怜好无奈,道:"好好写。"

花城道:"好吧,听哥哥的。"

他提笔,写了两句诗就搁下了。谢怜看了,摇了摇头,心中第无数次道:

"没救了。"顿了顿,也提了笔,帮他补了后两句。

写完后,谢怜轻轻一吹,将纸拿起,二人一同看着这合写的诗。

纸上墨色,落成风采上天入地的四句诗。就连厄命也在桌边,睁大着眼,看得目不转睛,仿佛极为欣赏。花城笑道:"绝世之作。哥哥,快,来署个名。此字必将惊艳后世,千古流传。"

谢怜已经在下方题上了花城的名字,听到他这么说,实在下不去手加上自己的名字了。花城笑够了,假意正经道:"哥哥不好意思吗?我帮你。"

说着,就握着谢怜的手,唰唰唰写下几字。当然,如果不说前景,根本没人看得出来这是两个字,也根本不可能看得出来是谢怜的名字……

谢怜看着自己手下写出这种东西,啼笑皆非,歪了歪头。忽然,他觉得这几个字有点眼熟,仿佛在哪里见过。

少顷,他想起来了,眼睛一亮,道:"三郎,你手上!"

谢怜一把抓住花城小臂,将他袖子拉起,欣喜道:"就是这个!"

二人在菩荠观共同生活的那段日子里,有一天,谢怜在三郎手上看到过一个文字刺青,当时他心里还琢磨过是不是什么"异族文字",原来,却是他的名字!

花城也看了看自己的手臂,笑道:"哥哥终于认出来了?"

谢怜道:"早该认出来了,只是……"

只是,花城的字,实在是鬼斧神工。不用说花城也猜到他在想什么了,哈哈笑了起来,道:"不要紧,哥哥的字好看就行了,我会比我的字好看高兴一万倍。"

谢怜的手抚在那处刺青上。刺青入色极深,可想而知,会有多疼。他轻声道:"这是你小时候刺的吗?"

花城微微一笑,拉下了袖子,点了头。

那必然是他自己给自己刺的了。想象着一个小男孩偷偷摸摸把仰慕之人的名字刻在自己手臂上的画面,如此幼稚,如此勇敢。

谢怜眼前,忽然浮现了一年前,花城在铜炉山化蝶散去的那一幕。

那最后一刻,花城说了一句话。

虽然是无声的,谢怜却很清楚他说了什么。

那是花城从一个孩子时就开始至死不渝地贯彻的一句。

"我永远是你最忠诚的信徒。"

第十三章

民间传说

民间传说，有这样一位破烂仙人。

虽然被称为破烂仙人，但这位仙人最常保佑的却不是收破烂的，而是人间平安。因为，他也是一位最强武神。

无不能破之魔，无不可斩之邪。坐拥灭世之力，不失惜花之心。

不过，拜神嘛，都是有忌讳和讲究的。如果遇到了供奉这位仙人的宫观，万万不可随意就拜。

据说，这位破烂仙人的体质特殊，会招来霉运。不信，准备一个骰子，先摸摸仙人神像的手，再丢一把，手气一定烂到家。

所以，对着一尊破烂仙人的灰白神像祈福，说不定会越拜越倒霉，喝凉水都塞牙，穿道袍也见鬼。

民间还传说，有这样一位红衣鬼王。

这位鬼王虽已非人，却拥有数不胜数的庞大信徒，到处都流行在家中偷偷设一尊鬼王像，日夜供奉，祈求好运。

因为，这位鬼王不仅据说至今未尝有一败，所向披靡，且运势强极无敌。不信，在投骰子前先拜一拜他，如能得其助，下一把一定不赖。

不过，鬼比神的忌讳自然更多。虽说这位鬼王本领高强，性情却极为古怪偏激。

若他高兴，不用拜他就会帮你；他不高兴，一掷千金也对你不屑一顾；而如果他十分不高兴了，没准他反手就要你的命。

所以，同理，还是对其敬而远之为好。

可是，如果人们把这一神一鬼的两尊像供奉在一起，便会化腐朽为神奇。

那尊红衣鬼王，将会驱散缠绕破烂仙人的霉运，让他露出真正的面目。

人们会惊奇地发现，原来，破烂仙人本来的颜色不是灰白的，而是金灿灿的。

传说一般是有其依据的。可这大概是个很长的故事了，或需要从八百年前说起也说不定，要讲很久很久也说不定。人们也不一定有耐心听。

但能确定的是，如果想要这两位各自发挥出最强的力量，就必须得把他们供奉在一起。

如此，便可得双倍的好运，双倍的所向披靡。

天官赐福，百无禁忌！

番外

第一章

花灯谜，元宵夜

上元佳节，一夕良夜。

算是初春，冬走得不远，风还清寒。谢怜扛着一只大袋子，慢慢走在路边，脸色被风吹得微微酡红。

袋子里装的是他刚收来的一大堆乱七八糟的东西，也不知有没有用。反正有用没用，今后也只能靠这个为生了。

不一会儿，他路过了街边一个摊子。

摊子叫"贺记小食"，卖些小吃，似乎是老板一家三口坐在一张靠里的小桌上，一名身材苗条、颇有姿色的女郎穿行在桌椅间忙活，老板喊她别忙了过去坐下她也不听，只道"就来"，声如黄莺。其余桌子三三两两坐着些客人，不过看来都只是冲那妙龄少女来的，随便坐坐聊聊，不一会儿就回家了。毕竟，今日是上元节。

摊子前支着一个小锅，锅里白花花、圆溜溜、热腾腾滚着的小东西让他放缓了脚步。

谢怜心道："元宵啊。"

他小时候，每逢上元佳节，仙乐国主和皇后都会和他一起吃一顿元宵。谢怜十分挑食，不喜元宵，名厨御制的上好小点盛在金碗玉盏里给他端上来他也不喜，嫌弃太甜，吃得牙痒痒，这个馅的不吃，那个馅的也不吃，囫囵两口了事。

后来长大一点，自己跑到太苍山上修炼，元宵节时回时不回，算来也没吃几顿。现在想想，他居然一点儿也不记得，元宵这种东西，究竟是什么味道了。

谢怜谨慎地在摊子旁瞄了几眼，又谨慎地把那只难看的大袋子从肩头放下来，最后，谨慎地迈了进去。

他取下了斗笠，拿在手里道："老板，麻烦来一碗元宵吧。您这儿有吗？"

那老板颇有些年岁了，看他一眼，还没答话，那苗条女郎笑着应道："有，您先进来坐吧！"这就起来忙活准备了。谢怜坐了，但见那老板摇了摇头，感到奇怪，心想是不是自己身上哪里脏了人家不喜，特地低头看看衣服袖子，确定并不脏，稍稍安心，问道："怎么了吗？"

他心想如果老板不喜欢他把那个袋子拿进来，他就把袋子放到外面好了。老板却又看他一眼，摇头道："惨。真惨。"

谢怜道："啊？您说什么？"

老板道："大元宵节的一个人天寒地冻在外面的摊子上吃元宵，也太惨了吧。"

谢怜道："您不能这样吧。还做不做生意了……"

老板不跟他说话，拿碗去了。坐了一会儿，谢怜感觉四周有人在打量他。或者说，在打量他和他旁边那个异常突兀的大袋子。

老板的女儿也偷偷摸摸过来，蹲在地上用手指戳那个袋子，似乎很好奇里面鼓囊囊的是什么，被母亲叫了好几声才回去。谢怜这个时候还没有修炼出日后那种刀枪不入的厚脸皮，忍不住用脚把那只大袋子往桌下踢了踢，想把它塞到旁人看不到的地方。可惜，这摊子小，桌椅板凳也小，根本藏不住东西。谢怜只好不断轻咳，尽量让自己无视旁人的目光。

会习惯的。没什么大不了。

忽然，他想起一事，赶紧把手伸到胸口衣服里掏了掏，脸色忽变，心道："这下更惨了！不光大元宵节的一个人天寒地冻在外面的摊子上吃元宵，钱还不够呢！！"

原本他想赶紧溜了的，偏偏这时候，那老板端着一只大瓷碗过来了，放到桌上，道："五个钱。"

谢怜感觉微微窒息，道："呃……我……"

他咳了好几声，拳头抵在嘴前，听那老板道："是不是没有啊？"

谢怜正准备硬着头皮站起来滚蛋，却见一只大瓷碗"砰"地放到面前桌上。

他一愣，就听那老板道："算了，看你这么惨，送你一碗好了。吃完了我也要收摊了，赶紧回去吧。今天是元宵，要团团圆圆才是！"

谢怜又坐了回去，虽然心中在说，其实吃完了这一碗元宵他也没有可以回去的地方，但还是小声道："谢谢。"

那老板放下碗就回去了。摊子前面那一小锅剩下的元宵被他端到小桌上。

那小女孩儿歪着头咬着勺子道:"哥哥什么时候回来啊?我想等他回来再吃。"

老板也道:"太迟了,元宵节还回来这么晚,真是不像话!"

那妇人道:"他也辛苦嘛,很快就回了,待会儿你不要骂他。妙儿,妙儿不要再忙了,老是让你过来帮忙,真的过意不去,过来一起吃吧。"

那妙龄女郎道:"不忙的!"最后收拾了一张桌子,也过去坐下和他们一起分元宵了。

四个人似乎在等家里另一个人回来团聚,有说有笑的。谢怜看着他们,端起自己那一碗,勺子舀了一颗送进嘴里,喝了一口甜汤。

但仍旧不知道是什么滋味。

"哥哥,哥哥?"

谢怜这才回过神来,花城正在一旁凝视着他。红衣衬得花城眉目越发明艳,灯火给他白皙到无生气的脸庞镀了一层柔色。谢怜看得微微出神,道:"什么?"

花城道:"哥哥累了吗?还是身体不适,走不动了?"

谢怜随意点点头,道:"有点……"花城道:"对不起。"

过了一会儿,谢怜才反应过来他说的"对不起"是什么意思,连忙摆手道:"说什么对不起呢,跟你没关系啦!"

花城挑起一边眉,道:"是吗?"

谢怜忽然想起,这里还是在鬼市大街上呢,惊醒一扫,果然,不知何时,四面八方挤满了一大堆歪瓜裂枣奇形怪状的玩意儿,耳朵长的竖耳朵,耳朵短的伸脖子,几乎个个把眼睛瞪得铜铃大,往死里盯着他们瞅,谢怜被震惊到都不知道要说什么了。最终,谢怜道:"三郎啊!"

花城微微一笑,负手道:"好吧,好吧。我的错,不说了。"

谢怜也早把目光从街边的元宵妖怪摊子上收回来了。鬼市大街两侧,挂满了红彤彤的花灯,花灯上写满了谜,众鬼嚷嚷道:"猜灯谜!猜灯谜!猜中有奖!重重有奖!!"

花城对谢怜道:"哥哥,试试吗?有奖呢。"

谢怜走了上去,道:"试试?"

众鬼都激动起来,相互推搡:"嘘!嘘!大伯公要猜灯谜了!大伯公要猜灯谜了!!"

这铺天盖地的，喊得仿佛他要跳大神了一般，谢怜啼笑皆非，正想随便挑一个，却立即有一根不知从哪儿伸出来的触手殷勤地送上了一盏花灯，道："您请！您请！"

对谢怜而言，哪个都一样。于是他便接了灯，看了一眼。谜面是四个字："找到白头。"

谢怜想都不想，道："'我'。"

花城拍了拍手，赞道："哥哥，厉害。"众鬼也跟他一起掌声雷动，鬼哭狼嚎，还有黑漆漆的不明物体在空中翻跟斗喝彩，未免太过浮夸。谢怜汗颜，道："其实，这个……真的很简单啊。"

那根触手又送过来第二盏灯，道："您请！您请！"

谢怜接了灯，这一次，谜面是"飞逐边塞上。"

同样是想都不想，谢怜道出了答案，道："'家'。"

花城又要举手拊掌，谢怜道："不用啦，这个也很简单。"

花城笑眯眯地道："是吗？可是，我是真心觉得哥哥厉害呢。"

谢怜心道："哪里哪里。要是你亲自在花灯上题谜面，我还解开了，那才是厉害呢……"

这时，触手又送了第三盏灯，唱道："您请！您请！"

谢怜接过一看，眉头微微一凝。四周也道："哇！这次的难了！"

谢怜点了点头。果然，这一次的谜面不能一眼就看穿谜底了："含羞低头表倾心。"

不过，也不算太难。少顷，谢怜道："'含羞'意为含羞草，取草部；'低头'，取'低'字之头部；'表倾心'，取'倾'字之中心部。三部合起来，就是……'花'。谜底是花。"

说完他就捂住了耳朵。果然，他一报出谜底，四周又开始群魔乱舞，毫无底线地胡吹乱捧，浮夸至极，令人感到肉麻。花城笑吟吟地望着他，道："哥哥，这次，是真厉害。"

那根触手又举着灯悄悄探了过来，谢怜也笑吟吟地道："还有更厉害的。这一次，我不看谜面就能猜到谜底了，你信不信？"

花城睁大了眼，道："哦，是吗，哥哥居然还有此绝技？"

谢怜接了灯，道："当然，我猜，这次谜底是'城'。花城的'城'，对吗？"

举灯一看，果然，"干戈一动南方定"。谢怜道："干戈一动，倒戈，倒为'土'；'戈'保留；'南方定'，取'方'字南部，定于'土''戈'中心，为'城'。这应该是最难解的一个谜了，可惜……"

可惜，被他先猜中了规律。

众鬼被识破，都不敢欢呼了，反倒咳嗽起来，纷纷望天。花城目光缓缓扫过，众鬼都被吓破了胆一般，有的钻进灯里，有的钻进地底，纷纷抱头道："城主息怒！不是我出的主意！！""也不是我嘎！""胡说！明明你赞同得最大声！！"

花城淡声道："滚。"

霎时，这条街上的人人鬼鬼瞬间如风卷残云，所剩无几。谢怜把灯挂回架子上，莞尔道："回去吧。"

二人并肩而行，一起走向千灯观。路上，花城一本正经地道："哥哥，你不要用那样的眼神看我。真的不是我让他们这么干的。"

谢怜笑笑，道："我知道。你的话，一定不会这么设谜。"

花城道："哦？那哥哥觉得，我会怎么设谜？"

谢怜不设防地答了，才发觉"祸从口出"，连忙住了嘴。然而，已经迟了。花城哈哈笑了起来，道："哥哥，上当了！漂亮！"

"狡猾，狡猾……"

恰在此时，二人回到了千灯观。一入大殿，谢怜发现，玉台之上，居然摆着一桌东西。他一怔，上去一看，那居然是两碗元宵。

他回头，花城也走了上来，道："刚才哥哥路上看的就是这个吧。"

谢怜点了点头。

花城道："坐下一起吃吧，哥哥。"

谢怜却没有坐下，而是对花城绽出一个微笑。

隔了不知道多少年，他终于又记起了，元宵是什么滋味。

第二章
太子殿下的奇妙记忆漂流

谢怜一睁开眼，发现自己躺在地上。

这是一间陌生的屋子。他感到十分迷惑。

他分明在太苍山上的皇极观修炼，怎么会在这里？

谢怜微微蒙然，从地上坐起。他发现自己身上穿着的是一件朴素的白道袍，也太朴素了些，清汤寡水的仿佛一介贫民。料子也不大好，颇为粗糙，磨得他肌肤不适。

谢怜皱了皱眉，想从地上爬起，谁知刚刚起来，又觉察身上更多不适。

腰酸，腿酸，腹部酸，脖子酸。难道是因为在这地上躺了一晚吹了一宿？

不可能。他又没有这么娇弱。

风信和慕情呢？谢怜想起他们，喊道："风……咯、咯咯……"

嗓子也不是很舒服。

他记得，昨晚风信和慕情又为了鸡毛蒜皮的小事在吵架，吵得他都没法静心打坐了，便命令他们出去成语接龙。听他们怨气冲天咬牙切齿地接了大概两百个成语，困意上涌，他就休息了。怎么一醒过来，就陷入了如此不可思议、令人一头雾水的境地？

谢怜扶着一旁的桌子才站了起来，打量四周。这里应该是一间客栈，但一般来说，如果他不选择露宿，而选择住客栈，他是不会住在这种一看就很省钱的客栈的。

他没被绑手绑脚，房门也没上锁，说明没被软禁。如果有人或者有什么东西暗算了他，那把他丢到这里来又是什么意思？

谢怜越想越觉得诡异，但最诡异的还是他此刻身体的状态，全身酸软疼痛，好像被战车碾了一晚上。

更糟糕的是,他没法力了。

谢怜一贯还算冷静,可此情此景,简直要崩溃了。

不知道怎的,一觉醒来就变成这样,风信慕情都不见了,自己还不知道被谁使了什么手段稀里糊涂就没法力了,真要崩溃了!

好半晌,他还是无法接受这个事实,心乱如麻。可也不能一直这样待着,只好胡乱擦了把脸,整整衣服,出了客栈。一路上没什么人拦他,谢怜松了口气,连四周建筑、行人服饰和口音颇为古怪都顾不上了。

但大概是心里有鬼,他总觉得别人看出他身上发生什么了,在用诡异的目光打量他,逼得他越走越快,最后疯狂地跑了起来,冲进一片树林,一拳打在树上,直接把树"咔嚓"打折了,怒道:"混蛋!"

他想用最恶毒的词汇咒骂对他做出这种事的人,可翻来覆去也只会骂"混蛋、混账、混球!",心里那股火就是泄不出来,憋得慌。他又不可能号啕大哭,只能闷头狂打。"砰砰砰砰砰砰砰",一连打折了几十棵大树,终于打得此地的土地哭着喊着爬出来抱住了他的大腿:"太子殿下!太子殿下不要打了!"

谢怜满心怒火,但这老儿是突然从土里冒出来的,非常人,看得他微微一惊,道:"你是谁?"

那老头儿抹泪道:"我是这里的土地啊太子殿下!这片树林是我养老的!您老人家再打,我就喝西北风了!"

谢怜心想毕竟不关别人的事,不可胡乱迁怒,况且官再小,也算是一位神官,年纪又大,需要尊重,于是勉强收了一点儿火,也收了手,放缓了口气,道:"抱歉,是我激动了。这样可好,方才我打折了多少棵树,我赔您好了。"

土地放开了抱住他大腿的手,忙道:"不不不,不用不用,哪里要您老人家赔!您肯跟我说话,小神这里便蓬荜生辉了!"

谢怜有点奇怪,这土地怎么说也是个神官,而且看上去比他大多了,为什么这么怕他,还称他为"您老人家"?但也没心情追问这个,彬彬有礼地问道:"您是这一带的土地,应该对这一带都很了解吧?您能帮我找两个人吗?"说着就把手伸进袖里想取几枚金叶子来做供奉,土地看到他的动作,连忙疯狂摆手:"不用不用不用!您要找什么人?"

恰好谢怜也没掏出什么东西来,拿出了手,道:"我的两名侍从,风信和慕情。"

土地的脸色，忽然变得很怪。谢怜道："怎么了？有困难吗？"

土地道："不不不，不是有困难。只是……"只是太子殿下怎么啦，过八百年了，还喊南阳将军和玄真将军为他的侍从，不知两位将军会不会生气啊？唉，算了，两位将军生气没关系，这位没伺候好，那位生气了才吓人哩。于是道："请您在此地等候片刻，我这就给您找去！"

谢怜道："有劳了。"正待弯腰一礼，抬头，那土地早已消失不见了。

谢怜感觉脑袋还在发烧，捂住了额头，不知过了多久，只听前方一个声音疑惑道："怎么回事儿？"

谢怜抬头，就看到风信和慕情。

然而，却不是他认识的风信和慕情。诚然，二人容貌未变，气度却不同，不似两个莽撞少年，反倒似两位沙场征伐多年的将军。且都穿着颇为华贵的黑袍，不像是普通人能穿的。至少谢怜从没见过他们穿这身衣服。

发问的是风信，他走过来道："殿下，你一个人在这儿干什么？"

谢怜道："我才要问，你们两个跑哪儿去了？我昨晚让你们在门外接龙，为何今早人影都没了？"

风信和慕情都露出和那土地一般的古怪神色，仿佛无法理解他的话。谢怜头痛欲裂，又道："还有你们这副打扮怎么回事？到底怎么回事？"

风信低头看看自己，疑惑道："这衣服怎么了，不是很正常？"

慕情则道："你在说什么？睡糊涂了吧，我昨晚可不在你这儿。"

谢怜抱起了头，想大喊大叫，强行逼自己冷静，思忖片刻，道："我懂了！你们和我一样，被什么东西魇住了吧。"

风信和慕情神色越来越诡异。风信道："我糊涂了。殿下你还是说叫我们来有什么事吧。"

慕情翻了个白眼，道："不用问了。我说怎么有事叫人找我，不找他那位呢，八成是脑子坏了。"

谢怜完全听不懂他们在说什么，道："那位是哪位？国师？"

风信和慕情面面相觑，须臾，慕情上前一步，道："太子殿下。"

谢怜道："什么？"

慕情道："我现在记忆有点模糊，你告诉我，你记不记得我们这几天都在干什么？"

谢怜道："我们这几天不是一直在皇极观修炼吗？"

慕情道："花城在哪里？"

听到这个名字，谢怜有一种很熟悉的感觉，但想了想，确实不认识，于是，他茫然道："花……城……是谁？"

慕情道："好。我懂了。"

他向一旁使个眼色，和一脸震惊的风信一起到一边商量去了。谢怜忽然觉得有几分可疑，警惕道："你懂什么了？你们在说什么？"

商量完了，二人转过来。风信道："殿下，我们走吧。"

谢怜更加狐疑："走去哪里？"

慕情道："带你去见一个能解决眼下这个局面的人。来吧！"

谢怜现在已有八分警惕，连连后退。慕情见他似乎想跑，道："别走！"伸手挥出一道灵光，似要将他缚住。但谢怜怎么可能不走？

拔腿便跑！

他一跑，风信和慕情头都大了。两人一边追一边迎风咆哮，风信道："我……了！他这怎么回事？他忘事儿也不能忘这么厉害吧！一忘就是八百年？！"

慕情道："终于！终于乱七八糟的东西吃多了吃坏脑子了！"

"怎么可能！恐怕是他一个人出去的时候出什么意外了，赶紧找吧！他现在的脑子，可是只有十七岁！"

慕情这个时候还不忘挖苦一下："是啊，天真烂漫、傻里傻气、娇生惯养的十七岁的太子殿下！"

"等等！先告诉他。快先告诉他！"

出了这种事情，当然必须先告诉那个人！

谢怜一口气跑了二十多里，停下来后才微微喘气，感觉自己仿佛仍然置身一张巨大的迷雾诡网中，还没冲出来。

这到底是怎么一回事？

不正常。太不正常了！

慕情是什么实力他还不清楚吗？那灵光起码要再修个几百年他才能修出来，现在这个怎么会是真的慕情？肯定是假的！

还有他。他自己也不正常。这一跑，他才发现自己身轻如燕。虽然他本来就身轻如燕，但现在身法似乎更快、更厉害了。

所有事情都不对劲！

冷静冷静再冷静，谢怜忽然记起，方才，慕情似乎提到了一个名字。

他喃喃道："花城。"

不知为何，这个名字对他来说理应是很陌生的，但他一念，心中却是微微一动，仿佛心底某个角落开了一朵小花。于是，他忍不住把这个名字，翻来覆去地念了好几遍。

花城、花城、花城。

这应该是个很重要的人物，也许就是此次事件的关键。得先去找到他。

打定主意，谢怜向城镇的方向走去。

虽然刚觉察自己身上发生了什么事的时候，谢怜完全无法接受，但半个时辰不到，他就缓过来了。尽管心里和身上还是难受至极，可眼下身陷迷局，没有时间给他心烦意乱。真正的风信慕情不知所终，足见幕后下黑手的东西了得，他必须马上振作，查明真相。

于是，待他踏入镇上时，便已恢复平素神情。

随便拣了个茶楼，来到楼上靠窗坐了，却无心喝茶。谢怜拿起桌上杯子看了看，杯内积累着擦不干净的陈年茶垢，令他看一眼都疲惫，放下不理。

茶楼内，一个颇有姿色的曼妙女郎正抱着琵琶，莺莺呖呖地弹唱，坐了一圈老老少少的男子，嘻嘻地看着她。那女子唱的本来是寻常的地方小调，姑娘家清早出门采花什么的，但唱了没一会儿，一群大老爷道："没意思，不好听，换！""是啊，这支不好听，换换换！""换我这支！"

歌女无奈，只得按他们的意思，换了一支颇带艳情色彩的旖旎小调，轻拢慢捻，糯音软软，软得人脸红心跳。那群围观的这才满意了，纷纷叫好。谢怜坐在二楼角落靠窗的位置，却是十分不适。

仔细听那歌词，似乎在唱一对小夫妻新婚之夜的浓情蜜意，当真是大胆露骨至极。这等淫词艳曲，谢怜从没在皇城听过。若是在以前，就算他听到了也能只当骚风过耳，因为那跟他完全没关系，他一辈子也不会想这种事。可是现在，他怎么听怎么不对劲，到底哪里不对劲，也说不上来。

歌词轻佻三分，他心里就荡悠十分。谢怜又羞又恼，咬了咬下唇，握紧了拳。半响，忍无可忍，终于忍不住狠狠在桌面上一砸。

"砰"的一声，吓得附近几桌客人瞪大了眼睛看他。谢怜这才惊醒，低声道歉，恨不得双手堵住耳朵什么也听不见，心想再唱他就只能走人了！

突然，歌声戛然而止，一声尖叫。谢怜猛地抬头，只见一大群人都围了上去，似乎在动手动脚，那歌女抱着琵琶，吓得站了起来，哀声道："各位大爷，咱们听歌便罢，别动手呀……"

几名男子起哄道："动手又怎么样？反正肯定不只我们动手了，我就不信你出来卖还没被人摸过几把！"

那歌女气得眼眶发红，道："什么叫我出来卖？我是卖唱，又不是卖身！"

旁人却故意不听她辩解，道："嘿！说的跟贞洁烈女似的！要真这么正经你就不会出来卖了！"

"就是！刚才还唱这种曲子撩拨人，现在又说不肯卖，立什么牌坊，笑死人了！"

那歌女气得要晕过去了，颤声道："是你们让我唱的，是你们让我唱我才唱的啊！"

然而，无论她说什么，那群糟心的听客总有话来杠："我们让你唱你就唱了？这么听话？说明你自己心里也早就想唱这种东西勾引人了！"

谢怜听不下去了。

他原本就心里有火，现下更是怒不可遏。白影一闪，那群起哄男子还没弄清怎么回事，就被他掀倒了一排。为首的男子屁股朝天，大骂道："你是什么玩意儿？！敢惹我们？！"

谢怜挡在那歌女之前，指节咔咔作响，面上却仍不露怒色，沉声道："适可而止吧。如花美眷，任谁也心动三分。但若不知以礼相待，便是下流可耻了。"

有人嚷道："分明是她自己先唱的，她唱得，我们摸不得？！"

谢怜却一字一句道："不错。便是她唱得，你们碰不得！"

话音未落，七八个彪形大汉便被他扔下了楼，一屁股跌坐在地上，摔得吓人，实际上却没受什么重伤，不过也足够骇人了，因为根本没人看清他是怎么出手的，又谈何抵挡反击？忙不迭落荒而逃。楼上，谢怜回头，那歌女十分感激地起身对他一礼，道："多谢这位道长解围！"

谢怜道："举手之劳而已。姑娘，你还要留在此地吗？"

那歌女点点头，谢怜也点点头，道："好。那你继续唱吧。"

说完，他坐了回去，一掀衣摆，正襟危坐，守在了这里。

其他男子见他不走，还盯着这边，果然不敢上去骚扰了。那歌女明白他心意，越发感激，婉转开口，又是原先寻常活泼的地方小调。

谢怜斟了一杯茶正准备喝，低头又看到里面的陈年茶垢，犹豫片刻，还是战胜不了自己，放下了茶杯，叹了口气。无意之间回头，却愣住了。

只见长街对面，一座更为华丽的红楼酒肆之上，独坐一人。

那是个身形颀长的红衣男子。

虽然戴着一只黑色眼罩，平添几分野气，却不掩其俊美。衣红胜枫，肤白若雪，手执一银杯，酒盏与他那双银护腕一般灵光闪烁。一眼望去，夺目至极，正望着这边，与他遥遥相对。见谢怜视线投来，微微一笑，浅浅举杯，似在隔空敬他。

不知怎的，谢怜一和那男子目光相接，仿佛浑身过电，连忙撤回了视线。

真是奇怪。那男子的确风采夺目，可从前他也不是没有见过如此风采的男子，为何见了那人却会是如此反应？

想了想，他又否定了这个想法。这根本就是不对的。因为，仔细想想，他从前，的确没有见过如此风采的俊美男子。

想到这里，谢怜心想，这可是一位难得的人物，不如多多留意，又转头去看。然而，这一望，那红衣男子却消失了。

居然就这样消失了。仿佛一片绚烂的枫叶，悠悠飘落，在眼前调皮地一闪而过，教他眼前一亮，就不见了。仿佛不是真的，只是转瞬即逝的梦幻泡影。

又矜持地张望了一阵那座华丽酒楼，不见踪影，谢怜终于放弃，也不知是不是有点失望，轻轻吐出一口气，揉了揉眉心，心道："罢了。"

谁知，他一回头，便见对面不知何时已经坐了一个人，一手支腮，正盯着他看。

二人目光交接，谢怜微微愕然，那人却笑吟吟地道："这位道长，能请我喝杯酒吗？"

正是方才那对他遥遥举杯致意的红衣男子。

他居然就这么随意地坐在自己对面了。

谢怜眨了眨眼,好一会儿才确定,这男子真的是在跟自己说话。

他立即便反应过来,心道不可被这人气势镇住落于下风,镇定依旧,客客气气地道:"不巧,在下戒酒,这一杯,怕是请不起了。"

那红衣男子哈哈一笑,坐得更随意了,道:"是吗?我看这位道长的模样,倒似有愁云不展,还需借酒消愁一番啊。"

谢怜不动声色地道:"那阁下恐怕是看错了。"

他面上始终淡淡,那男子却不萌生退意,反而坐定在这里了一般,道:"既然道长不肯请我,那,我就自便了?"

谢怜看他一眼,再看看四周。奇怪。四周并非没有空位,他为何一定要坐这里喝酒?但也没理由拒绝,谢怜道:"你请便。"

于是,对方懒懒地招了招手。店中伙计从没见过这种派头的客人,大气也不敢出,赶紧送上了酒壶酒盏,使劲儿擦桌面,生怕怠慢了这位。

看那红衣男子气定神闲,自斟自饮,谢怜忍不住道:"难道,阁下和谁第一次见面,都会要人家请你喝一杯吗?"

那男子笑眯眯地道:"嗯?那可不会。不瞒道长说,一般人根本见不了我的面。"

这口气,颇为傲慢。不过,谢怜并不反感。

二人各坐各的,谢怜一直望别的地方,显得仿佛很淡定的样子。过了一阵,还是那男子先开了口。

他一手托腮,道:"这位道长贵姓,怎么称呼?"

谢怜不假思索就编了个假姓:"免贵姓花。"

那男子挑了挑眉,道:"哦——花道长。"

谢怜道:"阁下怎么称呼?"

那男子道:"道长唤我三郎便好。"

谢怜心知这人不愿告知真实身份,也不勉强。想了想,并没想起什么人物是排行第三的,就不费心揣测了。这时,他忽然注意到,那红衣男子面颊一侧,一缕乌发束了一条细细的辫子,以一枚红珊瑚珠坠尾。

那珠子光泽柔润,小小一颗,一看便知价值连城。但谢怜总觉得好像在哪里看见过这颗珠子，似乎是在自己那珠玉宝石扔得满地都是的寝宫里？

但他也不确定。三郎注意到了他的目光，道："喜欢这个？"

说着，他举起几根白皙的手指，轻轻捻住那颗珊瑚珠，捏了捏。

不知为何，谢怜眼中看着，猛地往后一弹。

这动作过大了，旁边好几个客人都望向这边。三郎漫不经心一抬眼帘，讶异道："这位道长，你怎么了？"

他伸出了一只手，似要来扶。谢怜当然没要他扶，忙坐稳了道："没、没什么。那颗珠子……"

"哦。"三郎唇边噙着的笑意不减，道，"这珠子吗？"

他手里变本加厉地把玩起那颗明艳欲滴的珊瑚珠，微笑道："这是我心爱之物。道长觉得如何？"

谢怜道："唔……很好，很好。"

其实他压根不知道自己在说什么，放在腿上的手指握紧了，如坐针毡。

古怪。实在古怪。

这自称"三郎"的红衣男子俊则俊矣，却无端一股妖气横生，令人战栗。谢怜心中警铃大作，强定心神，呼吸又平复下来，毫不畏惧地盯着他，问道："请问阁下，主动接近在下，究竟所为何事？"

三郎笑了笑，慢条斯理地道："何必如此警惕？也没什么事。不过是见道长风采，为之心折，欲与道长交个朋友罢了。如有冒犯，还望海涵。"

谢怜也不知该不该相信他，挪开了目光，心中暗暗懊悔，不该让这人坐在对面的，搅得自己现在这样心烦意乱。恰在此时，那歌女收工了，向众人一礼，又向谢怜嫣然一笑，这便飘然离去。她走了，谢怜也没必要留了，起身道："告辞。阁下自己慢慢喝这一杯吧。"

最后一句他是想带点儿挑衅的，但话到嘴边，还是彬彬有礼地送了出去。谢怜不敢多看那红衣男子，几乎是飞身下楼，胡乱走了一阵，确定没人跟上来，这才松了一口气。

可站住后，又觉茫然。

他的衣服不见了，财物不见了，佩剑不见了，侍从也不见了，法力也不见了。

十七年的人生之中，还从未遇到过如此一筹莫展的境地，谢怜摇了摇头，拦住一个路人问此地是何地。路人答了，谢怜从没听过这个地方，又问："那请问这里离皇城有多远？在皇城的什么方位？"

他没说是仙乐皇城，路人又道："皇城？这里在皇城的南边，离皇城可远了！"

果然。这里的人说话口音、建筑样式都有些奇怪，不像皇城附近，他就猜到一定很远。不知把他弄到这里来的人到底有什么目的。

再走了一阵，谢怜遇到了新的难题。

他饿了。

可是，方才也说过了，他的财物都不见了。能证明太子身份的佩件也不翼而飞，之前想给土地塞几枚金叶子都没掏出什么东西。茶楼上干坐了一阵，一个茶位已经花掉了他东抠西抠才抠出来的几个子儿，而且因为无法忍受那陈年茶垢，茶也没喝一口，现下腹内依旧空空如也。

真是一文钱难倒英雄汉。

正当他被难得蹙起了眉时，忽然发现，前方地上一块地砖旁，似乎掉了什么东西，正在闪闪发光。

谢怜上去，蹲下一翻，奇了。

在这小破巷子的地上，居然掉落了几枚金叶子！

除了金叶子，还有银叶子和一些零零碎碎的小钱。大白天的居然在地上捡到钱，天上掉馅饼，真不知该说他运气差还是运气好了。

谢怜捡起来后，第一反应就是这是不是谁不小心掉的，走出巷子，冲街上行人问道："请问有谁掉了财物在这里吗？"

大多数人都摇了摇头。有游手好闲的赖汉觍着脸过来说："我掉了！我掉了！"谢怜便问："你掉了多少？"都嗫嚅着答不上来，在哄笑中跑了。

谢怜怕失主回来找，站在原地耐心等待。等了将近一个时辰也没见人来寻，腹中越来越饥饿，许久，叹了口气，看了看袖中的财物，心道："要不然，先借一点来用，回头十倍还了吧。"

也没别的办法了。于是，又等了一炷香后，他到街边买了一个馒头。

谢怜从没吃过馒头。更没吃过这种糙面做的馒头，看起来又大又呆，白而无味。但他不想多用这捡来的财物，万一这是别人要急用的就糟了，所以只取了最少的钱。

他生平第一次拿到这么大的馒头，还有点新奇，走过那条小巷，到了一条较为僻静的小街，正要把那馒头送入口中，忽然从一旁伸来一只手，把那馒头拿走了。

这一取之手法，神乎其神。谢怜一愣，手里已经空了，转头望去，站在一旁的，居然又是那名酒楼上的红衣男子！

谢怜惊呆了。

没想到这人居然跟到了这里，更没想到，他居然抢自己的馒头！

怔了好一会儿，他才记起要拿回来，跳起来道："还给我！"

他夺取之势极快，那男子身法却更快，加上个子也比他高，一闪避过，道："别吃这个。"

他这么说着，自己却拿着那馒头咬了一口，留下一个缺口。这下，谢怜想吃也吃不了了。他贵为太子，怎么也不可能去吃一个被人咬过一口的馒头，睁大了眼，道："你！"

卡了一下，他气道："你这人怎么这样？"

亏他第一眼看到时还觉得这是个难得人物，有意结交，没想到却是这样一个无聊的无赖！

二人身影一红一白，快得令人眼花缭乱，绝对不敢相信如此精彩的争夺擒拿居然只是为了抢一个馒头。虽然谢怜隐约觉得自己速度可以更快，快到足以追上这位三郎的身手，却仿佛哪里没把握到要领，手脚不大听使唤。加上他这一整天都又累又烦又疑惑，腰酸腿酸，气愤之下，居然足下一歪，摔到了地上，登时，低低一声痛叫露出了牙关。

痛。

他脸色一下子就变了。三郎脸色也变了，立即俯身一把抓住他手臂，道："哥……"

三郎又立即改口道："你没事吧？"

谢怜十分难堪，恨不得挖个坑把脸埋在地里，拼命把手往回抽，烧红了脸道："请你不要乱叫我，也不要这样抓着我！"

三郎果然放开了他的手臂，但也就是意思一下，又改抓他的肩膀，道："你怎样了？哪里疼吗？"

他语气十分关切，不似作伪，所谓伸手不打笑面人，谢怜本该承情的，但眼下如此狼狈，又羞又恼，一整天的郁闷都翻涌上来了，一把打掉他的手，自己一骨碌爬起来，道："我没有哪里疼，一点都不疼！"丢下一句转身就跑，谁知，又被身后那男子捉住手腕，挣也挣不开，谢怜忍无可忍，猛地转身，怒目圆睁，却见那三郎凝视着他，轻声叹道："唉，这位道长，千错万错，都是我的错，不要生我的气了。这样，我再带你去喝一杯，向你赔罪吧。"

不知怎的，谢怜一看到这人的脸，心中感觉就很是古怪，他很不习惯，只想快点逃跑，道："我才不要你带，我从来不喝酒的！你快放开我。"

三郎道："好好好，不喝酒。那我带你去吃饭？饿了吧？"

谢怜气坏了。这人跟他说话什么语气？简直把他当小孩子哄，他还从没受过这种羞辱呢，道："我也不要你带我吃饭。我不饿。你放尊重一点！"

尴尬的是，话音刚落，他腹中便发出了弱弱的抗议声。

谢怜身形一僵，更生气了，脸都气红了，说话也磕磕巴巴起来："你……你……你这个人，为何要缠着我？不要再缠着我了！"

三郎却紧紧盯着他，道："道长，难道你还没发现？"

见他忽然神情严肃，谢怜道："发现什么？"

三郎道："你身上，有邪物啊。"

谢怜一怔。忽然，手腕一松，那段缠腕的绷带一条白蛇一般滑了下来，在他面前高高扬起，随即，迎面朝他扑来！

不过，它还没扑上去，已被那红衣男子一把捉住，道："你看。"

那段白绫仿佛一条被他掐住了七寸的毒蛇，扭动不止，令人头皮发麻。

他身上居然藏着这样一个怪物！

谢怜这才明白了。

他眨了眨眼，道："原来……你接近我，是因为发现了我身上藏着这个邪物？"

三郎脸色越发肃然正经，道："嗯。这东西好生奇怪，所以我便稍稍留意了下，还好它没有伤到你。"

真相大白了。谢怜想到他之前对这位公子委实不太客气，又是甩脸又是甩手的，现在水落石出，原来人家是好心才接近他的，十分不好意思，对对方认真一礼，道："多谢阁下。之前是我误会了。"

他腰还没弯下去三郎便扶住了他，道："哪里，哪里。举手之劳罢了。"

抬起头，谢怜微微困惑。不知为何，他总觉得，这红衣男子虽看似一本正经，眼角眉梢却都是笑意。料想是自己乱七八糟的狼狈之态都被对方尽收眼底了，又有些难为情。

说来也奇怪，在同龄人中，谢怜已经算是很稳重的了，谁知一看到这男子便没法镇定，教他好生不安。三郎却似乎没注意到这些，道："既然解决了，那，我就走了。道长，后会有期？"

谢怜下意识道："嗯，后会有期。"

三郎摆摆手，转身走了。情不自禁地，谢怜居然也跟着他走了几步。

可能因为实在不知道该往哪里走，也可能稀里糊涂了。三郎一回头，谢怜一惊，这才清醒，赶紧停下，假装看向别处。然而，已经迟了。

那边传来几声轻笑，谢怜窘得耳垂都红了。

硬着头皮望过去，三郎抱着手臂笑道："我看还是别等'后会'了，我觉得现在就是'有期'之时。如何？道长现在愿意跟我一起去喝一杯了吧？"

还是原先那座华丽的酒楼。

这位刚刚才结识的红衣男子十分大方，上来就把酒楼里最好的酒菜点满一桌，居然不比皇宫御膳逊色，并且许多做法都十分新奇，谢怜从未见过。饥肠辘辘的他吃着吃着，才发现三郎一直在对面一手支腮，目不转睛地看着他。那眼神，仿佛在把他当下饭的菜。

谢怜被这种目光盯得再次如坐针毡，确信自己方才没有因为饥饿食相失态，这才放下筷子，轻咳一声，道："见笑了。"

三郎道："嗯？这有什么见笑的？不要在意我。请，请。继续。"

然后他拿出两人刚才抢了一阵的那个馒头，面不改色地吃了起来。见状，谢怜越发窘了。

他正襟危坐，看了看那条白绫，决意谈正事了，道："这邪物到底为何会藏在我身上？我居然完全没发觉它的存在，简直就像是……"简直就像是已经在他身上揣了许久，揣习惯了。

那白绫不断摇头摆尾向他游来，若不是被三郎牢牢定住，只怕早就把他缠成粽子了。看上去倒像是……挺喜欢他的。

三郎用一根筷子压死了它，不让它向谢怜扑去，微笑道："看来这邪物习惯非常不好呢，须得好好教训一番。"

谢怜道："比起教训，还是先查清它的来历吧。"

二人天南地北说了一阵。谢怜从小长在仙乐皇宫，后来修行于皇极观，从未见过谈吐如此有趣、见闻如此丰富之人，听三郎说话听得双目发亮、展颜不止，差点什么烦心事都抛之脑后了。好一会儿才忽然想起眼下正处于一个诡异的旋涡之中，正色道："三郎，能向你打听一个人吗？"

三郎把那白绫扔到地上，不知使了什么法子让它软趴趴地跳不起来，道："谁？"

谢怜道："是这样的。我在找一个人，名字叫作花城。"

听到这个名字，三郎挑了挑眉。

他道："嗯。我能问问，你找这个人，是想做什么吗？"

谢怜诚恳地道："实话实说，我不知道。"

听三郎语气，他猜三郎一定知道花城是谁，又道："也许你会觉得我在瞒你，不过是真的，我也不知道我找他能干什么。今天一醒来，我就发现自己处在一个很古怪的境地。"

他一口气说了来龙去脉，最后，谢怜道："所以我想，此人应当十分重要。如果三郎你知道他是谁，方便告诉吗？"

三郎笑道："啊，没什么不方便的。道长你我一见如故，我自然是要帮你的。花城这人嘛……"

谢怜聚精会神地听着，道："如何？"

三郎道："是个狂人。"

谢怜道："如何狂？"

三郎斟了一杯酒，执于手中，道："他是个信徒。"

"谁的信徒？"

"仙乐太子的。"

"喀喀喀——"

谢怜赶紧把一口茶咽了下去，才咳了出来，道："等等、等等。我——我国仙乐太子谢怜，还没成神呢，哪来的信徒？"

三郎无所谓地道："迟早会成神的嘛。况且神就那么回事，你说是神就是神，你说不是就不是。他觉得是，那就是了。"

谢怜啼笑皆非，道："这也太随便了！"

顿了顿，他又道："不过，他真的那么相信，太子殿下一定会成神吗？"

三郎缓缓地道："不是相信。"

随即他莞尔:"是坚信。"

谢怜也随之莞尔,心道:"那我可绝不会辜负此人的期待。"

他也抱起了手臂,道:"所以,在哪儿才能见到这位花城呢?"

三郎道:"道长,你真想去见他吗?"

谢怜道:"是啊。"

三郎似乎不太赞同他这个想法,道:"花城这个人可是非常坏的。"

谢怜微微蹙眉,道:"非常坏?哪里坏?"

他可不大愿意相信,一个坚信他会成神的信徒是个坏人。三郎道:"这个嘛……"

正在此时,谢怜注意到了一样东西。

此前他一直小心翼翼,没怎么直视三郎。现在两人相处了一阵子,有些熟了,他才稍稍放松,放任了视线。

三郎的一只手一直搁在栏边,手指不轻不重地敲打着栏杆。指节分明,第三指上,系着一道细细的红线,仿佛明艳的缘结。

谢怜脑海中突然闪过的凌乱画面:一只手轻而易举地制住了自己的双腕。

那一只手上,就系着这样一道红线。

是他对自己动的手?谢怜双眼猝然睁大了。

他一脸不可置信,三郎道:"怎么了?"

谢怜哪里说得出话来,被欺骗、被耍得团团转的羞恼与难过混着热血齐齐冲上脑门,一掌拍上桌面,一字一句咬牙道:"原、来、是、你!"

那桌面根本承受不起他这一拍,当场四分五裂,幸好酒肆二楼除了他们并无旁人,否则定然被吓得惊惶四窜。谢怜手中并无兵刃,又是一掌劈出。三郎仍是坐在椅子上,只是微一侧首。

那一掌劈进他身后墙壁里,碎石簌簌下落,他却纹丝不动,抱着手臂,浅抬眼帘,道:"道长,这是何意?"

谢怜另一手骨节咔咔作响,沉怒道:"你……休要再装。你对我做了什么……你心知肚明。"

三郎眼帘又抬起了几分,道:"很不幸,我的确不太清楚,我对道长究竟做了什么,教你这样生气?可否指教一二?"

这人居然还一脸无辜!谢怜哪见过这种人,气拍桌道:"住口!你既然昨天对付得了我,今天还怕了我不成。矢口否认,未免……"憋了半天,骂道,"无

343

耻！卑劣！"想了想，觉得自己疏于骂人，词汇贫乏，这种程度还不够，又胡乱补了一句，"下流！"

三郎叹了口气，道："道长，没想到我一腔真心，却得你这般回应。我究竟是何处无耻下流卑劣？"

谢怜道："不要想再骗我了！你手上红线已经证明了，你就是那个……那个……"

"哦？"三郎却不慌不忙，举起自己的手，道，"你说这个？这红线有什么问题吗？"

谢怜真的想打死他了。

可不知为什么，就算他心里再气愤，手上也动不了。而且并不是受制于人才动不了，是他自己的身体不让他动！

正在此时，有几人咚咚咚跑上楼，道："两位客官这是干什么？！怎可胡乱打砸！"

谢怜回头道："这里危险！你们先……"谁知，这一看，他又愣住了。

那几个人手上，居然全都系着一道红线！

谢怜脱口道："你们手上红线是怎么回事？"

一人道："红线？红线不就是红线嘛，有什么稀奇的，不是怎么回事嘎……呃不是怎么回事啊。"

谢怜糊涂了。难不成在此地，手上系红线，是一种很普通的装扮风潮？

他回头，三郎仿佛看穿了他在想什么，道："道长猜得不错，指系红线，乃是此地风俗。不信请看下方人群。"

谢怜向酒楼下望去，果然，川流不息的人群中，有好些个手上都系着一道红线，有的还系了好几道。他道："这是什么风俗？"

三郎微微一笑，道："这个嘛，说起来也和那位花城有关。"

"啊？"

"因为，他和他珍重之人手上就系了这么一道红线。所以许多人也纷纷效仿。"

谢怜听得怔怔，道："这么说……那位花城，还是一位颇了不得的人物？居然有这么多人热衷于效仿……"

三郎道："了得不了得，看要对比谁了。对了，道长，地上好像掉了东西，能让我捡起来看看吗？"

谢怜这才反应过来，他一直维持着这个攻击的姿势，原来又是一场乌龙，气尽数消了，连忙撒了手，道："抱歉抱歉，三郎，我真是……实在对不住，是我急躁了，又误会你了……"

三郎始终从容，弯腰捡起一样东西，道："无妨。道长，这个是你掉的东西吗？"

他从地上一片狼藉里翻出来的，是一片金叶子，大概是方才谢怜出手时从他袖中滑落的。谢怜正要说话，却见三郎将那金叶子举到眼前，眯了眯眼，道："咦，这金叶子看上去，略眼熟啊。"

说完，他不紧不慢地从腰间取出了一样东西。也是一枚金叶子。

两片金叶子，居然一模一样！

谢怜脱口道："原来这个是你的吗？"

三郎道："唔，我的确是掉了一点东西，所以才返回去找……"

听到这里，谢怜生怕他误会，忙道："三郎听我解释。"

三郎道："不必紧张，我自然是会听道长你解释的。"

谢怜松了一口气，道："是这样的。这金叶子，是我方才在路上捡的。原是想等失主回来还给人家的，但我等了一个多时辰，也没人过来找。我又实在……"

说到这里，他有些羞惭，低下了头，低声道："所以，就……自作主张，先借了一点，想去买点东西吃，就是那个馒头……本打算日后以倍数奉还，但无论怎么说，终归还是，不问自取了。抱歉。"

三郎却笑眯眯地道："道长何必如此？这岂非人之常情？且不说我原本便有意邀你共饮，那一个馒头，最后不还是我吃了吗？这般小事，别放在心上了。你不觉得很妙吗？巧的是我遗失了的东西，拾到它的人就是道长，这可真是缘分啊。"

谢怜得他谅解，心下一宽，道："不过，三郎你也要小心啊。那么明晃晃掉在路上，你居然也没看见，下次可别这般粗心了啊。"

这时，在一旁缩头缩脑的众伙计道："两位客官，你们冷静了没有嘎？冷静了的话，就来算一下砸坏的桌子的钱吧嘎！"

谢怜："……"

若在以往，赔多少当然都不在话下，但现在，他可是连一个馒头都买不起。

三郎却道："无事。都算我的吧。"

方才分明是他先对三郎动的手,三郎却主动要帮他赔他砸坏的东西。谢怜被他的温柔体贴感动到说不出话来,喉结动了动,道:"你……"

众伙计也不知怎么回事,被砸了店还乐呵呵地过来帮他们换了一张更华丽的桌子。两人重新坐下,谢怜难免内疚又感激,只觉千言万语也难以表达。

三郎又道:"对了,方才我们说到哪里?你想去见花城是吗?"

谢怜敛了心神,正色道:"嗯。三郎知道办法吗?"

三郎道:"自然知道。不过,这几天,花城不好见。"

"为何?"

三郎用筷子把盘里的青菜摆成一张大大的笑脸,道:"据说最近几日他重要之人微微有恙,所以他要作陪。除此以外一概没空。"

谢怜心想,果然,这位花城还是个性情中人,十分重情,更为欣赏,道:"原来如此。那,要等到什么时候才能见到他?"

"多则五天,少则三天。我建议,道长,不必焦急,在那之前,不如先安心歇着。"

谢怜心中刚想到他没有落脚之处,又听三郎道:"如果道长没有落脚之处,不如到我那里去暂歇如何?反正我屋子大,也没几个人住。"

谢怜再也忍不住了,轻声道:"三郎,你可真……真好啊。"

他第一次用如此直白的言语夸人,有点不好意思,但除此之外,实在找不到更贴合他心情的话语了。三郎仿佛十分受用,笑眯眯地道:"谁让我与道长你一见如故呢?哦对了,还有个问题,忘了问,道长今年贵庚?"

谢怜道:"十七。"

三郎道:"啊,十七,那是比我小了。"

的确,他看上去约莫二十岁。三郎看似随口地道:"那这么说来,道长是该叫我哥哥的了。"

谢怜乃是皇族,尊贵无比的太子殿下,本不该与旁人称兄道弟,没几个人消受得起。但这位三郎实在给谢怜感觉很好,他也不曾对旁人以兄长称呼,十分新奇,便笑道:"原来是三郎哥哥。"

不知是不是错觉,他叫了这一声"哥哥"后,对面三郎的笑容忽然变得有些诡异。

实在很难形容,三郎那只左眼目光仿佛忽然烧了起来,炙热得谢怜简直感觉皮肤发烫，眨了眨眼，道："怎么啦？"

那阵恐怖的炙热转瞬即逝，三郎随即恢复如常，笑道："没什么，太高兴罢了。我家中没有比我更小的，还从没听谁这么叫过我呢。"

谢怜道："若三郎不嫌弃，那……我便如此唤你好了？"

三郎笑得目光闪动，口上还是推辞："哦，我当然绝对不会嫌弃，那要看道长介不介意了。"

谢怜道："不介意，当然不介意。三郎哥哥，我们现在就回你家还是？"

三郎放下筷子，道："那，现在就跟我走吧。"

三郎的住所，是一座极为宽敞华丽的大宅子，谢怜进去，只觉比起仙乐皇宫某些宫苑也不遑多让，更加坚定了这位三郎非常人。

晚间，独自一人躺在床上，谢怜辗转反侧。

猛地一觉醒来，衣裳全都汗湿了。谢怜心烦意乱，一边握紧了拳，气愤又无力地在床上狠狠捶了一下，手指插入微湿的头发，心道："到底谁搞的鬼，等我抓到这个无耻之徒我一定……"

这时，他发现枕边不知何时放了一套衣服。虽然也是白衣，样式却是他喜欢的。谢怜如蒙大赦，赶紧去屋后迅速沐浴。

除去衣物，泡进水里，他忽然发现，自己脖子上戴着一条细细的银链子。

链子末尾坠着一枚晶莹剔透的指环。不知戴了多久，反正他完全没觉察，还奇怪："我有这样一条坠子吗？"

这枚指环实在是太漂亮了，看得他几乎入迷，但并未丧失警惕，突然，觉察一旁有银光闪过，立即喝道："谁！"

一击拍水，水花飞溅，犹如钢珠，打得墙面噼里啪啦作响，而被他打出来的不是什么人，而是……一把刀？！

谢怜抓着那把硬邦邦的刀，十分疑惑，忽然，那刀柄上一条银线分开，仿佛一只眼睛睁开，眼珠骨碌碌乱转起来。谢怜更惊。

这是什么奇怪东西？！

那弯刀刀身修长，若有生命，十分热情地往他怀里扑。谢怜冷不防让它得手，被冰得"哇"地叫了出来，浑身一个哆嗦。

但大概因为没感应到杀气，他直觉这弯刀并不危险，除了艰难的推拒，并不想对它做更粗暴的举动，比如一巴掌把它呼到九霄云外之类的。这时，一道红影闪来，一把夺过那弯刀，森然道："原来你在这里……"

定睛一看，三郎已站在浴池边，手里掂着那刀，虽仍是面带微笑，额头却隐隐有青筋浮起，手上十分不客气地啪地拍了那刀一巴掌，道："我不是说了现在不许过来吗？"

谢怜道："三郎，这刀是你的……法器？"

三郎转向他，额上青筋瞬间消失，又是一派气定神闲，道："不成器的东西罢了，哥哥……哥哥我让你见笑了。"

谢怜却是肃然起敬，眼睛都亮了，抓着他红衣的衣摆道："不不不，三郎哥哥，你好生厉害！居然能炼出这样有自己灵识的法器！"

那刀方才被三郎打了一掌，委委屈屈地皱起了眼，听谢怜夸奖，眼珠又骨碌碌乱转得意起来，偷偷摸摸想往他那边蹭。三郎十分冷酷地又是一掌。

这下它可不干了，"咚"的一下子倒在地上，滚来滚去滚来滚去，仿佛被大人打了就在地上打滚放声大哭的小孩子。谢怜耳朵旁边简直像是能听到它哇哇号啕的声音似的，看得有点心疼，忙起身道："等等三郎！算了，你不要打它了，我想它只是一时顽皮，想来示好，不必如此苛责它啊。"

但一出水，这才记起自己水下的身体是赤裸的，脸莫名又红了，尴尬地沉了回去。三郎却早已十分自然地转过了身，出去了。

谢怜匆匆爬出水换了新衣服，感觉贴身衣物的料子十分精细，终于不再被磨得肌肤难受了，心中更为感谢。出了屋子，来到会客的雅厅，三郎已在上座等着了。

不知他如何教训那刀了，现在它老老实实佩在三郎腰间，不乱动时，竟十分冷峻肃杀，全然想象不出方才那副在地上打滚耍赖的模样。见谢怜来了，三郎笑道："起来了？昨夜睡得可还好？"

谢怜如实答道："前半夜不知道为什么一直做梦……后半夜倒是睡得好了。"

三郎道："是太累了吧。"

二人随口说了几句，小小切磋了几回，这一天也差不多过去了。大概在那位花城有空之前，他们都会如此相处下去。

可是，晚间，谢怜一个人躺在床上，又是一夜苦于梦境。梦还是昨夜的梦，那个指绕红线的男人，一直在低语着什么。

猛地醒来，又是一身大汗淋漓，气愤无奈，只得起身出去，想走几圈冷静一下，却忽然听到远远另一侧屋子里传出声音。

那是三郎的主人间。屋子隔音甚佳，那声音极小，但谢怜五感绝灵，捕捉到了。他屏息凝神，无声无息来到那屋子外。

透过门缝，向里望去，只见三郎坐在屋中座上，手执一管紫毫，似乎在写字，神色是与面对他时截然不同的冷肃，一旁还有一个黑衣鬼面人，正弯着腰，低声汇报。

不知怎么回事，那鬼面人的存在感实在很低，一不小心可能就没注意到了。谢怜正要细听，那人却已经汇报完了，他只隐约听到零散语句，"那怪物作乱多时""想来是接到祈愿前去处理，出了意外""这是刚探查到的方位"什么的。

他正慢慢梳理，只听三郎道："我现在要陪他，抽不开身。明晚之前给我把那怪物拿下送来。"

那鬼面人低声道："是。您要留它一口气吗？"

三郎搁了笔，看了一眼自己写的东西，似乎不太满意，揉成一团，扔了，这才慢条斯理地道："多留几日，让它把东西吐出来，再慢慢把它的狗头碾碎。"

他说这话时的神情和语气，都令人不寒而栗。但谢怜居然并不怎么反感警惕。那鬼面人应声便要离去，谢怜立即闪身藏了回去。

回到自己的屋子，谢怜更睡不着了，来来去去走了几回，心道："三郎究竟是什么人？他说的是什么怪物？"

听起来，仿佛有什么重要的东西被一个作乱为祸多时的怪物吞了，三郎颇生气。但因为眼下要陪他，才抽不开身去打烂那怪物的头。

想到这里，谢怜便觉十分不好意思。这位三郎，待他当真是赤诚至极。

忽然，他脑中灵光一闪：他为什么要这样干坐着？反正暂时见不到花城，他也一直想为三郎这位好哥哥做点什么，不如，就去帮他把那怪物擒来？

说走就走。谢怜打定主意，当即留书一封，写下三郎哥哥莫要担心，怜去去便回云云，飞身一跃，悄无声息地出了这座华丽的宅子。

那鬼面人说的方位并不复杂，就在往南走数里的某山某洞府内。谢怜也有信心，普通人的速度赶不上现在的他，他一定比三郎属下到得快。

果然，一个时辰后，他就杀到了那地方，冲进山里就是一阵狂拆乱打，打得山魅夜猫鬼哭狼嚎，终于，找到了那某山某洞。

349

虽然那妖怪派头不小，三四百个喽啰给它守门，对谢怜来说，却跟三四个喽啰守门没区别。他先还担心敌方实力了得，并未轻举妄动，但在洞府附近耐心守了一阵，听喽啰们闲聊编排，才知原来那妖怪这几天也过得够呛。

"是啊是啊，山主好容易才从一个臭道士手底下逃走，吓个半死，带伤回去的，一回去就屁滚尿流地弃了原来的洞府，逃到这里来了。"

"原来如此！我说怎么突然就把大家伙都召走了呢。原来是怕道士来报复啊！"

"用不着怕呀，那道士被山主啃了几大口，现在就算能醒，肯定也是稀里糊涂的找不着北呢。"

"那怎么能不怕呢？山主毕竟是几百岁的知名大妖了，据说那道士突然不知从哪里冒出来，两掌把它打得鼻歪眼斜，要不是那道士好像身上哪儿有伤给它钻了空子啃了几口，只怕山主就回不来了。"

"天哪，哪来的野道士这么厉害！"

听到这里，谢怜觉得差不多了，就从从容容地走了出去，温和地打了个招呼："你们好。"

众小妖喽啰大惊，跳起来道："什么人！"

"哪里来的小白脸？"

谢怜微微一笑，并没有解释，直接就往洞里杀去。他随手一抓就是好几个，随手一丢就是几十丈，就算没有法力，也吓得众喽啰尖叫不止："这个小白脸怎么回事！长得也忒斯文！怎么下手忒粗暴！！"

就这么一路拔野草一般畅通无阻地踏进了洞里，谢怜本做好了与一只知名大妖大战一场的准备，谁知进去后，就见一只化成人形的妖怪在地上打滚，抱着肚子"哎哟哎哟、哇啦哇啦"地叫。

谢怜先还以为它装模作样，再一看，不似作伪，它肚子隆得老高，仿佛吞了什么好生厉害的东西，于是谢怜蹲下道："你怎么了？"

那妖怪大概是痛得神志不清了，一看到谢怜就大叫一声："来得正好！你！我不吃了！我不敢吃了！再也不敢了！我把我吞掉的东西还给你！消化不了，消化不了呀！"

谢怜道："你认错人了吧？你又没吞我的东西，还给我什么？"

那妖怪却是痛得满地打滚，根本顾不上回答他的话。谢怜不明所以，随手先画了张符，先把它收起来再说。十分神奇的是，那符一拍上去，那妖怪居然变成

❖ 350

了一只圆滚滚的不倒翁，肚子比别的不倒翁还大上一圈，十分滑稽。谢怜又好笑又惊奇，看了看自己画的那张符，不知怎么会变成这样？是哪里画错了吗？

但这也不是什么大问题。这一战简直轻松至极，谢怜出了深山，天色已明。他把不倒翁收进袖里，往城里赶回去。

自己总算为那位三郎做了一件事，谢怜心情愉快，已经开始想待会儿要怎么把抓到的妖怪拿给三郎看了。他暗暗告诫自己，如果三郎露出惊讶的神色，也要矜持，不可面露喜色。奔波一夜，腿脚略疲，于是，谢怜随便找个摊子坐了，弄了碗不要钱的茶水来喝。

喝着喝着，忽然听到有人在背后冲他喊："谢怜！"

谢怜立刻放下了茶碗。

谁人如此胆大包天，竟敢在大街上直呼他的名字？要知道，就算是皇族中人，也鲜有如此不敬的，谁不是毕恭毕敬诚惶诚恐唤他一声太子殿下？

回头一看，那人居然是个平民，提着一只大木箱子，大步走来，喊道："等等！快等等！你忘了谢怜了！把他也带上！"

原来不是唤他，只是有个人和他同名。谢怜却更奇怪了。虽然他并不在意避名讳什么的，却也讶异，居然有人敢和他取一模一样的名。

马上他就知道了，那人说的"谢怜"并不是人。

谢怜附近还坐着一个汉子，抱着箱子那人走到那汉子旁边坐下了，拍了拍木箱，道："我把谢怜带来了。记得今天就给你家中供的那位送去！可别不信这个邪，这两位不摆在一起，那可是要倒大霉的！"

"那是那是。我自然晓得……"

谢怜实在忍不住了，开口道："请问……"

那两人齐齐转头望他。谢怜道："恕在下冒昧了。请问，这箱子里的是？"

那人道："我不是说了吗？里面是谢怜啊。"

谢怜不解："可是……谢怜不是太子殿下吗？"

那两人仿佛觉得好笑，道："没谁说他不是太子啊，本来就是。你看！"说着，把那箱子揭开了。

谢怜的眼睛睁大了。那木箱，居然是一个小神龛，神龛内供着一尊灰扑扑的神像，乃是个背斗笠的白衣道人。

他并不认识。

351

谢怜完全无法理解，道："你们是说，这尊神像就是仙乐太子，谢怜吗？"

"不然呢？"

其他人也纷纷围过来了，一半是看他这个稀奇的："你这年轻人真奇怪，看起来还是位道长呢，如何连这么简单的事也不知道？"

一半是看这尊神像的："哇！这尊破烂仙人雕得不错嘛！够丧的。"

"是啊丧里丧气的，一看就觉得是一副倒霉相呢！"

"好好好！现在看上去越难看，等那位帮他破开了就越好看，最多摆在一起八天就能见效了。"

谢怜茫然道："破烂仙人？怎么又成了破烂仙人？"

众人道："这位道长你真的好奇怪啊！谢怜本来就是个收破烂的呀！"

谢怜并不是很容易生气的人，此刻却微微有些着恼。

任谁听到别人嘲讽自己是个收破烂的，也不会有多高兴的，他一下子站了起来，沉声道："诸位是对仙乐皇族有什么不满吗？就算有，你们这样侮辱太子，也不太合乎礼仪吧。"

众人面面相觑，都笑他道："说什么呢，合乎哪国的礼仪啊？仙乐国打八百多年前就灭了呀！"

一个时辰后，谢怜走在大街上，还有些浑浑噩噩。

太可怕了。方才接收到的一切，对他来说都太可怕了。

"仙乐国怎么会灭？我父皇母后分明还活得好好的啊！而且怎么会是我灭的？我打了败仗？我灭了国？我还被贬两次？我成了一个收破烂的？"

他一遍遍质问自己，又一遍遍告诉自己：不可能。不可能。不可能啊！

他想说服自己："这些根本不是真的，一定是什么幕后黑手在搞鬼。"

可是，一切隐隐地不对劲，那些古怪的口音、古怪的装束和古怪的建筑，还有古怪的风信和慕情，都在告诉他，这不是一场噩梦，这里也不是什么幻境。没有任何妖魔鬼怪能创造出这么庞大逼真的幻境。

真的已经过了八百年了。

怎么就过了八百年了？

怎么八百年后的他，变成这样了？

仙乐国灭了；父皇和母后死了；风信和慕情飞升了。他变成了一个收破烂的。

怎么会这样？

不会是这样的。不应该是这样的！

谢怜越走越快，最后跑了起来，仿佛背后有无边无际的黑暗逼过来要将他吞噬。忽然，一道红影闪现，一个颀长的身影拦在他眼前，道："道长，你上哪儿去了？可叫我一阵好找。"

正是三郎。他还是笑眯眯的，说着就要过来牵自己，而谢怜一看到他便浑身汗毛倒竖，大喝道："你不要过来！"

一喝即止。三郎身形一顿，神色不变，道："怎么了？"

谢怜双拳紧握，冷冷地道："你到底是什么人？你想干什么？"

三郎道："我以为，昨天我们已经谈得不错，不在意这些小问题了。"

谢怜道："你骗我。"

沉默片刻，三郎道："你已经知道了吗？"

谢怜道："我已经知道了，现在已经是……"八百年后了。

他本来不会这么迟才觉察到那些不对劲的，但这人一直刻意在哄骗他，否则，他怎么会过了一天才发现真相？

三郎朝他走了一步，道："殿下。"

谢怜又往后退了好几步，喝道："你别过来！再过来我打你了！"

他的声音和身体都在颤抖。谢怜害怕极了。

怕的不是什么妖魔鬼怪，也不是面前这个亦仙亦邪的男人，而是这一整个陌生的世界。这个世界里，他没有骄傲的荣光，没有忠心的下属，没有疼爱他的父母，没有自己的国家，没有爱戴他的信徒。没有，没有，什么都没有！

三郎却还是向他走了一步，道："别怕，殿下。"

听到这一句，谢怜脸色变了。

他忽然想起，那些零碎的梦境片段里，那个在他耳边低语的男人。

他怎么就没发现呢？

他们的语气和声音，根本就一模一样！

谢怜气得发抖，道："是你……真的是你……"

想到这人把自己骗得团团转，自己还对他感激涕零，满心好感，一口一个叫他"哥哥"，谢怜便无法忍受地怒火上涌，一掌劈出，道："你这个骗子！"

353

这一掌劈去，正正打中三郎胸口，谢怜还待再打一掌，却发现自己怎么也动不了了。

是他自己的身体，拦住了他！

谢怜不明白这是怎么回事，三郎却抓住了他的手。谢怜一惊，随即一字一句道："别碰我！你这个骗子，骗我。我再也不会相信你了。你……"

三郎却沉声道："殿下，信我。"

谢怜怒道："我不信！我……"

可是，和被止住的攻击一样，后面的"不信"，怎么也喊不出口。

这个男人眼里的关切和痛是千真万确的。任谁看到一个人对另一个人露出这样的神情，都不会再怀疑他的真心。

仿佛要把谢怜和这个让他恐惧的陌生世界隔开一般，三郎终于抓住了他，柔声道："别怕，殿下。已经过去了。殿下。你已经挺过来了。"

良久，谢怜的身体终于软了下来。

谢怜总算知道为什么自己一看到这个男人就忍不住想信赖他了。恐怕八百年后的他，和三郎的关系……并不简单。

沉默许久，谢怜喃喃道："为什么……我突然把这八百年间的事都忘光了呢？"

三郎道："是我不好。前天你深更半夜突然接到祈愿，走得太匆忙，我没帮你恢复法力，也没来得及告诉你被那妖怪咬中就会被它吞掉记忆。"

谢怜道："那这根本就不是你不好，是我自己不小心。"

三郎道："殿下永远不会不好。"

谢怜勉强笑了笑，又低落地道："那，三郎，我怎么会……让仙乐灭国呢？"

他明明那么珍爱他的子民们，曾有雄心壮志让仙乐再延绵千年的。

三郎笃定地道："不是你的错。"

谢怜喃喃道："我怎么会这么失败呢？我怎么会变成这样呢？"

谁一开始不是想做一番惊天动地、轰轰烈烈的大事业，流芳千古。哪怕一百万个人里都未必有一个能真的达成所愿，谢怜却从来都不怀疑自己就是那百万分之一。

或许这就是三郎不让他发现现在已经是八百年后的原因。

三郎道："你没有失败。"

谢怜摇了摇头，道："可是我没有信徒了。"

三郎道："你有的。"

谢怜想起来就伤心，道："我是破烂仙人，是个收破烂的，根本没人当我的信徒，也没人把我当神啊。谁会尊重一个收破烂的神仙啊？"

这和他的梦想根本不一样啊。

三郎却道："我不是告诉你了吗？你有一个信徒。"

谢怜抬起脸，三郎对他微笑道："殿下，我说过你很快就会见到花城的。现在，你见到了。"

谢怜抬起头，凝望着他的脸庞，略带迷惘地道："三郎，你……是什么时候认识我的？"

花城道："从很久很久以前，当你还没有飞升的时候。"

谢怜迟缓地眨了一下眼。

花城又道："殿下，也许现在的你，会觉得八百年后的你很失败，也许你会失望，无法接受，但请你相信我，不是这样的。"

他那一只明亮的左眼凝视着谢怜，目中光彩和声音一般低柔。

他道："你救了我。我一直看着你。

"这世上有无数人比你'成功'，但他们没有一个能像你一样救我，也没有一个能做到你做到的那些事——

"你不知道你给了我多少勇气，才使我成为今日之我。

"在我心里，你永远是唯一的神明。"

谢怜道："而你永远是我最忠诚的信徒。"

话音刚落，他便反应过来，方才这一句是他恍惚间下意识接的，仿佛在哪里听过这样珍重的诺言一般。花城却笑了，道："是。"

良久，谢怜仿佛下定了什么决心，从袖中取出那只妖怪的不倒翁，道："就是这只妖怪吞掉了我的记忆吗？"

花城接过那妖怪，道："果然是殿下你把它的新巢给端了。"

谢怜点点头，道："要恢复记忆，就得从它这里下手对吧？"

那不倒翁在花城掌中，张大了嘴，口中飞出几点萤火虫一般的光点，围绕着谢怜飞舞。花城道："捉住它们，就可以拿回殿下这八百年的记忆了。"

谢怜听了，向它们伸出手去。然而，即将触碰到时，却又止住了动作。

恢复这八百年的记忆，就仿佛要再一次穿越八百年，再一次历经那一切，那些百剑穿心的痛苦、一败涂地的耻辱、无能为力的愤怒。

虽然他知道那其实只是一瞬间，可指尖还是微微颤抖。

花城站在他身后，让他仿佛背靠着一堵坚实的墙壁。他听到花城的声音从后方传来："不要害怕，殿下。"

谢怜微微侧首，花城道："信我。无论多久，我都会一直等着你。你还会再遇到我的。"

是啊。还是会遇到的。

于是，谢怜向着那些光点伸出了手。

点点星芒融入他指尖，他感觉眼前十分明亮，仿佛有什么灼热的事物正在靠近。在那亮光到来之前，谢怜道："我很高兴，遇见了你。"

这一句后，点点光芒便融入了他的身体，消失了。谢怜缓缓向前倒去，被花城接住。

好一阵，谢怜才悠悠转醒。一睁开眼，花城便低声道："哥哥？"

谢怜慢慢绽开一个淡淡的笑容，道："又遇到你啦。"

花城也笑了，道："我说了，信我。"

过去是无法改变的。

八百年前，十七岁的天之骄子谢怜还不知道，在未来等待着他的是什么。天命给了他两扇门。神武道惊鸿一瞥，一念桥逢魔遇仙。他全都打开了。

在那之后，他将在无力回天的狂澜中孤身一人，挣扎着度过漫长的煎熬岁月。痛苦，愤怒，失望，憎恨，绝望，癫狂。心如死灰。

然后死灰复燃。

但是，那些都已经过去了。

"哥哥，欢迎回来。"

"嗯……"

"看，我说你还会遇到我的，我没骗你吧。"

谢怜瞄了花城一眼，道："是吗？"

花城微笑道："当然，我何曾骗过殿下？哥哥我……"

谢怜："……"

花城："……"

谢怜把手伸进花城怀里，拿出了一张纸，念道：" '承蒙三郎哥哥照顾，怜无以为报，愿略尽绵薄之力，为哥哥排忧解难，暂离。三郎哥哥莫要担心，怜去去便回。' "

花城挑起一边眉，负手不语。谢怜念完了，学他的样子挑眉道："三郎哥哥，好哥哥。你可真是好啊。"

花城哈哈一笑，道："我好不好，哥哥不是早就清楚了吗？"

谢怜含混道："不清楚你在说什么。总之，你这两天太过分了，反省一下。"

花城严肃地道："哥哥，你可不能这样。我这两天可是一直以礼相待的。"

谢怜道："你哪有以礼相待，你明明……明明就……"明明就耍他耍得很开心。想到这两天变成天真烂漫、傻里傻气、娇生惯养的十七岁的小笨蛋，给花城翻来覆去地玩弄，谢怜现在又把过程都记得清清楚楚，简直无法直视自己，不禁呻吟一声，捂住额头。花城则一本正经地道："真的。就算被哥哥骂作卑劣无耻下流的混蛋，三郎也无怨无悔。"

谢怜："……"

"哥哥不高兴的话，还可以再骂我的。三郎没关系。"

谢怜实在听不下去了。

他捂着额头悄悄溜走了，花城一侧首，人没了影，道："哥哥？别跑，好吧，我的错，哥哥！"

不要再叫哥哥啦！

第三章

鬼王的生辰

近日，一桩了不得的大事逼近了。

因为这件事，鬼市鬼心惶惶。谢怜听说后也是一惊，和神神秘秘前来告知他的群鬼一样，揪心起来："生辰？"

"正是！"

正是。鬼市之主花城，不知道多少岁的大寿就要来了！

谢怜措手不及，一阵莫名紧张，道："这，这这这，以往三郎的生辰都是怎么过的？"

群鬼争先恐后、乱七八糟地答道："很热闹嘎！"

"也没怎么过，就瞎闹一通吧……"

"但是城主他根本不理啊！"

听了这句，谢怜道："什么叫作不理？"

一鬼道："就是城主他老人家，从来都不过生辰的。"

"是嘎，从来不管我们在他生辰这天做什么，也从来不看一眼别人送的那些礼物嘎。每年就是咱们自个儿傻乐嘎。"

"城主他老人家贵人多忘事，好像压根都不记得自己哪天生辰！"

谢怜想了想，立即打定主意。既然之前的生辰，花城都不怎么当回事，那么这一回，一定要想办法给他过得别出心裁、有趣一些，让他在那天能高高兴兴的。不然，有他在的生辰，岂不是和没有他在的生辰没什么两样吗？

首先，生辰礼物是一定要送的。谢怜陷入了沉思，该送什么好？

众鬼也都巴巴地看着他，道："谢道长，您是在想送城主什么东西吗？"

谢怜道："嗯。说来惭愧，我……不太有把握，你们城主会喜欢什么东西。

我怕万一我送的不合他意……"

猪屠夫道："嘿，您瞎操什么心呢，其实只要是大伯公……谢道长你送的，我看咱们城主都会开心得不得了。"

"是啊。哪怕是送张废纸他也肯定会高兴的，大……谢道长送的，跟别人送的东西怎么会一样呢！"

谢怜干笑两声，觉得这种想法未免太过自恋轻浮，不庄重诚挚，道："不能这么说，选礼物一定是要用心的……诸位可有建议？"

怎么说，花城也在鬼市纵横多年，也许群鬼对他的喜好会更了解一点，搞不好集思广益，他再动动脑筋，真能找到合适又别出心裁的礼物。果然，众鬼都道："有有有！"

说着就有十几双鸡爪、猪蹄、触手等递过来一圈杂七杂八的东西。这些东西谢怜都没怎么见过，被包围其中，心道神奇。他随手拿起一只看上去甚为神秘雅致的青玉小瓶问道："哦？这是什么？"

献瓶者道："绝品迷魂药！只要轻轻几滴，保管中毒者立刻天雷勾地火，让他干什么他干什么！而且不伤身体！"

谢怜正色道："多谢建议。不过这种东西不好，大家今后还是不要用了。"

那献药的鬼诚惶诚恐道："是是是，不用了，不用了。不过其实咱们平时也不怎么用，这不是谢道长你问送什么好嘛！"

谢怜哭笑不得，笑道："我想，你们城主恐怕也用不着这种药吧。"

众鬼七手八脚把那鬼按下去了，都嚷道："就是，城主想要谁怎么样，还用得着下药吗？真是的！"

谢怜暗想，这倒是大实话。他拿起另一只盒子，打开道："这里面又是什么？珍珠？灵丹？"

献宝的鬼道："这是得子丸！"

谢怜根本都不用问这丸是干什么的了，马上把盒子"啪"的一声关上，无奈道："这都什么跟什么呀……"

怎么净让他送花城这种不成体统的东西？

总之，一通乱议，谢怜也知道得不到什么有用建议了，叮嘱群鬼秘密筹备为鬼王贺生之事，给花城一个惊喜，自己下去，继续慢慢想了。

兴许是他太惦记这事儿了，以至于苦恼都写在了脸上，这日，他陪着花城练字时，正绞尽脑汁，忽然一旁传来一个声音："哥哥。"

谢怜这才回过神来，侧首道："什么？"

花城正凝视着他，放下笔，道："莫非是我的错觉？哥哥似乎在忧虑什么。可否说出来，让三郎分忧解难？"

谢怜心一悬，立刻正色，警示道："笔，不可放下。莫要偷懒，拿起来，继续。"

花城哈哈一笑，重新执了笔，悠悠叹气道："被发现了。"

见糊弄了过去，谢怜暗中松气。谁知，花城提笔写了两行，又漫不经心地道："不过，最近哥哥确实，有些反常。"

谢怜心又是一悬，面上仍佯作气定神闲："哦？反常在何处？"

花城端详他一阵，笑道："似乎格外……千依百顺。"

谢怜微笑道："我岂非一直如此？"

他实在苦思无果，决定铤而走险，先随口胡乱扯了些有的没的，最后才装作漫不经心地道："三郎，问你一事。"

花城道："嗯？何事？"

谢怜道："你有没有觉得，哪里缺了点什么之类的？"

花城道："缺？哥哥是指什么？你缺什么吗？"

谢怜道："哦，不是……我是说你。随便问问……"

可怜他不敢问得太直接，比如"你喜欢什么、想要什么"之类的，被花城察觉，只好拐弯抹角；但拐弯抹角，又不知搔不搔得到痒处，提心吊胆极了。

花城道："我？哥哥觉得，我会缺什么吗？"

那倒也是，谢怜不由讪讪。

花城又道："哥哥问我这个做什么？"

谢怜生怕他觉察，豁出去了，抬手用力一推。花城对他从不防备，被他推得"咚"的一声靠在榻上，睁大了眼，却也不以为意，笑了笑，道："哥哥这是做什么？"

不等他说完，谢怜便硬着头皮道："今天你字练得不好，浅……浅罚一下！"

这下，花城便没心思继续盘问了，捧腹笑得喘不过气来，就不管他到底哪里反常了。

自己一个人冥思苦想无解，谢怜只得求助外援。而他最先想到要找的外援，自然是昔年的两位得力下属。

三人蹲在一间隐蔽无人知的破庙内，一阵尴尬的沉默后，风信道："你们看我干什么？"

另外两个人还是都看着他，一切尽在不言中。

没办法，在他们三个中，风信可是唯一有过老婆的人，照理说，他应该最懂该怎么讨亲近之人欢心的。可风信却被他们看得脸色发黑，道："你们看我也没用。我就送过人家一样东西。"就是那条金腰带。就那个还是谢怜给他的呢。

慕情对他也被拉来问这种事感到很不可思议，能抑制住不翻白眼当真是很客气了，只想快点解决，道："那行啊，腰带不错，干脆你也送条金腰带给他吧。"

谢怜自动忽略了他的阴阳怪气，道："我早一条都没有了。"全都当光了！

慕情越发阴阳怪气了："你现在这么顺风顺水的，满大街都是你的庙和信徒，随便托个梦说你要什么，还愁弄不来一条吗？"

谢怜道："那没有意义啊。如果连送人的生辰礼都要信徒供奉，也太敷衍了吧。"

慕情见再怎么阴阳怪气这人都不为所动，说话语气总算正常了，道："你怎么这么麻烦？那你自己亲手做给他吧。"

谢怜忙道："好主意！但是我不会。"

"不会可以学。"

谢怜："说得好。找谁学？"

慕情不耐烦地道："我怎么知道？你随便……"

话音未落，慕情就发现，这一回，另外两个人目光不约而同投向了他。

两个时辰后，谢怜两只手十根手指已经被扎了七八个洞，绑满了绷带才不至于满手血淋淋的，而他手上则多出了一道意义和形状都不明的条状物。

慕情实在看不下去了，问："这是什么？"

谢怜叹道："腰带。"

慕情道："我知道这是腰带。我问你的是，这腰带上绣的是什么？这两个土豆一样的花纹有什么意义？"

谢怜道："这不是土豆！你看不出来吗？这是两个人。"为了让他们看清，他还比画了一下："两个人的脸，这是眼睛，嘴巴在这里……"

确认这真的是两个人头后,慕情不可思议地道:"怎么会有人在腰带上绣两个大头?这能佩出去吗?你穿衣品味也没有这么差,怎么动起手来就做出这种东西?"

谢怜也没办法。其实让他修屋、打井、砌墙他倒是很在行,又快又好,但他似乎天生就不擅长这种偏向女子的内务,一旦让他拿针线或者锅勺,场面就控制不住了。他看了一眼绑得跟粽子似的双手,虽不觉痛,但进展缓慢,难免无奈,道:"我还是改改吧。"

但木已成舟,又能怎么改?充其量也就是在两个小人的大头外圈加了一层花瓣,变成了两朵亲亲密密的笨拙大头花。风信和慕情的表情更惨不忍睹了。

慕情额上都微起青筋了:"我教猪都教会了,你怎么这么笨手笨脚的?净往自己手上扎?"

风信道:"你什么时候教过猪?真是空口白牙说大话!"

慕情毫不客气地对谢怜道:"算了,你还是放弃吧,你没有这个天赋。"他难得能对谢怜说"你没有天赋"这种话,居然理直气壮的,感觉不错。风信听不下去了,道:"你能不能少说两句?从刚才起你一句夸殿下的话都没说过,穿衣服和自己做又不是一回事!再说也没有这么差吧,起码这腰带还是能佩的。"

慕情道:"行啊,把他做的这东西送你,你敢佩出去我就服气你。"

风信还没答话,谢怜赶紧把那条丑到好笑的腰带收了,道:"使不得使不得。这个我还是自己留着吧!"

这种东西,实在送不出手啊!

风信和慕情是帮不上什么忙了,谢怜转而求助下一位。

"送礼?太子殿下,这个你来问我真是问对人了。想当年,本……我什么稀世珍宝没见过?"

两人蹲在街边,师青玄披头散发兴致大发,口若悬河滔滔不绝,一看就知道是个行家,谢怜越发虚心请教。师青玄侃侃而谈,道:"这无主的珍宝嘛有是有,但是要取来的话,肯定得花大力气。"

谢怜忙道:"无妨。正合我意。"要花的力气越大,就说明越珍贵,岂非越能彰显心意?最好是世界上最难取得、任何人都没能挑战成功的珍宝,如此,若他为花城求来,才是意义非凡。只要想到能让花城微微一挑眉,唇角一勾,谢怜便满心抑制不住的欢欣期待，跃跃欲试。

师青玄思索片刻，道："星天壶！太子殿下你应该听过吧？这个壶可是个宝贝，把它置于夜中，漫天星月倒映在壶中美酒里，便可吸天地日月之精华灵气，不仅风雅，还可以大大助长修为……"

谁知，谢怜越听，心头一股不祥的预感越浓厚，忙打断道："等等。"

"怎么了？"

谢怜比了个大小，道："青玄，你说的，是不是一只这么大的黑玉小壶？黑玉之上嵌有细碎星光？"

师青玄奇道："咦？太子殿下你怎么知道？你见过？"

岂止是见过，上个月，他想倒点水喝，但因为忘了手受了伤，不小心没拿牢，摔碎了一只这样的壶。

当时花城马上过来问他手上的伤怎么回事，他看那壶十分漂亮奇异，问花城怎么办，能不能修，花城却说没事就是个小玩意儿，看都没看一眼便叫属下把那壶的碎片扫了扔了，抓着谢怜治手去了。

现在想想，他打碎的难道就是那师青玄口中的稀世珍宝星天壶吗？！

谢怜心都凉了半截，半晌，道："这个……可能不太合适。换一个吧。"

"哦。"师青玄不明所以，抓了抓头发，思索片刻，又道，"那下一个，八荒笔！这笔可不得了，采的乃是一只上古妖兽的灵尾尾尖，笔杆则是以一株玉竹精头顶的一枝制成，不写字时会生长出……"

谢怜："碧玉竹叶？"

师青玄："对啊！太子殿下，你怎么也知道？你又见过？"

能没见过吗，那支笔就是花城天天拿来练字用的。而且他字写得丑了就怪是笔不好，动不动就往地上丢，有时候还要踢飞到不知哪儿去。谢怜事后经常要到处找那支可怜的笔在哪儿，然后捡起来擦擦收好。

谢怜道："这个，可能也不太合适。还是再换一个吧。"

师青玄一连说了七八样，谢怜发现，这些旁人口中的稀世珍宝，怎么都如此耳熟，而且都如此凄惨。不是花城踏脚的凳子，就是他铺地的毯子；不是被他拿来消遣，就是被他弄不见了！

想来也是。这世上还会有什么稀世珍宝，是花城没见过、也弄不到的呢？

因此，鬼王的生辰礼物，再往这方面想，也是想不通的。

病急乱投医，谢怜差不多把他认识的、能问的都找遍了，可是，权一真，只会塞金条，花城又不差钱；裴茗，这人只会给女人送礼，要问他送男人能送什么，他可说不出什么正经话；灵文，虽然蒙几位上位神官力保，加上上天庭实在缺她不得，好歹是没给关进牢里，但已经埋在扔给她的卷宗文海中快要失去知觉，除了批公文什么都不会了，还不如关牢里清净呢。

各路求助无门，到距离花城的生辰只有两天的时候，谢怜实在没有办法了。

他瞪着眼睛想了一晚上，满眼血丝，总算在天将亮不亮之际，想到了该送什么。

脑袋里一通，他便悄悄从榻上爬起来，看了一眼在不远处睡得安稳的花城。

花城黑发如鸦，长睫如漆，双目紧闭，看不出一只眼睛已经没有了，俊美脸庞和神色间天然的攻击之意在合睑后被冲淡了些许，此刻看来，无端温柔。

谢怜看了一阵，偷偷摸摸准备下榻。谁知，一个懒洋洋的声音从身后传来："哥哥，你起这么早做什么？"

花城居然醒了！

他说话声音低低的，带一丝沙哑，似是还半梦半醒。谢怜强忍心虚，平静地道："哦，有祈愿。"

花城伸了个懒腰，道："天还没亮，谁这么一大早跑去庙里求神拜佛？活得不耐烦了吗？"

大抵是心中有鬼，谢怜听他说话，脸越发热了，道："不是刚收到的，是之前积压的……"

花城"咻咻"笑道："既然都积压到现在了，那再多积压一阵又何妨？哥哥昨晚劳累了，还是再休息一阵吧。"

谢怜努力和他那循循诱导的声音抗争，十分勉强，道："我……已经积压很久了，不能再压了……"

花城道："哦。那我跟你一起去？"

谢怜忙道："不用了。不会太久的，我去去就回，你先休息吧！"

花城道："真的不用我去？"

谢怜道："不用！你不能跟过来，绝对，绝对不能跟过来！"

花城微微睁眼，道："为什么？"

谢怜噎了，须臾，他猛地握住花城双肩，直视着他，肃然道："你，要练字。"

花城无辜地看着他，眨了眨眼。谢怜硬着头皮道："今天你必须一天都待在观里练字。我回来的时候要检查！"

花城看上去越发无辜了，歪了歪头，但还是乖乖地道："哦。"

谢怜好容易应付过去，连滚带爬冲出去。花城半倚在台上，眯眼看着他落荒而逃的背影，笑了笑，枕着双手，又躺下了。

谢怜先去了一趟荒山野岭，拿到自己想要的东西之后，他又去了铜炉。

铜炉山境内，莽林中的一座小屋里，谢怜一进去就看到国师支了一张桌子，拉着三个空壳人，正在打牌，神色凝重。他二话不说马上转身出门，国师却一看到他就两眼放光，喝道："站住！"

谢怜知道只有在一种情况下国师打牌时才会让他站住，果然，下一刻国师便掀了桌子，道："不打了，有事先走！太子回来！你找我什么事？"

谢怜回头，看到地上那三个东倒西歪的空壳人，心知肚明国师一定马上就要输了，违心地道："其实不是什么很了不得的大事。"

国师却忙道："不不，我看你神色严肃，一定是出了什么了不得的大事！牌可以放放，为师先来帮你吧！"

可等谢怜说明来意，国师又换了一副表情。两人坐在简陋的长凳上，谢怜就净听见国师数落他了："还真不是什么了不得的大事。一个生辰而已，这也值得你想这么久，还天南地北地奔波，亲自去取那种东西！"

谢怜知道没法跟旁人解释，解释了旁人也不会懂的，自顾自揉得眉心发红，道："反正我已经取来了原材料，就是已经记不得，我小时候配过的那种仙乐式长命锁该如何打造了。还请国师指点一二，不用您动手，我自己铸造就行。"

国师仿佛还是意难平，道："你根本用不着准备什么生辰礼。他还想要什么礼物？"

谢怜十分受不了这种论调，因为他听出了潜在的意思，一掌拍上额头，心道："我可没那么自恋。"

国师见他连连摇头，抗拒发自内心，道："你也忒没出息了。你，上天入地独一个飞升了三次的神官！花冠武神！仙乐太子！十七岁就敢当着天下人的面说自己要拯救苍生！十八岁……"

谢怜立即道："国师！打住！国师！不要说了！不要说了！"

这种黑历史有什么好骄傲的!

国师神情复杂地看着他,仿佛恨铁不成钢,道:"太子殿下,你真的用不着把自己放这么低啊。"

谢怜道:"倒也不是把自己放得很低,只是……"

只是,面对很在意的人,自然会想给对方世界上最好的。但,又不免会时时觉得,自己还不够好。

国师看他这副样子,叹了口气,双手插袖,思索了一阵,道:"长命锁是吧?你等等,我想想。年代太久远了,我也不敢说记得清所有的工艺和开光仪式。"

谢怜道:"不碍事。若是您也想不起来,我便凭记忆打造好了。相信心诚则灵。"

须臾,国师看他一眼,道:"你要不要问问他?"

他没说名字,但谢怜也知道,"他"是谁。

君吾就被镇压在这铜炉的地底深处。

沉默良久,谢怜还是摇了摇头。

在铜炉山又待了大半天后,谢怜回了鬼市。

此时,距离花城生辰的正式到来,只剩几个时辰了。群鬼与谢怜商议好,面上都装作无事发生,暗地里却都在偷偷摸摸布置鬼市。谢怜闪进一间小铺子,不一会儿,群鬼都围了过来,急切又乱哄哄地问道:"如何?如何?"

谢怜心想这简直仿佛做贼,道:"你们城主如何?发现什么异常没有?"

群鬼道:"没有没有。城主今天一天都在千灯观里。"

谢怜微奇:"一整天都在?"

"是啊!今天城主好像心情不错。大……谢道长,你准备好了送给城主的生辰礼没有啊?"

谢怜这才放心,抚了抚袖中那只费尽心思才打好的长命银锁,微微一笑,道:"准备好了。"

群鬼大喜,他们又商量了一番明日贺生的布置,这才回到千灯观。一进去,花城居然在练字。

不消他督促,花城居然会主动练字,这可真是千载难逢,看来是当真心情很不错。谢怜看到那支可怜的珍贵的八荒笔在他手下写出那般扭曲丑陋的文字，莫名好笑，摇了摇头。听到谢怜回来，花城放下那支笔，终于不再折磨它，微微一笑，道："哥哥，你回来了？正好，来看看我今日的成果。"

谢怜莞尔，道："好。"便欲上前。谁知，恰在此时，他神情一僵，脚下一顿，蹙眉定住了。

花城立即觉察不对，下一瞬，人就在谢怜身边了："怎么了？"

谢怜神色旋即恢复如常："没事。"

并不是没事，方才那一瞬间，他的心脏细细地痛了一下。

花城不容他马虎，走上来握住他手腕，道："你去哪里了？又受伤了？"

谢怜道："没有。"

这倒是实话，的确没有，这几日虽然奔波，但还算顺利，没遇上什么危险。花城沉吟片刻，没查出什么，放下了手。谢怜自己运息，也没发现什么，心想大概是错觉吧，笑道："可能就是哪根筋扭了一下吧。好了，让我看看你今日成果究竟如何？"

花城这才展颜一笑，道："过来。"

谢怜还没应，忽然，心脏又痛了一下。

这次绝不是错觉！他清清楚楚感觉到，如果第一次是像被一根针扎了那样的痛，第二次，就像是被什么东西的尖锐指甲划过般的痛。若不是花城恰好转过了脸，只怕这次谢怜就再不能用"没事"敷衍过去了。

但眼下时机不当，谢怜暂时不想惊动花城。二人在千灯观玩了一阵，他随便寻了个借口出去，再给自己仔细检查。

半晌，他放下手，神色凝重。

结果当然是毫无问题，否则，方才花城抓住他手时就查出来了。

那为何会无缘无故心痛？

思忖片刻，谢怜猜测是被什么邪祟入体了，或是中了什么奇毒，但并不惊慌，至少现在不必。再过一会儿，便到花城的生辰了，若在这个时候出事，花城肯定没心思过这个生辰了，只怕又要按着他去治伤。

谢怜惯常忍痛，也不是没经历过这种怪事，并不以为意，决定先挨过这一天再说，之后再自己悄悄解决。

晚上，算着时辰也快到了，谢怜回到千灯观。花城还在里面百无聊赖、

367

装模作样地乱写乱画，制造废纸，谢怜忍俊不禁，但笑意还未上涌，又是一阵心痛，以指力揉心口也无甚作用，心道："看来这东西还有几分厉害……再忍忍吧。"

他轻吸一口气，走出去，温声道："三郎？有一件事，恐怕需要你帮个小忙。"

花城放下笔，道："什么忙？"

谢怜道："请你先闭眼。"

花城挑了挑眉，也不多问，依言闭眼。谢怜牵着他的双手，笑道："跟我走吧。"

这可和与君山那一夜反过来了，花城笑了笑，道："好啊。"

谢怜拉着他双手，慢慢走到门前，道："小心门槛。"

花城不知在这千灯观徘徊了多久，自然不需他提醒哪儿要怎么走，但还是等他出声提醒了才抬起靴子。靴子上的银链子叮叮当当，二人一同迈出大门，来到长街之上。

走了好一阵，谢怜道："好了，睁眼吧。"

花城这才依言睁眼。一刹那，那只漆黑的眼睛仿佛被点燃的明灯，一下子亮了起来。

长街之上，张灯结彩，比起往日乱糟糟的街面，清爽整齐了许多，似乎家家户户都卖力收拾过，破破烂烂的招子都换成了新的，飞檐斗角也是闪闪发亮，焕然一新。

群鬼不知何时包围了他们，方才大气都不敢出，花城一睁眼就开始拼命吹吹打打，乱糟糟地嚷着："城主生辰好哇！"

见了这糟糕的效果，谢怜一掌拍上额头。他们分明之前训练了许久，勉强能喊整齐了，怎么现在还是喊得乱七八糟！

花城面无表情，看来分毫不为所动，只挑了挑眉，道："你们干什么？吵死人了。"

群鬼已经放弃了训练成果，个个脸皮惊天厚，道："死就死吧！反正这里也没有人嘛！"

花城嗤笑一声，一转身，便见谢怜站在他后面，双手藏在背后，道："三郎，听说……今天是你的生辰？"

花城仿佛已等待多时，抱着手臂，歪头看他，笑吟吟地道："嗯。是啊。"

谢怜轻咳几声，突然跳起，猛地把那枚长命锁套上他脖子，道："这个……匆匆制成，还望不要嫌弃！"

那长命锁雕有与他护腕一般的花纹，枫叶、蝴蝶、猛兽等，精致至极，且蕴含一阵强有力的灵力，一看便知非凡品。群鬼纷纷起哄道："绝了！太好看了！这是什么宝贝啊！"

"啊！只有城主才配得上这种宝物！也只有这种宝物才配得上城主！"

他们喊得浮夸至极，弄得谢怜哭笑不得，越发紧张，不知该不该问花城觉得怎么样。花城也一语不发，只是眼睛明亮至极，唇边浮现笑意。

少顷，他拿起那枚银锁，似乎正要开口，谁知，便在此时，异变突生。

谢怜忽然双膝一软，向地上跪去。

这可真是突如其来，原本乐呵呵围观的群鬼发出阵阵惊呼。花城笑容瞬间隐没，眼疾手快接住了他，道："哥哥？怎么了？"

谢怜面色发白，勉强一笑，道："没……"

话音未落，喉头一窒。

要糟，又来了！

那莫名其妙的心痛又来了，而这一回，那痛前所未有地剧烈，仿佛心脏被炸开了。

谢怜暗叫不好，没想到这痛如此来势汹汹，还一次比一次狠，偏生在这关头发作！

他尚且算镇定，但那剧痛还在持续，仿佛有人挥舞着一根桃木楔子，一下一下钉入他的心脏。谢怜痛得呼吸困难，头都要抬不起来了，额上冷汗涔涔。花城脸色彻底变了："殿下？！"

他抓住谢怜手腕，但仍是没探出什么来，道："殿下！你昨天去哪里了？！"

四面八方也都是惊慌失措的呼叫。谢怜张了张嘴，然而，仿佛有什么东西钉住了他的喉咙，他连话都说不出。

花城抓着他的手臂都要颤起来了。看着花城往日那张任何时候都气定神闲的俊美脸庞染上几欲狂乱的焦急色彩，谢怜一颗心仿佛被重锤一击，终于支撑不住，晕了过去。

失去知觉之前，他满脑子都是"对不起"。

今天，是花城的生辰啊。

不知过了多久，谢怜猛地惊醒过来，还没喘几口气，茫然地盯着上方天顶，迷迷糊糊心想："这里是……千灯观？我怎么了……睡着了？"

他尚在慢慢清醒，忽然一只手扶住他，花城的声音近在咫尺："殿下？"

谢怜一抬头，果然看到花城的脸，眉宇间尽是灼意。他怔了一怔，正要开口，心脏处又传来一阵激痛。

这下，他可彻底清醒了，登时弓起身体，五指险些掐进胸口皮肉，力道之大，仿佛要生生挖出自己心脏。花城见状，立即将他手腕擒住，道："殿下！"

若不是他擒得快，只怕谢怜心口就要留下五个血窟窿了。这时，一旁有个声音道："我看着不对劲，要不然你先放开他！"

慕情竟然也在这里。花城道："我若放开，他伤到自己怎么办？！"

风信的声音随即响起："我帮你按住他！不快点弄清楚怎么回事，他这疼止不了！"

谢怜弓着身子，感觉另一只手擒住了他的手腕。听闻此言，花城动作凝滞片刻，果然放开了他。

说来也奇怪，他一放开谢怜，那疼痛果然散去不少，谢怜好歹是能动了，一翻身，发现风信和慕情就站在榻边，大概是被叫来询问情况的。而花城站在不远处，目不转睛地盯着他。

这一看，谢怜好容易退去些许的痛感卷土重来。慕情见他脸色又变，对花城道："站远点！他好像一靠近你一看见你就疼！"

花城闻言，身形一僵，神色极为可怕，难以言喻，但还是立即闪身，撤到了屋外。而他一在谢怜视线中消失，谢怜心口剧痛果然也戛然而止。痛来痛去的，谢怜险些被逼疯，喘了口气，艰难地道："这……到底……怎么回事啊？"

慕情还是和风信一起牢牢按着他，防止他乱动去看花城，道："怎么回事？那要问你！你怎么回事？肯定惹上什么东西了！"

谢怜道："我要是惹上了什么东西，我自己能不知道吗？"

何况花城也是检查过的。慕情道："那你这几天去过什么奇怪的地方没有？"

谢怜道："这几日我去过的地方，只有铜炉山，和……国师墓。"

慕情皱眉道："什么？国师墓？什么国师墓？"

花城站在屋外，却已明白了，道："芳心国师墓？"

谢怜道："三郎，你还是进来吧……"

❖ 370

花城沉沉的声音从外面传来："哥哥在此休养便好，我去看看。"

谢怜道："我也去！"可是，他一起身，立即又痛得躺倒。花城方才那句说完便再没声音了，想来是已经离开。谢怜又想勉强爬起，慕情道："我看你还是少乱动了，路都要走不了了！"

谢怜被两个人四只手按了下去，还在挣扎，道："又不是没疼过，疼着疼着就习惯了。"他总不能因为会疼，就不见花城了啊。

慕情却道："你愿意疼，你那位三郎可不愿意。"

谢怜怔了怔，想到他痛晕过去之前花城是什么样的神情，再想想方才花城发现自己一靠近他就疼时又是什么神情，呼吸一滞，心口猛地一阵撕心裂肺，脸色惨白。风信和慕情都盯着他呢，风信愕然道："血雨探花不是走了吗？他怎么还痛？"

慕情则十分敏锐，道："你刚才是不是没管住脑子？"

谢怜咬牙忍了好一阵，才勉强道："怎么……难道……连想都不能想吗？"

慕情道："别想了。越想越受罪。我倒杯水给你喝吧。"

谢怜连摇头说算了的力气都没有，慕情起身去倒水，他则闭上眼，勉强平复心境。可是越平静，越担忧。不知是什么邪物找上了他，两人先后都没探查出来端倪，花城一个人去，他实在放心不下。这时，慕情把茶盏递了过来。那茶盏雪白雅致，想到花城头天晚上还用过它，谢怜又是一阵面无血色，躺平无话。慕情一看就知道怎么回事了，手里的茶也递不出去了，黑着脸道："你怎么什么事儿都要想他一想？不要命了吗？！"

谢怜道："这哪里是我控制得住的？"

要是能说不想一个人就不想一个人，人世间的许多烦恼怨苦也就不会有了。

慕情道："我看干脆把他打晕算了，省得他管不住自己脑子。"

可是，作为谢怜曾经的侍从，风信是绝对不会打谢怜的，当然，也不会允许别人当着他的面打谢怜，马上道："不行！我看你还是多跟他说说话，转移他的注意力，这样就不会老想血雨探花了。"

慕情道："我能跟他说什么啊？说什么他不都能想到血雨探花吗？还是打晕了干脆！"

风信道："反正不能打！这样，成语接龙他总不会还有心思想别的吧？保管他没空。我先来，寿比南山！"

他对这个游戏深恶痛绝，勉强开头，表情都是咬牙切齿的。慕情只比他更深恶痛绝，但还是万般不情愿地接道："山穷水恶。"

谢怜也是实在没办法了，有气无力接道："恶紫夺朱……"

话音刚落，他又蜷缩起来了。慕情不可思议地道："你怎么这也能想到他？这半点关系也没有吧！"

谢怜心道："怎么没有关系了？朱，朱色，朱衣，红衣。"想到红衣，他怎能不想到花城？

如此折磨，他再也忍不住了，发了狠劲，将按着他的两人挣开，"咕咚"一声从榻上滚了下来。风信和慕情就算早料到他爆发力极强，暗暗留了后劲，却也没能压住他。见他挣脱，赶紧去制，却都被他一掌拍到了地上。慕情一抬头，恰好见他夺门而逃，道："你去哪儿？别乱跑！"

谢怜却已经快到极限了，袖中摸出两个玲珑骰子，骨碌碌投出，跌跌撞撞扑进一扇门。

花城说过，如果谢怜想见他，不管丢出几点，都能见到他。这一扑，谢怜也不知那骰子把他带到了哪里，但这一摔，果然就摔进了两只手里。花城微微错愕的声音在他头顶上方响起："殿下！"

谢怜生怕他又不见了，道："三郎！你别一个人走，我……和你一起……"

花城手臂又僵住，勉强克制自己，沉声道："殿下，快回去，你会疼得厉害的。"

三界无人不闻风丧胆的绝境鬼王血雨探花，这时候却像是不知该拿他怎么办。谢怜一咬牙，颤声道："疼就疼！"

花城道："殿下！"

谢怜满头都是细密的汗珠，断断续续地道："你等我一下，就一下，我马上就好了，马上就会习惯了。我很能忍痛的。这样我疼着还能忍。要是一个人，那就真的……疼到没法忍了……"

听了这几句，花城整个人都怔住了。半响，他才低声道："殿下啊……"

这一声似叹似痛，似是比谢怜还煎熬。

谢怜等待着那阵难挨的疼熬过去。正努力平复呼吸间，忽然一个声音从后面传来："这是用你的面具熔铸后炼成的？"

头昏眼花中，谢怜这才发现，他们身处之地，乃是一处荒凉阴森的墓地，正是他前日才造访过的国师墓。而他们身后居然还站着一人，身形高挺，正是郎千秋。

他方才过来时已经半是神志不清了，自然没注意到第三个人。此时注意到也顾不上羞愧了。这时，风信和慕情也追来了。慕情方才被他一掌拍得趴地不起，气得额上青筋仿佛永远也不会消了，喝道："你瞎跑什么！两个人四只手都按不住你！——这又是什么鬼地方？坟墓似的！"

风信也在打量四周，道："这里就是坟墓吧？还是个被人刨过的坟墓。这就是芳心国师墓？泰华殿下怎么也在？"

郎千秋脸色不怎么好，道："听闻国师墓前日有异动，像被盗墓贼光顾了，我来看看。"

来看看，结果就刚好撞上花城和谢怜了。他不知在想什么，没心情多打招呼和解释，盯着谢怜，又问了一遍："那是你用那张白银面具打造的长命锁？前天你是不是回来了一趟，把那面具取走了？"

犹豫一阵，谢怜点了点头。

昔年他在永安国任国师，面上常年罩着一张白银面具。那面具本身银质稀有，乃是半斤银妖锻造而成的，除了能遮挡面容，真正的奇效在于反弹法术，防身护命。芳心国师"死"后，那面具作为陪葬品，被一同放入棺椁之中。

送礼，当然是要送自己也会十分珍爱的东西。谢怜绞尽脑汁，终于想起当初自己曾得过这么一件宝贝，十分有用，帮过他好几次。他对那面具爱不释手，只是从棺材里爬出时没有一起带走，于是连夜赶去芳心国师墓，刨了自己的坟，把它挖了出来，再将之熔为银水，重新炼成一枚长命护身锁。

众人皆是神情诡异。毕竟，芳心国师墓从来无人祭拜，草都长了几尺高，谢怜回来也不给自己扫一下。不扫墓也就算了，还刨了自己的坟……也是没谁能干这种事了！

尴尬地沉默了片刻，谢怜看郎千秋神色古怪，解释道："那面具不是从你们家拿的，那个是我以前自己收服的一只银妖炼成的……"

如果是永安皇族的东西，他也断不会想拿来当原材料做成送给花城的生辰礼。他也不知郎千秋还在关注着国师墓，他还以为郎千秋当初把他埋了就不管了，不然至少会把刨出来的土填回去，也就不会惊动郎千秋前来查看了。

郎千秋一愣，随即怒道："我又没跟你计较这个！"

花城看了他一眼，目光微寒，郎千秋神色一凛。而谢怜看着那枚银锁，忽然蹙眉，仿佛想起了什么。

他视线与郎千秋相交，发现他也是一般的目光。花城自然不会错过，道："问题出在这长命锁上？殿下，你是不是知道是什么东西了？"

谢怜的确是有了头绪，猜到究竟怎么回事了，但他不知该如何开口。郎千秋却面色发青地代他开口了。

他道："是他自己。"

花城冷声道："什么意思？"

谢怜忙道："千秋！"

郎千秋看他一眼，却是继续说下去了，道："鎏金宴后，是我把他带到这里的。"

谢怜道："别说了。"

郎千秋看他一眼，闭了嘴，大抵也是不知接下来的该怎么说。但他不说，旁人也能接下去了。

鎏金宴一事后，永安太子郎千秋擒住了芳心国师，为复仇，将之生生钉死在了棺木里，封棺于荒郊野地，不允任何人祭拜悼念。当然，本来也没什么人会祭拜悼念就是了。

当时，被桃木长钉穿心而过后，从谢怜心口流出来的血，染红了那张被当作陪葬品的白银面具。银妖的妖气保存了那血，使之脱离谢怜身体，依旧未死。

而前日谢怜返回来光顾，刨了自己的坟，取那银妖面具去铸长命锁。那面具上的血被他唤醒，便趁机回到他身体里了。

难怪花城和他自己反复探查，都没探查出什么异常了。只因为作怪的原本便是他身体里的东西，是他自己的血，当然查不出异常！

花城微微一动，谢怜看不见他的表情，但知道肯定是因为想起自己被钉在棺材里的事，忙按住他："三郎！"

郎千秋杀他，原是为报仇。被他几钉子钉在棺材里，本就是一报还一报。谢怜喘了几口气，心口又是一阵剧痛，忍不住呻吟出声，花城眉宇间又染上灼色，道："殿下？"

郎千秋迟疑片刻，见谢怜脸白得像纸，道："我……要我帮忙吗？"

谢怜知道以他的性子会怎么想，忙道："没事没事，千秋，不用你帮忙。这不关你的事儿，不是你的问题。是我自己不小心。你可以不用管了。"

慕情也觉得兼任苦主和凶手的郎千秋在这个场合下，实在是尴尬，道："不错，泰华殿下你用不着管他，回去吧。"

默然片刻，郎千秋道："好。"

但他虽然说了好，却还是没走。众人也顾不上了，因为谢怜又疼得要打滚了。偏生他疼得要打滚还就是不肯撒手。风信道："先把这事儿给解决了吧！……殿下？你怎么了？"

谢怜方才还挣扎得厉害，"咔"的一声清响后，却忽然平静下来，满头冷汗地不动了。

花城用力扶住他，低声道："殿下，好了。不疼了吧？"

众人这才发现，他手中握着一把破碎的粼粼银粉。而他原先珍重佩在心口的长命锁，却消失了。

只要毁了那长命锁，谢怜那被它沾染了妖气的一缕心尖血自然会慢慢平静。于是，他握住了那长命锁，轻轻一握，它便碎了。

谢怜呼吸渐渐平稳，一侧首，就看到花城指缝间流出的星星点点银色，再迎上花城的目光。不知为何，又是微微一阵心痛。

他喃喃道："嗯……不疼了。"

终于解了咒，谢怜告别风信、慕情、郎千秋等人，与花城一同，慢慢往鬼市的方向走回去。

二人并肩，谢怜脸一路都是烫的。

这都要怪风信和慕情。

方才几人分道扬镳之前，风信抹了把汗，还是忍不住问了："所以到底为什么殿下一看到血雨探花就这样？他这心尖血怎么回事？存心不让他好过吗？"

谢怜自己心知肚明怎么回事，一听他问，忙道："这个就不要深究了吧！"

风信疑惑道："为什么不要深究？不然下次还这样怎么办？总要查个明白吧。"

慕情哼道："这你都想不通？那血流出他身体太多年了，回去之后不适应，肯定要闹别扭作怪。若是他心如止水、古井无波倒也罢了……"

想到这里，谢怜只觉这辈子的脸都要在花城面前丢光了。

万幸，现在，就算他心跳得再快，也不会疼了。

突然，沉默良久的花城道："殿下。"

谢怜马上应道："什么？"

花城道："你在那墓里，待了多久？"

谢怜怔了怔，道："记不清了。"

反正是很久很久，久到不想去数。疼痛，饥饿，失血，幻觉。一开始一动不动，后来忍不住后悔，疯狂敲打棺椁，想破棺而出，但最终还是任自己陷入无边无际的黑暗。

没有百剑穿心时那样仿佛将会永不超生的痛。却是延绵不绝仿佛没有尽头的钝痛。

他叹了口气。花城立即道："怎么了殿下？还疼吗？"

谢怜摇了摇头。半晌，他闷声道："三郎，对不起啊。"

花城奇怪道："为何要对我说对不起？"

踌躇一阵，谢怜道："今天分明是你的生辰，本想给你好好过，却这么折腾了一天，尽在想解咒办法了。"

原本他还打算至少忍到生辰结束，却仍是没能忍住。

谢怜道："就连送给你的生辰礼，也因为要帮我解咒毁掉了。"

而且，还是花城亲手捏碎的。谢怜从头到尾一想，觉得今天这简直不是事儿，沮丧至极，难以想象，花城会是什么心情。

花城却柔声道："殿下。"

他顿住脚步，道："你的生辰礼，我已经收到了。"

谢怜一怔："什么？"

花城凝视着他，微微一笑，道："殿下说，就算疼，也想来见我。"

谢怜道："什……"

花城低声道："我很高兴。"

想起抓着花城说这句话时的自己是一副什么凄惨模样，谢怜轻咳一声，直想假装自然地捂住自己的脸。

花城道："真的。我很高兴。"

"嗯……"

"我也很高兴啊。"谢怜心道。

百年的漫长岁月中，就算再疼，花城也从未想过要放弃他。

发现这一点的谢怜，才是最高兴的。

花城叹道："只是，虽然我很高兴，却再也不想你忍那种痛了。"

两人回到鬼市，群鬼惴惴不安了一天，见二人平安归来，当即从鸡飞狗跳和兵荒马乱转为沸腾欢庆。花城照样是一句话都懒得搭理，和谢怜一同进了千灯观。可二人一进去却发现，观里多出了不少东西。

花城道："谁放进来的？"

谢怜拿起来，一一查看，道："似乎是礼盒？这个是雨师大人送的吧？好新鲜的菜……这个是青玄送的？……好吧这个一定是裴将军……"

他点过了一番，越点越高兴，笑眯眯地道："三郎！可喜可贺，这是各位送给鬼王阁下的生辰贺礼啊。"

他那几天着了魔一样，上天入地到处问人生辰贺礼送什么好，虽然没说是要送谁，但大概没有谁猜不出来是要给谁送吧。

花城却对这些毫无兴趣，道："哥哥别看了，待会儿全都丢出去。占地方。"

看他是真打算派人来丢了，谢怜忙道："那还是不要丢了，好歹也是大家的一番心意嘛……等等，为什么这也有，谁送的？"他居然还看到了混在一堆正经礼物里的不正经礼物，哭笑不得，烫手山芋一般丢到一边。花城却似乎对这些有点儿兴趣，准备拿起来看："嗯？什么东西？"

谢怜赶紧拦他："不是什么好东西！不要看！"

最后，谢怜纠结一番，还是把那条最初他亲手做的腰带送给了花城，用来代替那枚长命锁。

花城看了，笑得差点喘不过气——虽说鬼本来也不用喘气。总之，一直夸他，夸得谢怜羞愧难当，在床上装死躺尸。

而更让谢怜想装死的是，第二天早上，花城还真佩上了那玩意儿，神色如常准备出去。谢怜一看，险些晕过去，立马连滚带爬扑上去求了半天，花城才十分勉强地答应他反过来用，把没有绣花纹的那一面示众。如此，谢怜才避免了自己的手艺被公开羞辱的命运。

至于，花城那日阵仗太大，闹得天上地下都知道谢怜在他生辰这天晕过去了，导致来龙去脉清楚后，天上地下都知道谢怜因为血雨探花死去活来，这就是后话了！

第四章
鬼王未梳妆

一切都怪这一天谢怜醒得比花城早。

八百年摸爬滚打下来，他也算是个起早贪黑的生计人了，毕竟就算是收破烂这行也是早起的鸟儿有虫吃。但鬼终究是鬼，不需要睡觉，是以花城总是比他醒得早。

有时候，谢怜都感觉自己是不是被他盯醒的。因为好些次一睁眼，就能看到花城已经醒了，目不转睛地看着他，视线对上，才绽出一个微笑，轻声道早。仿佛彻夜未眠，始终在等待他醒来的那一刻，就为了做一天里第一个向他问好的人。

但偏偏这一日，谢怜睡得浅，天还没蒙蒙亮，便睁开了眼。

他一动，不远处，花城似乎觉察他醒了，也动了动。谢怜揉揉眼睛，侧头一看，一下子挪不开眼了。

糟糕，糟糕。

这可是从没见过的花城！

他一手支腮，侧卧着，红衣领口大敞，慵慵懒懒，仿佛精怪传说里绝色的山鬼或狐妖，刚梳理完亮丽夺目的皮毛和尾巴，窝在藏玉熏香的红巢里贪一晌清欢。

花城没戴眼罩，眼眸轻垂，看不出一只眼睛下是空的。他明艳的五官被半梦半醒的蒙眬之意冲淡了锐气，乌黑的长发拢到一边，是微微凌乱的，蓬松柔软的。

"是头发都睡乱了的三郎呢。"谢怜心想。

这画面仿佛有某种魅人的魔力，会吸住人的视线，也会凝住人的呼吸。谢怜越看越着魔，人忍不住过去了，脸也忍不住越凑越近。恰在此时，花城眼睫颤了颤，睁开了眼。

他一睁眼就看见谢怜，第一反应就是微笑，道："哥哥，早？"

花城一笑，谢怜眼睛都亮了，小鸡啄米样地点头，道："三郎，早！"

花城正要继续开口，忽然反应过来什么，脸色一变，猛地坐起。

谢怜给他吓了一跳，人也往后一坐，道："你怎么啦？"

花城道："我……"

他瞳孔剧烈收缩，捂住了半边脸，另半边脸也有长发轻遮，又是别样的狂乱之美。但他右手举起，那是一个拉开距离的姿势。谢怜一下子呆了，不明白怎么回事，道："对……对不住？是我吓着你了？"

绝境鬼王当然不可能会被他吓到，但这反应，怎么看都只能说是"大惊失色"。

花城却飞快地道："不。不关殿下的事！"说完，他就立刻跳下床，冲了出去。

谢怜："哎？"

谢怜："等等，三郎？三郎！"

但花城早已冲没了影。谢怜大感莫名，连鞋都没穿，胡乱拢了一把头发也冲了出去。

极乐坊里里外外，地上铺的不是柔软雪白的妖兽皮毛就是锦缎红毯——都是因为花城不知从哪儿听来的八百年前的谣言，说他喜欢不穿鞋到处乱跑，于是某天就都给铺成这样了，还煞有介事说这是为了防止哥哥哪天没穿鞋着凉了，必须保证谢怜随时随地都能躺能坐，没想到真有一天派上用场了。总之谢怜赤着脚踩来踩去，在朱楼红墙间穿行，半天也没找到花城。无奈，只得折返，老老实实穿好衣服鞋子，准备出去发动鬼市众鬼一起找人。

那鬼市众鬼自然是看热闹不嫌事大的，谢怜一说，马上都敲锣打鼓点灯笼起来，一群都在鬼哭狼嚎。可号了好一阵，只怕上天庭都被吵死了，也没把花城号出来横眉冷对对它们说声："滚！"

于是，谢怜更担心了。

前不久花城才伴随千灯归来，他难免有些患得患失，生怕一不留神，花城又不见了。他一路都在胡思乱想："莫非是我早上无意间做了什么，惹得三郎不高兴了？"

虽说他觉得花城不是会这样赌气的性子，但也不敢想当然。谁都有生气的时候，兔子急了还咬人呢。可认认真真反省了半天，他也没猜出问题可能在哪。

好在不久，花城就出现了。

谢怜沿着见君川走，边走河里鲤鱼儿也跟着他游。这些鱼儿煞是好看，红的、金的、银的、花的……好像一大片色彩斑斓的水中云，跟在谢怜身后飘。谢怜便停下问它们："请问，有没有看见花城主？"

一尾小红鱼竟然真的点点头，箭也似的向前窜去，仿佛在给他指路。谢怜抬头一看，只见前方绿柳隐隐下，一个红衣人撑伞飘然而至，远远的声音就送了过来："哥哥，你在找我吗？"

谢怜一听这声音，心下先一宽。可再一看，他就眨了眨眼。

顺着足边鲜花蜿蜒的小路，花城款步而来。但那竟是少年皮相的花城。

而且，还是不太一样的少年皮相。之前他化作少年，素面朝天，不戴银饰，头发都不好好梳，就随便歪着一扎，大有几分丽质天成、无畏无惧的意思。今天却是精心修饰过的少年模样：长发束得规规矩矩，红衣以银线暗绣怒蝶护花纹，银腰带上雕镂的是百鬼千妖图，连红伞伞缘都坠着水晶的连丝雨滴。

好个张扬又漂亮的小公子，神气得不得了！

谢怜看他一眼，好俊，忍不住再看一眼。这样看了一眼又一眼，越看越觉得眼睛不够看。花城过来就很体贴地把伞送到他头上，笑吟吟的仿佛早上无事发生，道："日头这么大，哥哥不晒吗？来帮哥哥挡挡太阳。"

如此距离，观如此美貌，谢怜更觉压迫感十足，不由略略偏移目光，以避过他那逼人的锋芒，半响才委婉地道："三郎……你没事吧？"

花城随手扔了两颗小鱼食，河里鱼儿们争相夺食，噘着嘴一阵乱亲。他哈哈笑道："哥哥何以如此发问？我能有什么事？"

"呃……"

他不说，明摆了不想继续这个话题，瞧他表面上神色如常，谢怜也不好追问，只好暂且咽下，决定过几天再找机会问问怎么回事。

两人在见君川旁无所事事喂了一阵鱼，鱼食喂完了鱼还恋恋地不肯走，花城就不客气地丢了块石头，鱼们终于哭着被吓散了，虽说哭得是难听了点，像五十岁的巨婴怪叫，但谢怜还是对它们充满同情。随后，花城就给谢怜展示了他才练的字——不错,他就是这么解释自己刚才跑哪儿去了的。说实话,这几张字写得的确格外认真,十个字里有两三个勉强能猜出偏旁。

日上三竿时,花城陪谢怜一起去处理了一桩祈愿,去捣一窝食人螳螂的老巢。

那螳螂不愿交出被害的几家人的魂魄,谢怜觉得没有必要再劝导下去,正打算武力超度,谁知还没斥出若邪,花城就一伞飞了出去。

那血雨红伞,好了不得!不知为何,花城今日下手格外狠辣利落。伞开则飞旋,伞缘如削骨钢刀;伞合则如长枪,将数个妖精鬼怪钉死成一串。它在花城手里大开大合,杀完一圈转一转,抖落一阵血雨,又被他重新撑起,伞下露出小半张俊美无俦的面容。

一套动作如行云流水、落雨飞花,优美又凌厉,杀气腾腾。谢怜完全没有出手的机会,花城就已经气定神闲地立在一旁,问他:"哥哥?"

"嗯?"

花城转着红伞,道:"哥哥,解决了。我们不走吗?"

谢怜终于反应过来,道:"啊!解决了呀,那走吧。我们去找那些人的魂魄。"

但走了两步,他忽然记起一件非常重要的事,道:"那个……三郎,你的银蝶,方才在吗?"

花城歪了歪头,道:"抱歉,我没放出来。怎么了?"

谢怜嘴上说没事没事,心中却在痛叫可惜:"怎么没有放出来呀!"

谢怜真是爱极了这个。他和花城平日里经常谈这些,之前就探讨过不同的武学风格。有的人武风沉稳,虽然扎实,但就像你不会觉得水好喝,也不会觉得白米饭好吃,往往看上去不够出彩,比如天下归心流。凌厉的武风则截然不同,极易出彩,很好拿来炫技。

花城其实综合了这二者的优点,够稳又够狠。不过,因为他总是绝对压制的一方,往往没机会看到他更多发挥,无可炫之对象。对手全都被他一招血雨术法给杀了,还打什么呢?谢怜也只在他和白无相在铜炉的那一战里窥得几分风采。

可是今天花城风格截然不同,好像就要给谢怜看个够似的,他没动用血雨术法,就只动手,而且招招往狠辣凶残凌厉走,怎一个好看了得!他本就身手过硬,是少年时就被谢怜看中的好苗子,这么一炫,直接把谢怜炫得人都要迷怔了。

所以，他现在心里也痛得要抽搐了：怎么没叫银蝶把花城打的这一场给记录下来呢？

这一战，值得他时时回味，回味好几年啊！

直到两人回到极乐坊，谢怜还在目眩神迷中不能自已。以至于在晚间的二人小宴上，面前琳琅满目转着各色佳肴，他脑子却都还走马灯一样地在转着花城方才的一抬手、一转足。转啊转，忽然听见对面花城在叫他，谢怜回过神，道："什么？"

花城若有所思，道："哥哥今日似乎有些心不在焉？是觉得无聊吗？"

谢怜放下筷子，道："有三郎在，我怎会无聊？"

他放得随意，筷子碰碟，格外清脆的一响。花城道："那是这套新换的食具用不惯？"

谢怜看看自己刚放下的筷子，这才发现那是一双从未见过的白玉箸。花城要不说，他根本不会注意到换了。谢怜奇道："也不是……我怎么记得几天前才换过一次？那套象妖牙的不好吗？"

花城道："可是，哥哥后来不是说，象妖大多生性温驯吗？我想哥哥用餐时看着，或许总会想起，觉得它们可怜，便收起来了。"

他倒的确这么说过。不过，那只是后来和众鬼闲聊时恰好聊到象妖时的无心之言。谢怜才不会对着那套食具大发议论呢，小题大做又拂人心意，况且又不是花城没事去殴打的象妖，他手上许多宝物，都是有求于鬼市之主的妖魔鬼怪主动进贡给他的。

没想到花城不光听到了他的随口一言，还如此在意。谢怜不免有些腼腆，把那白玉箸重新执起，轻声道："三郎有心了。"

花城笑了一笑，又道："说起来，哥哥手上这双白玉箸，是昆仑山上一只千岁玉精的一段玉骨制成的。此玉奇妙，恒久性温，入口入手皆温凉宜人，不伤脏腑，且有延年益寿、静心定神之能。再用用？不好的话，我们再换。"

谢怜忙道："换什么呀！能吃饭的筷子就是好筷子。不过，这样的宝物，就拿来做筷子？是不是有点……"

花城无所谓地道："这个哥哥不必在意，宝物就是要拿来用的，不是拿来供的。给了我就是我的，做什么都行。"

谢怜哭笑不得。哪怕是昔年他贵为一国太子，富丽奢华，却也没像花城这样不给宝物半分尊严。想想，他又道："玉骨修成不易，人家怎么肯把这东西给你啊？"

"哥哥猜？"

谢怜笑道："别是你打它了吧？"

花城也笑了起来："怎么会！哥哥当我是什么坏蛋了？三郎怎么会乱打人呢。说来好笑，它虽是块天然璞玉，却总也想被精心雕琢，因此长年累月在人间搜寻琢玉大师，期望借人之手，将自己雕为绝世之器。"

谢怜好奇道："天然璞玉，清水芙蓉，岂非天成之美？为何还想给自己平添雕琢痕迹？"

花城道："人各有志，妖各有品，它觉得挨过刀子才美嘛，别人也没办法。它好友是昆仑山泉所化的泉圣，天天拉它到自己身上照镜子都劝不动。总之，后来它终于选到了一位它满意的大师。"

"是真的大师？成功了吗？"

"大师的确是真大师。不过很遗憾，人有失手，马有失蹄。"

"啊……"谢怜了然，同情地道，"砸招牌啦？"

"嗯。雕歪了。"

大师就算失手，那也是大师级的名作，但那千年玉精就不这么想了。它只觉天崩地裂，千年修行的意义已经完全丧失！险些就要当场玉碎自绝。还是它的好友昆仑泉圣拦住了它给它出的主意，说"既然都这样了，不如我们干脆去找传说中的绝境鬼王血雨探花，据说鬼市没有买不了的东西也没有找不到的人，他连神官都敢打，没准有办法找个人来救救你"。

谢怜笑得呀，道："所以，就来找你了吗？你给它动了刀吗？"

花城抛着他手上那只白玉箸，道："随便动了两刀。补救一下嘛。"

谢怜莞尔，道："那看来它是很满意你的补救成果了，不然也不会把玉骨给你一段。果然！论用刀，无论是怎么用，三郎才是真正的大师。好想看看你给它补成什么样了啊。"

花城道："哥哥若想看，自是容易。不过，哥哥还没回答方才我的问题呢。"

谢怜迷惑："什么问题？"

花城手指绕着一缕发丝，看似漫不经心地道："如何啊？"

谢怜愈加迷惑："什么如何？"

花城看着他，明显有点认真了起来，道："哥哥，我这样子，如何？"

谢怜恍然大悟。

花城说的，应该是方才自己走神的时候他问的话。至于，什么叫"我这样子如何？"

应该是在问："我这样子好看不好看"吧？

谢怜诚挚无比地道："太好看啦！我从没见过三郎你这么好看的人，嗯，和鬼！"

他想了想，又道："不过……"

花城立刻道："不过什么？"

谢怜有点不好意思地道："不过，三郎你，可不可以，不要用这副样子了呀？"

此话一出，不知是不是错觉，花城身形好像僵了一下。

但很快，他又笑了一下，道："殿下，这副样子，你觉得，不好吗？"

谢怜连忙摆手，道："当然不是觉得不好！只是我更……"

谁知，他尚在考虑措辞，话音未落，花城便消失了。

谢怜吓了一跳，霍然站起，道："三郎？！"

怎么突然人影都没了？但他抢过去一看，才发现花城不是消失了，而是变了。原先坐着少年花城的地方，安安静静坐着一个十一二岁的小花城，正仰着雪白的小脸望着他。

谢怜哭笑不得，但手上还是忍不住上去把人抱了起来，拉拉他左右两条对称的小辫子，道："三郎你干什么呀，今天一天都变来变去的。大的变小的，小的又变小小的！"

花城闷闷地道："哥哥，这样子呢？"

谢怜不解道："什么'这样子'？你到底在说什么呀？"

小小的花城把脸埋在他肩头，喃喃道："这样子，还是不行的话，我就真的，不知道该怎么办了……"

谢怜只迷惑了一会儿，灵光一闪，忽然想明白了所有事。于是他"哎"了一声，脱口道："笨啊！"

花城道："殿下，你说什么？"

谢怜顿足道："不是。我是在说我自己。怎么会这么笨！"

这回，轮到花城摸不透谢怜了。他眨眨眼，道："殿下，你……"谢怜打断他道："我问你可不可以不要用刚才那副样子，意思其实是，可不可以再让我看看你早上的样子啊！"

花城睁大了眼。

他却不知谢怜心中想明白了什么：今日清晨，花城给他"吓"清醒了，第一反应是捂住半边脸。他捂住的是右半边脸。

原来如此。原来那时，花城不是在捂脸，他捂住的……其实是那只失去的右眼！

从很早以前，他们刚刚在菩荠村重逢的时候，两人在菩荠观里过夜，花城便对他说过一些话，大致意思是觉得自己本相很难看，还说过觉得男人的相貌很重要。

那时自己多少觉得"青面獠牙、丑如罗刹"之类的话实在荒谬到有点好笑，再加上后来谢怜认定花城肯定也明白自己心里究竟是怎么想他的了，便没再在意这一节。未料到花城却还……

谢怜轻咳一声，道："你早上那副样子，嗯……我觉得很……总之，你快变回去，让我再看看。"

花城脸色微变，须臾才扭过头去，道："那副不像话的样子，怎能再让哥哥看见！"

"哪有不像话？你怎么会这样想啊！"

可花城是很执拗的，没办法，谢怜只好道："那，你先变回少年相，这总行了吧？"

他放下花城，不一会儿，十六七岁的花城又坐在那里了。谢怜叹了口气，道："今天你早上突然冲出去，换成这张皮相，又在打斗时那般炫技……都是想让我忘掉你早上那副样子吗？"

花城不说话。

他不说就对了。谢怜确定了。

难怪了。

难怪他今天把少年相打扮得这般精致，简直花枝招展的。也难怪他在伏妖过程中一炫再炫身手，炫得谢怜到现在还晕头转向。

一切都只是因为谢怜早上无意间看到了他半梦半醒、露出一只残眸的模样。

花城要把谢怜脑海里留下的这印象，用极致华丽漂亮的新印象压下去。因为他不想让谢怜记住他最真实的样子。

失去了一只眼睛、又没有任何遮挡的样子。

可谁知，谢怜对他精心装扮出来的少年相却没那么在意，反而心心念念着要看他早上那副鬓云缭乱的见鬼模样，花城只好祭出撒手锏——直接变幼童了。

谢怜又是心疼又是好笑，道："你根本不用这样的呀三郎，被我看到了又怎样呢？"

花城只吐出了一个字："丑。"

谢怜头痛道："丑什么！你到底有没有照过镜子……唉！算了。"

他越想越着急，终于豁出去了，道："实话告诉你吧，今天早上我愣住，不是因为别的，是因为看你那样子太好看啦，我看呆啦！"

承认自己为美色所迷，是件很艰难的事，谢怜说完脸都红了，很惭愧自己这么多年清修都修到哪里去了，但还是硬着头皮说了下去："就，我从没见过那般……那般风姿的三郎，想要多看看。而且，那还是你的本相。

"你其他的模样，比如这身少年皮相，也都是很好看的，我也很喜欢。但你的本相，对我来说是不一样的，因为，那是最真实的你。

"想看你没有戒备的样子，想看你无所事事的样子，也想看你偷闲犯懒的样子……只要是你真正的样子，我都很想看的。"

谢怜也不知道自己在说什么了，只是一个劲儿地把肚子里的话往外掏，一盆接一盆胡乱往外倒。而花城根本说不出话来。

他喉结动了动，好半响，才沉声道："那么不成体统的模样……"

谢怜马上气道："你干吗这么说自己？！哪里不成体统了！"

头发凌乱散着，衣服也不好好穿，最重要的是眼罩也没戴，大概对花城来说，这样的自己真是不堪入目的吧。想到这里，谢怜声音又软了，道："再说了，你又为何要在意外表成不成体统。非要这么说的话，也不想想，难道你……难道你……"

他挤了半天，才挤出一句："难道你做的有些事，就很成体统吗……"

谢怜手里还是紧紧拉着花城的袖子，小声道："我是真的觉得，你原本的样子很好看的。你怎么会这样误会啊，是我哪里让你误会了吗？"

花城看着他，深吸一口气。

下一刻，他忽然一把将谢怜拉住，道："殿下！"

谢怜拍拍他的背，道："好了吧？"

花城低声道："殿下，不要难过，我的错，让你着急了。"

谢怜摇摇头，低声道："是我不好，没早早注意到你竟然还有这样的心情。"

花城道："殿下永远不会不好。"

顿了顿，他又道："方才那些话，除了你，从没有人对我说过。"

谢怜觉得不可思议，道："我不相信，怎么会这样啊？难道连你小时候都没有人说过你很可爱吗？"

成鬼后，没有人会把重点放在鬼的相貌上；成"绝"后，也没人敢对绝境鬼王的相貌评头论足。但小孩子总有那么几个人随口夸一夸吧？连小时候人人嫌弃、泥猴子一样的半月都被他认认真真地夸过"可爱"呢。

果然，良久，花城轻笑一声，道："有啊。"

谢怜放了心，也笑道："我就说吧！"由衷觉得那人真是大好人，大为感谢。花城却慢条斯理地道："那个人就是你啊，殿下。"

"啊？！"

花城放开他，受伤般地道："殿下，都不记得了吗？当年你亲口对我说的，说我的眼睛这么大，一定很可爱。果然是骗我的。"

不知为什么，明明一点不值得脸红，但谢怜还是又想脸红了，仿佛想抵抗什么，手忙脚乱地把花城往外推，道："说、说的是实话啊，我哪有骗人。只是……"

只是实在太久了。不管他怎么努力想，也只能抓住一点点模糊的尾巴。他记得那个孩子，但不记得自己对他说过这样的话，或许真的只是随口一说罢了。

但他现在觉得很愧疚，为没有说更多这样的话，为没有更认真、更坚定地说这样的话。

花城支起一条腿，一手托腮，笑道："开玩笑的。不过，那时候我确实觉得殿下在骗我。因为除了你，所有人都骂我丑八怪、小妖怪。"

谢怜心里痛得一跳，不推他了，又凑过去，道："他们都是胡说八道，这种话你不要记着。"

花城哈哈大笑，道："没错。很快我就想通了，我干吗要信那些人呢？废物除了胡说八道还会什么？那当然是太子殿下说得对了。只有殿下你，所言皆为真理。"

谢怜："……"

花城笑眯眯地道："真的，哪怕殿下说太阳是为你一人升起来的，我也接受。我相信。"

谢怜："……"

花城柔声道："殿下身上就是有这样一种让人无法不去相信的气势呢。"

谢怜："……"

又来了。又来了！

谢怜也想知道究竟为什么，为什么无论他和花城的对话如何开头，最后总都要以他的羞愤欲死结尾。谢怜一把捂住脸，变成很小一团缩进角落，呻吟道："三郎啊。"

他红着耳朵道："我很认真安慰你的，你怎么这样子。"

明明知道他最怕人提起他小时候那些名人名言、光辉往事了！

花城却追着黏过来要安慰他，一本正经地道："哥哥，我也是很认真的呀！"

他好像长了八只手，谢怜推也推不开，也无言以对，最后决定自暴自弃，胡乱道："是是是，我说什么都是对的，你都会相信，是吧？"

花城欣然道："嗯。"

谢怜站起身来，道："所以，在我们今天讨论了一天的这件事上，你也必须相信我——"

他抓住花城的肩，直视他的双眼，用最坚定的语气，再次道出心声。

花城微微一笑，闭上了眼。再睁开时，他就只有一只眼睛了。

他没有再用伪装的皮相，几缕长发散落下来，挡在他空洞洞的那只眼上，几分狰狞，几分凄艳。

谢怜凝视着花城仅剩的那只眼睛，也凝视他失去的那只眼睛，伸手为他拨开那几缕发丝。

然后微微俯首。

近日来，三界人士都有些胆战心惊。

胆战心惊的原因，除了那位当世之"绝"、血雨探花，还能有什么！

具体如下：

倒也不是说这血雨探花最近有什么动作，只是……他最近一直在用鬼王相。

嗯，就是他长发披散、戴着一只眼罩的那张皮啦！

说起来这血雨探花，以前换皮换得可频繁，几乎每次出现都是一副新皮相，也不知是哪张皮他都不满意还是格外喜新厌旧。但最近倒是经常在用鬼王相。

什么？问这跟大家胆战心惊有什么关系？

当然有关系！他用这张皮的时候，就是他最爱发疯的时候啊！

什么辱骂文神、殴打武神、火烧三十三神官庙，他都是换上这张皮去发的疯啊！

最近每次看到这血雨探花和太子殿下在一起，他都是用的这张皮，看上去好像还特别得意特别开心的样子，是不是又有谁要遭殃啦？！

唉，诸位，三界危矣，看样子又一场腥风血雨就要来袭……

对此种种流言，再看看身旁踩着九丈妖兽头、笑得满面春风的花城，谢怜只有一句话要讲：

为什么大家一定要把简单的事情想这么复杂呢？

就不能坦率地承认，"血雨探花的本相，真是美得上天入地、三界第一"这个事实吗！

后记

连载版

关于温柔、梦想、永不放弃的事，和永不忘记的人

　　每次写文，后记总是比正文先动笔。是的，写下这行文字的时候，大纲都没写完。与其说是后记，不如说是动笔前的构思，以及写作过程中的感想吧。

　　顺便，终于！这次的后记不是用"终于"开头了。

　　《天官赐福》接档《魔道祖师》，压力不是一般大。我认为高期待是一把双刃剑，这也是我每次要惯例打预防针警告的缘故。虽然感觉好像并没有什么用。

　　但是，最初做设定和人设的时候，占据上风的不是紧张，而是一种挑战新世界的兴奋。所以，还是先来写一些开心的事。

　　1. 民俗怪谈 & 本土神话

　　2016年下半年和2017年上半年，为了转换心情和寻找灵感，去了许多地方旅行。一直很喜欢民俗怪谈和本土神话，途中看了许多寺庙道观，《天官赐福》的写作冲动就是源于这个。

　　中国神话有时会在一个真实存在的人物功成名就之后将之神化，奉其为"圣""神""祖师"等，再附会以神话。不过，如果把这种人物直接拿来用，免不了要被纠结一番是不是黑了哪位先贤。文章里若是编排得有根有据，倒也不失为另一种解读，但遗憾的是作者不喜考据，再者，直接拿已经存在的人物用没什么成就感，总归不如自己瞎编有趣，所以本文从第一个字起就开始胡说八道。满天神佛，人欲极重，有各种恶习恶性，整天互扇耳光互挖黑历史，八卦和烟火气息浓厚，明明一点都不空灵明净，却非要高高在上，端着架子。

　　有人问为什么神官们人人都有黑历史，或者纠结于为什么那种烂人也可以当神官，很简单，因为我设定就是这样。一开始也说了，飞升不飞升，上天不

上天、实力、努力、狗屎运，都可以成为决定因素，很少和道德品质有关。

这篇文处处有点游记的影子。比如，那个丢犯人下去让蛇蝎猛兽咬的坑、避风沙的岩洞，是在大西北的一座古城里看到的。因为西北的风沙太大不小心崴了脚，痛得鬼哭狼嚎还抱着手机狂拍风景，真是清新无比的体验。而在壮观而阴森的巨大石窟里转悠，欣赏着那些大小不一、千姿百态的神像时，我更加确定了自己的想法：

写一个神明，和一个他的信徒的故事。

2. Fairy tales（童话故事）

先说一小段缘。去云南采风时，在当地道教名山上看到了一座非常破旧的老道观。前殿摆了个破破烂烂的功德箱，还有个牌子，诚恳地写着"本观危房求捐款"。笑个半死捐了100块钱，然后，看到了一棵长在道观里的红花树。

花树很高很高，有好几百岁，据说是世界上最高的一棵花树，开得很美很热烈。当时《天官赐福》人设差不多已经定了，看到以后，觉得，妙不可言。

说到人设，前两本我都是先定下主视角的主角，另一个主角一直迟迟定不了案，需要较长的纠结和磨合期，花城则是个例外。灵机一动，他就站在那里了；灵机又一动，我就决定让他瞎一只眼。

设定上，花城的父亲是仙乐皇城人士，母亲却是邪恶的异族美人，所以初登场时，花城会带一点点异域风情。

大纲里异族的设定参考了许多民族的文化，比如刺青，貌似很多民族都有文身的习俗，刺青会让他有些叛逆和小小的"中二"，还有一点幼稚的性感。再比如枫叶、蝴蝶、银饰、猛兽图腾等元素，这个就很好猜出来是哪个族了，因为相关资料太多了。但希望大家一定一定不要代入任何真实的民族，毕竟我了解得很浅，还是以虚构为主的，万一造成大家对三次元的误解就很麻烦了。而且，因为我是在沪旅行的时候正式敲定花城性格的，所以，理论上来说，他的出生地在沪。除了后来掌握了异族的邪术，花城在仙乐国生活了十几年，受汉文化影响更深（你在一本正经说些啥）。

在未启用的草稿中，花城经常用他妈妈教给他的已经失传的古老语言唱情歌，如果问他唱的是什么，他就会狡黠地眨眨眼胡说八道。但是随着行文发展，我发现花城的父母、身世其实可写可不写，所以这个设定随便讲讲就算了，并不重要。

总之，花花真是个乖仔。他的假笑也好，靴子上的小银链子也好，几乎所有与他相关的设定都决定得又快又愉快。我很大的乐趣就是给他换新衣服和新造型，并且为没能集满十套感到遗憾，希望修文时努力一下！

反倒是谢怜，折磨了我长达半年的时间。开文之后很久还在折磨我。

对他感觉比较复杂，倒不是说不喜欢，相信我的喜好也很好猜。我喜欢那种一出场就让人觉得"啊，有故事！"的男人。但是，他是我本文写得痛苦的最大原因之一。

以往我动笔，就算一开始和角色不熟，三天之内就能找到手感，但是谢怜，我写了五六天，还是十分费力，当时心里就咯噔一声。

文章标签上有"励志人生"，是因为谢怜这个人，是一个"失败者"。

他要年少无知过，不知天高地厚过，可笑过，愚蠢过，犯错过，崩溃过，怨恨过，疯癫过。不能逃避，不必粉饰，是什么样就是什么样。令我心力交瘁。不但源于文里，也源于文外。劝解无用，也没精力了，所以为了不影响自己，后来就完全不看评论了。

因为我习惯开文之前给自己打预防针，把最坏的情况都猜测一遍，做好心理准备，所以其实发文之前就差不多预料到了所有的负面评价会怎么说了。但犹豫很久，我还是觉得，什么样的角色都试试看吧，我还没试过这种类型的主角呢。

不过，最重要的是，我直觉，花城这种人，一定就是会追随这样的一个人的。所以，纠结大半年，最终还是拍板决定：就你了！

这是一个童话故事，关于温柔、梦想、永不放弃的事，和永不忘记的人。

初中高中的时候也会偶尔"脑洞"大开地想点故事，有种莫名其妙的执念，老觉得一个人不应该视感情为生命，要有自己的野心、理想、人生目标之类的，不然就是没有自己的灵魂，不是一个独立的人什么的。但是，后来慢慢地想法就变了。因为我发现，虽然我总是嘴上说着人不应该太看重感情，但实际上，会吸引我目光的，却往往都是那种情感强烈、如飞蛾扑火的人。这算"口嫌体正直"吗？反正，看清这一点后，不免觉得，小时候那种想法，未免太傲慢片面了。

人为什么会义无反顾地追随着另一个人？可笑吗？太神奇了吧，真的能做到那种地步吗？这是偏执狂吧！十万个人里也未必有一个吧！但是想想，谢怜这种吃力不讨好、头破血流也死不回头的惊天大傻瓜，同样十万个人里也未必有一个啊。

我看过你最糟糕的样子，可那又怎样呢。

你就是我的梦想呀。

3. 歇斯底里的嗜好与搞笑日常的野望

最初，我给《天官赐福》定的基调是"温馨向"。我希望这个故事能柔软一点、感性一点、治愈一点、简单一点。所以，一开始的大纲努力往乡村小清新古风靠拢。每天种种菜、喝喝茶、除点小打小闹的小妖小怪、扶年迈的君吾过马路之类的。为此我喝了一大堆鸡汤来给自己洗脑，希望能滋润出一双慈祥的眼睛看世界。

但事实证明，目前的我还是比较喜欢浓墨重彩的七情六欲、死去活来的爱恨情仇。写每一个人物时都在暗暗地期待着他歇斯底里狂躁起来的那一刻。

举个例子，黑水手撕师无渡，为何突然每日"爆肝"8千至1万字，因为根本不需要思考任何东西，对话和剧情都像机枪一样突突突自动往外喷。也根本没想过人物为什么要这么说这么做，只是很确定他们本来就会这么说这么做。比如，师无渡临死前为什么要掐师青玄？在我思考到"为什么"之前，我已经写出来了，他已经这么做了，然后我才想通了：啊，为什么他会这么做。而且这个"想通"，只是我对他心理的推测。总之，是他自己掐的！不是我让他干的！

不过虽然没写成温馨，但我写了搞笑。我其实挺喜欢写搞笑情节的，也挺喜欢写日常的。从一开始，我就希望《天官赐福》能日常和历险并行，有恐怖事件和闯关斗殴，也要有插科打诨、串门吹水。不过我还不太习惯，所以操作上不是太得心应手。

4. 连载

这篇文写作过程的关键词，就是迷茫 + 痛苦。

前面说了，一开始写大纲的时候，是干劲满满的，可越到后来，越是痛苦。

说来也许大家不相信，《天官赐福》原定字数是 36 万，所以大纲只写了 5 千字，当初说要全文存稿也是因为我预估的是这个字数。当然大家应该很清楚了我预估字数从来不准。谁知道怎么写都觉得不对，光是开头我就换了五六个版本，现在这个开头我还是不满意，三本的开头里我最满意的其实是《人渣反派自救系统》。

总之，我就在这样很苦恼又不解的情况下存了一堆稿子。这是我存过最长最长的稿了，但感觉效果并不好，废了一大堆稿子。当时真的想不通，也很着急，想过要不要先不开这本，换一本，但预告已经放出去了，临时改口好像不太好，而且都写了这么多，不用岂不是浪费？只好继续作沉没投资。结果速度越来越慢，但距离终点还遥遥无期。

最后我还是觉得不行啊，这样下去，岂不是再过两年也写不完！是不是得刺激一下自己？所以，还是不管三七二十一，先开了吧！于是一边发文，一边修改（几乎重写），一边新写，焦头烂额。到很后来（连载中期）才发现当初那么辛苦的原因都是哪些，比较复杂和具体，不一一列出了。

我的确有计划想写百万长篇，不过，那应该是好几年后的事，从没想过会这么早。《天官赐福》的篇幅完全就是突发状况，人还尚未成熟，太措手不及了。本来想东西就很慢，这样一个篇幅我恐怕需要至少三年时间来慢慢想大纲，但拖这么久也太不像话了。如果我早知道容量这么大，恐怕大纲就完全是另一种写法了。

不过，这种事情是不可能"早知道"的。任何东西都是做了才知道，不动笔的话，就都是纸上谈兵罢了。

总之，箭在弦上，不得不发。既然发了，那就咬牙坚持到底。

写连载是一件压力很大的事。我知道有更新得又快又好的作者，但我自问不是。

我想东西要酝酿很久，以前写东西正常手速是半年五千字，所以日更很吃力。而且状态时好时坏。当我不卡的时候，时速一千三，这个时候一般反响也比较好；但是我卡的时候是真痛苦，卡出来的文自己不太满意，也会出现不太客气的评论。这个时候心情就更差，恶性循环。

《天官赐福》绝对是我写得最痛苦的一本，时常感到力不从心，几乎窒息，每天都怀疑这是不是在锻炼我的抗压能力。加上从《魔道祖师》开始的大规模造谣到现在还没有消停，以各种方式见缝插针泼脏水，真的很累了，如果我不是特别闲，我都没力气说啥。再加上三次元的许多烦恼，这8个月咬牙扛下来，不开玩笑，是真的快秃了。

就很头疼。存稿吧我自己觉得效果不好，速度很慢。连载吧，日更又太累太累，还有各种情况，可以说各有优缺点了。我还在思考该怎么解决这个矛盾。

我也不想遮掩啥。我知道很多人一开始来看《天官赐福》是因为《魔道祖师》。说真的，我并不认为这是件很好的事。

前面也说了，高期待是一把双刃剑，所以我从一开始就打了预防针：你们不会再看到第二本《魔道祖师》。

而且，《天官赐福》开文距离《魔道祖师》完结也有一两年，所以我想，大概也冲淡了些吧？

但依旧没什么用。连载开始没几章就出现了我早已预想到的问题，一直延续到中期、后期、完结还没有消失，估计今后也要一直吵吵嚷嚷了。我一度怀疑是不是当初应该先开现代文，这样大家起码不会拿一个现代文和一个古代文比较。

但是能怎么办呢。其实，大多数读者和作者，只有一两本的缘分，这本喜欢那本不一定喜欢。这种时候，我觉得大家只能都不要强求。作者不强求读者，读者也不强求作者。毕竟写文和看文都是很私人且主观的事。

从来不敢保证"客官包您满意！"，就……我写我自己的，喜欢的就看，不喜欢的算吧。

《天官赐福》的优缺点，我比谁都清楚。就我自己来讲，写作过程中，我时常有一种手脚被缚住、施展不开的感觉，急得想在地上打滚儿。不过有些地方，我又觉得挺有意思的。不满的地方不堪回首，喜欢的地方却又能让我非常喜欢。

不过，虽然耗了很大的心血，却没达到自己想要的效果，但当作一场难度突然拔高的修炼也未尝不可。

何况，我相信还是有很多读者喜欢它的。哪怕只有几千个人真心喜欢它，行吧，也值了。这大半年熬的夜、掉的头发、心里吐的血就不算白费。

5. 修文

现在《天官赐福》呈现的这个样子跟我心目中原始的样子还是有些差距的，所以还是打算修一修。

修文其实不太好。因为很多读者并不会回头看，网文的寿命太短，可能过几年就没什么人记得这文了。而且盗文传播率太高，很多人不看正版去下载txt文件，修了外面流传的也是盗版，很无奈了。再要么就是有的读者雏鸟情结，什么都觉得旧版好，新版反而不喜欢。

但是对我来说，连载实在太仓促了。我想，至少让喜欢这个故事的人可以看到稍微好一点样子的它。当然，主要还是我自己想看。不过，还是希望今后可以改掉这个习惯！

新版会解锁一些全新剧情和地图，有兴趣的就当二周目彩蛋吧。

不过因为这本写得我真的是太伤了，而且篇幅太长了，是个很大的工程，所以可能没法这么快就完工。也许是在第四篇文后，也许之前，说不准。看三次元。

也有可能因为筋疲力尽，骨架已定而没法做什么太大改动，毕竟VIP文章修改有很麻烦的限制。现在不好保证太多，休息几天再看吧。

6. 新文

目前，我第四篇长篇小说正在创作中。

大家有兴趣可以看看，没兴趣也没关系。还是预防针先打上：第一次写现代背景长篇小说，没准会有更多乱七八糟的尝试。我也不知道有多少人真的能陪我走下去，不管了，想来就来吧，我先行一步。

墨香铜臭
2018. 2. 25

新修版

又见红泥小火炉

终于修完了！

好久不见！又是"终于"开头的后记呢。废话不多说，老读者应该知道，我修文的力度很大。比如《魔道祖师》连载版里像是百凤山围猎、结局认思追等情节都是没有的。

《天官赐福》的修文力度为我目前作品之最。这是个大工程，因为它本身篇幅也最长，正文连载了八个月，出于状态不好和一些其他原因，修文工作断了很久才捡起来，最后统计几年间断断续续花的时间，也有五六个月。

网文时代，新鲜乐子层出不穷，其实很少会有人去重看一篇文吧。而且，连载版有的问题是骨架问题，动不了了，但我也必须尽力弥补我自己的遗憾，毕竟连载它的时候我一直处于一种类似发烧生病的精神状态，基本是强撑着写下去的。另外，我经常把我最喜爱的作者的作品几个版本来回切来回对比，很能从中获得乐趣，所以，我觉得对读者来说，重温的时候发现"哇，这里不一样了！"，就仿佛开启二周目彩蛋一样，又是一段全新的旅程。

●修文力度个人感觉排序：

第一卷＝第三卷＞第二卷＞第五卷＞第四卷。

新修版删了一些意义不太大的剧情和冗赘的字句。不过尽量完整保留了所有花城和谢怜的原版互动，如果发现一些小互动不见了，不是删了，而是挪位置了。

其实我写了10万字左右的新内容！

这10万字主要集中在第一卷后半部分和第三卷后半部分，但也有不少星罗棋布在全文。比如我完成了对阿花的承诺，给他添了好几套新衣服。看阿花做了新发型、穿得美美的去见哥哥，很快乐。

● 某日，我突然翻出了一个东西。

2017年的古董，一个叫作"《天官赐福》设定集"的文件夹。

好奇点开，津津有味地看了起来。

对比原设大纲和正文，还原度最高的是花城和谢怜的主线。尤其是阿花，1∶100还原。

花城的人设是做得最详细的，正文基本上每一个点都用上了，连"鬼不喜欢晒太阳，花城有几次用红衣披在头上"这种细节都写到了。没写到的点，摘录几个——

● 小时候：

·被救了以后，傻傻地跟着游街的队伍走了一遍又一遍，到处抓着人问那是谁？那个人是谁啊？别人告诉他那是国主和皇后陛下的独子，未来的天神，仙乐国古往今来最优秀的太子殿下！

（这点没法用是因为文中阿花被救下后就一直被太子殿下抱在怀里了）

·在家里动不动被罚站罚跪，不给吃饭，吃剩饭，穿旧衣。被冤枉偷钱。一跟家里吵架就赌气去太子庙睡一晚上。

·上太苍山给皇极观义务扫红叶，就为了偷看太子殿下快乐地荡秋千。

● 成"绝"后：

·爱好之一是到处买房和造房。

·很爱护皮靴。

·对其他的谢怜铁杆信徒表示：你很有品味。

连载版谢怜老师的人设和初设稿相比，连载版正文有着微妙的不同。初设稿更……清艳典雅，是个正经人儿。连载版正文则更……有搞笑艺人天赋。我想可能是因为有些地方剧情很惨，谢怜老师觉得自己应该快乐一点，让读者轻松一些，所以才会驱使我调整了他的心理状态吧！但由于连载那时精神压抑，人物有些地方的开合度不够，而我希望他在核心不变的基础上，呈现一个更为俯仰自得的状态，因此在新修版中也多给了他几缕烟火人气。

部分原设稿摘录：

·超级随和。随和解释为：给五十块钱让谢怜跳个舞，会欣然接受。接受砍价。三十块钱也行。二十块钱也行。

·观很小，房子也破，想要种花。漏雨，下雨天要用水缸接雨。

・因为请不起护院所以自己打扫。还要喂鸡。鸡还吃花。养猫。

・全神贯注讨论正事的时候不知不觉把坏掉的汤圆都吃完了！

● 水师、地师、风师原设：

还原度最高的是花城与谢怜的主线，其次就是水师、地师、风师副本。

主要矛盾是没变的。只是……水师、地师、风师原设的故事怎么会这么阴暗恐怖啊！

正文角色的人品好了很多。原设版黑水简直心机杀人狂！

白话真仙竟是临场发挥。它让正文比原设有趣。

总之，正式版比原设稿写得要好一些。

● 郎萤的不幸一生：

郎萤？有这个角色吗？我没什么印象！

啊？好像是有这么个人，但他有什么剧情我都不记得了。

这就是大多数人对郎萤这个角色的感觉。没错，不是错觉，因为他根本就没什么剧情。事实上这个人物除了一开始引出人面疫，几乎没有什么重要戏份。而稍有价值的戏份都是可以被等价替换的，于是我在新修版中把这个人物删掉了。

但是，在 2017 年的设定集中，我忽然发现当初我居然单独给郎萤开了一个文档，并且对他的定位是"成长型 BOSS"！

我沉默。

并马上点开了这个文档，想看看我当初到底是怎么设定的。一个"成长型 BOSS"，怎么就变成一个连删掉都没人发现的小透明了？

谁知可能过于激动，一个手抖按错了快捷键，然后不知怎么不可撤销了，只剩一个空文档让我在那里不可置信干瞪眼。曾经的"成长型 BOSS"，就此永远成了一个谜！

这就是不幸的郎萤被删除的一生。

● 设定集里还有一个文档叫"铸剑师"：

我大惊。因为我完全不记得我构思过这个故事。为什么我没有写？！

点开文档津津有味地看了起来。

可恶。

我知道为什么没写了。

这个故事它没有结局啊！

●我喜欢有故事的男人!

也许是因为小时候看了一部杰出的作品。那是一部回忆录，正传的主角温柔可亲，回忆里的主角冷漠无情。故事在腥风血雨中飘荡着白梅花的凄美香气。

这部几乎完美的作品深深影响了我的审美，导致我现在在各种作品中都是对角色的回忆部分最感兴趣。虽然许多观众都更喜欢看"现在时"，经常叫着什么时候回忆完，但其实我觉得这些伴随着激烈的伤痛的回忆部分才是最精彩的!

故事是性格的历史，也是性格的谜底。一个有故事的人站在我面前，就像一道谜题。解开这个谜的办法就是了解他的故事。读过正传，爱上了一个角色，因而对他的过去感到好奇；在了解之后，又因为他的过去而更爱现在的他。

连载《天官赐福》的时候我一开始最大的痛苦就是我告诉自己"这次我不要写回忆杀了"，很刻意地想要避开和前作相似的结构，结果又没找到更好的表现方式，导致第一卷后期我非常不满意。第二卷回忆杀也没敢放开手脚写，加上精神负担很重，这一部分写得非常可怕。修文的时候我看第二卷简直不忍心看下去，因为我是那种小时候看电视看到主角马上要被冤枉或者丢脸的时候会马上换台的人，我忍不住去问好友：

我：作者当时是不是受了什么精神打击？这负能量太恐怖了，主角好可怜啊，能完整看下第二卷的人我真的佩服。

友：你有资格说这种话吗？

但到第四卷的回忆杀我就比较放飞了，写的时候是一气呵成的，所以这一卷的修改力度也是最小的。

所以你还会再大篇幅写回忆杀吗？

呃，这个，再说吧。哈哈，呵呵……

●最后，附上对有人问我"呜呜新修版《天官赐福》会更虐吗？"的回答。

我：你胡说八道。《天官赐福》很治愈的，谢谢！

后记

施耐庵为《水浒传》作序:"风雪夜,听我说书者五六人,阴雨天,七八个,风和日丽,十人。我读,众人听,大家高兴,别无他想。"少年我读此段大喜:这是什么神仙日子!

写东西先自娱,后娱人。自我表达和自我认可固然为第一,但他人的喜爱也是很重要的正反馈,所以,首先感谢一直以来坚定不移陪伴我的读者们。也不是没想过一走了之:众说纷纭,吵闹;江湖纷扰,弃号!这样好像也不错。但回首却总踟蹰,终归是舍不得一些真心读者。

我曾有很喜欢的作者消失在网络,我总觉得是我的一段青春销声匿迹了,这感觉很难受,让人联想到一些诸如时代眼泪、历史洪流之类过于宏大冷酷的东西。所以,我想,竭尽所能地陪伴我的读者更久一些。或许离别的那一天终将到来,但它可以来得晚一些。或许现在的我还不够好,但日后的我会努力变得更好。或许你从未了解我是什么样的人,甚至是全然误解,但来者是客,留者是友,只要喜欢我的故事,咱们就能坐下聊聊。

然后，不得不提及我堪称侠肝义胆的朋友们。长阳老师的图一如既往美如神人；希望CAS老师以后早睡少忧虑；以及在繁重工作中仍全力以赴完成我们的约定的括号老师，《天官赐福》十播剧真是非常棒！绚烂三界热闹人间，让我想起了写这个故事的初心，我很感动。如果没有这几位老友的默默陪伴和付出，可能墨香铜臭在2016年便已封笔，绝迹江湖，那么，也就不会有《天官赐福》这个故事了，期待某日与你们重走当年陪我一起采风时走过的路。还有很多向我伸出援手给予鼓励的朋友们，风雪夜里感谢同行。

墨香铜臭
2022-2023

图书在版编目（ＣＩＰ）数据

天官赐福 . 下 / 墨香铜臭著 . — 广州 : 广东旅游出版社 , 2023.5（2025.6 重印）
ISBN 978-7-5570-2980-7

Ⅰ . ①天… Ⅱ . ①墨… Ⅲ . ①长篇小说—中国—当代 Ⅳ . ① I247.5

中国国家版本馆 CIP 数据核字 (2023) 第 040456 号

天官赐福 . 下

TIAN GUAN CI FU. XIA

出 版 人：刘志松
责任编辑：梅哲坤　陈　吉　李　丽
责任技编：冼志良
责任校对：李瑞苑

广东旅游出版社出版发行
地址：广州市荔湾区沙面北街 71 号首、二层
邮编：510130
电话：020-87347732（总编室）　020-87348887（销售热线）
投稿邮箱：2026542779@qq.com
印刷：北京盛通印刷股份有限公司
（地址：北京市北京经济技术开发区经海三路 18 号）
开本：700 毫米 ×980 毫米　1/16
字数：425 千
印张：26
版次：2023 年 5 月第 1 版
印次：2025 年 6 月第 14 次印刷
定价：329.00 元（全三册）

【版权所有 侵权必究】

如发现图书质量问题，可联系调换。质量投诉电话：010-82069336